·國家古籍整理出版專項經費資助項目·

武潤婷 校注

天寶遺事諸宮調輯錄校注

人民文学出版社

圖書在版編目（CIP）數據

天寶遺事諸宮調輯録校注/武潤婷校注. —北京：人民文學出版社，2023
ISBN 978-7-02-018008-0

Ⅰ.①天… Ⅱ.①武… Ⅲ.①古代戲曲—諸宮調—古典文學研究—中國
Ⅳ.①I207.37

中國國家版本館 CIP 數據核字(2023)第 085581 號

責任編輯　葛雲波
裝幀設計　李思安
責任印製　張　娜

出版發行　人民文學出版社
社　　址　北京市朝内大街 166 號
郵政編碼　100705

印　　刷　三河市中晟雅豪印務有限公司
經　　銷　全國新華書店等

字　　數　320 千字
開　　本　880 毫米×1230 毫米　1/32
印　　張　13.375　插頁 3
印　　數　1—2000
版　　次　2023 年 6 月北京第 1 版
印　　次　2023 年 6 月第 1 次印刷

書　　號　978-7-02-018008-0
定　　價　66.00 圓

如有印裝質量問題,請與本社圖書銷售中心調换。電話:010-65233595

序

袁世碩

去年（二〇二一）四月，馮沅君師學術研討會期間，方知武潤婷榮休後多年仍未停止做諸宫調的研究，甚感欣慰。事後又閲讀了這部《天寶遺事諸宫調輯録校注》文稿，更加欣喜，不顧雙目昏花，粗讀一通，不禁想説點意見。若潤婷不感到勉强，可以放在文稿出版書的卷端。

無須例行公事式的稱讚潤婷，默默地潛心研究宋金元約兩個世紀流行的韻文敘事文體諸宫調，不計得失的治學精神之可貴，做學問終究要看成果。這本《天寶遺事諸宫調輯録校注》連同後附之三篇考論文章，説明潤婷多年從容做這個課題的研討，用力甚勤，用心甚細，較前輩學者的考論有所新知，特别是對王伯成《天寶遺事諸宫調》的輯佚、校注、詮釋，補償了我已往僅靠前輩學者的考論所獲得的知識的不足，其意義不止在於讀到這部諸宫調的輯佚本，對它有所認知，由之聯繫思考，還從中獲得更多的歷史的和文學的信息。

潤婷輯佚《天寶遺事諸宫調》曲文注釋功夫最多，用心甚細。王伯成作《天寶遺事引》，自矜彙集齊全有關記敘吟咏文獻，潤婷注釋語詞也大都從更多的詩文中輯出采録。這表明作佚曲的連綴、注釋，也是盡力閲讀過有關多種文獻的。據幾套應該是敘事段落開創詞作者自述，盡可能彙總有關文獻，『合人情剖判』，選撿整合，按宫商遺詞造語，編成一部特大型的諸宫調講唱文本，既可識其非常才學，又可見非常用心，絕非一朝一夕短時間能編出來的。自述中有『嵬坡古跡，都付與涿郡閑人』，『仗知音深贊賞，敲金擊玉按宫商』，『俺將這美聲名傳萬古，巧才能播四方。歎行中自此編絕唱』。聯繫王伯成《贈長春宫雪庵學士》散套自述，潤婷推斷他作《天寶遺事諸宫調》在一二七九年崖山戰役元滅南宋北返大都後，自然也當在大頭陀李雪庵御賜加贈昭文館學士之前。較之馮沅君師《天寶遺事諸宫調題記》約推爲十二世紀後期，更貼近於實際。由之還可以推知《録鬼簿》上編賈仲明補挽詞『馬致遠忘年友』之語的實際内涵。據考，馬致遠父名興，曾從元軍南征，論功授百戶，官江陵縣尉。王伯成於馬致遠爲父輩，『忘年友』當是指王伯成返大都與正在大都謀發展的青年馬致遠交往較密。馬致遠早年居大都約二十年，曾從做忽必烈侍從晉官職的盧摯遊。盧摯爲涿州人，文名甚高，尤以散曲著稱，也喜歡聽教坊樂伎演唱，與著名的珠簾秀各有贈曲傳世。王伯成與盧摯爲同鄉，北返後依之爲門下士，與馬致遠有較多交往結爲『忘年友』。他十分從容殫精竭慮地作出堪稱曲中傑構的《天寶遺事諸宫調》，顯現其非常才學。引辭中『仗知音深贊賞』，『歎行中自此編絕唱』，都可以得到合乎情理的解釋。

前輩學者重在從宫調、曲牌、聯套、音樂體式方面，梳理出流行於宋元間稱名諸宫調的講唱文藝的流變，輯出《天寶遺事諸宫調》佚曲套數名目，而未輯其曲文爲一體，供讀者解讀。潤婷輯佚連綴，雖仍不足窺其全貌，卻可以識其大略。《天寶遺事諸宮調》兩段引辭，作者特別自矜廣收前出咏歎記述唐天寶遺事詩文殆盡，兼容並蓄，匠心結撰，作成一部別是一格的諸宮調講唱文本，顯得十分安閒從容，志在超羣出眾，顯示出其非常才學。這不是一般爲演藝人編寫腳本的書會先生所能持有的。也可以作爲認定王伯成在大都寄身於有文名特別是散曲著稱的同鄉達官盧摯門下的依據。他後來能夠结識加贈大學士官銜大頭陀教主，有《贈長春宮雪庵學士》散套，也就可以理解其所以然。《天寶遺事諸宮調》融會進前出虛實、傾向、意蘊各異的文本。作者細心體貼人情，用代言體的心理敘寫調和其間的反差齟齬，如《馬嵬坡踐楊妃》數套敘寫得相当委宛深切。然《明皇寵楊妃》部分《玄宗捫乳》、《媾歡楊妃》、《楊妃澡浴》、《楊妃出浴》諸套缺乏人事底蘊的自然主義的敘寫，與前面《明皇遊月宮》愛情的想像，還是存在着不和諧的遺憾。增加進楊妃與安祿山的私情，最後唐明皇的《哭香囊》、《憶楊妃》、《夢楊妃》的悲情，豈不就形成悖論？

上世紀三十年代，鄭振鐸《宋金元諸宮調考》，特稱賞王伯成的這部《天寶遺事諸宮調》，『（作者）識力，當更過於董解元；其風格的完美，其情調的雋逸，也當更較《西廂記諸宮調》爲遠勝。』由於全本不存，研究者不得解讀，論著最終還是評述有刊本傳世的《西廂記諸宮調》，間或講及今存金刻殘本的《劉知遠諸宮調》。繼鄭振鐸、趙景深、馮沅君之後，邵曾祺著《元明清雜劇總目考略》，王伯成名下附錄其編補的《天寶遺事諸宮調》佚曲套數名目，以其部分曲文，涉穢沒有付印。現潤婷再輯出梳理出版，讀者可以解讀評說。也可以與有讀本的《劉知遠》、《西廂記》兩諸宮調對照，對古代曾流行約兩個世紀的韻文敘事文體諸宮調的興變作文學史學的研討，可增進更新層面的認識。

初讀潤婷《天寶遺事諸宮調輯録校注》，前端有三套引辭，都没有放棄文本作者自我標榜的意思，中間還明白顯示其『涿郡閑人』的身份。返觀《劉知遠諸宮調》前端引辭，只有一曲一尾再加一首七言詩，只是引出下面要講唱的故事。《西廂記諸宮調》有兩套多達十曲的引辭，自報家門，文本作者没有顯山露水，署名『董解元』還只是個書會才人或是有文化演藝人的雅號。由此引發對前先賢認定爲三個時段的三種諸宮調文本及其流變的思考。最早出的《劉知遠諸宮調》無署名，曲文簡樸，敘寫的是前朝豪傑劉知遠發跡變泰故事，當是有才學的藝人據已流行的講史類五代史話本改編入曲説唱。人生否極泰來的故事引人入勝，最接地氣。《董西廂》曲文雅俗交融，就唐人傳奇《會真記》後世讀者的爱憎傾向，作全新的改變，結撰的抒情言志性增强，更適應了士人的意趣。如果引辭中舉出的大都是就唐傳奇的故事編作諸宮調，那麼這種原生於瓦舍的文藝向士人文學的移位，董解元高超的文心和幽雅尚易的北曲之祖，造就出宜唱耐讀的《西廂記諸宮調》廣泛持久盛傳，引出雜劇家王實甫追羨做改頭換面的改編，新興雜劇感性顯示的鮮活性和更爲清麗優美的曲文，比韻文敘事别具一種耐讀的優勢，從而久享盛名。同理，王伯成作《天寶遺事諸宮調》不無追蹤《董西廂》之意，廣撰博采，精心結撰，曲文修辭甚有妙趣。然篇幅長，缺少整一的精神。雖自稱『與諸宮調家風創立個教門』，卻不如白樸演天寶遺事的《梧桐雨》雜劇情節凝練，意蘊深沉，具有濃鬱的傷感詩情，贏得曲家高度稱讚。王伯成自評『歎行中自此編絕唱』，事實卻是扭轉了『絕唱』概念的内涵，成了諸宮調講唱文傳的終結。

有幸先讀爲快，由潤婷這部文稿，喜其做了前輩學者關注到而未做的研究，特別用心。不禁也寫了點讀後感，聊表鼓勵之意。

袁世碩　二〇二二年四月十五

前言

一

諸宫調是以唱爲主，説白爲輔的説唱文學。它上承變文，下開元曲，爲宋、金北曲的重要文派，在宋、金盛極一時。在衆多的諸宫調作品中，王伯成所著《天寶遺事諸宫調》被視爲壓卷之作。明代的戲曲作家兼戲曲評論家賈仲明這樣評價這部諸宫調及其作者：『伯成涿鹿俊豐標，公末文詞善解嘲。《天寶遺事諸宫調》，世間無，天下少。《貶夜郎》關目風騷。馬致遠忘年友，張仁卿莫逆交。超羣類，一代英豪。』〔一〕讚揚了王伯成超人的才華，更把《天寶遺事諸宫調》視爲極其罕見的傑作。鄭振鐸先生也稱《天寶遺事諸宫調》爲『偉大的諸宫調』，並認爲其作者王伯成的『識力，當更過於董解元；其風格的完美，其情調的雋逸，也當更較《西廂記諸宫調》爲遠勝』〔二〕。

王伯成身世不詳。鍾嗣成《録鬼簿》把他列在『前輩已死名公才人』中〔三〕，所加注只提供了兩條線索：河北涿鹿人；是『馬致遠忘年友，張仁卿莫逆交』。馬致遠的生卒年約爲一二五〇至一三二一年。張仁卿的生卒年不詳。孫楷第《元曲家考略》『王伯成』條，有兩條有關張仁卿的資料，一是王惲《秋澗大全集》卷十有《秋澗著書圖歌贈畫工張仁卿》詩一首。孫先生考證出，此詩作於至元二十年（一二八三），張仁卿爲王惲作畫，也當爲是年。一是陸文圭《墻東類稿》卷十七有《送張仁卿》詩二首，詩中寫到張仁卿曾爲縣尹一年而去官。孫先生據此推斷：『仁卿、伯成俱至元間人。』〔四〕這是個相當寬泛的範圍。

我的導師袁世碩先生，告知兩條關於王伯成生年的資料。《元典章》卷二二『匿稅房院二十年收稅』條載：『至元八年七月，尚書戶部據大都路來申，王伯成首告石抹德匿稅。房院文契擬到，石抹德亡父捏斜廉訪，於壬子年間作財錢準到，經今二十餘年。撿會得即系格前事理，若依匿稅斷沒，多實年深合無收稅結課。乞明降事省部準申，仰照驗施行。』大都路的轄區包括王伯成的家鄉河北涿縣。至元八年爲一二七一年，王伯成能首報石抹德匿稅這個陳年老案，他此時應該已經入仕。

另一條資料是：《全元散曲》收有王伯成散套《贈長春宮雪庵學士》。雪庵是李溥光的號。《元詩選》三集卷四收有李溥光《雪庵集》。其小序云：『溥光，字玄暉，大同人。自幼爲頭陀，號雪庵和尚。深究宗旨，好吟詠，善真行草書，尤工大字，與趙文敏公孟頫名聲相埒，一時宮殿城樓扁額，皆出兩人之手。亦善畫，山水學關仝，墨竹學文湖州。大德二年，文宗降旨來南，闡揚教事，椎輪葛嶺。後詔畜髮，授昭文殿大學士、玄悟大師。』大德二年，即一二九八年。王伯成曲中稱雪庵爲『學士』，則此套散曲當作於一二九八年李溥光蓄髮，授昭文殿大學士之後。這套曲中有：『嘆狙公暮四朝三，抵自慚。遠投滄海，平步風波，空擘驪龍頷，謾贏得此身良苦，家私分外，活計尷尬，寢食玉鎖緊牽連。』看來王伯成參加過崖山滅宋的海戰，並爲此事感到後悔，表示自己將『大道無極靜中參，出凡籠再不爭攙』〔五〕。崖山海戰爲宋祥興元年（一二七九）。綜上所述，王伯成的生年大約在一二四〇年前後。首告匿税時三十歲左右，參加崖山海戰年近四十，寫《贈長春宫雪庵學士》時近六十歲。這與《録鬼簿》的記載也相符合：大馬致遠十歲；而與他年齡相近的張仁卿至元二十年爲王惲作畫時若四十歲出頭，則張仁卿的生年也在一二四〇年前後。

《天寶遺事諸宫調》應作於王伯成賦閑以後。該作的『引辭』寫道：『君休問，嵬坡古跡，都付與涿郡閑人。』這樣看來，這部諸宫調至早也應作於崖山海戰（一二七九年）之後，爲元代初期的作品。

《天寶遺事諸宫調》未能傳世，只有一部分曲子收録於曲選、曲譜中。作品失傳於何時？可以根據曲選、曲譜收録其曲子的情況判斷。收録該作的主要有明初朱權編纂的《太和正音譜》，嘉靖四年（一五二五）張祿編纂的《詞林摘艷》，嘉靖四十五年（一五六六）郭勛編纂的《雍熙樂府》，明末清初李玉編纂的《北詞廣正譜》，成書於乾隆十一年（一七四六）由周祥鈺等奉乾隆之命編纂的《九宫大成南北詞宫譜》（後簡稱《九宫大成譜》）。其中，收録該曲最多的是《雍熙樂府》，筆者確認的六十一套佚曲中，《雍熙樂府》收五十四套。即此可以斷定，明嘉靖四十五年，這部諸宫調尚傳世。顯然,《雍熙樂府》和它之前的《太和正音譜》、《詞林摘豔》,都據原作録曲。《雍熙樂府》不收的佚曲有七套,有三套收入《太和正音譜》,六套收入《北詞廣正譜》。收入《北詞廣正譜》的曲子中有四套不見於它之前的曲選、曲譜,看來李玉也據原作收録。《九宫大成譜》所收曲子,俱見於它之前的曲選、曲譜。其來源可以是原作,也可以是之前的曲選、曲譜。

筆者斷定,《九宫大成譜》的編纂者未見到過原作。其所收曲,底本爲《雍熙樂府》,校以它書。其理由有二:首先,《九宫大成譜》在《天寶遺事諸宮調》的三套曲後加了注,這些注洩露了個中實情。《楊妃梳粧》後注:『《楊妃梳粧》套,《雍熙樂府》原本於【梁州第七】第三句下,誤接【黄鐘】調《楊妃出浴》套【醉花陰】之又一體及【神仗兒】、【神仗煞】等曲。反將此套【梁州第七】之第三句以下及【三煞】、【二煞】、【煞尾】接入《楊妃出浴》【醉花陰】套内。蓋因同用一韻,以致錯誤如是,前人習而不察,今悉考正。』〔六〕於《楊妃出浴》套後也作了相應的説明。倘若有原作在,收録它的曲子照抄就是了,何必如此費事,要在幾種曲選、曲譜中進行『考正』?該書也收録了《西廂記諸宫調》的曲子,所收曲均署《董西廂》,没有一套進行過『考正』。其次,《雍熙樂府》收録《天寶遺事諸宫調》曲子,没有注明出處,這使得《九宫大成譜》編纂者據此收録這些曲子出現了錯誤。該書是從第五卷開始收録《天寶遺事諸宫調》的,其所收《十美人賞月》套的【混江龍】、【醉扶歸】、【雁兒】,均署《雍熙樂府》。從第六卷起,所收佚曲纔署《天寶遺事》。這至少説明,該曲譜收録

《天寶遺事諸宫調》是從《雍熙樂府》入手的。更爲明顯的是，第六十六卷把原本是《天寶遺事諸宫調》佚曲的《明皇哀詔》的【尾】，署《雍熙樂府》散套；而不是《天寶遺事諸宫調》佚曲的《馬踐楊妃》，署《天寶遺事》〔七〕。假如原作在，不可能出現此類錯誤。這樣看來，《天寶遺事諸宫調》的失傳，當在明末。

上個世紀三、四十年代，任訥、鄭振鐸、趙景深、馮沅君、楊蔭瀏先生，不約而同地從各類曲選、曲譜中搜輯《天寶遺事諸宫調》的佚曲。鄭先生輯五十四套，目錄載於其一九三八年出版的《宋金元諸宫調考》中。趙先生輯六十套，目錄刊登於一九四〇年四月出版的《學術》第三期。馮先生輯六十二套，未出版，作《天寶遺事輯本題記》一文，收入《古劇説彙》中，署明該文寫於一九四二年。可見她在此前已經完成了收集佚曲的工作。楊先生輯曲六十七套，於一九六一年影印成册，題爲《天寶遺事拾殘尋譜》。可惜任訥先生所收之曲毁於兵火。筆者對照上述曲選、曲譜，對各位先生所收之曲進行了審慎的核對，又擴大範圍，翻閲了大量其他的曲選、曲譜，只是在《御定曲譜》中收輯到十一支佚曲。這十一支曲子雖然也在諸位先生所收曲範圍之内，但由於此書是王奕清等奉康熙之命編纂的，比較精準，故對於本書的校勘仍有價值。基本可以斷定，如果不發現新的曲譜、曲選，或者有新的考古發現，《天寶遺事諸宫調》的佚曲也只能收輯到這些了。

四位先生輯録《天寶遺事諸宫調》佚曲，爲深入研究這部作品奠定了基礎，但均未做進一步整理。曲子的排序各不相同，且所排順序均與該作品本來之順序不相符合。這些零散的曲子，仍不便於閱讀、流傳。有鑒於此，遵照袁先生的指導意見，筆者把所有佚曲歸攏，將其一一與原載文籍相覆核，在比勘校定文字的基础上，辨别真僞、重排順序，自撰賓白，將所有僅存佚曲，連綴成書。以期盡可能比較忠實地恢復曾經輝煌過的這部諸宮調的基本面貌。

筆者首先對四位先生收錄的六十七套曲子進行辨析，發現有六套屬於雜劇或散套。剔除了這些曲子，所餘六十一套曲基本上可以確定爲《天寶遺事諸宮調》佚曲。較之辨僞，排序和連綴更爲困難。鄭振鐸先生評論這部作品說：『像那末浩瀚的一部《天寶遺事》，在他（王伯成）之前，還不曾有人敢動過筆呢。』〔八〕對於這樣一部內容浩瀚的著作，佚曲排序、連綴沒有任何其他作品可供參照。這就如同把被打碎的一個大件玉器，既無模型可供參照，又需使這些碎片對接、粘合，以儘量恢復玉器原貌一樣，其難度之大，可以想見。

筆者廣泛查閱開元、天寶年間的正史、稗史與各類傳説，對李、楊愛情故事及『安史之亂』有了整體的、比較清晰的了解。在此基礎上，花費大量精力研讀六十一套曲子，仔細體味這部諸宮調描述了什麼樣的故事。《天寶遺事諸宮調》的曲子，與《劉知遠諸宮調》《西廂記諸宮調》有很大的不同。前兩部諸宮調的曲子比較簡短，且多描述當下發生的事。而《天寶遺事諸宮調》的佚曲篇幅長，描寫細膩。其內容有回憶，有預示，還有作者的品評，故事情節的涵蓋面相當廣。比如《力士泣楊妃》套，寫太監總管高力士這個李、楊愛情與安、楊私情的知情者，在哭楊妃時回憶了楊妃從受專寵到被馬踏的整個過程。這就使得我們除了知道高力士對楊妃之死的感受外，還了解到其他許多與此關聯的情節。儘管曲中對於這類情節一語帶過，但熟悉了有關歷史事件及傳説，自然會明白這部諸宫調還寫了哪些事件。類似這樣的情況還有不少。這對於修復這部諸宫調作品大爲有利。如果將佚曲中簡單提到的情節，與六十一套佚曲專題描述的情節融合到一起，就能相當準確地勾畫出這部諸宫調的完整情節。

怎樣完成這種融合呢？首先要準確地把握六十一套佚曲描述的内容，尋繹出各套佚曲相互間聯繫的綫索，從而排列出所有佚曲的先後順序。六十一套佚曲一經排序，作品的大致情節已經顯現。然後結合歷史記載與各類傳説，將這部諸宫調佚曲所提供的簡單情節綫索，撰寫成生動通俗的故事，按照要求穿插到需要補充的地方，就基本上完成了對這部諸宫調情節的修復。

諸宫調是説唱文學，把六十一套曲子排序以後，還必須用賓白進行連綴。明·徐渭《南詞敘録》寫道：『賓白：唱爲主，白爲賓，故曰賓。白，言其明白易曉也。』〔九〕清·李漁《閒情偶寄》也説過：『曲之有白，就文字論之，則猶經文之於傳注。就物理論之，則如棟樑之於榱桷。就人身論之，則如肢體之於血脈……故知賓白一道，當與曲文等視。』〔一〇〕可見，賓白對於曲詞，有輔助和解釋的作用。《天寶遺事諸宫調》的賓白，則不僅要配合曲子描述故事，還要補充作品殘缺部分的情節。鑒於《天寶遺事諸宫調》的賓白全部亡佚，筆者仿照《劉知遠諸宫調》、《西廂記諸宫調》的形式，補寫《天寶遺事諸宫調》的賓白。《劉知遠諸宫調》和《西廂記諸宫調》的賓白，都寫得直白簡略。這固然是因爲諸宫調是演唱藝人或書會才人爲滿足廣大市民文化娛樂需求而作，必須通俗易懂；也因爲藝人演唱時還要臨場發揮，書中的賓白只起到提示的作用。考慮到《天寶遺事諸宮調》是文人的作品，其曲子已經出現了雅化的傾向。而諸宮調這種文藝樣式，今天也只能作爲案頭讀物。爲了與佚曲的風格相和諧，筆者撰寫賓白，盡量注意到它的文采及抒情性。且既不能用現代的語彙，也不能古奧難懂。（讀者如果想了解本書整理的過程和依據，務請先看後面的附録一）通過一番整理，原僅存且散亂的《天寶遺事諸宮調》的佚曲，就成爲一部有頭有尾，有説有唱的諸宮調的讀本了。誠然，由於曲子殘缺過多，所整理形成的這個讀本，仍無法展示這部諸宮調的全貌。但由於佚曲對該作的基本情節已確定；上述曲選、曲譜收録的曲子，又均爲這部諸宮調的精華，故連綴成書後的《天寶遺事諸宮調》，仍向讀者展現出其複雜曲折的故事情節，豐滿而又性格各異的人物形象，超逸拔羣的語言特色，以及其藴含的豐富歷史内涵，依然能顯現出原作所具有的很强的藝術魅力。

二

《天寶遺事諸宮調》寫的是以『安史之亂』爲背景的唐明皇與楊貴妃的故事。歷史上的唐明皇，原是中興之主。後來貪圖享樂，不理政事，所用非人，引發『安史之亂』。而楊貴妃的美色、智巧，加重了明皇對於聲色的追求和對政事的疏懶。基於傳統的『女色禍國』論，楊貴妃被視爲禍國的『尤物』。《新唐書·玄宗本紀贊》寫道：『女子之禍於人者甚矣！自高祖至於中宗，數十年間再羅女禍，唐祚既絶而復續，中宗不免其身，韋氏遂以滅族。玄宗親平其亂，可以鑒矣，而又敗以女子。』《玄宗本紀》對唐明皇，尚多頌揚之詞，把引起國家動亂的罪責，歸到楊貴妃的身上。

唐玄宗不是昏君，也不是暴君。其造成過失的原因，是他精通音律，喜歌舞，愛美人，一句話，是他的風雅造成的。而他的這種風雅，又容易爲人們，尤其是文人和市民所認可。楊貴妃美如仙子，能歌善舞；雖受專寵，卻没有覬覦皇權的野心；亦非掩袖工讒之人。她與唐明皇的愛情，以及她後來的悲慘遭際，也容易引起人們的同情。

自唐代起，唐明皇與楊貴妃的故事就進入了文學作品描寫的領域。杜甫的《哀江頭》、《哀王孫》、《悲陳陶》，重在寫『安史之亂』給國家造成的災難。對楊氏家族，頗多微詞。羅隱《馬嵬坡》詩，又重在描寫女色禍國：『佛屋前頭野草春，貴妃輕骨此爲塵。從來絶色知難得，不破中原未是人。』

也有些作品，對李、楊的愛情悲劇表現出深切同情。比較有影響的是陳鴻的《長恨歌傳》和白居易的《長恨歌》。《長恨歌傳》描寫了唐明皇與楊貴妃深摯的愛情。還寫道：『希代之事，非遇出世之才潤色之，則與時消沒，不聞於世』，而推舉『深於詩多於情』的白居易試爲歌之。但李、楊這種風雅的生活又畢竟導致了『安史之亂』，故歌之的目的『不但感其事，亦欲懲尤物，窒亂階，垂於將來者也』。白氏《長恨歌》，從開頭『漢皇重色思傾國』及『從此君王不早朝』看，其立意儼然是要『懲尤物，窒亂階』的。但他越寫感情越投入，最後竟以『天長地久有時盡，此恨綿綿無絶期』結尾。『長恨』者，不是恨『尤物』、『亂階』，而是爲李、楊的愛情未能天長地久而深感遺憾。或許是要爲『尊上』避諱，抑或是不想讓所描寫的李、楊愛情有污點，陳鴻的《長恨歌傳》尚含含糊糊點出楊玉環原是壽王妃； 到了《長恨歌》中，竟然變成『楊家有女初長成，養在深閨人未識』，楊玉環成了清清白白的待嫁少女。至於她與安祿山的私情，更無一字提及。

宋代，這一題材的歷史記載與文學創作，對李、楊愛情的非議漸漸增多。樂史的《楊太真外傳》寫了明皇父佔子妻，也寫了安祿山对楊貴妃的暗戀。寫得比較簡略，也比較隱晦。司馬光主編的《資治通鑑》，不僅詳細地記述了楊玉環由壽王妃出家，又被明皇納爲貴妃的過程； 也露骨地寫了楊貴妃與安祿山的私情：『甲辰，祿山生日，上及貴妃賜衣服寶器酒饌甚厚。後三日，召祿山入禁中，貴妃以錦繡爲大繦褓裹祿山，使宫人以綵輿舁之。上聞後宫歡笑，問其故，左右以貴妃三日洗祿兒對。上自往觀之，喜，賜貴妃洗兒金銀錢，復厚賜祿山，盡歡而罷。自是祿山出入宫掖不禁，或與貴妃對食，或通宵不出，頗有醜聲聞於外，上亦不疑也。』〔一二〕《資治通鑑》雖爲正史，但對楊貴妃與安祿山私情的記載不足採信。這首先是因爲，皇宫裏對后妃們的防範至爲嚴酷，如唐人朱慶餘《宫詞》中所寫：『含情欲說宫中事，鸚鵡前頭不敢言。』其次，後宫三千粉黛爲爭寵也都緊盯競爭對手，越是受寵的嬪妃被盯得越緊。衆目睽睽，楊貴妃膽子再大也不敢做這種傷風敗俗之事。再有，明皇雖然寵楊貴妃，並沒有寵到癡傻的地步。新、舊《唐書》及《資治通鑑》都記載了楊貴妃曾於天寶五年、天寶九年兩次被明皇逐出宫去。《楊太真外傳》則補充說明了被逐的原因：第一次因爲『妒悍忤旨』。第二次因爲『竊寧王紫玉笛吹』，卽懷疑楊貴妃行爲不端。楊貴妃通過『截髮感君』才得以回宮。竊寧王紫玉笛吹尚不能容，如果和安祿山如此曖昧，除掉楊貴妃恐怕輪不到陳玄禮。司馬光編《資治通鑑》是以史爲鑑，總結歷代興亡的教訓。爲了强調楊貴妃作爲『尤物』、『亂階』的特點，不惜採用了這些無根之談。

此後描述這一題材的文學作品與稗史傳說，有的著眼於女色亡國論，有的讚揚李、楊真摯的愛情。持女色亡國論者大都宣揚楊貴妃的不貞，讚揚李、楊愛情者則捨棄了這類情節。其中影響最大的是清初洪昇的《長生殿》。《長生殿》在讚揚李、楊愛情方面，比《長恨歌》更進了一步。劇中不再提『懲尤物，窒亂階』，而是理直氣壯地讚美李、楊『在帝王家罕有』之情。作者也不滿足於《長恨歌》『此恨綿綿無絕期』的結局，而是讓他們『噙住一點真情』，死後登入仙境，結爲神仙伴侶。自然，劇中沒有明皇的亂倫，更沒有楊貴妃與安祿山偷情的醜聞。

三

《天寶遺事諸宮調》從選材到創作方法獨出一格。爲迎合元代市民聽衆搜奇獵豔的偏好，在衆多的歷史記載中，作者偏偏選中《資治通鑑》與唐以後的稗史：『杜工部賦哀詩，白樂天歌《長恨》，都不似《通鑑》後史回頭兒最緊。』作品取材於《資治通鑑》，又隱去了該書對史上大事的記載；誇張、放大了其中所寫的宮闈穢事，卽非常明確地寫了明皇父佔子妻；用渲染鋪排的手法描寫明皇與楊貴妃媾歡；露骨詳細地寫楊貴妃與安祿山偷情。作品還寫安祿山鎮守漁陽時對楊貴妃相思成疾，把搶貴妃作爲他興兵作亂的唯一目的。這樣一來，楊貴妃身上就有了連妲己、褒姒都沒有的污點。其『禍國』也禍得更爲直接。作者在寫這個故事時，凡有議論，褒貶分明，如稱楊貴妃爲『禍根芽』、『禍根苗』；稱安祿山爲『亂宮賊』、『野鹿』；讚揚陳玄禮『忠直』，稱誅殺楊貴妃是『錦宮除禍機，青史標名列』的壯舉。然而，具體描寫中，又對這些悖逆倫理道德的行爲寄予深切的同情，把馬嵬坡之變寫成了催人淚下的大悲劇。如《遺事引》所寫：『若說到兩頭話分，六軍不進，您敢替明皇都做了斷腸人』。這種對悖倫之事的同情甚至是讚許，理性與感性的矛盾，在以往的文學作品中從未有過。

明明不合乎任何道德規範的醜事，卻要博得人們的同情。要使這二者統一，絕非易事。《天寶遺事諸宮調》作者的做法是：以元代市民的生活與情趣，揣摩帝王后妃的生活與情趣，把唐代的宮廷生活寫成了元代的市井生活，並以張揚人的自然本性，來沖淡，甚或消解道德規範。這使得《天寶遺事諸宮調》不像其它說唱文學那樣簡單地描述故事，而是濃墨重彩地描摹人情，張揚人的自然本性。這，恰恰成就了作品高超的藝術造詣，使這部元代初年的說唱文學，具有了明、清世情小說的某些特點。從某種意義上來說，《天寶遺事諸宮調》有些像《金瓶梅》：其內容沒有亮色，卻不能夠忽視它藝術上的創新。

《天寶遺事諸宮調》的情節設置很具特色，作者所寫的事件，既有歷史依托，又加以創新、改造，把一些原本悖理的事件人情化。如《楊太真外傳》、《太平廣記》等作品都寫了明皇遊月宫的故事，引導遊月宫者有的説是羅公遠，有的説是葉靖。而遊月宫的收穫是一致的，都是明皇從月宫中學得羽衣霓裳曲。而《天寶遺事諸宫調》中的明皇遊月宫，除了學得仙樂外，還有一項更爲重要的内容，就是在月宫中與嫦娥相愛。曲中還明顯地把這次遊月宫與後來的『安史之亂』聯系在一起：『玉竄清秋多殿閑，暗隱昭陽患。若不爲私遊這番，怎上的連雲棧！』而楊玉環的相貌又絶類嫦娥，這就非常明確地把楊玉環定爲嫦娥的化身。明皇在『月宫入贅』不可得的情況下，與嫦娥約定人間相見：『到來歲中秋顯素色……我試等待，看月明千里故人來。』這樣一來，明皇與楊玉環的情緣就成了『天意』、『夙緣』。讀者讀了這個美麗的神話故事，從感情上反倒會覺得嫦娥化身的楊玉環最初歸於壽王是出了差錯，她本來是應月宫之約，來與明皇團聚的。

再如，楊貴妃貌似嫦娥，安禄山醜陋不堪。若寫他們一見鍾情，傳書遞簡，實在令人難以置信。《天寶遺事諸宫調》賦予楊貴妃嬌癡任性，貪杯好飲的性格特點。書中有兩套曲子《楊妃病酒》、《太真閉酒》，專寫她的醉酒。這是我國文學史上第一次把絶色美女與酒文化聯系在一起，第一次描寫美人的醉態。但這絶非閑來之筆，恰恰是她的這個特點給了安禄山以可乘之機。在一次盛大的宴會之後，安禄山乘她酩酊大醉潛入後宫强暴了她。她酒醒後内心有過鬬爭，想過要『呼陛下』、『叫丫嬛』，捉獲安禄山。然而，最後她選擇了『佯道君王行應依了』。至於楊貴妃爲什麽選擇應依，他們的關系爲什麽會發展，作品裏也有所暗示。明皇納楊貴妃時年過花甲，而楊貴妃正當妙齡，他們的夫妻生活不和諧。這在明皇第一次與楊貴妃媾歡時已顯端倪。新婚燕爾，楊貴妃卻提醒明皇：『聖壽綿綿萬年久，省可裹勞尊候。』在《楊妃》套中又明顯地指出，楊貴妃與安祿山偷情時，明皇已經在兩性生活方面怠慢了她。楊貴妃接受安祿山，完全是出於妙齡少婦對性生活的需求。醜事歸醜事，又讓人覺得可以理解。

歷史上安祿山最後的結局是雙目失明，脾氣暴躁，爲其子安慶緒夥同侍衛所殺。這件事與楊貴妃本沒有什麽關系。湊巧的是，他的死距楊貴妃之死只有半年。《天寶遺事諸宮調》巧妙地利用了這一事件，把安祿山寫成了情種。書中寫安祿山到漁陽後對楊貴妃相思成疾，終日號哭，『常則是一曲悲歌淚兩行』，『動無端息行無汗，坐也昏沈睡不安，兩行淚道漬成斑』。聽到楊貴妃慘死後，更是『淚珠兒搵血，流遍秦川』。顯見，諸宮調把安祿山的失明，歸結爲他對楊貴妃的哭；他的脾氣暴躁，也是因自己造反導致貴妃慘死的痛苦與悔恨所致。他死於情。這就把『安史之亂』這件影響唐朝興衰的軍國大事，寫成了情場角逐。這樣的情節，自然不符合歷史事實，卻合乎元代市民大衆的欣賞趣味。

在人物形象的塑造方面，《天寶遺事諸宮調》已經開始了從類型化向個性化的轉變。以往故事中那些智勇絶頂，性格卓異的人物，可以令人欽佩，卻不易令人感動。因爲這類人物與現實中的人，尤其與市民大衆，有著太大的距離。要想塑造爲廣大市民所喜愛，所感動的人物，就要縮小這種距離，寫市民大衆所熟悉的、平凡的、性格多維的人物。《天寶遺事諸宮調》的題材是帝王將相，但作者卻賦予他們普通人的性格特點，並按照世俗的人情事理去品評他們。

唐明皇是《天寶遺事諸宫調》的主角。作者在描寫這個人物時，剝去了他作爲帝王的神聖光環，把他塑造成一個通音律、解歌舞、喜美色、重情義的凡夫俗子。早年的政績給予他足夠的自負，使他聽不進逆耳忠言，罷黜了忠直的大臣張九齡，把大權交付李林甫、楊國忠這樣的姦相，自己極盡所能地享受生活。他嫌後宫中『都是半凋殘杏臉桃腮』，便上天入地尋求美人。在月宫一見嫦娥，便想於月宫『入贅』，『爲天上一時間忘了天下』。見到壽王妃貌類嫦娥，就認定這是宿緣，不顧悖逆倫理佔有她。剛得到楊玉環，就把與楊玉環歡歌笑舞和上朝理政作了對比：『我想這文武朝金殿，不熱樂如妃子列華筵。簾捲蝦鬚吐翠烟，不風韻如雲影隨歌扇。捲的是那剪霹靂三聲靜鞭，聒的寡人心驚膽戰，煞不如太真妃品竹調弦。』故此，卽便是『鹿走中原，海變桑田』，『儘翰林院編作荒淫傳』，他也要終朝與楊貴妃相伴。他把自己的全部精力都花費在了與楊貴妃尋歡作樂，與梨園弟子製新舞、歌新曲上。漸漸地，政治上的敏感果決消失殆盡。當楊貴妃與安祿山的醜聞傳遍宫中時，他卻認爲這是捕風捉影，無事生非：『一尺水，一尺波』，『想温泉直恁是非多』，『好不分個清濁』。他始終未能明白他的這種生活方式會給國家造成什麽樣的災難：『止不過愛梨園内樂聲，止不過戀金屋銀屏，止不過舞腰纖細掌中擎，卻不那些兒是罪名！』『安史之亂』爆發，他没有對給國家造成巨大災難的安祿山表現出怎樣的仇恨，卻對殺掉他愛妃的陳玄禮恨之入骨。當太子北上平叛後，就連高力士都意識到他大勢已去，爲他的前景擔心焦慮。他卻渾然不覺，盤算的是將來得勝還朝，如何給貴妃選山陵、建墳塋，如何懲罰陳玄禮。總之，他心目中只有楊貴妃，只有梨園，沒有了江山社稷。此時的明皇，是個癡戀美人的情種，出色的音樂家，但絕不是能擔當經邦治國大任的開明帝王。

唐明皇雖然誤國，卻又不是像商紂王那樣的暴君。他還是受民眾擁戴的君王。『安史之亂』爆發，他播遷西蜀，所經之處，民間父老們對他涕泣挽留，夾道跪送。他貪圖享樂，並非泛泛地沈湎於聲色犬馬；而是癡迷於對音樂藝術的創造與追求。尤其是詔李白作《清平調詞》，自己率眾奏樂演唱，給人的印象更是個風雅和悅的君王。對於楊貴妃，他也不像一般帝王那樣玩弄女性，而是一種生死不變的摯愛。貴妃死後，作爲太上皇，即便失勢，身邊也不乏侍奉的嬪妃。但他始終守住了這份愛，對著楊貴妃的遺像日日哭泣，直至生命結束。唐明皇不是好皇帝，卻也不是壞人。看到馬嵬坡他與楊貴妃的生離死別，看到楊貴妃死後他對她的刻骨思念與痛苦憂傷，很容易引起人們由衷的同情。

歷史上誤國的女性，如妲己、褒姒等，幾乎成了邪惡的代名詞。彷彿會褻瀆了文人騷客的筆墨，沒有人具體描寫她們。對於她們的性格、情感，乃至誤國的動機，人們都無從了解，彷彿誤國就是她們的專職。《天寶遺事諸宮調》中的楊貴妃，卻是個有血有肉，生動鮮活的藝術形象。

説起楊貴妃，她最大的特點就是美。這是《天寶遺事諸宮調》濃墨重彩描寫的內容。作品通過描寫她澡浴、春睡、梳粧、剪足，幾乎把她身體的每一部位都寫到了，每一部位都美到極點。楊妃繡鞋，楊妃香囊，寫她女工之精，『慶七夕』、『藏鈎會』又讓她盡顯智巧。作品還寫了她的音樂專長：通音律，擅長樂器，翠盤舞婆娑，歌聲如鶯柳囀篁嬌。如安祿山所說，她是『天上少，世間無，風流共許，聰俊皆伏，舉止非俗』的女子。這應該是她『禍國』的資本。她不像別的嬪妃那樣在君王面前誠惶誠恐地侍奉，但對於夫君盡顯溫柔：『阿環早是風流殺，又添出些溫柔分外』。她不過問政事，只是追隨明皇歌舞笑樂，這也是她自己喜歡的生活方式。作品也寫了她的嬌憨、任性、不諳世事。她不顧宫廷的禮節，飲酒時常飲的酩酊大醉。安祿山乘她大醉强暴她，她理應想到作爲母儀天下的貴妃，應該維護自己的貞操，維護國家的聲譽，要對得起十分寵愛她的明皇。但這些她都没想到，不僅没有嚴懲安祿山，還想方設法繼續滿足自己的性生活。直到被兄長的一番勸誡，纔意識到問題的嚴重性，自此洗心革面，主動要求明皇將安祿山調離京城，並與之斷絶了關系。她不再想念安祿山，也想不到安祿山會想念她，更想不到安祿山會因她造反。『安史之亂』爆發後，她隨明皇逃離京城。路上因難以忍受顛簸之苦，她還抱怨將士無能，累及自己受苦。她絲毫不知道是自己害了國家，反倒把自己的這一番顛簸視爲爲國效力，理直氣壯地提出：『翰林院學士行評跋，淩烟閣上只堪圖畫著我。』

《長生殿》寫到馬嵬坡之變時，讓楊貴妃『懂事』地自動請死。而《天寶遺事諸宫調》寫馬嵬坡誅殺楊氏兄妹時，楊貴妃卻出於本能，想盡一切辦法求生。六軍不進，要誅殺楊國忠，使她大爲恐慌，也替兄長深感委屈：『又不曾背叛朝廷，簒圖天下；又不曾違犯國法，誤失軍期。平白地處死，無罪遭誅，性命好容易。』她先是求明皇哀告陳玄禮，請他放過兄長和自己。當兄長被殺，明皇在陳玄禮的逼迫下要將她勒死時，她『把不定膽戰心寒，怕的是白練套頭拴』，但還要『打迭起愁眉淚眼』，向陳玄禮『乞罪犯』，即要向陳玄禮討個說法。明皇下哀詔要將她處死，求生的願望徹底破滅，她感到孤獨無助，感到絕望，怨氣沖天，『四下裏一齊併我獨自死』。她恨陳玄禮狠毒，恨安祿山無恩義，也恨明皇薄情：『早忘了長生殿夜參差，悄悄無人私語時。枕邊誓約中甚使？鈿盒金釵，放著證明師。』臨死前對高力士說：『若得見君王，卻道俺傳示：把我生勒死，不知爲何事。若施行了已後，卻休教死骨頭上揣與我箇罪名兒。』她至死也沒有服罪。

《天寶遺事諸宮調》對楊貴妃形象的塑造是獨一無二的。她不是禍國的妖孽，也不是被封建倫理道德掏空了靈魂的人；她是個有血有肉，有七情六欲，同時也有污點的女子。她確實是引起『安史之亂』的『禍根苗』，但對於這樣一個美豔嬌憨的少婦，讀者仍不忍心看她受萬馬踩踏的酷刑。而作者偏偏用白描的手法，十分具體逼真地寫她被勒死、被萬馬踐踏的情形：『那裏問衣粧帶緊，首飾鉛華！將素體立驅翻，把咽喉生勒塌。折挫了傾城色，改變盡鼻凹。及竟得如雲鬢，鬆了紺髮。偏旖旎形骸偃臥，忒溫柔手足揸搓。』其慘狀目不忍睹。相信凡讀過《天寶遺事諸宮調》馬嵬坡之變的人，沒有不同情楊貴妃的。

無論歷史記載還是文學作品的描述，安祿山都是個十惡不赦的野心家。《天寶遺事諸宮調》也不例外，稱他爲『亂宮賊』、『野鹿』、『肥材料』、『蠢東西』……總之，沒有一個好的詞彙。然而，他又不是一個惡行惡德的容器，而是一個活生生的，性格複雜又統一的人物。安祿山不僅長相討人嫌，也確實野蠻不知禮義，有著瘋狂的佔有欲。垂涎於貴妃之美，並不顧及她的意願，竟然偷偷進宮强暴她。明皇對他恩重如山，他卻恩將仇報，興兵叛亂，搶他的愛妃。然而，他又不是不通人性的惡魔，楊貴妃接納他以後他在她面前盡顯溫柔，別離後對她刻骨思念，楊貴妃死後他悔恨交加以致於殉情，都把這個惡魔人性化了。

《天寶遺事諸宮調》中的正面形象是陳玄禮。作者給予他的總體評價是『忠直』。陳玄禮確實忠於明皇，忠於朝廷。作品中實寫了楊貴妃與安祿山的私情，也明確交代出安祿山造反的目的是搶奪貴妃，陳玄禮『錦宮除禍機』的目標沒有找錯，楊貴妃應該受到懲罰。更何况楊氏兄妹的行爲已經激起了將士們極大的憤怒，六軍不進，一片聲叫道：『宜早不宜遲！』如果不除掉楊氏兄妹，以平息將士們的憤怒，他難以保證明皇的安全。陳玄禮沒有直接下令誅殺楊貴妃，而是逼迫明皇下詔處死她。他這樣做是爲明皇挽回影響，贏得聲望。唐人鄭畋《馬嵬坡》詩中寫道：『玄宗回馬楊妃死，雲雨難忘日月新。終是聖明天子事，景陽宮井又何人！』把處死楊貴妃看成玄宗英明的決策，不如此很可能步陳後主的後塵。在處死楊貴妃過程中，陳玄禮盡顯剛直，無論是明皇親自哀告，還是貴妃的『乞罪名』，他的决心都沒有動摇。費盡周折，他大功告成，除掉了楊貴妃，『挽回壯士心，絕卻君王寵。』假如楊貴妃是妲己、褒姒那樣的『妖孽』，陳玄禮除掉她就會像姜子牙那樣被人歌頌。然而，書中把楊貴妃寫得太美，唐明皇對她的感情也太深摯。陳玄禮殘忍地殺害絕世美人，冷酷地拆散人家恩愛夫妻，又顯得不近人情。何況他不敢與安祿山對敵，一味地在明皇與貴妃面前『施狠切，誇鋒利』，也給人以色厲内荏之感。『暢道驀見箇英雄，搓玉揉香甚威勇，似風雷性猛，鐵石般心硬，把一箇醉姮娥拖入地穴中。』明似表彰，實爲譏諷。陳玄禮其實不是作者謳歌的英雄。

總之，在《天寶遺事諸宮調》中，沒有完全的好人，也沒有一無是處的壞人。引起『安史之亂』的明皇、貴妃，被譴責，也受到同情。除掉『禍根芽』的陳玄禮，被認可，也被譏諷。然而，比起那些寫好人一切皆好，壞人一切皆壞的作品，這樣的描寫、品評，更符合市民讀者心中的情理。如《引辭》所説：『合人情剖判的無偏黨。』

一種藝術風格的形成，往往伴隨著新的藝術手法的產生和運用。《天寶遺事諸宮調》中人物個性化，得力於它卓越的心理描寫和環境烘托。全書採用了敘述體、代言體兩種語言。敘述體是用全知全能的敘事方法講述故事；而對人物的心理描寫，是靠代言體的曲子完成的。這部諸宮調中代言體的曲子佔的比重很大。現存六十一套曲子中，有十八套純用代言體。其中十套以明皇的口氣寫成，七套以安祿山的口氣寫成，一套以高力士的口氣寫成。此外，《明皇哀告葉靖》、《楊妃訴恨》主要也用代言體，只是中間加了三兩句敘述。由於這些曲子大都很長，如果按照字數來計算，佚曲大概有半數曲詞是代言體。

《天寶遺事諸宮調》中代言體曲子，是根據每個人的身份、情感、思維方式來設置的。如張竹坡《〈金瓶梅〉讀法》中所説：『於一個人心中，討出一個人的情理。』這些曲子，都酣暢淋漓地表現了當事人的心情、理念。如《十美人賞月》用了十六支曲子描寫明皇得到楊貴妃後的欣喜若狂。《漁陽十題》用了十九支曲子寫安祿山赴漁陽難捨貴妃。《楊妃訴恨》雖然不算很長，也把楊貴妃被處死前的委屈、恐懼、絶望、憤恨的心情表達得淋漓盡致。

代言體的曲子中，寫得最爲出色的是《力士泣楊妃》套。高力士不是故事的主角，卻是整個事件中最知情的人。對於這一段恩怨情仇，他看得最清楚，也最有發言權。《力士泣楊妃》套，把楊貴妃死後高力士五味雜陳的心情刻畫得既深邃又貼切。高力士是明皇的心腹太監，也是後宫總管。明皇父佔子妻，貴妃與安祿山的私情，樁樁件件，都瞞不過他。他明敏幹練，卻又處事圓融，對後宫出現的醜事不滿，又安於太監的本分，採取姑息隨順的態度。楊貴妃爲和安祿山接近，對他『死央及』，他明知不合禮儀，然卻不過她的面子，爲她提供方便，甚至出謀劃策。他怎麽也没想到，美如仙子的貴妃會看上那肥矮醜陋的『蠢東西』。也曾抵死相勸，楊貴妃不肯回頭，他也就無可如何了。馬嵬坡兵變爆發，他膽戰心驚：『若不是將令行疾，嶮些箇把撮合山連累。』他自然知道安祿山發兵是爲了搶貴妃，所以抱怨楊貴妃的不爭氣：『死後正合宜。每日居禁苑豐衣足食，誰教你背君王落道爲非。』然而一旦看見朝夕相處的貴妃被人『十分勒』時，他又心痛不已。他知道陳玄禮確實在爲宫中除『禍機』，但又覺得陳玄禮的做法超出了護衛將軍的職守：大兵壓境，陳玄禮即便不能領兵迎敵，也應該將明皇等人保護得『無疏無失』，萬不該對君父如此無禮。他尤其反對陳玄禮把宫闈穢事作爲軍前號令誅殺貴妃，宫闈之事本應保密，這樣人們會將『安史之亂』歸罪於安禄山搶奪江山的狼子野心。如今將士們都知道『安史之亂』因楊貴妃與安禄山的私情而起，這固然能説明楊貴妃該死，同時也揭示出明皇寵貴妃養成禍亂。明皇會以荒淫無道之君的名義被載入史册。高力士哭的是貴妃，痛的還是明皇。見昔日威風八面的帝王，被陳玄禮逼得如此痛苦、卑微，已痛徹肺腑。想到將來得勝還朝他將再度受辱，更是焦慮萬分。他甚至乞靈於死去的貴妃，求她的魂靈顯聖，去長安向臣民宣告：她本無罪愆，是陳玄禮在馬嵬坡强行馬踐了她，如此方能减輕明皇身上的是是非非。流傳下來的曲子中，寫高力士的只有這一套十八支曲子。這一套曲子把高力士對明皇的滿腔忠誠，對馬嵬坡之變的看法與態度，刻畫得力透紙背。這位思維縝密，富有政治頭腦的大太監的形象躍然紙上。

由於代言體的曲子只代表所描寫角色的情感、看法，所以對於同一事件，作品卻描寫出不同的感受、見解。比如，同樣是馬嵬坡之變，唐明皇、高力士、安禄山的看法均不相同。明皇始終認爲貴妃與楊國忠无罪：『見放著邊庭上造反的，怎做的禍起蕭牆内？』他認定陳玄禮欺君：『倚仗用人之際，抵多少狐假虎威，子揪父髻，臣扯君衣。』而深知底細的高力士則認爲，陳玄禮除『禍機』的目標並没選錯。但他看不慣作爲臣子的陳玄禮在君父面前耀武揚威，更反對他彰顯君王的過失。無論從哪個角度來看，對於楊貴妃之死，安禄山都脱不了干系。但安禄山主要從陳玄禮身上找原因，認爲楊貴妃被害是『陳玄禮損人安自己』，卽因爲楊氏兄妹與太子有仇，眼看明皇大勢將去，陳玄禮以殺楊氏兄妹的方式巴結太子一派。他並不檢討自己造反對國家造成的巨大災難和對明皇的傷害，卻認爲陳玄禮『據臣威勢，將君抑勒，合該九族盡誅夷』。對這一事件所持態度的不同，又顯示了明皇此時的昏聵，高力士的機警幹練，也顯示了安祿山的蠻不講理，使得人物形象更加鮮明，也很有真實感。

《天寶遺事諸宮調》也非常重視環境烘托，重要事件的場景精心描述，形象貼切。比如，明皇遊月宮，把月宮瑩白寒潤的景色寫得優美異常：『瑞蓮丹桂冷風篩，掃盡纖埃；水晶簾晃珍珠額，迸寒光玉砌瑤階。爲惜中秋夜色，微雨淨天街。』寫月宮仙子，也不忘以月烘托。以不染烟霞的明月，烘托全憑膩色不用鉛華的仙子。把整個遊月宮故事寫得飄飄有仙靈之氣。爲踐月宮之約，明皇選貴妃放在了次年的中秋之夜。又恰值月兒湊趣，盡顯清輝，光照如晝：『月窺人面，玉人明月鬬嬋娟。月當良夜，人正芳年。』這又使得明皇選美成了『遊月宮』的續篇。再如，寫明皇與楊妃的歌舞宴會，沈香亭濃香馥鬱，富麗堂皇，旁邊有盛開的名貴牡丹。再以李白賦詩，貴妃捧硯爲插曲，富貴、豪華，又不失風雅。寫安祿山至漁陽，則極寫邊陲的荒涼：『四邊荊棘繞城牆，靜悄悄的沒人鄉。』『每日家做伴的胡友胡兒，胡歌胡舞，胡吹胡談，知他是甚風範！』與安祿山和楊貴妃在皇宮的享樂，形成極大反差。楊貴妃死後，明皇繼續西行幸蜀，又寫盡路途中的艱難險阻：『怪石巉岩臥虎形，老樹槎牙倒龍影，檜栢蒼松細古藤，夾道黃花開短徑。一弄兒淒涼廝刁蹬，越教人鑽心入髓疼。』烘托了明皇此時悲痛欲絕的心情。這類描寫，不僅把人物形象刻畫得更爲鮮明，也使得故事情節格外感人。

就心理描寫和環境烘托而言，《天寶遺事諸宮調》與《金瓶梅》、《紅樓夢》這些名著相比，毫不遜色。

《天寶遺事諸宮調》的語言，既華美典雅又浩瀚恣肆，比《西廂記諸宮調》更具文采。作者善於用典故，設比喻，亦擅長白描手法。寫人必窮神盡相，寫事必窮其事理。作品涉及的面很廣，無論是花前月下的男女歡愛，還是粗放兇狠的征戰廝殺；無論是月宮的優美脫俗，還是馬嵬坡的驚濤駭浪，作者寫來都能得心應手，也都能描寫得形象生動，動人心弦。明代的劇作家朱權品評王伯成曲作的語言『如紅鴛戲波』〔一二〕，形象地描繪出了這部作品的語言風格。

儘管筆者用了很大的精力，將《天寶遺事諸宮調》修復成一部可以閱讀的作品，但本書還是存在明顯的不足。諸宮調是以唱爲主的作品，賓白大都寫得簡短。而本書的賓白卻比較長，這就必然會沖淡作品詩化的傾向。形成這種狀況的原因，在於缺失的曲子太多。可以做一比較：《西廂記諸宮調》寫了一個相對簡單的愛情故事，用了一百八十八段曲子。《劉知遠諸宮調》全作十四章，僅存五章，用七十六段曲。《天寶遺事諸宮調》圍繞唐明皇和楊貴妃的感情糾葛與遭際，幾乎囊括了開元、天寶年間所發生的所有重大事件，卻只收輯到六十一段曲。缺失的故事情節要靠賓白補充。比如，根據佚曲提供的線索，作品寫了楊玉環由壽王妃成爲明皇貴妃的經過，也寫了明皇與太子之間的矛盾，但是有關曲子一套不存。如此重大的事件，複雜的情節，沒有曲子配合，全靠賓白描述，則賓白與曲子比例失調的弊病也就難以避免。

所幸的是，《天寶遺事諸宮調》的精華部分，借明、清曲選、曲譜的收録，大都保留下來了。比如：具有詩情畫意的遊月宮，柔情蜜意的明皇寵楊妃，動人心魄的馬嵬坡之變，曲盡人意、淋漓盡致地哭楊妃等曲子，保留得還比較完整，使得這部目前不完整的諸宮調作品，仍具有很强的閲讀、欣賞價值。

期盼學界繼續努力收尋這部諸宮調的佚曲，整理出更爲完善的版本。本書的失當之處，也希望得到方家指正。

【注】

〔一〕〔三〕《録鬼簿》天一閣本，《中國古典戲曲論著集成》第二册，中國戲劇出版社一九五九年版，第一九三、一一四頁。

〔二〕〔八〕鄭振鐸《中國俗文學史》下，中國文聯出版社二〇〇九年版，第二四七、二四八頁。

〔四〕孫楷第《元曲家考略·王伯成》，上海古籍出版社一九八一年版，第一〇五至一〇六頁。

〔五〕《全元散曲》，中華書局二〇一八年版，第三七二頁。

〔六〕《九宮大成南北詞宮譜》第五三卷，第四〇頁。

〔七〕《馬踐楊妃》套，《詞林摘豔》署無名氏《馬踐楊妃》雜劇；《雍熙樂府》未署名；《北詞廣正譜》署岳伯川撰《楊貴妃》雜劇。該曲明顯不具備諸宮調的特點（詳見附録一），故鄭、趙、馮先生俱未收，獨楊蔭瀏先生録之存疑。

〔九〕徐渭《南詞敘錄》，《中國古典戲曲論著集成》第三册，第二四六頁。中國戲劇出版社一九五九年版。

〔一〇〕李漁《閒情偶寄》，《中國古典戲曲論著集成》第七册，第五一頁。

〔一一〕《資治通鑑》卷二一六，《文淵閣四庫全書》，上海古籍出版社一九八七年影印本。

〔一二〕朱權《太和正音譜》上，第七頁。

凡例

一、諸宮調是一種説唱文學，有曲，有賓白。因《天寶遺事諸宮調》全書已佚，現存曲子是從曲選、曲譜中輯出的，故只有曲，無賓白。筆者查閱了大量的史料與傳説，又精心地從該作每一套佚曲中仔細尋繹線索，排出順序，自撰賓白。用賓白對作品所缺失部分的情節予以補充介紹；並將收輯到的全部佚曲連綴成一個有機的整體。盡量爭取做到向作品原貌靠攏，給讀者提供一部相對完整的諸宮調作品的讀本。

二、各種曲選、曲譜所選之曲存在差異。本書的整理不設統一的底本，擇善而從。凡有不同之處，在注明該曲的出處時出校。有些曲子在傳抄過程中出現了明顯的錯字，而又無他本可校時，予以改正，并出校説明。曲譜中所録曲，用小號字標明襯字，曲選所録曲未標。爲統一起見，本書所録曲，均不標襯字。兹列本書使用的主要典籍的版本情況如下：

《雍熙樂府》，四部叢刊續編本。

《北詞廣正譜》，一笠庵本。

《九宫大成南北詞宫譜》（簡稱《九宫大成譜》），古書流通處影印本。

《太和正音譜》，古書流通處影印本。

《御定曲譜》，《文淵閣四庫全書》，上海古籍出版社一九八七年影印本。

《詞林摘豔》，明嘉靖刊本。

三、就《西廂記諸宮調》和《劉知遠諸宮調》來看，諸宮調的曲子沒有標題。而《天寶遺事諸宮調》的佚曲，每套曲子之前都有標題，實多爲《雍熙樂府》的編者所加。不見於《雍熙樂府》的佚曲，前輩學者收錄時，也都以該曲首曲曲牌名和首句爲標題。這顯然與諸宮調的體例不相符。本書用分卷的形式結構全書，每一卷另設標題。然鑒於曲譜、曲選所加標題已爲研讀者所認可、熟悉，筆者另文（見附錄一）闡述各套曲子的真僞、排序的緣由時，也不得不用這類標題，故這些標題仍有保留的必要。爲方便研究者查閱，全書的目錄採用了這些標題。個別標題有誤，用括弧標出。有的兩套曲子的標題完全相同，就補加首句以示區別。爲保留諸宮調無標題的傳統，正文則不加標題。

四、諸宮調與戲曲的校注，一般在每章或每卷的後面。而本書則把校和注加在每套曲的後面。這是因爲本書由輯佚而成，每套曲子都必須標明其出處，並具體說明從不同輯本所輯曲的不同，校文的分量要比正常的作品重很多。校和注如果也像其他作品那樣集中地放到每卷之後，勢必會形成嚴重的堆砌，極容易造成混亂。而以一套曲子爲單位加以校注，化整爲零，雖然不符合一般校注的體例，卻便於讀者的閱讀。同樣的理由，正文中注釋有標號。校記不加標號。如《十美人賞月》套，單是校文就二十九條，如果注和校都標號，正文看上去會很凌亂。

目錄

卷三　安祿山謀反

卷四　馬嵬坡踐楊妃

卷五　哭楊妃

天寶遺事諸宫調卷一　遊月宫

【仙吕宫】【八聲甘州】（引辭）中華大唐〔一〕，四海衣冠〔二〕，萬里梯航〔三〕，太平有象〔四〕。玉環選入昭陽〔五〕，梧桐樹邊舞羽衣〔六〕，天寶年中侍玉皇〔七〕。取媚倚新粧〔八〕，偏寵恩光〔九〕。

【混江龍】自九齡免相〔一〇〕，君王盤樂失朝綱〔一一〕：巢玉樓翡翠〔一二〕，鎖金殿鴛鴦。揚子江南取荔枝〔一三〕，廣寒宫裏舞霓裳〔一四〕。誰承望，樂極鳳闕〔一五〕，兵起漁陽〔一六〕。

【六幺遍】馬嵬坡上楊妃喪〔一七〕，龍驤劍閣〔一八〕，鹿入宫牆〔一九〕。妖氛掃蕩〔二〇〕，皇基再昌。海晏河清迴天仗〔二一〕，三郎歸來〔二二〕，剗地哭香囊〔二三〕。

【元和令】將繁華夢一場，都挽在筆尖上〔二四〕，編成《遺事》潤文房〔二五〕，仗知音深贊賞。敲金擊玉按宫商〔二六〕，剔胡倫衠四行〔二七〕。

【後庭花煞】焕星斗〔二八〕，新樂章〔二九〕，燦珠璣，古錦囊〔三〇〕。據此段風流傳奇〔三一〕，喧傳旖旎鄉〔三二〕。判興亡〔三三〕，諸宫調説唱，便是太真妃千古返魂香〔三四〕。

【注】

〔一〕中華：古代華夏族多建都於黄河南北，以其在四方之中，因稱之爲中華。後各朝疆土漸廣，凡所統轄，皆稱中華。非國名。

〔二〕四海衣冠：文明教化，遍於四海。古代士以上方戴冠，衣冠用以指士以上尊奉禮教之人，亦借指文明禮教。

〔三〕萬里梯航：萬國來朝的意思。梯航：梯與船，指水陸交通。

〔四〕太平有象：社會安定，法令嚴明。象：指法度。《尚書·堯典》：「象以典刑。」「中華」四句，是說唐玄宗執政前期，國家繁榮昌盛。

〔五〕玉環：楊玉環（七一九—七五六），蜀州司户楊玄琰之女，即後來的楊貴妃。昭陽：漢武帝時後宮八區中有昭陽殿，成帝皇后趙飛燕居之，後多指皇后住的宮殿。

〔六〕羽衣：此指《霓裳羽衣曲》。傳説唐玄宗夢遊月宮，見仙女數百，素練霓衣，舞於廣庭。玄宗祕記之，歸而作此曲。此曲實傳自西涼，名「婆羅門」。開元中河西節度使楊敬述所獻，經玄宗潤色，於天寶十三年改稱《霓裳羽衣曲》。後文不再出注。

〔七〕天寶：唐玄宗的年號。玉皇：原指天帝，此指唐玄宗李隆基。李隆基（六八五—七六二）廟號玄宗，謚號至道大聖大明孝皇帝，史稱唐明皇，在位四十四年。

〔八〕「取媚」句：是説楊玉環倚仗天生麗質和奇異的粧束取媚於明皇。

〔九〕偏寵：特别地寵愛。偏：表程度副詞，猶「很」，「非常」。恩光：恩澤。

〔一〇〕九齡：張九齡（六七八—七四〇），字子壽，韶州曲江（今廣東韶關）人，官至尚書右丞相。後爲李林甫構陷，被貶爲荊州長史。爲唐代名相。

〔一一〕盤樂：遊樂。六臣注《文選·何晏〈景福殿賦〉》：『亦所以省風助教，豈惟盤樂而崇侈靡？』呂向注：『豈徒游樂而尚其奢侈乎？』

〔一二〕翡翠：一種羽毛豔麗的鳥。翡翠與下句之『鴛鴦』均喻楊玉環。『巢玉樓』二句：化用李白《宮中行樂詞八首》『玉樓巢翡翠，金殿鎖鴛鴦』句意。喻唐明皇將楊玉環置於華麗的宮殿，過著奢華的生活。

〔一三〕『揚子江』句：據《資治通鑑》第二一五卷記載，楊玉環生於蜀，喜食荔枝。唐明皇命嶺南使者專供荔枝。揚子江南：泛指長江以南。

〔一四〕廣寒宮：即月宮。此句是説，楊妃歌舞的是明皇從月宮學得的羽衣霓裳曲。事見後文『明皇遊月宮』諸曲。

〔一五〕鳳闕：漢代宮殿名，此借指唐代的後宮。

〔一六〕漁陽：地名。唐天寶元年改薊州爲漁陽郡。在今天津市薊州區一帶。天寶十四年，時任范陽節度使的安祿山，勾結史思明發動叛亂，所率多爲漁陽士卒，後稱『安史之亂』，亦稱『漁陽之變』。

〔一七〕馬嵬坡：地名。在陝西省興平縣。『安史之亂』中，明皇至西蜀避亂，途次馬嵬驛，衛兵殺楊國忠，明皇被迫賜楊妃死，葬於馬嵬坡。

〔一八〕龍驤劍閣：指明皇避難西蜀。龍：喻明皇。驤：騰越。劍閣：劍閣道，在今四川劍閣縣東北大劍山、小劍山之間，爲川陝間主要通道。

〔一九〕鹿入宮牆：指安祿山攻佔長安，入住皇宮。鹿：因與『祿』同音，指安祿山。《新唐書·安祿山傳》：『祿山至鉅鹿，欲止，驚曰：「鹿，吾名，去之沙河。」』本書中多處以鹿、野鹿指安祿山。

〔二〇〕妖氛：不祥的雲氣。多喻指凶災、禍亂。此指『安史之亂』。

〔二一〕海晏河清：此指『安史之亂』被平定，天下太平。迴天仗：指唐明皇由蜀地返迴京城。天仗：天子的儀仗，借指明皇。

〔二二〕三郎：唐明皇是睿宗李旦的第三子，故此書多處稱之爲『三郎』、『李三郎』。

〔二三〕剗地：宋、元戲曲中的常用詞，猶『一味地』。香囊：香袋，楊妃遺物。

〔二四〕挽：原意爲捲起、打結。引申爲聚集、凝聚。

〔二五〕《遺事》：指《天寶遺事諸宮調》。潤文房：爲文壇增色。文房：書房。引申爲文壇。

〔二六〕敲金擊玉：敲擊各類樂器。金、玉：用金玉製作的樂器。按宮商：按照音律演唱。古時以宮、商、角、徵、羽、變宮、變徵爲『七聲』，是音律之本，故以『宮商』指代音律。

〔二七〕剔胡倫：非常完美。胡倫：同『囫圇』，完整，引申爲完美。剔：表示程度的副詞。衠：盡，非常。四行：四下裏流行。元·趙明道《紫花兒·名姬》：『忒旖旎，忒風流，忒四行，堪寫在宣和圖上。』

〔二八〕煥星斗：像星星那樣煥發光彩，放射光芒。宋·尚用之《和韻》：『佳篇疾讀韻琅琅，真疑星斗煥光芒。』

〔二九〕新樂章：　指《天寶遺事諸宮調》。

〔三〇〕古錦囊：　用李賀作詩的典故。《新唐書·李賀傳》：　賀工詩，『每旦日出，騎弱馬，從小奚奴，背古錦囊。遇所得，書投囊中，未始先立題然後爲詩，如它人牽合程課者。及暮歸，足成之』。此處是説，王伯成作《天寶遺事諸宮調》，像李賀作詩那樣殫精竭慮，一絲不苟，纔做到字字珠璣。

〔三一〕風流傳奇：　指《天寶遺事諸宮調》。傳奇：　一般指唐、宋人用文言寫作的短篇小説。唐傳奇多爲後代説唱文學和戲劇所取材，故宋、元戲文、諸宮調、雜劇等也有稱傳奇者。

〔三二〕喧傳：　猶『盛傳』。旖旎鄉：　美色迷人之境，指明皇與楊妃的愛情生活。

〔三三〕判興亡：　評判興亡之道。

〔三四〕太真妃：　即楊玉環。楊玉環原爲壽王妃，明皇命其出家爲女道士，道號太真。後册爲貴妃。返魂香：　起死回生之香。《太平御覽》卷九五二引《十洲記》：　『聚窟洲中，申未地上，有大樹，與楓木相似，而華葉香聞數百里，名爲返魂樹。於玉釜中煮其汁，如墨粘，名之爲返生香。香氣聞數百里，死屍在地，聞氣乃活。』『諸宮調』二句，是説《天寶遺事諸宮調》的演唱，使得楊玉環的故事永遠不會被人們遺忘，無異於是其千古返魂香。

【校】

此曲輯自《雍熙樂府》卷四，第九一頁。

【六幺遍】：　原作『六幺篇』，據曲牌名改。

【仙呂宮】【八聲甘州】（斷送引辭）開元至尊〔一〕，爲舞按霓裳〔二〕，失政君臣〔三〕。雲鬟霧鬢〔四〕，那其間別是箇乾坤〔五〕。亡家若無安禄山〔六〕，傾國誰知楊太真〔七〕？雨露九天恩〔八〕，難洗妖氛。

【混江龍】繁華將盡〔九〕，嬌鶯啼破六宮春〔一〇〕。長安融日〔一一〕，蜀道連雲〔一二〕。富貴一場鴛枕夢，是非千古馬蹄塵〔一三〕。君休問〔一四〕，嵬坡古跡〔一五〕，都付與涿郡閑人〔一六〕。

【六幺遍】據先生俊〔一七〕，多評論〔一八〕，書讀萬卷，筆掃千軍。按《唐書》監本〔一九〕，歐陽節文〔二〇〕。曲兒壍〔二一〕，關兒崮，句兒勻，清新，筆尖招聚海棠魂〔二二〕。

【賺煞尾聲】杜工部賦哀詩〔二三〕，白樂天歌《長恨》〔二四〕，都不似《通鑑》後史回頭兒最緊〔二五〕。將天寶年間遺事引〔二六〕，與楊妃再責遍詞因〔二七〕。剔胡倫，公案全新〔二八〕，與諸宮調家風創立箇教門〔二九〕。若説到兩頭話分〔三〇〕，六軍不進〔三一〕，您敢替明皇都做了斷腸人〔三二〕。

【注】

〔一〕開元至尊：唐開元年間的皇帝，卽唐明皇。開元、天寶，均爲唐明皇年號。

〔二〕舞按霓裳：按照羽衣霓裳曲的樂拍起舞。元·張昱《唐天寶宮詞》：『《霓裳》按舞長生殿，擊碎梧桐夜未央。』

〔三〕失政君臣：　即『君臣失政』。失政：　失去了治理國家的綱紀。

〔四〕雲鬟霧鬢：　喻美人濃密秀美的頭髮。此借指溫柔迷人之女色。

〔五〕別是箇乾坤：　是別樣的天地。《易·說卦》：『乾爲天……坤爲地。』此引申爲境遇、氛圍。

〔六〕安祿山（七〇三—七五七）：　營州柳城（今遼寧省朝陽市）人。兼任平盧、范陽、河東三鎮節度。天寶十四年（七五五）夥同史思明叛亂。至德二年（七五七）爲其子安慶緒及侍從所殺。

〔七〕傾國：　傾覆邦國。《漢書·外戚傳上》：　漢武帝寵信李夫人，『（李）延年侍上起舞，歌曰：「北方有佳人，絕世而獨立。一顧傾人城，再顧傾人國。」』後以傾城、傾國指絕色美女，亦含女色禍國之意。『亡家』二句，是說若非安祿山作亂，哪裏會知道楊玉環這樣的美人能傾覆邦國呢？

〔八〕雨露：　喻恩澤。九天：　天最高處。此句喻明皇對安祿山恩德之深厚。

〔九〕繁華：　明說美好的年華，暗喻楊妃富貴榮華的生活。

〔一〇〕六宮：　古代皇后的寢宮，正寢一，燕寢五，合爲六宮。後泛指后妃所居之處。此句化用唐·曹松《長安春日》『御柳垂著水，野鶯啼破春』句意。是說鶯鳥爲後宮春日將盡而哀鳴。

〔一一〕融日：　言日極爲明亮。融：　明亮的意思。喻明皇之勢極爲顯赫。

〔一二〕蜀道：　西蜀的道路。連雲：　極言蜀道之高峻險要，難以攀登。『長安』二句，寫明皇樂極哀來。

〔一三〕馬蹄塵：　《天寶遺事諸宮調》與元代的戲劇、散曲，都寫楊妃在馬嵬坡被萬馬踩踏。此句是說，馬嵬坡馬踐楊妃之事，作爲千古是非，引起人們的爭議。

〔一四〕君：指讀者或聽衆。

〔一五〕嵬坡古跡：指馬嵬坡踐楊妃之事。

〔一六〕涿郡閑人：本書的作者王伯成。王伯成爲涿州（今屬河北）人。

〔一七〕先生：指王伯成。俊：指極富才華。

〔一八〕多評論：《天寶遺事諸宮調》曲辭之中，對馬嵬坡事件多所評判。

〔一九〕《唐書》監本：國子監所刻印《唐書》，即《舊唐書》。

〔二〇〕歐陽：指歐陽修。節文：減省之文字。歐陽修等奉宋仁宗之命修《新唐書》。《新唐書》補正《舊唐書》之舛漏，『事增於前，文省於舊』。故此處以歐陽節文指《新唐書》。

〔二一〕『曲兒邃』三句：是說《天寶遺事諸宮調》的曲文意蘊深邃，情節驚險曲折，音律悦耳動聽。邃：深。關兒：關目。宋、元說唱文學及戲曲的故事情節稱關目。嵒：同『巖』，原指險峻的山峯，此喻情節驚險曲折。匀：指音律和諧動聽。

〔二二〕招聚：凝聚。海棠：喻楊玉環。此句是說，楊玉環的心靈遭際都凝聚到王伯成的筆尖上。

〔二三〕杜工部：杜甫。曾任工部員外郎，故稱。哀詩：指《哀江頭》詩。

〔二四〕樂天：白居易的字。《長恨》：指《長恨歌》詩。

〔二五〕《通鑑》：司馬光主編的《資治通鑑》。後史：指唐以後對天寶年間遺事的記載。回頭兒最緊：最能吸引聽衆。

〔二六〕『將天寶』句：緊接上句，因爲有關唐明皇與楊妃的故事，歷史記載比杜甫、白居易的詩更爲感人，故此王伯成作諸宮調大量徵集、援引天寶年間的有關史料。引：徵引。

〔二七〕『與楊妃』句：王伯成根據所徵集的史料，在《天寶遺事諸宮調》中，對楊妃被萬馬踏踐的事件作出新的審視與評判。責：探求，引申爲審核。遍：指探求範圍之廣。詞因：訴訟、判案的因由、依據。

〔二八〕公案：原指官府案件文卷。戲劇小説中，多以公案指作品的情節、事件。

〔二九〕教門：宗教教派，引申爲文學創作的流派。

〔三〇〕兩頭話分：指楊玉環臨死前與唐明皇的訣別。

〔三一〕六軍：天子所統領的軍隊。《周禮・夏官・序官》：『凡制軍，萬有二千五百人爲軍。王六軍，大國三軍，次國二軍，小國一軍。』不進：不肯進發。此指馬嵬坡兵變。

〔三二〕敢：保準，肯定。

【校】

此套曲輯自《雍熙樂府》卷四，第八九頁。

【六幺遍】：原作『六幺篇』，據曲牌名改。

【中呂宮】【哨遍】（斷送引辭）天寶年間遺事，向錦囊玉罅新開創〔一〕。風流蘊藉李三郎，殢真妃日夜昭陽恣色荒〔二〕。惜花憐月寵恩雲〔三〕，霄鼓逐天仗〔四〕。繡領華清宮殿〔五〕，龍回翠輦〔六〕，浴出蘭湯〔七〕。半酣綠酒海棠嬌〔八〕，一笑紅塵荔枝香〔九〕。宜醉宜醒〔一〇〕，堪笑堪嗔，稱梳稱粧。

【幺篇】銀燭熒煌，看不盡上馬嬌模樣〔一一〕。私語向七夕間〔一二〕，天邊織女牛郎。自還想〔一三〕，潛隨葉靖〔一四〕，半夜乘空，遊月窟來天上〔一五〕。切記得廣寒宮曲〔一六〕，羽衣縹渺〔一七〕，仙珮玎璫〔一八〕。笑攜玉筯擊梧桐〔一九〕，巧稱彫盤按霓裳〔二〇〕，不隄防禍隱蕭牆〔二一〕。

【牆頭花】無端乳鹿入禁苑〔二二〕，平欺誑〔二三〕，慣得箇祿山野物〔二四〕，縱橫恣來往〔二五〕。避龍情子母似恩情〔二六〕，登鳳榻夫妻般過當〔二七〕。

【幺篇】如穿人口〔二八〕，國醜事難遮擋〔二九〕。將祿山別遷爲薊州長〔三〇〕，便興心買馬招軍，合下手合朋聚黨〔三一〕。

【幺篇】恩多決怨深〔三二〕，慈悲反受殃。想唐朝觸禍機〔三三〕，敗國事皆因偃月堂〔三四〕。張九齡村野爲農〔三五〕，李林甫朝廷拜相。

【耍孩兒】漁陽燈火三千丈〔三六〕，統大勢長驅虎狼〔三七〕。響珊珊鐵甲金戈〔三八〕，明晃晃斧鉞刀槍。鞭颩剪剪搖旗影〔三九〕，衝水粼粼射甲光〔四〇〕。憑驍健，馬雄如獬豸〔四一〕，人劣似金剛〔四二〕。

【四煞】潼關一鼓過元平蕩〔四三〕，哥舒翰應難堵當〔四四〕。生逼得車駕幸西蜀〔四五〕，馬嵬坡嶮抑君王〔四六〕。一聲閫外將軍令〔四七〕，萬馬蹄邊妃子亡。扶歸路〔四八〕，愁觀羅襪〔四九〕，痛哭香囊。

【三煞】好似火塊般曲調新〔五〇〕，錦片似關目强〔五一〕。如沙金璞玉逢良匠〔五二〕。愁臨阻嶮頻搔首〔五三〕，曲到關情也斷腸〔五四〕。雖脂粧〔五五〕，不比送君南浦〔五六〕，待月西廂〔五七〕。

【二煞】遇姦邪惡折罰〔五八〕，逢忠直善播揚，合人情剖判的無偏讜〔五九〕。也是那鸞歌鳳舞雙行樂，也是那虎鬬龍爭百戰場。能編綴，零裁錦繡〔六〇〕，碎剪冰霜〔六一〕。

【一煞】俺曾列詩書几案邊，下功夫燈火傍，日營搜用盡平生量〔六二〕。怨東風桃李嫌春短〔六三〕，恨秋雨梧桐值夜長〔六四〕。請才思〔六五〕，翰林風月〔六六〕，吏部文章〔六七〕。

【煞尾】俺將這美聲名傳萬古〔六八〕，巧才能播四方。歎行中自此編絕唱〔六九〕，教普天下知音盡心賞。

【注】

〔一〕錦囊：用李賀作詩得佳句投諸古錦囊的典故。玉鏬：玉的縫隙，指藏寶之處。金·雷淵

《濟南珍珠泉》：『大地萬寶藏，玄冥不敢私。抉開青玉罅，渾渾流珠璣。』開錦囊玉罅，喻寫出美好作品。

〔二〕殢：迷戀，沈湎。明·陳大聲《黑麻序·冬暮題情》套曲：『自來這讀書人心性喬，早殢上金屋嬌姿，頓忘了臨邛故交。』恣：恣意，放縱。色荒：沈迷於女色。《書·五子之歌》：『內作色荒。』孔傳：『迷亂曰荒；色，女色。』

〔三〕寵恩雲：恩寵如雲。雲：比喻盛多。《詩·齊風·敝笱》：『齊子歸止，其從如雲。』毛傳：『如雲，言盛也。』

〔四〕霄鼓：當作『宵鼓』。夜間擊鼓爲樂。天仗：天子的儀仗。『惜花』二句，是說明皇寵愛楊妃，與她一起日夜歡歌笑舞。

〔五〕繡領：即『繡嶺』。領：通『嶺』。驪山上的兩座峻嶺，以其雲霞繡錯，故稱，均在華清宮苑內。杜牧《華清宮三十韻》：『繡嶺明珠殿，層巒下繚牆。』

〔六〕龍：指明皇。回翠輦：乘翠輦返回。華清宮在長安城東三十里的驪山上。以其溫暖宜人，明皇每至秋、冬都移駕華清宮。

〔七〕蘭湯：原指熏香的浴水，此指華清宮溫泉。唐明皇《惟此溫泉》：『桂殿與山連，蘭湯湧自然。』此句寫楊妃在華清池沐浴。

〔八〕酣：指醉酒。海棠嬌：喻酒後的楊妃如海棠般嬌美。此句点出楊妃喜盡興飲酒。

〔九〕『一笑』句：化用唐·杜牧《過華清宮》詩：『長安回望繡成堆，山頂千門次第開。一騎紅塵妃子笑，無人知是荔枝來。』

〔一〇〕『宜醉』三句：是說楊妃或醉或醒，或笑或嗔，以及梳粧打扮，樣樣都合宜、可人。宜：合適。堪：可。稱（音趁）：亦合宜義。

〔一一〕『看不盡』句：《舊唐書·楊貴妃傳》：『玄宗凡有遊幸，貴妃無不隨侍。乘馬則高力士執轡授鞭。』此句是說，楊妃上馬，盡顯嬌慵，惹人愛憐。

〔一二〕『私語』二句：化用白居易《長恨歌》：『七月七日長生殿，夜半無人私語時。在天願作比翼鳥，在地願爲連理枝。』是說七夕之夜，明皇與楊妃對牛女雙星，密相誓心，願世世爲夫妻。

〔一三〕『自還想』七句：寫七夕之夜明皇與楊妃的恩愛，令明皇回想起之前隨葉靖遊月宮的情景。

〔一四〕葉靖：即後文之葉法善。據《舊唐書·葉法善傳》：『道士葉法善，括州括蒼縣（今浙江麗水東南）人，自曾祖三代爲道士，皆有攝養占卜之術。』

〔一五〕月窟：月宮。據《天寶遺事諸宮調》第一卷描寫，明皇遇楊妃前一年的中秋夜，曾隨葉靖遊月宮。

〔一六〕廣寒宮曲：月宮裏所奏樂曲。

〔一七〕羽衣：以羽毛織成的衣服。《漢書·郊祀志上》：『五利將軍亦衣羽衣。』顔師古注：『羽衣，以鳥羽爲衣，取其神僊飛翔之意也。』此指美麗輕盈的舞衣。

〔一八〕仙珮：指月宮仙女所帶的玉珮。玎璫：象聲詞。

〔一九〕玉筯：玉製的樂器，形狀像筷子。梧桐：此指用梧桐木製作的琴瑟類樂器。《詩·大雅·卷阿》：『鳳凰鳴矣，于彼高岡。梧桐生矣，于彼朝陽。』孔穎達疏：『梧桐可以爲琴瑟。』

〔二〇〕彫盤：雕刻精美的大盤。楊妃善舞，置精美大盤，歌舞於其上。『笑攜』兩句，寫明皇與楊妃歌舞行樂的情景。

〔二一〕禍隱蕭牆：皇宮内孕育禍患。蕭牆：古代宮室内的屏風。《論語·季氏》：『吾恐季孫之憂，不在顓臾，而在蕭牆之内也。』

〔二二〕無端：爲詈詞。猶『無賴』。元·孟漢卿《魔合羅》：『你這箇無端的賊吏姦猾，將老夫一謎裏欺壓。』乳鹿：指安禄山。安禄山被楊妃認爲義子，故稱。

〔二三〕平欺誑：平白地哄騙欺瞞。

〔二四〕禄山野物：本書常以鹿指安禄山，故稱安禄山爲『野物』。意謂其野蠻不知禮。

〔二五〕恣來往：此指肆無忌憚地來往於宮中。恣：放縱，隨意。

〔二六〕『避龍情』句：楊妃與安禄山爲瞞過明皇，假稱母子。龍：指唐明皇。

〔二七〕鳳榻：帝王后妃的臥榻。過當：爲宋、元曲文常用詞，猶『過著』、『過活』。

〔二八〕如穿人口：即口耳相傳，私下裏傳揚。

〔二九〕國醜事：身爲一國之主的明皇，其妃子與安禄山私通，乃國家之醜事。

〔三〇〕薊州長：鎮守薊州的將軍。薊州：州名。唐開元十八年置，治所在漁陽。轄地相當於今天津薊州區，及河北三河縣、玉田縣、豐潤縣一帶。

〔三一〕合下手：適合下手時機。合朋聚黨：聚合朋黨。

〔三二〕『恩多』二句：是説明皇對安祿山恩重、慈悲，不料反而結怨深，受其害。

〔三三〕禍機：隱伏待發的禍患。

〔三四〕偃月堂：李林甫的廳堂，借指李林甫。李林甫（六八三—七五三）：小字哥奴，祖籍隴西，出身唐朝宗室。開元二十四年（七三六），接替張九齡升任中書令（右相），爲歷史上有名的姦相。據《資治通鑑》第二一六卷記載：李林甫怕邊帥功大後出將入相，影響其專權，向明皇獻策啓用寒門胡人。胡人不知書，縱有大功，亦不得爲相。明皇悦其言，始用安祿山。諸道節度盡用胡人。『祿山傾覆天下，皆出於林甫專寵固位之謀也』。

〔三五〕張九齡：參看卷一《天寶遺事》注〔一〇〕。安祿山作爲敗軍之將進京領罪時，張九齡爲右相，主張將安祿山斬首以絶後患。明皇不聽，反將九齡貶職。『安史之亂』爆發時，九齡已病逝，避難西蜀的明皇深悔前事，派人至九齡墓前祭奠。

〔三六〕漁陽燈火：指安祿山在漁陽興兵叛亂。三千丈：形容叛軍人多勢衆。

〔三七〕統大勢：統領大量的軍隊。大勢：大批。多用於形容軍隊力量强大。關漢卿《關大王單刀赴會》：『他若不與呵，我大勢軍馬，好歹奪了荆州。』虎狼：喻叛軍。

〔三八〕響珊珊：指兵器撞擊的聲音。珊珊：象聲詞。

〔三九〕鞭颩：用鞭子抽打。颩：甩打，揮擊。剪剪：鞭影閃忽的樣子。

〔四〇〕衡水：古水名，在今河北衡水縣西北。是安祿山進攻長安所經之地。

〔四一〕獬豸：傳説中兇猛的獨角獸。此處喻戰馬的强健威猛。

〔四二〕金剛：佛教中的侍從力士，手執金剛杵，形象兇狠。《太平廣記》卷一七四：『金剛怒目，所以降服四魔；菩薩低眉，所以慈悲六道。』故常以金剛喻威猛可畏之面目。

〔四三〕『潼關』句：是説只經過一戰，潼關就被叛軍攻下。潼關：關隘名，故址在今陝西省潼關縣東南，素稱險要，爲長安之屏障。一鼓：古時兩軍對陣，擊鼓一次，謂之一戰。元：開始。

〔四四〕哥舒翰（七〇四—七五七）：安西龜茲（今新疆庫車市）人，突騎施族。唐朝名將。後以風疾養病於家。『安史之亂』時，被起用，赴潼關拒敵。在形勢不利的情況下被明皇與楊國忠逼迫出戰，兵敗被俘，後爲安慶緒殺害。堵當：抵擋。

〔四五〕車駕：帝王所乘的車。亦用爲帝王的代稱。此指唐明皇。幸：封建時代稱帝王親臨曰『幸』。西蜀：在今四川省。古爲蜀地。

〔四六〕嶮：同『險』。抑：壓制。

〔四七〕閫外將軍：指護衛明皇的大將軍陳玄禮。閫外：京城或朝廷以外，亦指外任將吏駐守管轄的地域。與朝中、朝廷相對。

〔四八〕扶歸路：扶掖回歸之路。指明皇從西蜀返回長安。

〔四九〕『愁觀』二句：極寫明皇失去楊妃後的痛苦，以及對楊妃的思念。羅襪、香囊：此俱爲楊妃遺物。

〔五〇〕火塊：喻曲調的明快激越。

〔五一〕錦片：原指色彩鮮豔美麗的錦繡，此喻《天寶遺事諸宮調》情節精美，引人入勝。關目：故事情節。
〔五二〕『如沙金』句：是說王伯成創作《天寶遺事諸宮調》，如沙裏淘金，如能工巧匠雕琢璞玉。
〔五三〕阻嶮：原指道路險阻，此引申爲故事情節驚險。搔首：以手搔頭。形容焦急或發愁的樣子。此句是說，《天寶遺事諸宮調》演唱到驚險之處，聽衆也會焦急發愁。
〔五四〕關情：牽動情懷。此句是說，作品演唱到動情之處，聽衆也會爲之斷腸。
〔五五〕脂粧：金、元話本及說唱文學的一箇門類。話本及說唱文學分講史、公案、烟粉、靈怪、朴刀、桿棒等諸多門類。脂粧，是其中講述男女間悲歡離合故事的一類。
〔五六〕南浦：南面的水邊。江淹《别賦》：『送君南浦，傷如之何。』後常以南浦爲送别之地。據趙貞女、蔡二郎故事改編的《琵琶記》中有《南浦送别》一齣。送君南浦，當指趙貞女，蔡二郎的故事。
〔五七〕待月西廂：指董解元《西廂記諸宮調》所描寫的故事。
〔五八〕惡折罰：盡力地抨擊。惡：表示程度的副詞，猶『狠』，『盡力』。折罰：懲罰。此引申爲抨擊。
〔五九〕剖判：辨别，判斷。無偏讜：不偏不倚。
〔六〇〕錦繡：喻美麗或美好的事物。
〔六一〕冰霜：喻冷漠嚴峻的心境或情態。蘇軾《臨江仙·贈送》詞：『歡顔爲我解冰霜。』『零裁』二句，是說《天寶遺事諸宮調》既能編撰美妙動人的愛情故事，也能描摹催人淚下的悲劇情節。

〔六二〕營搜：指收輯天寶年間的有關資料。營：謀取，收集。

〔六三〕『怨東風』句：指爲唐明皇與楊玉環美好的愛情生活短暫而悲哀。桃李：此喻相戀愛的男女。

〔六四〕『恨秋雨』句：是說爲明皇對楊妃的痛苦思念之長而遺憾。《天寶遺事諸宮調》是以唐明皇在秋雨響梧桐之夜思念楊妃結束的。

〔六五〕請才思：從優秀的文學作品中得到借鑒。請：祈求。才思：才情，思致。

〔六六〕翰林：指翰林供奉李白。風月：此指詩歌。

〔六七〕吏部：指吏部侍郎韓愈。韓愈之文章久享盛名。歐陽修《贈王介甫》：『翰林風月三千首，吏部文章二百年。』

〔六八〕美聲名：與下句『巧才能』，俱指《天寶遺事諸宮調》作者王伯成的名聲與才華。

〔六九〕行中：同行業中。也指行院之內。

【校】

此套曲輯自《雍熙樂府》卷七，第八〇至八一頁。【耍孩兒】『響珊珊鐵甲金戈』一句，又見於《北詞廣正譜》卷九，第五頁。

響珊珊鐵甲金戈：《雍熙樂府》作『響珊珊鐵甲開金戈』。此從《北詞廣正譜》。

話說這大唐玄宗皇帝，諱隆基。其父睿宗，諱旦，係高宗與則天皇后所生第四子。隆基又係睿宗第三子，且爲庶出。按統序，不得入繼大統。然因其做了件轟轟烈烈的大事，使得唐祚絕而復續，執大唐國柄者卻也非他莫屬。

唐朝自太宗皇帝後，屢經内亂。先是則天皇后篡位稱帝，害死長子弘、次子賢。於彌留之際，退帝位，傳位予其第三子顯，史稱唐中宗。中宗皇后韋氏及其女安樂公主，勾結武氏餘孽，毒殺中宗，獨攬朝政，江山社稷，危如累卵。時隆基爲臨淄王，統兵入宮，殺韋氏，盡除倡亂者。遵序，旦承襲帝位，是爲睿宗。睿宗本應立嫡長子憲爲太子，因隆基功大，憲又啼泣苦讓，遂立隆基爲太子。不多久，睿宗退位爲太上皇，隆基登基，是爲玄宗。因謚號至道大聖大明孝皇帝，史稱唐明皇。誰知太平公主也覬覦朝綱，興兵謀逆。明皇平亂，窮其黨羽，令公主自盡，大唐基業方始安定。明皇卽位之初，任用姚崇、宋璟、張說、張九齡等一班賢臣，勵精圖治三十年，把箇大唐治理得盛極一時，史稱『開元盛世』。明皇也成爲萬民擁戴之中興之主。

然那明皇身懷治國大才，卻又生性風流。且通音律，解歌舞，喜遊賞，溺脂粉。見海晏河清，萬民樂業，政事閑暇，便耽於享樂。罷黜忠直賢相張九齡，任用口蜜腹劍李林甫。自率一幫梨園子弟，於宮中歌舞昇平。無奈武惠妃薨後，後宮佳麗三千，竟無一當意者，不免心中鬱悶。看看又是中秋佳節，宮中賞宴，明皇仰望昊天，明月當空，寰宇澄寂，惹動心事。恰值法師葉法善侍宴。明皇問起廣寒仙子，法善奏答。明皇傳密旨，令其侍駕遊月宮。葉法善名靖，乃括州括蒼縣人氏，自曾祖起四代修道，法術十分了得，騰雲駕霧，入地登天，無所不能。明皇御旨已下，葉法善隨手擲起拐杖，轉瞬化作虹橋，於碧空懸下，明皇隨葉法善駕虹橋飛向碧空。

【仙呂宮】【六幺令】冰輪光展〔一〕，皎潔正團圓。人間天上〔二〕，不知今夕是何年！當夜宮中宴賞，因問廣寒仙〔三〕，天師奏卻〔四〕，明皇聽罷，便將密旨暗中傳。

【幺篇】把拄杖隨時擲起，奪盡鬼神權。俄爾瞅窺，虹橋千丈碧空懸〔五〕。月色如銀燦爛〔六〕，隱隱遠相連。急令天子，緊瞑雙眼，恍然相近斗牛邊〔七〕。

【賺煞】寒蟾明〔八〕，飛龍現〔九〕，翠擁紅遮漸遠〔一〇〕。玉帝私遊離上方〔一一〕，似紫微星半夜朝元〔一二〕。暢道瑞氛飄然〔一三〕，隨至仙宮葉法善〔一四〕，清風半軒，秋雲一片，趁寒光飛上月明天。

【注】

〔一〕冰輪：喻圓月。宋·梅堯臣《送胡公疎之金陵》：『石頭城邊舊遊客，月如冰輪出海來。』

〔二〕『人間』二句：化用蘇軾《水調歌頭》『明月幾時有？把酒問青天。不知天上宮闕，今夕是何年』詩意。是說，天上的歲月不同於人間，故不知天界今夕是何年。

〔三〕廣寒仙：指嫦娥。傳說月宮名『廣寒清虛之府』，故世稱月中嫦娥爲廣寒仙子。

〔四〕天師：古代對有道術者的尊稱。此指葉法善。據《太平廣記·神仙》卷二六：『葉法善，字道元……嘗因八月望夜，與玄宗遊月宮，聆月中天樂。』奏卻：奏罷。

〔五〕虹橋：美如彩虹的長橋。指葉法善用拄杖所化的通往月宮之橋。

〔六〕『月色』二句：是説虹橋隱隱約約地把地面與燦爛明月連在一起。

〔七〕恍然：恍惚之中。斗牛：二十八宿中的斗宿和牛宿。此泛指星辰。

〔八〕寒蟾：指月亮。傳説月中有蟾蜍，因月宮爲廣寒宮，故稱其中之蟾蜍爲寒蟾。劉禹錫《和汴州令狐相公到鎮改月偶書所懷二十二韻》：『管弦喧夜景，燈燭掩寒蟾。』

〔九〕飛龍：古時以龍喻帝王，此處寫明皇飛向月宮，故稱其爲飛龍。

〔一〇〕翠擁紅遮：喻環境繁華，此指唐皇宮。

〔一一〕玉帝：原指玉皇大帝，此指明皇。離：經歷，經過。《漢書・匈奴傳下》：『近不過旬月之役，遠不離二時之勞。』顔師古注：『離，歷也。』上方：此指天界。

〔一二〕紫微星：象徵帝王的星宿，此指明皇。朝元：朝見天帝。

〔一三〕暢道：一作『唱道』，宋、元曲文中的常用詞，猶『正是』，『真是』。元・高文秀《黑旋風》：『暢道天理難欺，人心怎昧？』瑞氛：吉祥的雲氣。

〔一四〕仙宮：當作『仙官』。道家稱有爵位的神仙爲仙官。《太平廣記》卷三引《漢武内傳》：『比及百年，阿母必能致汝於玄都之墟，迎汝於昆閬之中，位以仙官，遊於十方。』後借以尊稱道士。

【校】

本套曲見於《雍熙樂府》卷五，第九一頁。《九宮大成譜》卷六，第四九至五〇頁。【六幺令】、【幺篇】又見於《北詞廣正譜》卷三，第三五頁。

當夜宮中宴賞：《北詞廣正譜》作『長夜宮中宴賞』。

恍然相近：《北詞廣正譜》作『恍然將近』。

暢道瑞氛飄然：《雍熙樂府》作『唱道瑞氛飄然』。

明皇隨葉法善緣橋而上，登臨碧霄。但見月華普照，銀光瀉地，河漢晶瑩，輝光燦燦。明皇興致大發，回望下界，潼關、驪山隱隱可見。月波遠處，渺渺濛濛，乃是帝京長安。

【仙呂宮】【八聲甘州】中秋夜闌，寶篆烟消〔一〕，玉漏聲殘〔二〕。湧身一躍，駕長橋，遠卻塵寰。仰瞻滿輪蟾影孤〔三〕，俯視横空斗柄彎〔四〕。欲近廣寒宮，照耀非凡。

【醉中天】似水通河漢〔五〕，如鏡挂星壇〔六〕，萬物渾同掌上看〔七〕，雲翳無纖毫犯〔八〕。宜在嫦娥向晚〔九〕，精神無散，故分明等現天顔〔一〇〕。

【醉扶歸】露洗冰輪燦，霜壓桂枝寒〔一一〕。玉窟清秋多殿閑〔一二〕，暗隱昭陽患〔一三〕。若不爲私遊這番，怎上的連雲棧〔一四〕！

【後庭花煞】恰離禁苑，便將雲路攀，猶恨青天遠，爭知蜀道難〔一五〕！近潼關，靠驪山，五雲隱隱在人間〔一六〕。儘空中眼〔一七〕，向月波深處見長安。

【注】

〔一〕寶篆：原指篆文的道書、祕笈。因香爐之烟曲折上升，猶如篆體，故後來多以寶篆指香爐。陸游《翠微堂》：『困眠飢食真吾事，寶篆香殘日又西。』

〔二〕玉漏：古時計時器漏壺的美稱。上句之『烟消』，此處『漏聲殘』，都表示夜已深。

〔三〕滿輪蟾影：圓月之影。月稱冰輪，滿輪則爲月圓之時。蟾影：月中有蟾蜍，故又以蟾指月。

〔四〕斗柄：指北斗七星。七星組成的形狀，像古人舀酒之斗，故又稱之爲『斗柄』。上句之『仰瞻』與此處之『俯視』，説明此時明皇與葉法善在月宮之下，星斗之上。

〔五〕河漢：銀河。此句是説月光如水，似與銀河相通。

〔六〕星壇：指眾星閃爍的星空。此句是説，月亮像是一面圓鏡，懸挂在眾星閃爍的空中。

〔七〕渾同：幾乎相同。

〔八〕雲翳：雲的陰影。犯：損害。《國語・周語下》：『水火之所犯，猶不可救，而況天乎？』韋昭注：『犯，害也。』

〔九〕宜在：大概是。宜：推測之意。猶『大概』、『似乎』。王引之《經傳釋詞》卷五：『宜，猶殆也。』向晚：傍晚。

〔一〇〕天顔：天子的容顔。『宜在』三句，是説大概是因爲嫦娥傍晚還打起精神，等待大唐天子出現，所以天空如此明亮。

〔一一〕桂枝：神話傳說中月宮中有桂樹，稱月桂。

〔一二〕玉窟：喻月宮。唐・陳陶《海昌望月》：『金盤誰雕鐫，玉窟難冥搜。』清秋：明淨爽朗的秋天。此句是說，月宮中多有閑置的殿堂，供明皇與嫦娥私會。

〔一三〕『暗隱』句：是說明皇迷戀月宮嫦娥，日後給他的後宮帶來了禍患。昭陽：此指唐後宮。

〔一四〕連雲棧：棧道名，在今陝西漢中地區，是古時川陝通道。上連雲棧，指『安史之亂』中明皇避難西蜀。

〔一五〕爭知：怎麼知道，如何會想到。蜀道難：暗指『安史之亂』中，明皇避難西蜀的艱難險阻。

〔一六〕五雲：五色瑞雲，也用來指皇帝所在處。此指長安的皇宮。

〔一七〕儘空中眼：在空中極目遠望。

【校】

整套曲見於《雍熙樂府》卷四，第八二至八三頁。【醉扶歸】見於《北詞廣正譜》卷三，第二四頁。【後庭花煞】見於《北詞廣正譜》卷三，第四二頁。

露洗冰輪燦，霜壓桂枝寒：《北詞廣正譜》作『則爲你占斷風流選，枝寒』。

若不爲私遊這番：《雍熙樂府》作『若不爲和遊這番』。

明皇隨葉法善騰躍於雲霄之上，觀不盡光耀明潔、清幽冷豔景象。正行間，只見一座仙宮擋住去路，牓曰『廣寒清虛之府』。方欲進入，卻又被那兇神惡煞般守宮神將所阻，並大聲喝道：『如此神仙府』，『待到那裏去』？

【大石調】【玉翼蟬】似仙闕〔一〕，若帝居〔二〕，截斷青霄路〔三〕。至近也重規〔四〕，見龍樓共雉宇〔五〕。上瑤階欲侵朱戶〔六〕，猛驚御〔七〕，聽一人，大叫呼，清似雷霆怒〔八〕。狀貌魁梧，有一千般歹鬬處〔九〕，氣昂昂九尺來彪軀〔一〇〕。

【幺篇】總威嚴結束〔一一〕，覷絕時教人怕怖〔一二〕。披副黃金鎧甲，穿領蜀錦征服〔一三〕。龍皮干跨〔一四〕，鳳翅金盔纓亂拂〔一五〕。緊控著弓鏃，順挂著錕鋙〔一六〕，帶束著素玉，靴穿著抹綠〔一七〕。走向前來覷著君王。掤定那柄短頭輕的金月斧〔一八〕。

【尾】『這許來大蟾宮是神仙府〔一九〕，須不同恁那塵世皇都，惹早晚行沙待那裏去〔二〇〕？』

【注】

〔一〕仙闕：仙宮。

〔二〕帝居：帝王所居之處，即皇宮。據《異人錄》記載：『開元六年，上皇與申天師中秋夜同遊月中。見一大宮府，牓曰「廣寒清虛之府」。兵衛守門不得入，天師引上皇躍超烟霧中。下視玉城，仙人、道士乘雲駕鶴，往來其間。素娥十餘人，舞笑於廣庭大樹下……』此套曲與後面【新水令】『駕著五雲軒』套當據此改寫。

〔三〕青霄路：指升往天空之路。

〔四〕規：通『窺』。

〔五〕龍樓：帝王所居之樓。雉宇：后妃居處。雉：鳥名，因雄鳥毛色美麗，古時常用以裝飾後宮。

〔六〕瑤階：玉石臺階。侵：接近。朱戶：原指古代帝王賞賜諸侯或有功大臣的朱紅色的大門，此指仙宮豪華富麗的門戶。欲侵朱戶，是說想要從豪華的大門進入。

〔七〕鸞御：猶『鸞駕』。御：指帝王。

〔八〕清似：純似，完全似。

〔九〕歹鬬：宋、元曲文常用詞。猶『兇狠』。

〔一〇〕彪軀：魁梧剽悍的身軀。

〔一一〕結束：裝束。杜甫《陪王使君晦日泛江就黃家亭子》：『結束多紅粉，歡娛恨白頭。』仇兆鰲注：『結束，衣裳裝束也。』

〔一二〕覷絕：看得真切。

〔一三〕蜀錦征服：蜀地所產之錦，多用染色熟絲織成，質地堅韌，故常用以做將士征衣。

〔一四〕龍皮：當指龍甲。身份高的衛士所披甲胄。南朝陳・徐陵《爲貞陽侯重與王太尉書》：

『霜戈雪戟，無非武庫之兵；龍甲犀渠，皆是雲臺之仗。』

〔一五〕鳳翅金盔：插著鳳羽的頭盔。纓：武士頭上戴的穗狀飾物。《水滸傳》第三回：『史進頭戴白范陽氈大帽，上撒一撮紅纓。』

〔一六〕錕鋙：劍名。因產於錕鋙山而得名。《列子·湯問》：『西戎獻錕鋙之劍……用之切玉如切泥焉。』亦泛指寶劍。

〔一七〕抹綠：古時武將常著抹綠之靴。《西廂記諸宮調》寫孫飛虎：『裹一頂紅巾，珍珠如糝飯；甲挂唐夷兩副，靴穿抹綠。』

〔一八〕捌定：緊握。捌：執，持。

〔一九〕許來大：宋、元口語。猶『如此大』。關漢卿《關大王單刀赴會》：『許來大江面，俺接應的人，可怎生接應？』

〔二〇〕惹早晚：這般時候。惹：同『偌』，這樣。沙：語助詞，無義。

【校】

整套曲見於《雍熙樂府》卷一五，第一頁。【玉翼蟬】、【幺篇】又見於《北詞廣正譜》卷六，第一一至一二頁，《九宮大成譜》卷二〇，第二三頁。

【玉翼蟬】：《雍熙樂府》作『玉翼蟬煞』。《北詞廣正譜》將【玉翼蟬】分爲兩曲，『猛驚御』至『九尺來彪軀』爲另一曲。從《九宮大成譜》。

《雍熙樂府》將兩【幺篇】分爲兩曲，自『緊控著弓鏃』以下爲另一【幺篇】。此從《九宮大成譜》。

披副黄金鎧甲：《雍熙樂府》作『披副黄金凱甲』。

順挂著錕鋙：《雍熙樂府》作『順挂著昆吾』。

走向前來覷著君王：《雍熙樂府》作『向前來覷著君主』。

明皇見狀，魂飛魄散。葉法善亦見勢不妙，順勢攜明皇躍超雲霧之中，躲過天神阻攔。方行不遠，下視玉城，仙人、道士乘雲駕鶴，往來其間。素娥十餘人，舞笑於廣庭大樹之下。明皇隨法善按下雲頭，終至月宫。又見别一重境界，真箇好景象呵！

【雙調】【新水令】駕著五雲軒〔一〕，飛上月宫來，别是重境界。卻便似春冰籠宇宙〔二〕，秋水滿樓臺。虚説一座閬苑蓬萊〔三〕，便有也難賽。

【風入松】瑞蓮丹桂冷風篩〔四〕，掃盡纖埃；水晶簾晃珍珠額〔五〕，迸寒光玉砌瑶堦〔六〕。爲惜中秋夜色，微雨淨天街。

【萬花方三臺】忽然金闕門開〔七〕，奏樂聲一派。素娥仙袂兩邊排〔八〕，莫將舞袖輕擡〔九〕，雖無百寶粧腰帶〔一〇〕，趁霓裳節奏和諧〔一一〕。帝王默記心懷，見精神有情無奈。

【尾】廣寒一見神仙態，把六宫中許多恩愛，都撇在九霄雲外。

【注】

〔一〕五雲軒：此指五色祥雲。軒：有帷幕的車。

〔二〕春冰：喻明月的寒光。下句『秋水』亦喻月光。

〔三〕虛說：傳說，此處有難辨真假之意。閬苑、蓬萊：都是傳說中神仙所居之處。

〔四〕瑞蓮：象徵吉祥之蓮。多指雙頭或並蒂蓮。丹桂：桂樹的一種。晉·嵇含《南方草木狀》卷中：『桂有三種：葉如柏葉，皮赤者爲丹桂。』此指月中桂樹。篩：原指用篩子過物，去細留粗。此指冷風吹去瑞蓮丹桂上的塵埃。

〔五〕『水晶』句：是說月宮中，簾以水晶串成，簾上端的橫額以珍珠製作。

〔六〕『迸寒光』句：是說美玉砌成的臺階迸射著寒光。

〔七〕金闕：道書上說天上有黃金闕、白玉京，爲天帝所居。晉·葛洪《枕中書》：『吾後千年之間，當招子登太上金闕，朝宴玉京也。』

〔八〕素娥：原專指嫦娥，此泛指月中仙女。仙袂：借指長袖善舞之仙女。袂：衣袖。

〔九〕莫：爲『驀』的假借字，驀然間。

〔一〇〕百寶粧腰帶：指華美貴重的裝束。杜甫《即事》：『百寶粧腰帶，真珠絡臂韝。』

〔一一〕趁：趁拍。合著節拍。宋·仲并《浪淘沙·贈妓》：『趁拍舞初筵，柳裊春烟。』霓裳：指霓裳羽衣曲。

【校】

整套曲見於《雍熙樂府》卷一一，第九二頁。又見於《北詞廣正譜》卷九，第三八頁。尾聲外其它三曲又見於《九宮大成譜》卷六五，第三頁；卷六六，第四頁，第四七頁。【萬花方三臺】見於《太和正音譜》卷下，第二二頁。又見於《御定曲譜》卷三。

別是重境界：《九宮大成譜》作『別是一重境界』。

瑞蓮丹桂冷風篩：《雍熙樂府》作『瑞簾丹桂冷風篩』。

【萬花方三臺】：《御定曲譜》作『萬花方三疊』。

節奏和諧：除《九宮大成譜》外，均作『節輳和諧』。

在那月宮之中，歌繞梁，舞婆娑，明皇直看得眼花繚亂，春心蕩漾。但見素娥十餘人，美豔無比，就中一人，尤攝人魂魄，不禁引明皇想入非非：『莫非蒼天作美，招寡人月宮入贅？若能如此，真勝似人間爲君也！』

【般涉調】【瑤臺月】香風乍起，曲譜纔調，舞袖初齊。君王覷罷，口兒中不住頻題〔一〕。最可戲除是天仙〔二〕，天仙内偏他可戲〔三〕。你也忒風韻〔四〕，忒撚抳〔五〕，可也忒瀟灑〔六〕，忒孤悽〔七〕。思憶〔八〕，偏妃難稱〔九〕，中宮正宜〔一〇〕。

【幺篇】莫非天地暗持攜〔一一〕，特地把姻緣配對？猛然割捨〔一二〕，執迷心更不疑惑〔一三〕。匹如向塵世爲君〔一四〕，爭如就月宮作贅〔一五〕！欲趨進，又卻退〔一六〕；色欲心，暫時已〔一七〕。迴避，別選良夜，再奉歡會〔一八〕。

【注】

〔一〕頻題：頻頻品評、誇贊。

〔二〕可戲：宋、元曲文中常用詞，猶『可愛』。馬致遠《湘妃怨》：『山過雨，顰眉黛，柳招烟，堆鬢絲，可戲殺睡足的西施。』

〔三〕他：此指嫦娥。

〔四〕風韻：風度，韻致。多形容婦女儀態優美。

〔五〕捻抳：一作『撚膩』，儀表美豔，肌膚細膩。王季思注《西廂記》，引《西廂記諸宮調》『更舉止輕盈，諸餘裹又撚膩』句，認爲撚膩爲『美好細膩之意』。

〔六〕瀟灑：灑脫不拘、超逸絕俗的樣子。

〔七〕孤悽：孤寂淒涼。李白《把酒問月》：『白兔擣藥秋復春，姮娥孤悽與誰鄰？』

〔八〕思憶：暗暗思忖，掂量。

〔九〕偏妃：嬪妃。難稱：難以相配。

〔一〇〕中宮：皇后的住處，以別於東、西二宮。借指皇后。正宜：正合適。『偏妃』二句，是說嬪妃之位配不上嫦娥，讓她做皇后正合適。

〔一一〕持攜：提攜，幫助。

〔一二〕猛然割捨：是說將六宮的恩愛一下子都捨去。

〔一三〕執迷心：指明皇在月宮結緣之心。

〔一四〕匹如：亦作『譬如』。宋、元曲文中常把『匹如』與『爭如』連用，以表示比較、取捨。猶『與其……還不如』。

〔一五〕爭如：怎比得上。作贅：做贅壻。

〔一六〕『欲趨近』二句：是說明皇有靠近歌舞中嫦娥的沖動，又勉强克制住。

〔一七〕『色慾心』二句：是說對嫦娥有强烈的眷戀之情，又暫時放下。

〔一八〕『別選』二句：是說明皇見嫦娥正在歌舞，擬別選良夜與之密約私會。

【校】

二曲見於《太和正音譜》卷下，第四六頁。《九宮大成譜》卷七三，第五七頁。《御定曲譜》卷四。

口兒中不住頻題：《九宮大成譜》作『口兒中不住頻提』。此從《太和正音譜》。

忒風韻：《九宮大成譜》作『忒丰韻』。

匹如向塵世爲君：《九宮大成譜》作『譬如向塵世爲君』。

欲趨近，又卻退：《太和正音譜》、《御定曲譜》均作『趨近卻退』。

色慾心，暫時已，迴避：《太和正音譜》作『色慾願戀，卻徘徊避。』此《御定曲譜》作『色慾心，卻須回避。』從《九宮大成譜》。

別選良夜，再奉歡會：《太和正音譜》作『別選良拳歡會』，《御定曲譜》作『別選良夜，奉歡會』。

那明皇只見衆素娥箇箇綽約裊娜，明眸皓齒，撇影驚鴻；而嫦娥仙子，更顯得膚白如玉，膩色香暖。霓裳曲舞，妙姿婀娜。明皇已是心猿早縱，意馬難收。恨不得連袂舞翩躚，並肩賞桃花。什麼大唐天下，早拋至爪哇國外。

【仙呂宮】【青杏兒】一片玉無瑕〔一〕，弄晴暉不染烟霞〔二〕。廣寒宮裏人如畫，皆穿素袂〔三〕，全憑膩色〔四〕，豈用鉛華！

【歸塞北】天地事〔五〕，暗處不能達：月裏記全新曲調〔六〕，宮中按與禍根芽〔七〕，音律並無差。

【幺篇】唐天子，只辦笑容加〔八〕。恰舉袖舞侵丹桂樹〔九〕，又想憑肩醉賞碧桃花〔一〇〕。葉靖嶮忙煞〔一一〕。

初，葉法善導引明皇遊月宮，只道是嘻戲遊玩，觀景賞樂。誰承想，明皇對仙子用情，留連忘返。不禁大驚，急勸鑾駕回宮：

【好觀音】『西沒東生無閑暇，直經由至海角天涯。不可遷延久戀他。咫尺墜山崖，何處回鑾駕〔一二〕？』

明皇正鍾情美人，陶醉歌舞，神思邈邈，不由悻悻答道：

【幺篇】『仙子仙娥情難挂〔一三〕，休看承似宮女宮娃。休道吾遲住半霎，到白頭，休想有半句兒無情話。』

【尾聲】一曲霓裳纔覷罷，執迷性不想還家，爲天上一時間忘了天下。

【注】

〔一〕玉無瑕：此以無暇之玉喻月亮。

〔二〕弄晴暉：顯示明淨的光輝。弄：顯現。不染烟霞：無需烟霧、雲霞點染。

〔三〕素袂：白色衣裙。

〔四〕膩色：白皙細膩的自然本色。此曲前兩句寫月，後四句寫仙子，以『不染烟霞』之月，烘托『豈用鉛華』之人。

〔五〕『天地事』二句：是說天地間奧妙之事，冥冥之中不得明白。達：通達，明白。

〔六〕新曲調：指月宮中的霓裳羽衣曲。

〔七〕按：指按照音律演奏樂曲。禍根芽：指楊玉環。本書認爲『安史之亂』全因楊玉環而起，故多處稱之爲禍根芽。『月裏』三句，是說明皇把月宮中聽到的仙樂默記心中，後來對著楊妃演奏，音律沒有差錯。

〔八〕只辦：只做，只管。

〔九〕恰：剛要，纔要。侵：靠近。此句是說，明皇興起，舉袖想在丹桂樹下起舞。

〔一〇〕『又想』句：是說明皇想與嫦娥憑肩共賞碧桃花。

〔一一〕嶮忙煞：險此忙壞。元・王惲《平湖樂》：『西山殘照，關卿何事，險忙殺暮鴉啼。』

〔一二〕【好觀音】曲：爲葉靖對明皇的勸誡。月亮東升西落，經由海角天涯，很快就要墜入山巖，不可遷延久戀。若不及早抽身，哪裏還回得了鑾駕？嵓：同『巖』。

〔一三〕【幺篇】曲：爲明皇對葉靖的回答。仙子仙娥的戀情得來不易，別把她們看得如同宮女宮娃。別說是在月宮遷延，即便白頭到老，也對她們深情不變。挂：牽挂。

【校】

全套曲見於《雍熙樂府》卷四，第八三頁。『尾聲』：《雍熙樂府》作『隨煞』。又見於《九宮大成譜》卷四〇，第一一至一二頁。

真乃是，『天上仙子，那承比人間嬌娃？怎可須臾就回家？』也恰逢萬籟俱寂，皓月當空，清露丹桂，薰風習習。此景此情，明皇早已有意；而嫦娥仙子亦一見明皇而生情，怎顧得天規？潛出廣寒宮，與那明皇密約私會。正可謂，雲鬟霧鬢，柔情似水，幽歡密寵，愛意融融。叵奈那葉靖不僅不知回避，反來勸諫：『月宮所見俱爲幻，酒色財氣皆是空。願吾皇早離月宮。』那明皇雖貴爲天子，此時也只得『便宜』行事，對葉靖躬身施禮，陪小心，說緣由，訴衷情。

【仙呂宮】【點絳脣】人世塵清〔一〕，海門潮靜〔二〕。金盤擁〔三〕，飛上晴空。萬里寒光迸〔四〕。

【混江龍】素娥情重〔五〕，夜深私出廣寒宮〔六〕。玄霜浥露〔七〕，丹桂迎風。卻正是天上四蹄玉兔〔八〕，來見這人間八爪紫金龍〔九〕。當夜明皇躬著身，施著禮，向葉靖行忙陪奉〔一〇〕。情懷冗冗〔一一〕，心緒匆匆〔一二〕。

【油葫蘆】『你更比巫山十二峯〔一三〕，又添出三四重。恨不得高燒銀燭用錦圍封〔一四〕。更難如落花流水桃源洞〔一五〕，更慳如朝雲暮雨陽臺夢〔一六〕。光輝輝列開綺筵〔一七〕，媚孜孜覷著玉容〔一八〕。自恁教一杯未盡笙歌送〔一九〕，寡人待拚卻醉顔紅〔二〇〕。』

【天下樂】『抵多少翠袖慇懃捧玉鍾〔二一〕，誰想你箇仙翁，卻不放鬆，出家兒怎恁般無始終〔二二〕！俺待教酒作媒〔二三〕，你卻道都是空，何似休教遊月宮〔二四〕！』

【金盞兒】信難通〔二五〕，恨無窮。晃天衢咫尺東方動〔二六〕，卻索歸五雲樓觀日華宮〔二七〕。恁時節銅壺催曉角〔二八〕，朝馬鬧晨鐘〔二九〕。對半窗千里月，一枕五更風。

【賺煞】全不肯似周方〔三〇〕，佯擁擁〔三一〕，它剗地把吾當怏悾〔三二〕。『若是無緣成配偶，怎生向九霄雲外相逢？索甚停〔三三〕，同世見如何不用功〔三四〕？這幽歡密寵，如雛鸞嬌鳳，師父爭忍教一般瀟灑月明中〔三五〕！』

【注】

〔一〕塵清：潔淨沒有塵埃。

〔二〕海門：海口，傳説是月亮升起的地方。王昌齡《宿京江口期劉昚虚不至》：『霜天起長望，殘月生海門。』

〔三〕金盤：喻月亮。擁：湧出。

〔四〕寒光：月光。月宫爲廣寒宫，凡寫與月相關之物，多用『寒』字相襯。迸：噴射。

〔五〕素娥：此指嫦娥。

〔六〕廣寒宫：此處特指月宫内嫦娥所居之宫殿。從《明皇望長安》套的『玉窟清秋多殿閑』看，月宫裹有許多宫殿。

〔七〕玄霜：濃霜。浥露：潤濕的露珠。

〔八〕四蹄玉兔：月宫之玉兔，代指嫦娥。

〔九〕八爪紫金龍：古人謂帝王是真龍天子，此指唐明皇。

〔一〇〕行：宋、元曲文常用詞，用於自稱、它稱後，猶『這裹』、『那裹』。

〔一一〕冗冗：紛亂，繚亂。

〔一二〕匆匆：急切。

〔一三〕巫山：山名，在今四川巫山縣東，有十二峯。宋玉《高唐賦》：楚懷王曾夢與巫山神女相會。神女告别時説：『妾在巫山之陽，高丘之阻。旦爲朝雲，暮爲行雨。朝朝暮暮，陽臺之下。』後以巫山雲雨指男女情事。『你更比』二句，是説巫山十二峯高峻難登，阻礙了男女情事。葉靖對明皇與嫦娥情事的阻礙，比起十二峯來又多出三四重。

〔一四〕錦圍：錦製的帷幕。此句是說，因葉靖不肯迴避，明皇恨不能用錦圍遮擋，與嫦娥恩愛。

〔一五〕桃源洞：在今浙江省天台縣北。相傳東漢時劉晨、阮肇到天台山採藥迷路，誤入桃源洞遇見兩箇仙女，與之婚配。事見南朝宋·劉義慶《幽冥錄》。

〔一六〕慳：阻礙。杜甫《銅官渚守風》：『早泊雲物晦，逆行波浪慳。』仇兆鰲注：『慳，阻滯難行也。』陽臺夢：參看本套曲注〔一三〕。

〔一七〕綺筵：華麗豐盛的筵席。

〔一八〕媚孜孜：猶『美孜孜』，非常漂亮的樣子。玉容：美麗女子的容貌。

〔一九〕自恁：猶『竟然如此』。笙歌送：奏樂送客。此句說，一杯未盡，葉靖竟然催促明皇送客。

〔二〇〕拚卻：拚著，不顧一切地去做。此句說，明皇不顧一切，想與嫦娥一醉方休。

〔二一〕抵多少：宋、元曲文常用詞。猶『勝過很多』。翠袖殷勤捧玉鐘：指宮中嬪妃們殷勤侍奉明皇飲酒。

〔二二〕出家兒：出家的人，指道士葉靖。唐·修睦《題田道者院》：『入門空寂寂，真箇出家兒。』恁般：這樣。無始終：有始無終。

〔二三〕酒作媒：是說明皇欲以飲酒作爲與嫦娥通好的媒介。

〔二四〕何似：何如。此句與『無始終』意思相通。初時明皇問起廣寒仙子，葉靖奉他遊月宮。如今見到嫦娥，葉靖卻不讓他與嫦娥盡歡。與其這樣，還不如不讓他遊月宮。

〔二五〕「信難通」二句：是説明皇因葉靖阻撓，無法向嫦娥表達柔情蜜意而深感遺憾。恨：遺憾。

〔二六〕晃：陽光閃爍。天衢：天空。天空大通無阻，猶如廣衢，故稱天衢。咫尺：形容時間短暫。元·馬謙齋《沈醉東風·自悟》：「咫尺韶華去也。」東方動：指朝日將升，月亮將落。

〔二七〕索：須。五雲樓觀與日華宫，俱指人間帝王所居之宫殿。「日」與「月」對舉。

〔二八〕恁時節：那時候。指明皇返回皇宫後。銅壺：古代銅製壺形的計時器。曉角：報曉的號角聲。

〔二九〕朝馬：大臣們上朝所騎之馬。據宋·朱彧《萍洲可談》記載：上朝的官員四更天以前就得騎馬入城，等待上朝。晨鐘：清晨的鐘聲。

〔三〇〕周方：周全方便。王實甫《西廂記》：「不做周方，埋怨殺你箇法聰和尚。」

〔三一〕佯擁擁：是説明皇認爲葉靖對自己的擁戴是假的。佯：假裝。擁：擁戴。

〔三二〕剗地：一味地。吾當：宋、元曲文中帝王在臣民面前自稱「吾當」。怏悾：壓制使人煩惱鬱悶。

〔三三〕索甚停：還等什麽？索：需，要。

〔三四〕同世見：指同爲世間（下界）之人。用功：指下功夫。

〔三五〕師父：對有技藝者的尊稱，此處爲明皇稱呼葉靖。一般瀟灑：指明皇與嫦娥一樣淒清、寂寞。瀟灑：此處指淒清寂寞的樣子。唐·李德裕《題奇石》：「蘊玉抱清輝，閑庭日瀟灑；塊然天地間，自是孤生者。』

【校】

整套曲見於《雍熙樂府》卷四，第七四頁。【金盞兒】又見於《北詞廣正譜》卷三，第二五頁。

素娥羣裏，看不盡的滿目芳華。更憐那嫦娥仙子纖腰盈把，舞態妖嬈，冶容羞答。看看月兒將落，明皇責成葉靖即刻回宮取金帛，要親手纏頭錦，親插髮邊釵，即刻於月宮之中與嫦娥行婚典大禮。無奈那葉靖不留情面，一味催促，明皇直感生不如死。這才分明是，熬不過那朝思暮想的相思病，也耐不住那來年聚首的待月情。

【仙呂宮·點絳脣】玉豔光中〔一〕，素衣叢裏，偏拖煞〔二〕，柳腰一搦〔三〕，舞徹妖嬈態。

【幺篇】未會留情〔四〕，只會催行色〔五〕。愁無奈，此心不解；只恁嗔人愛〔六〕！

【金盞兒】『師父你也快差排〔七〕，莫推捱，此間配對權寧奈〔八〕。教宮內取些金帛，寡人待自手纏上錦〔九〕，親插鬢邊釵〔一〇〕，欲求天外事，須動世間財。』

那葉法善仍不爲所動，催促回宮。此刻，明皇離了法師又寸步難行，萬般無奈，也只得打疊起離別悲，强忍著相思苦，期盼來年中秋佳節，再與月中故人重聚。

【醉扶歸】準擬多情債〔一一〕，還與可憎才〔一二〕，龍體多應鬼病裹〔一三〕，只願得休痊瘥〔一四〕，若晏駕了，吾當大采〔一五〕，早能勾鳳返丹霄外〔一六〕。

【賺煞】且寄此宵情，只從明朝害〔一七〕，整整的相思一載，到來歲中秋顯素色〔一八〕，休等閑教霧鎖雲埋。卻早離了粧臺〔一九〕，準備迎風戶半開〔二〇〕。則向那初更左側〔二一〕，我試等待，看月明千里故人來〔二二〕。

【注】

〔一〕玉豔：原指美人容貌，此指月光。

〔二〕煞：助詞。用在動詞後，表示程度深。

〔三〕一搦：一把，一握。王實甫《西廂記》：『繡鞋兒剛半拆，柳腰兒勾一搦。』

〔四〕留情：留心情意。此句是說，葉靖不解男女戀情。

〔五〕催行色：催促啓程。

〔六〕只恁：怎麽如此？此句是說，葉靖怎麽如此厭惡別人相愛。

〔七〕差排：打理，安排。

〔八〕寧奈：忍耐。這裏是寬容、湊合的意思。

〔九〕纏上錦：古時多以頭纏紅錦作爲對歌舞者的獎賞。宋·陸佃《呈周承議兼簡通判簽判二首》：『佳人舞罷頭纏錦，座客詩成咳有珠。』此句是說，明皇要親手給仙子纏錦，以示對其歌舞的獎賞。

〔一〇〕插鬢邊釵：古時相親的禮俗。宋·吳自牧《夢粱錄·嫁娶》：『男家擇日備酒禮詣女家，或借園圃，或湖舫內，兩親相見，謂之「相親」……如新人中意，卽以金釵插於冠髻中，名曰「插釵」。』此句是說，明皇要親自給嫦娥插釵定親。

〔一一〕準擬：準備，打算。韓愈《北湖》：『應留醒心處，準擬醉時來。』

〔一二〕可憎：反語，猶『可愛之極』。董解元《西廂記諸宮調》：『須看了可憎底千萬，兀的般媚臉兒不曾見。』『準擬』數句，是說明皇準備以相思之苦償還嫦娥的多情債。

〔一三〕多應：大概，多半是。鬼病：不可語人之病，此指相思病。《西廂記諸宮調》：『十分來鬼病，九分來痊癒。』褢：古『懷』字。

〔一四〕痊瘥：痊癒。

〔一五〕大采：大爲幸運。《西廂記諸宮調》：『君瑞恩情自想，自家倒大采。百媚的冤家，風流的姐姐，有分同諧。』

〔一六〕勾：同『夠』。鳳：明皇自指。丹霄：佈滿紅霞的天空。『只願得』四句，是說明皇寧可相思而死，那樣就可以魂返丹霄，與嫦娥團聚。

〔一七〕害：患病。元·楊顯之《酷寒亭》：『爭奈我那渾家害的重了。我家中看一看去。』此指明皇患相思病。

〔一八〕素色：指月亮銀白色的光輝。

〔一九〕卻早，要早。卻：要。此句是說，來年中秋夜嫦娥要早點離粧臺，下臨凡間。

〔二〇〕迎風戶半開：化用唐·元稹《鶯鶯傳》『待月西廂下，迎風戶半開』句意。

〔一一〕初更左側：初更以後。古人以左爲下，右爲上。故左側指以後。

〔一二〕故人：指嫦娥。『到來歲』七句，是明皇與嫦娥相約，來年的中秋之夜，嫦娥要下凡與明皇相會。

【校】

此套曲見於《雍熙樂府》卷四，第七三至七四頁。

明皇雖已恩準返回下界，怎耐情兒正濃，人兒最親，自當與嫦娥依依難捨。不料兀地狂風驟起，寒光四射，猛見一兇神惡煞般天將，毁掉那風光無限美興致，摧折那如膠似漆好情分。原來是，天上仙子與下界人皇私情密會，被玉帝聞知。玉帝震怒，遣天將將明皇逐出月宮。

【雙調】【快活年】爲貪眼底情，引起身邊禍〔一〕。因尋月裏仙，頓開門上鎖〔二〕。起陣狂風，迸道寒光，見箇妖魔。世相逢也〔三〕，怎生奈何！

【幺篇】似飛梭〔四〕，乘霞膽氣麄〔五〕，跨霧威風惡。扶雲長臂展，騰空健足那〔六〕。狀貌難描，英勇誰如？器械横拖，明彪彪不知是甚麼〔七〕。

【柳葉兒】早則不思量那鳳幃同臥〔八〕，早則不思量月枕雙歌〔九〕。早則不思量琴瑟和諧〔一〇〕，早則不思量那談笑酬和。（按：此套曲當有缺失。）

【注】

〔一〕身邊禍：預示後來的『安史之亂』。

〔二〕『頓開』句：暗指日後安禄山闖進宫門，與楊妃偷情。門：此指後宫之門户。

〔三〕世：已經。《西廂記諸宫調》：『賢不是九百與瘋魔，世言了，怎改抹？』此句是説，已經被天將撞見，還有什麽辦法！

〔四〕飛梭：飛速運動的梭子。喻天將行動之快。

〔五〕麄：同『粗』。

〔六〕那：同『挪』。

〔七〕明彪彪：明晃晃。白樸《梧桐雨》雜劇：『明彪彪掣劍離匣。』

〔八〕早則：早就。鳳幃同卧：指與嫦娥同牀共枕。鳳幃：夫妻所用的帷帳。

〔九〕月枕：與上句『鳳幃』相對，寫月夜同卧。雙歌：與上句『同卧』相對，云二人共卧同歌。

〔一〇〕琴瑟：兩種彈撥樂器。《詩·周南·關雎》：『窈窕淑女，琴瑟友之。』後以琴瑟比喻夫婦間感情和諧。

【校】

整套曲見於《九宫大成譜》卷七三，第四〇至四一頁。【快活年】【幺篇】見於《北詞廣正譜》卷一〇，第七至八頁。【柳葉兒】見於《北詞廣正譜》卷一，第一三頁。

早則不思量琴瑟和諧：《北詞廣正譜》作『早則不思量琴瑟諧和』。從《九宫大成譜》。

那天將，膽氣粗，雙臂長，淩長空，騰雲霧，威風凜凜，相貌兇惡。明皇大驚失色，甚麼『鳳幃同臥』，甚麼『月枕雙歌』，甚麼『琴瑟諧和』，全都化作顫顫瑟瑟。忽覺得，被天將狠命一推，不禁『哎呀』一聲，從萬里雲空跌下。怎想，叫聲未絕，竟從夢中醒來，方知是南柯一夢。所幸，夢景如在目前，仙樂猶響於耳，那嫦娥嬌嬈仙姿、花容月貌，更銘刻於心。其後，則度日如年，期期祈盼，望來年中秋之夜，再與嫦娥相會罷了。

天寶遺事諸宮調卷二　明皇寵楊妃

話說那唐明皇，自夢遊月宫後，鬱鬱寡歡，百無聊賴。日夜思念月中嫦娥。急切切盼望中秋到來，與嫦娥重續前緣。

壽王李瑁，新納蜀州司戶楊玄琰之女、小字玉環的爲妃。循禮節，新娶兒媳須拜見公公。那明皇原本爲嫦娥事濃雲罩龍顔，重霧鎖眉山，興致全無。然李瑁乃其與武惠妃所生，爲最寵愛之子，只得勉爲宣見。衆宫娥簇擁一麗人姍姍而至。明皇舉目視美人，大驚失色。恁道是誰來？正是朝思暮想之嫦娥仙子。那玉環見駕，也好生驚詫，明明初見，又怎如此般眼熟。明皇大喜。隨即令在上林苑歌舞歡會。早春二月，宿雨停歇，陽光明媚，桃杏初苞，柳染嫩黄。明皇尚覺美中不足，曰：『對此景物，豈得不爲他裁決？』遂自創一曲，名【春光好】，令取羯鼓，親自臨軒笑擊。誰知精誠所至，感動上蒼。再看那園内，柳絲飄緑，桃紅杏白，花團錦簇，蘭蕙噴香。正可謂，春光美，佳人俏。明皇自然喜上眉梢。

【黄鐘宫】【雙鳳翹】奏説春嬌〔一〕，爲頭兒引見根苗〔二〕。喉舌運機巧，〔三〕，連蜷眉嫵〔四〕，從教畫筆〔五〕，綽染丰標〔六〕。如還不暗約〔七〕，猛見天顔，便顯妖嬈，宫嬪也失色〔八〕，朝臣也驚訝，東君也懊惱〔九〕。

【幺篇】吾皇爲要花開早，上林見嫩黃著柳梢〔一〇〕。催花曲著調〔一一〕，開元羯鼓〔一二〕，臨軒笑擊，感動青霄〔一三〕。皇都呈瑞巧〔一四〕，桃杏花勻〔一五〕，蘭蕙香飄〔一六〕，良辰乍遇，韶華怡笑〔一七〕，東君正好〔一八〕。

【注】

〔一〕春嬌：嬌豔的女子。唐·元稹《連昌宮詞》：『春嬌滿眼睡紅綃，掠削雲鬟旋裝束。』此指宮女。

〔二〕爲頭兒：頭一次。根苗：禍根苗，指楊玉環。

〔三〕『喉舌』句：是說楊玉環刻意把話說得悅耳動聽。運機巧：運用機心，智巧。

〔四〕連蜷眉嫵：眉的樣式嫵媚可愛。連蜷：形容眉長而彎曲。眉嫵：亦作『眉憮』。《漢書·張敞傳》：『（敞）又爲婦畫眉，長安中傳張京兆眉憮。』顏師古注：『孟康曰：「憮音詡，北方人謂媚好爲詡畜。」蘇林曰：「憮音嫵。」蘇音是。』

〔五〕從教：聽任，任憑。宋·韋驤《菩薩蠻》詞：『白髮不須量，從教千丈長。』

〔六〕綽染：點染，裝扮。丰標：姿容，風采。『連蜷』三句，是說楊玉環用心把自己粧扮得分外美麗。

〔七〕暗約：忖度，思量。關漢卿《西蜀夢》：『哥哥你自暗約，這事非小可。』此引申爲醒悟。此句是說，如明皇還不醒悟楊玉環即月宮仙子化身。

〔八〕『宮嬪』句：是說嬪妃因羞愧而改變顏色。即《長恨歌》所言『回頭一笑百媚生，六宮粉黛無顏色』之意。

〔九〕東君：司春之神。懊惱：煩惱。此句是說，楊玉環之美，壓倒了大好春光，連司春之神都自愧不如。『猛見』五句，是說楊玉環顯現美貌，提醒明皇她即嫦娥化身。

〔一〇〕上林：古宮苑名，故址在今西安市西一帶。後泛指帝王們遊樂的地方。嫩黄著柳梢：是說初春時節，柳樹剛剛吐芽。

〔一一〕催花曲：用的是明皇創【春光好】的典故。《太平廣記》卷二百五：『唐玄宗洞曉音律，由之天縱。……嘗遇二月初，詰旦，巾櫛方畢。時宿雨始晴，景色明麗，小殿内亭，柳杏將吐。覩而歎曰：「對此景物，豈可不與他判斷之呼？」左右相目，將命備酒，獨高力士遣取羯鼓。上旋命之，臨軒縱擊一曲，曲名【春光好】。神思自得。及顧柳杏，皆已發拆。指而笑謂嬪嬙内官曰：「此一事不喚我做天公可呼？」』發拆：綻放。

〔一二〕羯鼓：古代打擊樂器的一種。起源於印度，從西域傳入，盛行於唐開元、天寶年間。《通典・樂四》：『羯鼓，正如漆桶，兩頭俱擊。以出羯中，故號羯鼓，亦謂之兩杖鼓。』《新唐書・禮樂志一一》：『羯鼓，八音之領袖，諸樂不可方也。』

〔一三〕青霄：青天，此借指上蒼。

〔一四〕瑞巧：祥瑞美妙。

〔一五〕桃杏花匀：桃杏花開遍。匀：遍。李清照《小重山》詞：『春到長門春草青，江梅些子破，未開勻。」

〔一六〕蘭蕙：蘭與蕙。皆香草名。

〔一七〕韶華：美好時光，此指春光。怡笑：怡目、歡娛。

〔一八〕東君正好：春光正美。東君：司春之神，此引申爲春光。

【校】

兩套曲均見於《太和正音譜》卷上，第四七頁；《九宮大成譜》卷七，第一三頁。《御定曲譜》卷一將兩套合爲一套，僅名【雙鳳翹】。【幺篇】又見於《北詞廣正譜》卷一，第一七頁。

《太和正音譜》、《北詞廣正譜》、《御定曲譜》於「喉舌運機巧」下均無「連蜷眉嫵」句。此從《九宮大成譜》。

從教畫筆：《北詞廣正譜》作「奉教畫筆」，《御定曲譜》作「拳教畫筆」。此從《九宮大成譜》。

猛見天顏：《太和正音譜》作「猛現天顏」。

宮嬪也失色：《九宮大成譜》、《御定曲譜》俱作「宮嬪也笑色」。此從《太和正音譜》。

皇都呈瑞巧：《北詞廣正譜》作「皇都忽變卻」。

桃杏花勻：《北詞廣正譜》作「桃杏光勻」。

良辰乍遇：《北詞廣正譜》作「良辰乍過」。

東君正好：《九宮大成譜》作「東月正好」。

曲終人散，明皇一則喜，一則憂。與仙子重逢，可喜可賀；而彼竟爲吾兒媳，深可憂慮也。回想月宫親昵恩愛，頓覺痛徹心扉。思來想去，寧可自家落箇悖倫之名，也不可辜負多情仙子。猛然想起皇祖母則天皇太后，原本係曾祖太宗皇帝之才人。曾祖父晏駕，皇祖母循例出家，後皇祖父高宗將其納入宫中。若要納楊氏爲妃，只循陳規即可。只是瑁兒方在英年，如何令其妃出家？無奈戀楊氏情切，也就無可如何了。那明皇將此事告知心腹太監、後宫總管高力士。力士聽罷大驚：父佔子妻，甚爲不妥。轉念一想，自家宦者而已，何不成此美事，以奉皇上歡心？隨即以皇上賞賜爲名，召見壽王妃，令其自求出家。

力士傳達明皇旨意，楊氏竟欣然應允。這一則是那楊氏喜奢華，善歌舞，解音律，與明皇性情相投；二則此乃夙緣天定。明皇遂降旨將楊玉環度爲女道士，居大内太真宫，道號太真。那壽王雖甚不捨，又怎敢冒犯天威？也只得唯唯聽命。後又納韋昭訓之女韋氏爲妃，此乃後話。

明皇父奪子妻，畢竟心虚。爲遮人耳目，頒旨於宫中選美。爲踐去歲月宫與嫦娥來年中秋之夜相聚之約，特意把選美定於中秋之夜。

斗轉星移，中秋已至，當夜，只見月輪中天，明光如晝。明皇於宫中大擺筵席，令後宫嬪妃，共聚一堂。那明皇精神爽，展笑顔，喜興連連，情致滿滿，明爲篩選佳麗，實實地與仙子重續前緣。雖經曲折，終攜得美人歸。飲醇酒，游上苑，臨寢殿，真可謂『天從人願』。

【仙吕宫】【點絳脣】爲照芳妍〔一〕，有如皎練〔二〕，分明顯，恰便似寶鏡臺前〔三〕，一樣蛾眉淺。

【混江龍】月窺人面，玉人明月鬬嬋娟〔四〕。月當良夜，人正芳年。華表月移無柄扇〔五〕，錦宫人列並頭蓮〔六〕。喜今宵人月皆酬願〔七〕：月輪滿足，人物十全。

【油葫蘆】滿袖天香惹瑞烟〔八〕，風力軟，九龍獨趁五雲軒〔九〕。誰承望開元天子昭陽殿，生扭做蕊珠王母蟠桃宴〔一〇〕。預先爭遊廣寒〔一一〕。没來由抛禁苑〔一二〕！恰來恁早些兒與朕疾相見〔一三〕，怎肯去月宫裏覓神仙？

【天下樂】既著這十五團圓照滿天，待把箇堪憐親自選。將這可喜娘臉兒都覷遍〔一四〕，兀的那箇合疏〔一五〕，那一箇偏〔一六〕，寡人則索告青天乞少年〔一七〕。

明皇於衆美人中尋尋覓覓，只不見那楊玉環，三次宣詔，仍不見蹤影，不免心中疑惑。

【那吒令】莫不他厭守皇宫内院？莫不他懶駕鸞車鳳輦？莫不他卻趁蓬萊閬苑〔一八〕？多應他顯些氣分〔一九〕，施些機變〔二〇〕，那裏問天子三宣〔二一〕！

正是急煎煎，意懸懸之時，猛然間，仙袂飄飄，綬帶翩翩，見箇仙姝悄然而至。細覷，非楊玉環而誰耶？

【鵲踏枝】恰正是急煎煎，意懸懸，厭得仙袂飄飄〔二二〕，綬帶翩翩〔二三〕，銜一團兒香嬌玉軟〔二四〕，更輕如玉液浮蓮〔二五〕。

【寄生草】貌把光輝映，身宜縞素穿〔二六〕，則見彩雲隨出梧桐院，恰便似錦池捧出芙蓉面，只疑是武陵泛出桃花片〔二七〕，那裏見大唐家歌舞太真來？分明是洛伽山水月觀音現〔二八〕。

【六幺序】相陪奉，謹顧戀，攜春纖笑憑瓊肩〔二九〕。紅翠相連〔三〇〕，音律俱全。正乾坤風露涓涓〔三一〕，啓朱唇一點聲嬌顫，似朝元玉女傳言〔三二〕。此一杯朕索慇懃勸，誰敢分文怠慢，頃刻俄延！

【幺篇】忻然〔三三〕，若不當筵，親捧金船〔三四〕，又道是吾當厭倦，意不專。折末鹿走中原〔三五〕，海變桑田〔三六〕，鎮日同行同坐同眠〔三七〕。儘翰林院編作荒淫傳〔三八〕，任清風萬古流傳〔三九〕。願一年一度中秋宴，則這碧天似水，良夜如年。

【醉扶歸】則爲你占斷風流選〔四〇〕，奪盡可憎權〔四一〕。萬里江山正朗然〔四二〕，爲甚忽地浮雲顯？爲你强如他萬千，因此上怕見你那羞花面。

【金盞兒】他夜無眠〔四三〕，共同緣〔四四〕，也學世態雲千變〔四五〕。桂花點破鏡中天〔四六〕，銀河明綺偃〔四七〕，如瀑布落長川。素娥映酒影〔四八〕，西子在溫泉。

【醉中天】我想這文武朝金殿，不熱樂如妃子列華筵〔四九〕。簾捲蝦鬚吐翠烟〔五〇〕，不風韻如雲影隨歌扇〔五一〕。捲的是那剪霹靂似三聲靜鞭〔五二〕，聒的寡人心驚膽戰，𠹭不如太真妃品竹調弦〔五三〕。

【雁兒】在前受了些不遭遇焚香宮人怨〔五四〕，往常教他都間阻〔五五〕，今夜總團圓。想你箇天，也受香烟。

【幺篇】各位下隨宮院〔五六〕，誰不道楊妃行最偏。省可教一心兒埋怨〔五七〕，也强如兩下裏受熬煎。

【後庭花】碧桃花樹前，青鸞粧鏡邊〔五八〕，去歲人無恙〔五九〕，今秋月正圓〔六〇〕。爲甚寡人重留連？過中秋雖見，則怕漸如弓不上弦〔六一〕。

【賺煞尾】平地鳳車行〔六二〕，銀漢冰輪轉〔六三〕，迴首流光漸遠〔六四〕。卿呵〔六五〕，你各向深宮輦路邊，列雙雙白鷺紅鴛〔六六〕。忽天然亸袖垂肩〔六七〕，只向冰雪堂中圖畫展〔六八〕。和寡人同游上苑，共臨寢殿，抵多少月移花影綠窗前〔六九〕。

【注】

〔一〕芳妍：美麗的容顏。

〔二〕皎練：潔白透亮的熟絹。

〔三〕『恰便似』二句：是說月光之下的美人，如寶鏡中的美人一樣，連淺淡的蛾眉都分明顯現。『爲照』五句，是說明皇選美，月兒幫湊，其光如皎練，照得夜同白晝，把美人的容顏顯現得如同鏡臺照影。

〔四〕玉人：潔白如玉的美人。鬬嬋娟：比美。嬋娟：姿態美好的樣子。唐·李商隱《霜月》：『青女素娥俱耐冷，月中霜裏鬭嬋娟。』『月窺』二句，把月亮擬人化，月兒窺視美人容貌，美人與月兒媲美。以月之美烘托人之美。

〔五〕華表：宮殿前兼作裝飾用的雕刻精美的巨大柱子。無柄扇：無柄的團扇，喻月亮。此句是說，宮殿前高矗的華表，能標示出明月的移動。

〔六〕錦宮人：指宮中嬪妃。並頭蓮：並排長在同一莖上的兩朵蓮花，象徵男女好合或夫妻恩愛。此句是說，嬪妃排列，都希望受到皇上的寵幸。

〔七〕『喜今宵』三句：是說整整一年，明皇都在盼望中秋佳節明月高照，與仙子相見，今晚這兩箇願望都得以實現。

〔八〕天香：指宮廷中用的薰香。唐·皮日休《送令狐補闕歸朝》：『朝衣正在天香裏，諫草應焚禁漏中。』此句是說，美女起舞，衣袖拂動，沾染了香爐焚香的祥瑞烟氣。

〔九〕九龍：本爲周代宮殿名，以門上有三銅柱，每柱有三龍相纏繞，故名。此借指帝王。五雲軒：五彩雲車，帝王所乘車輦。『滿袖』三句，是說香氣氤氲，軟風柔靡，美女翩翩起舞，明皇乘華麗的車輦前來選美。

〔一〇〕生扭做：硬是變成。蕊珠：蕊珠宮，道教經典中所說的仙宮。王母：西王母，傳說中的女神。蟠桃宴：指西王母在瑤池舉行的蟠桃勝會。『誰承望』二句，是說唐明皇開元年間的後宮飲宴，因月宮仙子的降臨，竟然變成了仙界的蟠桃宴。

〔一一〕爭：爲什麼，怎麼會。此句是說，既然仙姝在人間，何必遊月宮？

〔一二〕沒來由：沒緣由，無緣無故。

〔一三〕恁：此指楊玉環。『恰來』二句，是說如果楊玉環早點與明皇相見，他就沒有必要去月宫裏覓仙子了。

〔一四〕可喜娘：美麗討人喜歡的女子。王實甫《西廂記》：『顛不剌的見了萬千，似這般可喜娘的龐兒罕曾見。』

〔一五〕兀的：語氣助詞，此表示鄭重之意。合：該。疏：疏遠。

〔一六〕偏：偏愛，寵幸。

〔一七〕則索：宋、元曲文中的常用詞。猶『只好』，『須得』。王實甫《西廂記》：『我和他乍相逢記不真嬌模樣，我則索手抵著牙兒慢慢的想。』告青天乞少年：祈求上天給予自己更多的青春活力。

〔一八〕卻趁：轉去。蓬萊閬苑：蓬萊與閬苑都是仙府。明皇認定楊玉環是嫦娥臨凡，今楊玉環不見蹤影，故此猜測，莫不是因爲她厭倦了皇宫內院，返回了仙界。

〔一九〕多應：多半是。氣分：身價，體面。

〔二〇〕機變：智巧心計。

〔二一〕那裏問：哪裏管。天子三宣：指明皇的三次宣召。

〔二二〕厭得：猛地；忽然。元・喬吉《新水令・閨麗》套曲：『忽的迎頭見咱，嬌小心兒裏怕，厭地回身攏鬢鴉。』仙袂：仙人所著之衣，此指華美脫俗的衣裙。袂：衣袖。

〔二三〕綬帶：　古代用以繫官印等物的絲帶。亦指美麗的衣帶，前蜀・薛昭藴《小重山》詞：『憶昔在昭陽，舞衣紅綬帶，繡鴛鴦。』

〔二四〕衠：　真是，純爲。香嬌玉軟：　喻楊玉環的美貌嬌柔。

〔二五〕玉液：　喻月光。蓮：　喻楊玉環。此句寫月光中楊玉環就像漂浮在玉液中的蓮花一樣輕盈美麗。

〔二六〕縞素：　此指白色衣裙。『貌把』二句，是説楊玉環娟秀的姿容與月光掩映，故宜穿白色衣裙。

〔二七〕武陵：　武陵源。陶淵明《桃花源記》：『晉太元中，武陵人捕魚爲業，緣溪行，忘路之遠近。忽逢桃花林，夾岸數百步，中無雜樹。芳草鮮美，落英繽紛。』『則見』三句，以彩雲、芙蓉、桃花喻月光掩映下的楊玉環之美。

〔二八〕洛伽山：　又作普陀洛伽，梵文的音譯，傳説爲觀音菩薩的居處。水月觀音：　觀音菩薩有三十三種畫像，水月觀音是其中最美的一種。人們常把美女比水月觀音。王實甫《西廂記》：『你道是河中開府相公家，我道是南海水月觀音現。』

〔二九〕春纖：　指女子柔軟纖細的手。

〔三〇〕紅翠：　山鳥名。唐・皮日休《寄題羅浮軒轅先生所居》：『紅翠數聲瑤室響，真檀一炷石樓深。』自注：『紅翠，山鳥名。』此喻動聽的聲音。

〔三一〕乾坤：　天地之間。涓涓：　清新、明潔的樣子。唐・王初《銀河》：『歷歷素榆飄玉葉，涓涓清月濕冰輪。』

〔三二〕朝元玉女：　朝見天帝的仙女。傳言：　指傳達天帝的旨意。此句是説明皇對楊玉環言語的尊崇。

〔三三〕忻然：　喜悦愉快的樣子。三國魏・嵇康《聲無哀樂論》：『夫會賓盈堂，酒酣奏琴，或忻然而歡，或慘爾而泣。』

〔三四〕金船：　一種金質的盛酒器。南北朝・庾信《庾子山集・北園新齋成應趙王教》：『玉節調笙管，金船代酒巵。』倪璠注：『《八王故事》曰：「陳思王有神思，爲鴨頭杓，浮於九曲酒池。王意有所勸，鴨頭則迴向之。又爲鵲尾杓，柄長而直。王意有所到處，於罇上鏇之，鵲則指之。」按：　金船即鴨頭杓之遺，陳思王所制也。』

〔三五〕折末：　即使，任憑。鹿：《史記・淮陰侯列傳》：『秦失其鹿，天下共逐之，於是高材疾足者先得焉。』裴駰《集解》引張晏曰：『以鹿喻帝位也。』此處鹿走中原亦指失去江山社稷。

〔三六〕海變桑田：　語本晉・葛洪《神仙傳・王遠》：『麻姑自説云：「接侍以來，已見東海三爲桑田。」』後以喻世事變化巨大。

〔三七〕鎮日：　整天，從早到晚。

〔三八〕儘：　任憑，即便是。翰林院：　官署名。唐初置，本爲各種文藝技術内廷供奉之處。元代後稱翰林兼國史院，掌管著作、修史等事務。此句是説，任由翰林院作國史把他寵楊妃寫作荒淫無道。

〔三九〕清風：　流傳後世的品格。此處指重色的名聲。

〔四〇〕則：　正是。占斷：　占盡。唐·吴融《杏花詩》：　『粉薄紅輕掙臉羞，花中占斷得風流。』此句是説，楊玉環在這場風流的選美中佔盡風光。

〔四一〕可憎權：　受到寵愛的權力。可憎：　反語，可愛。

〔四二〕『萬里』四句：　是説月兒正把萬里江山照得清澈明亮的時候，忽然被浮雲遮擋，原因是楊玉環太美了，月兒羞見她的羞花面。

〔四三〕他：　指月亮。『他夜無眠』八句，把月擬人化，極寫月兒在這場選美中的幫襯。

〔四四〕共同緣：　因楊玉環是月中嫦娥，所以在明皇看來，他的這種緣分是與楊玉環的緣分，也是與月的緣分。

〔四五〕『也學』句：　是説世態萬變，月兒也變換各種景致。

〔四六〕桂花：　月中之桂樹。鏡：　喻月亮。此句是説，如圓鏡的月亮被桂影點破。

〔四七〕『銀河』二句：　是説月光像倒挂的綺練一樣明亮美麗，就像銀河之水化爲瀑布落入長川。綺：　練，絲織品。偃：　倒伏，倒挂。

〔四八〕『素娥』二句：　以月光烘托楊玉環之美。素娥、西子喻楊玉環，醇酒、溫泉喻月光。

〔四九〕熱樂：　非常歡樂。熱：　表示程度副詞。『我想』二句，是説上朝與文武大臣金殿議事，遠不如與楊妃列華筵歡樂。

〔五〇〕蝦鬚：　簾子的雅稱。唐·陸暢《簾》：　『勞將素手捲蝦鬚，瓊室流光更綴珠。』翠烟：　此指上朝時點起的熏香。此句亦寫君臣金殿議事的場景。

〔五一〕雲影：比喻婦女的美髮。宋・黃機《眼兒媚》詞：『鬔鬆兩鬢飛雲影，鈿合未梳粧。』此借指美人。歌扇：歌舞時用的扇子，借指歌舞。此句緊接上句，是說與朝臣議事，不如與美人歌舞更顯風韵。

〔五二〕靜鞭：也稱鳴鞭。一種很大的鞭子。鑾駕儀衛的警人用具。朝會時鳴之以發聲，以示肅靜。剪霹靂：形容靜鞭發出的聲音像驚雷一樣尖利響亮。

〔五三〕噭不如：遠不如。噭：同『煞』，表程度的副詞。

〔五四〕焚香宫人：指那些被冷落的嬪妃，焚香禱告，希望得到明皇的寵愛。

〔五五〕『往常』四句：是說那些備受冷落的嬪妃，以前都不得與明皇見面，今夜都團聚在一起，她們會焚香答謝上蒼。

〔五六〕下隨宫院：在下追隨的嬪妃。即除楊玉環之外的嬪妃。

〔五七〕省可：寧可。『省可』二句，是說讓其他嬪妃單方面埋怨自己得不到寵愛，總比讓明皇與楊妃兩下裏受熬煎好。

〔五八〕青鸞粧鏡：相傳，罽賓王結網峻卯之山，獲一鸞鳥，飾以金樊，食以珍羞，三年不鳴。其夫人曰：嘗聞鳥見其類而後鳴，何不懸鏡以映之。王從其意。鸞睹形悲鳴哀響，中霄奮而絕。見《藝文類聚》卷九〇引南朝宋・范泰《鸞鳥詩序》。後因以『青鸞』借指鏡。

〔五九〕去歲：指去年中秋夜明皇遊月宫時與嫦娥相愛。人無恙：即別來無恙之意。

〔六〇〕月正圓：寫月之圓，亦寫明皇與仙子團聚。

〔六一〕弓不上弦：　弓不上弦時呈半月形。此处喻月兒不圓。『去歲』五句，是說明皇之所以要在中秋節選美，是對去年遊月宮的懷戀與紀念。

〔六二〕鳳車：　鳳凰車，古代帝王所乘車。此指明皇與楊妃共乘之車輦。

〔六三〕銀漢：　天河，此泛指天空。冰輪轉：　月亮移動。

〔六四〕流光：　特指如水般流瀉的月光。曹植《七哀》：『明月照高樓，流光正徘徊。』

〔六五〕卿：　此指明皇稱呼楊妃外的其他嬪妃。

〔六六〕列雙雙白鷺紅鴛：　白鷺、鴛鴦羣飛有序，人稱『鷺序』、『鴛行』。常比喻百官上朝時的行列。這裏是讓楊妃之外的嬪妃，按照品級，排列在明皇與楊妃車輦行經的道路兩旁，送明皇與楊妃退場。

〔六七〕嚲袖垂肩：　常用以描寫美人的體態。嚲袖：　一作『軃袖』，衣袖下垂。董解元《西廂記諸宮調》：『軃羅袖以無言，垂湘裙而不語。』

〔六八〕『只向』句：　是說月光下的楊妃，就像冰雪堂畫室中的美人圖。冰雪堂，喻月光的清涼明潔。

〔六九〕抵多少：　勝過很多。月移花影綠窗前：　在綠窗前觀花賞月。

【校】

整套曲見於《雍熙樂府》卷四，第七五至七七頁。除【雁兒】套外，又見於《詞林摘豔》卷四。【混江龍】見於《北詞廣正譜》卷三，第五頁；《九宮大成譜》卷五，第六頁。【醉扶歸】見於《北詞廣正譜》卷三，第二五頁；《九宮大成譜》卷五，第二〇頁。【雁兒】見於《北詞廣正譜》卷三，第二七頁。又見於《九宮大成譜》卷五，第三二頁。【幺篇】『忻然』，見於《九宮大成譜》卷五，第三三頁。

有如皎練：《詞林摘豔》作『故如皎練』。

恰來恁早些兒與朕疾相見：《詞林摘豔》作『恰來恁早些兒與咱疾相見』。

既著這十五團圓照滿天：《雍熙樂府》作『既看這十五團圓照滿天』。

兀的那箇合疏：《詞林摘豔》無『兀的』二字。

那一箇偏：《詞林摘豔》作『那箇合偏』。

寡人則索告青天：《詞林摘豔》作『我則索告青天』。

莫不他卻趁蓬萊閬苑：《詞林摘豔》作『莫不他趁卻蓬萊閬苑』。

厭得仙袂飄飄：《詞林摘豔》無『厭得』二字。

貌把光輝映：《詞林摘豔》無『貌』字。

身宜縞素穿：《詞林摘豔》無『身宜』二字。

分明是洛伽山水月觀音現：《詞林摘豔》作『分明見洛伽山水月觀音現』。

相陪奉：《詞林摘豔》作『相倍奉』。

此一杯朕索慇懃勸：《詞林摘豔》作『此一杯則索慇懃勸』。

鎮日同行同坐同眠：《詞林摘豔》無『日』字。

儘翰林院編作荒淫傳：《詞林摘豔》作『儘翰林編作荒淫傳』。

銀河明綺偃：《詞林摘豔》作『銀河明綺宴』。

如瀑布落長川：《詞林摘豔》作『如瀑布洛長川』。

素娥映酒影：《詞林摘豔》作『素娥浮酒面』。

不風韻如雲影隨歌扇：《詞林摘豔》作『不丰韻如雲影隨歌扇』。

三聲靜鞭：《詞林摘豔》作『三下靜鞭』。

聒的寡人心驚膽戰：《詞林摘豔》作『聒的我心驚膽戰』。

在前受了些不遭遇焚香宮人怨：《雍熙樂府》作『俺在先受了些焚御香宮人怨』。此從《北詞廣正譜》。

想你箇天：《北詞廣正譜》作『想你天』。

青鸞粧鏡邊：《詞林摘豔》作『青鸞舞鏡邊』。

爲甚寡人重留連：《詞林摘豔》作『爲甚我重留連』。

卿呵：《詞林摘豔》無此二字。

和寡人同游上苑：《詞林摘豔》作『和咱同游上苑』。

抵多少月移花影綠窗前：《詞林摘豔》作『抵多少月移花影到窗前』。

楊玉環入選，卽刻被冊爲貴妃。明皇與其同乘鳳輦，共臨寢殿。那楊妃柳腰婀娜，風流娉婷。又只見翠幕高懸，錦帳齊開，楊妃去首飾，鬆腰帶，脫宮鞋，入鳳幃，等待明皇臨幸。

【雙調】【夜行船】一片行雲天上來〔一〕，捧入柳腰花態。料想東風精神〔二〕，近蒙寵愛，印頰臂蕙香獨在〔三〕。

【挂玉鈎】顯瑩白〔四〕，生光彩，猶恐芳恣〔五〕，污染塵埃。去首飾，緫腰帶〔六〕，乍離君懷。恰纔用〔七〕，不勝嬌無奈。掩雙襟款脱宫鞋，褪淩波襪〔八〕，壓香羅窄。翠幕高懸〔九〕，錦帳齊開。

【隨煞尾】阿環早是風流殺〔一〇〕，又添出些溫柔分外。膩玉生嫩霞〔一一〕，酥胷間弄色〔一二〕。

【注】

〔一〕行雲： 原指流動的雲彩。亦用巫山神女之典，比喻所愛悦的女子。李白《久别離》：『去年寄書報陽臺，今年寄書重相催。東風兮東風，爲我吹行雲，使西來！』此以行雲比喻楊妃。明皇認定楊妃是月中嫦娥，故云『天上來』。

〔二〕東風精神： 指春情勃發。東風： 春風，常喻春情。

〔三〕印頰臂： 指頰、臂留吻痕。蕙香： 蕙草的芳香。楊妃常佩戴香囊，體有香氣。

〔四〕瑩白： 晶瑩潔白。

〔五〕芳恣： 芳姿。恣： 通『姿』。

〔六〕憁：用同『鬆』。

〔七〕恰纔：剛剛。用：此指明皇對楊妃的親暱動作。

〔八〕淩波襪：指美人所著之襪。淩波：比喻美人步履輕盈，如乘碧波而行。

〔九〕翠幕：懸空平遮在上面的華美帷幔。《周禮·天官·幕人》：『掌帷、幕、幄、帟、綬之事。』鄭玄注：『在旁曰帷，在上曰幕。』

〔一〇〕風流殺：極爲風流。殺：通『煞』，表程度的副詞。

〔一一〕膩玉：紋理細膩潤澤的玉。形容美人肌膚的光滑細潤。嫩霞：喻羞赧的顏色。

〔一二〕弄色：顯現美色。《西廂記諸宮調》：『過雨櫻桃血滿枝，弄色的奇花紅間紫。』

【校】

此套曲見於《雍熙樂府》卷一二，第八七頁。

褪淩波襪：底本作『褪綾波襪』，據文意改。

【隨煞尾】：底本作【道煞尾】，據曲牌名改。

面對絕色，明皇早拴不住那意馬心猿，將楊妃攬於懷中，解其衣襟，露出玉乳。明皇始而撫弄，繼而嗚咂。宮中嬪妃雖多，如此況味，卻是初嘗。不由忘情歡娛，春心蕩漾。

【南呂宮】【一枝花】掌中白玉珪〔一〕，樹底紅牙筯〔二〕，都不如被頭上如何生，枕上夜明珠〔三〕。玉並雙渠〔四〕，濃滴胭脂露〔五〕，世間甜總不如。包藏盡夜月春風〔六〕，醞釀出朝雲暮雨〔七〕。

【梁州】圍繡帶衣襟款束〔八〕，透香囊蘭麝模糊，汗溶溶宜在華清浴。溫柔宜暖，潤澤難枯。撲凹相對，涅色仍姝〔九〕。兩塢兒妖豔當浮〔一〇〕，半星兒粉垢全無。顫巍巍剛顯香溫，膩團團潛攢玉粟〔一一〕，軟㝃㝃輕漲雲腴〔一二〕。錦叢乍出，於身最是生情處，膺應帝王福〔一三〕。染指濃薰自有餘，更壓著帶雨蜂鬚〔一四〕。

【二煞】輕盈溫透胷中物，瑩滑新來塞上酥〔一五〕，風流特似破瓜初〔一六〕，素蛾流光〔一七〕，割斷紅鴦白鷺〔一八〕，常惹得錦鸞妒〔一九〕。則不宜將手摩弄〔二〇〕，脣吻也堪嗚〔二一〕。

【收尾】對若初熟雞頭肉〔二二〕，亂國私招燕子雛〔二三〕。懷中抱，緊遮護，牽腸惹肚，知心可腹，左右教明皇作不得主。

【注】

〔一〕珪：『圭』的古字，瑞玉。

〔二〕紅牙筯：檀木製的拍板，用以調節樂曲的節拍。紅牙：檀木的別稱。

〔三〕夜明珠：傳說中夜間能放光的寶珠，常用以喻月。因明皇認定楊妃爲月中嫦娥，故此處夜明珠指楊妃。

〔四〕玉並雙渠：《太平御覽·服章部》：『至孝明皇帝乃爲大珮、衝牙、雙渠璜，皆以白玉。』雙渠：此指雙渠璜，以形容其如玉白。

〔五〕胭脂露：喻香汗。據《唐人說薈·開元天寶遺事》載：『貴妃每至夏日，常衣輕綃，使侍兒交扇鼓風，猶不解其熱，每有汗出，紅膩而多香，或拭之於巾帕上，其色如桃紅也。』

〔六〕包藏：包含，隱匿。夜月春風：即風月，男女情事。

〔七〕朝雲暮雨：用宋玉《神女賦》巫山神女典故，此處指男女媾歡。

〔八〕款：緩慢。

〔九〕撲凹相對：撲，撲凸。唐、姚合《惡神行雨》：『風擊水凹波撲凸。』涅色：黑色。姝：美。

〔一〇〕兩堝兒：兩塊。堝：量詞，猶『塊』。妖豔當浮：呈現美豔。浮：呈現，顯現。

〔一一〕玉粟：形容皮膚因受寒呈粟狀。明·梅鼎祚《玉合記·邂逅》：『綠鬢雲散裊金翹，雙釧寒生玉粟嬌。』

〔一二〕軟耨耨：軟綿綿。雲腴：如雲白的豐滿肌膚。

〔一三〕廕應帝王福：承受帝王的厚福。廕：庇廕。應：接受。

〔一四〕帶雨蜂鬢：喻指沐浴未乾的秀髮。唐·王建《宮詞》其四：『蜂鬢蟬翅薄鬆鬆。』

〔一五〕塞上酥：猶云『凝脂』。塞上：泛指北方長城內外，因多爲遊牧民族所居，盛產酥。

〔一六〕破瓜初：新婚。破瓜：喻女子破身。此句意思是說，楊妃本爲已婚女子，然此時仍如初婚。

〔一七〕素娥：月中嫦娥。流光：如水般流瀉的月光，此喻楊妃的風采。

〔一八〕紅鴛白鷺：喻各種品級的其他嬪妃。參看卷二《十美人賞月》注〔六六〕。

〔一九〕錦鸞：美麗的鳳凰之類的鳥。此亦用以喻宮中其他嬪妃。

〔二〇〕則不：宋、元曲文常用詞，猶『不只是』。元・高文秀《黑旋風》：『我解放了俺哥哥，則不俺哥哥一箇人，我把這滿牢裏人都放了。』

〔二一〕嗚：嗚咂。

〔二二〕雞頭肉：芡實的別名，此喻女子的乳頭。宋・劉斧《青瑣高議・驪山記》：『一日，貴妃浴出，對鏡匀面，裙腰褪，微露一乳……（帝）指妃乳曰：「軟溫新剥雞頭肉。」』

〔二三〕燕子雛：指安祿山。楊妃後認安祿山爲義子，安祿山出身燕地，故稱。

【校】

此套曲見於《雍熙樂府》卷一〇，第四九頁。

紅牙筯：底本作『紅芽筯』。據文意改。

美景良辰，恩愛情深，濃香蜜意，依偎親昵。衾被裏，雲雨初度，説不完的心浪翻花，道不盡的意蕩芳舟。

【大石調】【青杏子】和氣擁衾裯〔一〕，醉魂如蝶夢悠悠〔二〕。芳心不耐東風㶑〔三〕，香溫玉暖，烟融粉聚，綠慘紅愁。

【歸塞北】味清厚，眉皺不勝愁。蓓蕾小桃增曉媚，褪苞纖柳舞春柔。不放彩雲收〔四〕。

【幺篇】春色透，時復閉星眸。舌咂半尖香噴噴，乳捫雙顆軟耨耨，無物比風流。

【好觀音】赤摟定明皇低聲兒奏〔五〕，似初聞嬌囀鶯喉〔六〕，越遣君王戀未休。道：『聖壽綿綿萬年久，省可裏勞尊候〔七〕。』

【尾聲】天子道：『娘娘休虛謬，譬如怕寡人生受〔八〕，把似你描不成，畫不就。』

【注】

〔一〕和氣：春氣，此指使春情萌動之氣。清·蔣驥《山帶閣注楚辭·大招》：『春時和氣流行，萬物莫不萌動。』衾裯：衾被。

〔二〕醉魂：指明皇神魂陶醉。蝶夢悠悠：用《莊子》典。《齊物論》：『昔者，莊周夢爲胡蝶，栩栩然胡蝶也，自喻適志與？不知周也。俄然覺，則蘧蘧然周也。不知周之夢爲胡蝶與？胡蝶之夢爲周與？』後因以『蝶夢』喻迷離惝怳的精神狀態。悠悠：飄忽不定。

〔三〕芳心：女子的情懷。東風：春風，引申爲春情。耨：元、明時期方言，指狎昵。

〔四〕彩雲：用巫山雲雨的典故，指男女歡愛。不放彩雲收，形容二人歡愛持久不息。

〔五〕赤：赤緊的，著急的。宋、元曲文常用詞語。王實甫《西廂記》：『赤緊的情占了肺腑，意惹了肝腸。』

〔六〕嬌囀鶯喉：嬌鶯般婉轉悦耳的聲音。囀：轉折發聲。三國魏·繁欽《與魏文帝箋》：『時都尉薛訪車子，年始十四，能喉囀引聲，與笳同音。』

〔七〕省可裏：宋、元曲文常用詞，休要、休得的意思。董解元《西廂記諸宫調》：『省可裏晚眠早起，冷茶飯莫喫，好將息！』勞尊候：此指勞累傷身。

〔八〕譬如：宋、元曲文常用詞。與『把似』相呼應，用於取捨複句中表示取的分句。猶：『與其……不如』。此三句，是説與其怕我勞累傷身，你又何必生得描不成、畫不就的美呢？

【校】

此套曲見於《雍熙樂府》卷一五，第一一頁。又見於《九宫大成譜》卷四〇，第一二至一三頁。

【青杏子】：《九宫大成譜》作『青杏兒』。

夢悠悠：《雍熙樂府》作『夢攸攸』。

【尾聲】：《雍熙樂府》作『隨煞』。

且説那明皇自得太真妃後，萬般恩寵。禮遇同武惠妃，宫中呼爲『娘子』，以皇后之禮視之。宫中專設『貴妃院』，養織錦刺繡巧手凡七百餘，又雕刻鎔造良匠數百，造作異服奇器以奉貴妃。楊妃本蜀人，喜食荔枝。明皇卽命嶺南使者專供。荔枝易壞，使者日夜兼程，至長安色味不變。古人詩云『一騎紅塵妃子笑，無人知是荔枝來』，語含揶揄，乃實情也。明皇凡有遊幸，楊妃無不隨侍。

長安城東三十里，有曰驪山者。山上樹木參天，奇花異草遍地。溫泉噴湧，冬夏不涸。自秦始皇帝起，即傍泉建宮殿。經北魏、北周、前隋，歷代修葺，遂成帝王離宮。貞觀年間，太宗詔令新造殿閣，名『湯泉宮』。高宗改爲『溫泉宮』。開元年間，明皇又下令造殿閣亭臺，較前愈加富麗堂皇。殿閣櫛比連雲，花木蘢蔥溢香。溫泉蒸騰，嚴冬溫暖如春。真箇是人間仙境。明皇更名曰『華清宮』，名其間溫泉曰『華清池』。看看深秋時節已至，明皇擬移駕華清宮。偏那楊妃嬌嗔，不肯乘輦，要與明皇並轡而行。明皇有寶馬兩匹，一名『照夜白』，一名『玉華驄』。明皇自乘照夜白，命人給玉華驄備好鞍轡，宮嬪扶掖楊妃上馬，高力士親執轡授鞭。那楊妃嬌嬌怯怯，上得馬來，姿容慵懶，益發惹人愛憐。

【仙呂宮】【六幺令】烹龍炮鳳〔一〕，香滿禁樓中。調音品律，彩雲低拂綺羅叢〔二〕。俄爾分開錦簇〔三〕，捧出醉芙蓉〔四〕。翠簾高捲，玉梯扶下，素娥謫降廣寒宮〔五〕。

【幺篇】先已停鞍按勒〔六〕，朱漆枕繡復蒙〔七〕。羅襪塵香〔八〕，欲繞還軟無蹤〔九〕。天子忻然駐待〔一〇〕，芳意任從容〔一一〕。春纖憑暖〔一二〕，金蓮立困〔一三〕，付能偓上玉華驄〔一四〕。

【賺煞尾】錦衣籠〔一五〕，宮人馳騁〔一六〕。盡溫柔萬種，强駐剛乘嬌欲滴〔一七〕，顫巍巍簌翠遺紅〔一八〕。暢道真恁疏慵〔一九〕，寶蹬深藏足半弓〔二〇〕。金銜慢鬆〔二一〕，玉鞭不動。

馬蹄兒懶趁海棠風〔一二〕。

【注】

〔一〕烹龍炮鳳：比喻烹調珍奇肴饌。亦形容菜肴豪奢珍貴。李賀《將進酒》：『烹龍炮鳳玉脂泣，羅幃繡幕圍香風。』

〔二〕綺羅叢：指繁華浮豔之地，此指嬪妃宮女。

〔三〕俄爾：突然間。錦簇：成團的錦繡，此指嬪妃宮女。

〔四〕醉芙蓉：一種名貴美豔的芙蓉。清·梁紹壬《兩般秋雨盦隨筆·芙蓉》：『嶺南木芙蓉，有一日白花，次日稍紅，又次日深紅者，名曰「三日醉芙蓉」。』此喻楊妃。

〔五〕謫降：仙人因獲罪而貶降人世。此句是說，楊妃是從廣寒宮謫降人間的嫦娥。

〔六〕按勒：拉緊轠繩以止住牲口。

〔七〕朱漆枕：指紅漆的枕形馬鞍刺繡。此均指馬鞍的華美。

〔八〕塵香：一種粉末狀的香料。唐·馮贄《南部烟花記·塵香》：『陳宮人臥履，皆以薄玉花爲飾，内散以龍腦諸香屑，謂之塵香。』此句是說，楊妃所著羅襪，散發著芳香。

〔九〕『欲繞』句：是說楊妃舉足，欲繞過馬背踏入馬鐙，體態嬌軟輕盈，連腳印都不見。

〔一〇〕忻然駐待：和悅耐心地騎在馬上駐立等待。

〔一一〕『芳意』句：是說明皇聽從楊妃的心意，任從她緩慢從容地上馬。

〔一二〕春纖：　女子纖細柔軟的手。憑暖：　把穩。宋·晁端禮《綠頭鴨》詞：『瑤臺冷，欄干憑暖，欲下遲遲。』此處是說，楊妃雙手緊抓馬轡。

〔一三〕金蓮：《南史·齊紀下·廢帝東昏侯》：『鑿金爲蓮華以帖地，令潘妃行其上，曰：「此步步生蓮華也。」』後遂以蓮花或金蓮喻女子之足。立困：　站立得勞累困乏。

〔一四〕付能：　宋、元曲文中的常用詞，猶『好不容易』。關漢卿《拜月亭》：『阿！我付能把這殘春捱徹。』

〔一五〕錦衣：　指禁衛軍士卒。《前漢書平話》卷上：『黄羅旗蓋下，見三千箇錦衣簇擁，二百員戰將遮護。』籠：　籠罩，遮掩。

〔一六〕宫人：　太監、宫女。馳騁：　奔馳。『錦衣』二句，是說明皇、楊妃騎馬並轡，有禁衛士卒護衛，有太監、宫女跑前跑後侍奉。

〔一七〕强駐剛乘：　勉勉强强地上馬。此處『强』與『剛』，都是勉强的意思。

〔一八〕顫巍巍：　指騎馬不穩。簌翠遺紅：　指從馬上遺落物品。簌：　垂。

〔一九〕暢道：　此處作爲話搭頭，無義。真恁：　怎麼如此。

〔二〇〕半弓：　俗以一虎口（約五寸）爲一弓。半弓約二、三寸。舊時用以形容婦女纏過的小腳。元·李好古《張生煮海》：『袖兒籠，指十葱；裙兒簌，鞋半弓。』

〔二一〕金銜：　金製的馬勒口。

〔二二〕海棠風：　和暖之風。金·元好問《雪岸鳴鵪》：『笑煞畫簾雙燕子，秋千紅索海棠風。』

『金銜』三句，是說楊妃不勒馬，不揮鞭，信馬由繮前行。

【校】

此套曲見於《雍熙樂府》卷四，第八五頁。

【六幺令】：底本作『六幺序』，據曲牌名改。

話說那驪山之上有東、西兩座峻嶺，卓立挺拔，雲霞繡錯，稱東繡嶺、西繡嶺，均在華清宮苑內。明皇喜其峻秀，於山坡上建一宮殿，名『繡嶺宮』。繡嶺宮近溫泉，四周花木蔥蘢，溫潤宜人。時人吳融作詩一首，單道那繡嶺宮的好處：『四郊飛雪暗雲端，唯此宮中落旋乾。綠樹碧簷相掩映，無人知道外邊寒。』明皇與楊妃到的驪山，入住繡嶺宮內〔一〕。那楊妃一路奔波，早已吁吁嬌喘，香汗淋漓，嬌弱難持。稍作歇憩，明皇便命宮女扶侍，去那華清池洗浴。

【仙呂宮】【祆神急】髻收金珞索〔二〕，珮解玉丁東〔三〕，褪盡雲霓〔四〕，只有春相從〔五〕。迎將月窟仙，引入桃源洞〔六〕，楚腰怎離錦繡叢〔七〕？ 茜羅幃半幅〔八〕，隔斷芙蓉〔九〕。

【憶帝京】一片丹霞簇浪峯〔一〇〕，浴中半露酥胷。 藻井落明輝〔一一〕，蕩影搖金鳳〔一二〕。 似觀洛水神〔一三〕，似謁淩波夢〔一四〕。 側列宮嬪侍奉，內望君王愛寵。 素體生香更瑩通，鬒髮堆光雲鬌鬆〔一五〕。 顏色自然嬌，朱粉皆無用。

【賺煞尾】雲雨又偏，恩澤又重，洗出天真玉容〔一六〕。 小顆顆朱脣檀氣從〔一七〕，暖溶溶雙臉潮紅，暢道不費春工〔一八〕，天上人間第一種。溫泉水湧，麝蘭飄動〔一九〕，便似半池暖綠浸芙蓉。

【注】

〔一〕《全唐詩》收楊玉環《贈張雲容舞》一首。後《注》：『雲容，妃侍兒，善爲霓裳舞。妃從幸繡嶺宮時贈此詩。』故知明皇與楊妃在華清宮苑住的是繡嶺宮。

〔二〕金珞索：女子頭上戴的金飾品。

〔三〕玉丁東：玉佩。丁東：象聲詞，玉佩晃動時發出的聲音。

〔四〕雲霓：彩虹，此指美麗的衣衫。

〔五〕春：春色，美色。

〔六〕桃源洞：用陶淵明《桃花源記》典。唐人多以桃源爲仙境。此喻指華清池溫泉。

〔七〕楚腰：《韓非子·二柄》：『楚靈王好細腰，而國中多餓人。』後因以『楚腰』泛稱女子的細腰。錦繡叢：花紋色彩精美鮮豔的絲織品，借指服飾。

〔八〕茜羅幃：絳紅色薄絲織品做的裙子。幃：裙的正面。《國語·鄭語》：『王使婦人不幃而譟之。』韋昭注：『裳正幅曰幃。』

〔九〕芙蓉：喻楊妃。『楚腰』三句爲問答，意思是，楊妃沐浴前怎樣脫去錦繡衣衫？原來是用半幅羅幃，遮掩身體。

〔一〇〕丹霞：喻紅豔美麗的色彩，此指楊妃。簇浪峯：被溫泉裏的碧波簇擁。

〔一一〕明輝：亮麗，光彩照人。此句是說，楊妃入華清池，美麗的藻井中映入了一抹亮色。

〔一二〕『蕩影』句：是說水波蕩漾楊妃的身影，美如搖動的金色鳳凰。

〔一三〕『似覿』句：是說看見碧波中的楊妃，就像看見了洛水女神。洛神：曹植《洛神賦》中所描述的美豔絕倫的女神。傳說她是伏羲氏之女，溺死洛水，成爲洛水神女。

〔一四〕淩波夢：《楊太真外傳》：『玄宗在東都，夢一女，容貌豔異，梳交心髻，大袖寬衣，拜於牀前。上問：「汝何人？」曰：「妾是陛下淩波池中龍女，衛宮護駕，妾實有功。今陛下洞曉均天之音，乞賜一曲，以光族類。」上於夢中爲鼓胡琴，拾新舊之曲聲，爲《淩波曲》。龍女再拜而去。』此處又把水中楊妃，比作淩波池龍女。曹植《洛神賦》：『淩波微步，羅襪生塵。』

〔一五〕鬒髮：稠美的黑髮。張衡《西京賦》：『衛后興於鬒髮，飛燕寵於體輕。』

〔一六〕天真玉容：天生的美貌。天真：上天賦予的。《莊子・漁父》：『真者，所以受於天也，自然不可易也。』

〔一七〕檀氣：檀香的香氣。檀：香木栴檀的省稱。即檀香木。

〔一八〕春工：春季造化萬物之工。元好問《賦瓶中雜花》詩：『一樹百枝千萬結，更應熏染費春工。』此處是說，楊妃之美，自然生成，無需春工造就。

〔一九〕麝蘭飄動：指溫泉中浸泡著蘭與麝香等名貴香料。

【校】此套曲見於《雍熙樂府》卷四，第八四頁。又見於《九宮大成譜》卷六，第五三至五四頁；第一三至一五頁。

金珞索：《九宮大成譜》作『金絡索』。

玉丁東：《雍熙樂府》作『玉玎瑓』。

隔斷芙蓉：《雍熙樂府》作『隔斷憮瑢』。

澡井落明輝：《雍熙樂府》作『澡井落明暉』，『澡』，底本作『藻』，據《雍熙樂府》改。

似觀洛水神：《雍熙樂府》作『似蜆落水精神』。

素體生香更瑩通：《雍熙樂府》作『素體生香滕通』。

鬒髮堆光雲鬟鬆：《雍熙樂府》作『昬髮堆光雲鬟脫』。

【賺煞尾】：《九宮大成譜》作『賺煞』。

暢道不費春工：《雍熙樂府》無『暢道』二字。

麝蘭飄動：《雍熙樂府》作『蘭麝飄動』。

楊妃蘭湯出浴，香汗淋漓。無語慵懶，嬌豔難以描畫。真箇瑩潤肌似雪，溫香骨如玉，恰似梨花一枝春帶雨。

【黃鐘宮】【醉花陰】膩水流清漲新綠〔一〕，洗盡胭凝粉聚。斗帳錦重圍〔二〕，只恐東君〔三〕，窺見濃勻處。

【幺篇】坐對銀屏困無語，一點春心未足，舉動不勝嬌。偏嚲雲鬟〔四〕，擁被衣金縷〔五〕。

【神仗兒】塵清洞府〔六〕，風生桂窟〔七〕，夢斷瑤池〔八〕，魂離洛浦〔九〕。雁行鴛序〔一〇〕，鶯雛燕乳，侍晨粧翠圍紅簇。恐要侍兒扶〔一一〕，宜寫在懶粧圖。

【神仗兒煞】雲窗繡戶，光凝綺窟，春暖冰肌〔一二〕，香溫玉骨〔一三〕。芳姿新浴，蘭湯乍出。汗溶溶潤徹瓊酥，似梨花一枝春帶雨〔一四〕。

【注】

〔一〕膩水：滑澤細膩之水，此指溫泉之水。新綠：嫩綠色。

〔二〕斗帳：小帳，因形如覆斗，故名。

〔三〕東君：司春之神。

〔四〕偏嚲：偏而下垂。雲鬟：高聳的環形髮髻。

〔五〕『擁被』句：擁抱被子，穿上金縷衣。金縷：用金線裝飾的衣服。

〔六〕洞府：道教稱神仙居住的地方。南朝梁・沈約《善館碑》：『或藏形洞府，或棲志靈嶽。』

〔七〕桂窟：月宮。傳說月宮有桂樹，故稱。

〔八〕瑤池：傳説西王母所居之處。

〔九〕洛浦：洛水之濱。爲洛神宓妃之居處。參看卷二《楊妃澡浴》套注〔一三〕。『塵清』四句，是説沐浴後的楊妃，就像是從神仙洞府降臨人間的仙子。

〔一〇〕『雁行』三句：是説嬪妃宫女按照品級排列，侍奉楊妃梳粧。雁行：大雁飛行的行列。鴛序：即鴛鷺行。參看卷二《十美人賞月》注〔六六〕。鶯雛燕乳：用雛鶯、乳燕喻侍奉楊妃的年輕女子，即嬪妃宫女。

〔一一〕『恐要』句：化用白居易《長恨歌》：『春寒賜浴華清池，溫泉水滑洗凝脂。侍兒扶起嬌無力，始是新承恩澤時』詩意。

〔一二〕冰肌：《莊子·逍遥遊》：『藐姑射之山，有神人居焉，肌膚若冰雪，綽約若處子。』後用『冰肌』形容女子純淨潔白的肌膚。

〔一三〕玉骨：清瘦秀麗的身架。多形容女子的體態。

〔一四〕『似梨花』句：借用白居易《長恨歌》『玉容寂寞淚闌干，梨花一枝春帶雨』。此處是説：楊妃新浴之後，香汗淋漓，如帶雨的梨花一樣清麗。

【校】

此套曲見於《雍熙樂府》卷一，第五五頁；卷一〇，第四八至四九頁。又見於《九宫大成譜》卷七四，第一三至一五頁。【神仗兒】又見於《太和正音譜》上，第四五頁，《御定曲譜》卷一。《九宫大成譜》於此套後注：『此係《楊妃出浴》小套。《雍熙樂府》誤將南吕調《楊妃梳粧》套【梁州第七】從第四句起至末，及【三煞】、【二煞】、【煞尾】，接於【醉花陰】套首闋之下。蓋因同用一韻以致張冠李戴，今爲考正換轉。」整套曲從《九宮大成譜》。

斗帳錦重圍：《雍熙樂府》作「斗幛錦重圍」。

窺見濃勻處：《雍熙樂府》作「窺見濃勻聚」。

《雍熙樂府》自「窺見濃勻聚」後至尾，誤接《楊妃梳粧》套。

坐對銀屏困無語：《雍熙樂府》作「對銀屏因無語」。

偏彈雲鬟：《雍熙樂府》作「偏彈雲鬟」。

舉動不勝嬌：《雍熙樂府》作「動不勝嬌」。

擁被衣金縷：《雍熙樂府》作「擁破衣金縷」。

光凝綺窟：《北詞廣正譜》作「光疑綺窟」。

芳姿新浴：《雍熙樂府》作「芳恣新浴」。

楊妃沐浴後，愈發嬌慵無力。稍憩息，起而梳粧。首飾新奇精巧，衣裳美如雲霓。模樣羞花閉月，恰似西子傾城，又如洛神淩波。明皇相陪，爲剝荔枝，親簪翠荷銀釵。楊妃婉媚巧笑，答謝君王。

【南呂宮】【一枝花】攏髮雲滿梳，舒黛月生指〔一〕，玉肌凝瑞雪，檀口注胭脂〔二〕。出浴多時，鸞鏡慵窺視。厭粧奩麝污指。爲甚麼懶設設敷粉施朱〔三〕？怕羞落嬌滴滴姚黃魏紫〔四〕。

【梁州】旖媚臉海棠灼灼〔五〕，舞纖腰楊柳絲絲，高盤鳳髻銷雅翅〔六〕，綠雲堆裹，初月參差〔七〕。南威絕代〔八〕，西子傾城，蒙東君花正當時〔九〕，恍疑猜洛浦天姿〔一〇〕。錦燦爛繡織仙裳，金錯落瓊垂鳳子〔一一〕。玉瓏璁寶嵌鞞兒〔一二〕，噴香，荔枝，婉媚巧笑謝唐天子。承厚意，重恩賜，御手輕輕鬢邊插，賞賛無詞。

【二煞】翠荷痛愛名禽翅〔一三〕，綠葉成林子滿枝。良工巧匠用心施，翠壘紅疊，異樣珍花難似。耀日色，碧青紫，玉砌珠攢百寶粧〔一四〕，包含情思。

【黃鐘尾】豈知根本淤泥刺〔一五〕？誰解源流引禍絲〔一六〕？招風聲〔一七〕，惹脣齒，裹明皇〔一八〕，暗憐子〔一九〕。六宮中攙奪盡玉葉金枝〔二〇〕，這花兒攛斷的太真妃運休也憔悴死〔二一〕。

【注】

〔一〕舒黛：舒展眉黛。月：指如月牙之彎眉。

〔二〕檀口：紅豔的嘴脣。檀：淺紅色。

〔三〕懶設設：懶洋洋，含不情願的意思。馬致遠《耍孩兒・借馬》套曲：『懶設設牽下槽，意遲遲背後隨，氣忿忿懶把鞍來韝。』

〔四〕姚黃魏紫：兩種美豔的牡丹花。據歐陽修《洛陽牡丹記》記載，姚黃：千葉黃花牡丹，出於民姚氏家。魏紫：又稱魏家花，千葉肉紅牡丹，出於魏仁浦家。此兩種花極爲名貴。宋時進奉朝廷，只進奉姚黃、魏紫三數朵。後泛指名貴花卉。『爲甚』二句，是說楊妃之所以懶洋洋地不肯化粧，是怕化粧後將名貴的牡丹花羞落。

〔五〕旖媚臉：柔媚的臉龐。海棠灼灼：美豔的海棠。灼灼：美豔的樣子。《詩・周南・桃夭》：『桃之夭夭，灼灼其華。』

〔六〕鳳髻：古代的一種髮型。唐・宇文氏《粧臺記》：『周文王於髻上加珠翠翹花，傅之鉛粉，其髻高，名曰鳳髻。』銷：值得，配得。雅：『鴉』的古字。『高盤』句，是說楊妃高盤的髮髻，可與烏黑發亮的鴉翅媲美。

〔七〕初月：初升皎潔之月。參差：相近，差不多。『綠雲』二句，是說在烏黑濃密的髮堆裏，楊妃的面龐有如初月。

〔八〕南威：亦稱『南之威』。春秋時晉國美女。《戰國策・魏策二》：『晉文公得南之威，三日不聽朝。』絕代：世上僅有。此指世上最美。

〔九〕東君：司春之神。此句是說，蒙東君惠顧，花開的正盛。喻楊妃正當美好年華。

〔一〇〕洛浦天姿：洛水女神的姿容。此句是說，看到楊妃，會疑猜她是洛神宓妃。

〔一一〕瓊垂鳳子：用美玉製作的大蛺蝶。瓊：美玉。鳳子：蛺蝶。晉・崔豹《古今注・魚蟲》：『（蛺蝶）其大如蝙蝠者，或黑色，或青斑，名爲鳳子。』

〔一二〕瓏璁：金玉碰撞發出的聲音。寶嵌鞞兒：用珠寶鑲嵌的釵。鞞：通『鎞』，釵。《元史·輿服志一》：『首飾許用翠花，並金釵鞞各一事。』

〔一三〕『翠荷』句：是説翠綠的荷葉引得各類禽鳥展翅環繞。『翠荷禽翅』與下句的『子滿枝』，都形容工匠爲楊妃所製首飾有創意且精美。

〔一四〕百寶粧：用各類珍寶製作的飾品。『錦燦爛』以下及【二煞】全曲，均寫良工巧匠爲楊妃製作的華美衣裙以及打造的異樣的珍貴飾品。

〔一五〕『豈知』句：是説哪裏知道楊玉環立根不正，如淤泥中之刺。

〔一六〕『誰解』句：是説誰能想到楊妃是招引禍患的根源。

〔一七〕風聲、唇齒：均指後來楊玉環與安祿山的醜聞被傳説、議論。

〔一八〕裹：包羅，籠罩。引申爲蒙騙。

〔一九〕暗憐子：指與義子安祿山有曖昧關繫。

〔二〇〕玉葉金枝：指皇族子女或身份高貴的人。此句是説，楊妃奪盡了明皇對六宮嬪妃及皇族子女的寵愛。

〔二一〕花兒：指翠荷葉首飾。攛斷：慫恿，引誘。運休：氣運盡消。

【校】

此套曲見於《雍熙樂府》卷一〇，第五四頁。

爲甚麼懶設設敷粉施朱：底本作『爲甚麼懶設設付粉施朱』，據文意改。

怕羞落嬌滴滴姚黃魏紫：底本作『怕羞落嬌滴滴姚黃魏紫』，據文意改。

婉媚巧笑謝唐天子：底本作『婉眉巧笑謝唐天子』，據文意改。

明皇見新出浴楊妃，愈發銷魂。對佳人，飲香醪，只羨鴛鴦不羨仙。那楊妃亦頗喜酒，見明皇興濃，亦頻頻舉杯。無奈不勝酒力，餳眼迷離，雙頰暈紅，更添嫵媚。明皇擁入錦帳，備極歡愛。次晨，明皇欲起駕臨朝。楊妃本應拜送，无奈酒醉未醒，慵睡不起，嬌憨之態，益發撩人。明皇惜香憐玉，錦帳之中，又一番萬千恩愛，百般溫存。

【黃鐘宮】【抛球樂】雲雨新擾〔一〕，那更宿酒禁虐〔二〕，儘侍兒催促晨粧，任鸞鏡空照。手支頤枕並珊瑚〔三〕，衣襜體衾擁鮫綃〔四〕。懶收零落花鈿〔五〕，寶髻籠鬆〔六〕，金釵鞸鳳翹〔七〕。倚春風不展眉尖〔八〕，一點春心，怕春愁多少。睡思愈添，粉光瑩損〔九〕，人間花月妖嬈〔一〇〕。紅愁綠慘〔一一〕，粉悴胭憔。

【幺篇】忽聞報，羊車欲起〔一二〕，玉環休別樣嬌〔一三〕。君王俏〔一四〕，『極困也，休動勞。』剛啓鶯脣呼噪〔一五〕，孜孜的覷著〔一六〕，越添綺旎妖嬈〔一七〕。龍情頓發荒淫〔一八〕，簌下鴛幃〔一九〕，宮嬪盡去卻〔二〇〕。向懷中款款溫存〔二一〕，只恐真妃厭寵，心緒無聊。未敢疎狂〔二二〕，陪笑陪言耳畔焦〔二三〕。君王悄喚，玉環低諾〔二四〕。

【尾聲】顏容漸消弱〔二五〕，不向枕衾偎抱，著箇呆病酒臉兒都瘦了〔二六〕。

【注】

〔一〕雲雨：　用巫山雲雨的典故，指男女媾歡。　新攨：　是説明皇剛剛貪歡作愛。

〔二〕那更：　況更，兼之。　禁虐：　折磨虐害。

〔三〕手支頤：　以手托下巴。　珊瑚：　此指以珊瑚做成的枕頭。　唐·權德輿《玉臺體》：　『淚盡珊瑚枕，魂銷玳瑁牀。』

〔四〕襜：　襜衣，遮至膝前的短衣。　此處『襜』字作動詞用。　是説楊妃用短衣遮蓋身體。　衾擁鮫綃：　擁著輕軟的衾被。　鮫綃：　指薄絹、輕紗。

〔五〕花鈿：　用金翠珠寶製成的花形首飾。　白居易《長恨歌》：　『花鈿委地無人收，翠翹金雀玉搔頭。』

〔六〕寶髻：　古代婦女髮髻的一種。　王勃《登高臺》：　『爲君安寶髻，蛾眉罷花叢。』

〔七〕嚲：　下垂。　鳳翹：　鳳形首飾。　此句是説，金釵下垂著鳳形的首飾。

〔八〕『倚春風』三句：　具體描寫楊妃對『雲雨初攨』的感受。　春風：　喻男女媾歡。

〔九〕粉光瑩損：　白潔溫潤。　損：　副詞，猶『煞』、『極』。　用於動詞後表程度之深。

〔一〇〕花月妖嬈：　花與月般的美麗。

〔一一〕『紅愁』二句：　極寫楊妃不勝雲雨和宿酒的愁緒、憔悴。

〔一二〕羊車：　《晉書》卷三一：　武帝『掖庭殆將萬人，而並寵者甚衆。　帝莫知所適，常乘羊車，恣其所之，至便宴寢。』後以羊車借指臨幸嬪妃的帝王。

〔一三〕『玉環』句：　是說明皇起駕，貴妃理應起而拜送，休要嬌慵臥牀。

〔一四〕俏：　俏倬，風流。　董解元《西廂記諸宮調》：　『教惺惺浪兒每都伏咱。　不曾胡來，俏倬是生涯。』

〔一五〕呼噪：　此指楊妃對明皇的應答。

〔一六〕孜孜：　凝神的樣子。　董解元《西廂記諸宮調》：　『初喚做鶯鶯，孜孜地覷來，卻是紅娘。』

〔一七〕綺旎妖嬈：　柔順美豔。

〔一八〕『龍情』句：　是說頓時引發了明皇的情慾。

〔一九〕簌下：　垂下。　鴛幃：　指夫妻共用之幃帳。

〔二〇〕去卻：　離去，退下。

〔二一〕款款：　和顔悦色的樣子。　漢・揚雄《太玄・樂》：　『獨樂款款，淫其內也。』

〔二二〕疎狂：　無拘無束，爲所欲爲。

〔二三〕焦：　憂愁。　引申爲擔心，關切。

〔二四〕諾：　表示同意、遵命的答應聲。

〔二五〕顔容：　此指醉酒後潮紅的面色。

〔二六〕呆：　傻。　這裏是表示心疼溺愛的意思。　病酒：　醉酒。

【校】

整套曲見於《雍熙樂府》卷一，第六〇頁。　又見於《九宮大成譜》卷八〇，第三六至三七頁。　【抛球樂】見於《太和正音譜》卷上，第四六頁。又見於《御定曲譜》卷一。【拋球樂】、【幺篇】見於《北詞廣正譜》卷一，第二〇頁。

【拋球樂】：《御定曲譜》與《九宮大成譜》均作『綵樓春』，《御定曲譜》注：即【拋球樂】。

衾擁鮫綃：《北詞廣正譜》作『衾擁鮫鮹』。

金釵鞞鳳翹：《北詞廣正譜》作『金釵鞸鳳翹』。

睡思愈添：除《九宮大成譜》和《御定曲譜》外，它本均作『睡思愈』。

粉光瑩損：除《太和正音譜》外，它本均作『粉光縈損』。

玉環休別樣嬌：《雍熙樂府》作『玉鬟休別樣嬌』。此從《九宮大成譜》。

龍情頓發荒淫，簌下鴛幃：《雍熙樂府》與《九宮大成譜》作『龍情頓發，荒彩嬿簌下鴛幃』。此從《北詞廣正譜》。

久之，侍女簇擁，楊妃步出錦帳。依然天生麗質，姣美模樣。只怨昨夜逞性暢飲，以致病酒，有負君王之戀。輕微微，遲緩緩，重梳粧，增新豔，呼萬歲，謝君王。

【仙呂宮】【翠裙腰】香閨捧出風流況〔一〕，水靜年芳〔二〕。梳雲掠月嬌相向〔三〕，怨東皇〔四〕，忍教辜負李三郎？

【六幺遍】據它模樣從天降〔五〕，桃紅李白，蝶粉蜂黄，珠明夜光，花開豔陽。一片香魂春無恙，飄揚，被東風邀入綺羅鄉〔六〕。

【醉扶歸】因立在花裀上〔七〕，剛離卻鏡奩傍。小小弓鞋蹙鳳凰〔八〕，一步箇妖嬈像。行歇行行半晌〔九〕，不付能突磨出芙蓉帳〔一〇〕。

【後庭花煞】春纖側玉鐲〔一一〕，柔腸怯桂槳〔一二〕，煖暈增新豔〔一三〕，溫紅助曉粧。忙呼萬歲謝君王，朱脣啓放，海棠心噴出荔枝香〔一四〕。

【注】

〔一〕風流況：風流的狀貌。況：情形；景況。引申爲狀貌，模樣。

〔二〕水靜年芳：古人常用『流年似水』形容時光流逝，人物衰老。此處反用其意，時光就像靜止的水，楊妃總是在芳年。

〔三〕梳雲掠月：指女子梳粧。雲，指烏髮；月，喻女子彎彎的眉黛。王實甫《西廂記》：『枉蠢了他梳雲掠月，枉羞了他惜玉憐香。』

〔四〕東皇：天神，東皇太一。此指司春之神。

〔五〕『據它』五句：以種種比喻寫楊妃之美，是仙子從天降臨。

〔六〕東風：春風，亦指春情。綺羅鄉：富麗繁華的地方，此指後宮。『一片』三句：是說仙子爲情所引，來到了後宮，暗含明皇遊月宮事。

〔七〕花裀：繡花的襯墊。

〔八〕弓鞋：纏足女子所穿的弓形鞋。蹙鳳凰：繡著鳳凰。蹙：蹙金，一種刺繡方法。用金線繡花而皺縮其線紋，使其緊密而勻貼。杜甫《麗人行》：『繡羅衣裳照暮春，蹙金孔雀銀麒麟。』

〔九〕行歇行行：走幾步，歇一歇。前兩箇『行』字都是副詞，意思是又，再。後一『行』字指行路。

〔一〇〕不付能：亦作『不甫能』，宋、元曲文常用詞，猶『才能夠』；『好容易』。不，助詞，無義。突磨：原指徘徊，盤桓，這裏指行動極爲緩慢。芙蓉帳：用芙蓉花染繒製成的帳子。泛指華麗的帳子。

〔一一〕春纖：喻女子細嫩修長的手。側：傾斜。此句是說，楊妃的手腕上，玉鐲傾斜。

〔一二〕桂漿：美酒。《楚辭·九歌·東君》：『操余弧兮反淪降，援北斗兮酌桂漿。』此句是說，病酒後的楊妃，對美酒生出怯意。

〔一三〕『煖暈』及下句的『輕紅』，俱指楊妃酒後臉色的紅暈。煖：同『暖』。

〔一四〕海棠心：喻楊妃之口。荔枝香：指楊妃曾食荔枝解酒。

【校】

此套曲見於《雍熙樂府》卷四，第八四至八五頁。

一片香魂春無恙：『魂』，底本作『魄』，據文意改。

因立在花裀上：『裀』，底本作『烟』，當是形近致誤，據文意改。

春纖側玉鐲：『鐲』，底本作『觸』，不可解，疑形近致誤，據文意改。

明皇精通音律，酷愛歌舞。驪山嶺有梨園，每當梨花盛開，粉白瑩潤，清麗壯觀。明皇於此建宜春院，招伶人三百教習樂舞彈奏，自任崔公〔一〕，名伶雷海青、公孫大娘任樂營將〔二〕。明皇長兄寧王憲，吹奏玉笛天下無雙；姪汝陽郡王璡，小名花奴，善擊羯鼓。明皇時與二王、衆樂工，歌舞歡會。

長安東有興慶宫，係明皇爲藩王時府邸。明皇登基後，重新構築，興慶殿、大同殿、勤政樓、花萼樓，俱建於此處。又於興慶池東建一亭，以波斯所獻沈香木構築，濃香馥鬱，堂皇富麗，稱『沈香亭』。明皇自得楊妃，心舒氣暢，性情高致，一日，又在沈香亭集衆人歌舞筵宴。楊妃精心梳洗粧扮，前往沈香亭舞『羽衣』，歌『金縷』。

【南吕宫】【一枝花】蘇合香蘭蕊膏〔三〕，瓊花粉薔薇露〔四〕。繡幃中睡未足，緑窗下起粧梳。香水銀壺〔五〕，簇向金盆注。玉纖纖春笋舒〔六〕，嫩紅似搊破瓊珠〔七〕，淡白似梨花帶雨〔八〕。

【梁州第七】蠟滴軟燒殘鳳燭〔九〕，蜜脂香和就蜂鬚〔一〇〕；更添宫粉人如玉，淡白淺傅〔一一〕，微抹輕浮〔一二〕。玉搓咽頸〔一三〕，雪膩肌膚。媚春風半露胷酥，對鸞臺恣意粧梳〔一四〕。錦梔香宫額塗黄〔一五〕，蘭麝烟蛾眉掃緑〔一六〕，玉蓮嬌香頰施朱〔一七〕。巧將鬟鋪，高盤鳳髻堆鴉羽〔一八〕，七寶鈿盒取〔一九〕，斜插犀梳雲半吐〔二〇〕，丰韻誰如？

【三煞】細看了妃子新粧束，休説昭君舊畫圖〔二一〕。襯銀錢黄串滿金爐〔二二〕，香霧縈紆〔二三〕，裝點就銀屏金屋。翠圍繞，錦折護，舉止輕盈，那些濟楚〔二四〕，天上應無。

【二煞】六宮粉黛生嫉妒，五月榴花照眼初〔二五〕。語言怯似囀鶯雛〔二六〕。翠女高呼〔二七〕，揭繡幃忙開朱戶。下瑤階，進蓮步，前殿上君王快報與，半霎兒功夫。

【收尾】沈香亭上歌金縷〔二八〕，花萼樓前擊翠梧〔二九〕，按舞霓裳羽衣曲。有嬪妃綵女〔三〇〕，有鳳簫羯鼓〔三一〕，教那會受用君王看不足。

【注】

〔一〕崔公：樂隊領袖。

〔二〕樂營將：樂工或官妓的領班。宋·程大昌《演繁露·樂營將弟子》：『開元二年，玄宗……又選樂工數百人，自教法曲於梨園，謂之皇帝梨園弟子，至今謂優女爲弟子。命伶魁爲樂營將者，此其始也。』

〔三〕蘇合香：一種香膏。李白《擣衣篇》：『橫垂寶幄同心結，半拂瓊筵蘇合香。』清·王琦《集注》：『蘇合香，《續漢書》曰：大秦國合諸香煎其汁，謂之蘇合。《廣志》曰：蘇合香，出大秦國，或云蘇合國。國人採之，笮其汁以爲香膏。』蘭蕊膏：用蘭花花蕊製成香膏。

〔四〕瓊花粉：用瓊花製作的香粉。瓊花：一種名貴的花卉。葉柔而瑩澤，花色微黄而味香。

〔五〕『香水』二句：是說銀壺盛滿香水，傾入金製臉盆中。

〔六〕玉纖纖：白潤纖細的樣子。春笋：喻女子白嫩之手。舒：伸展，伸出。

〔七〕掬破：捧碎。瓊珠：玉珠，喻水珠。

〔八〕『淡白』句：是說水滴流在楊妃的臉頰上，似梨花帶雨。

〔九〕鳳燭：做成彩鳳形的蠟燭。此句是說，由於點蠟燭的時間長，蠟變軟融化，鳳凰的形狀已殘破。

〔一〇〕蜜脂：以蜂蜜製作的髮膏。蜂鬚：蜂的觸鬚，此喻楊妃鬆柔的頭髮。此句是說，把調製好的蜜脂髮膏抹於頭髮上。

〔一一〕淡白淺傅：敷少許的粉。

〔一二〕微抹輕浮：塗少許胭脂。輕浮：此指輕輕塗抹的意思。

〔一三〕玉搓咽頸：脖頸瑩潤白皙，如玉搓成。明・胡應麟《富貴曲十二首》：『膩玉搓成素頸，鬆雲綰就烏絲。』

〔一四〕鸞臺：指粧鏡。參看卷二《十美人賞月》注〔五八〕。

〔一五〕錦梔：梔子，其花芳香，其實可以做成塗黃的化粧品。明・方以智《通雅・植物》：『梔子染黃以子，而山礬染黃以葉。』宮額塗黃：亦稱額黃、蕊黃，從南北朝至唐女子的面粧。以黃點額，形同花蕊。

〔一六〕蛾眉掃綠：把眉毛描成深綠色。此亦爲漢、唐風俗。

〔一七〕玉蓮：白色蓮花，此喻楊妃臉頰的潔白瑩潤。施朱：塗以紅色胭脂。

〔一八〕鳳髻：古時高盤的髮式。鴉羽：烏鴉羽毛黑亮，喻楊妃烏黑的秀髮。

〔一九〕七寶鈿盒：鑲嵌金、銀、玉、貝等多種寶物的首飾盒子。

〔二〇〕犀梳：犀牛角製的梳子。唐、宋時女子梳粧，把犀角梳斜插於鬢髮。唐·唐彦謙《無題》：『醉倚闌干花下月，犀梳斜嚲鬢雲邊。』

〔二一〕昭君畫圖：王昭君是漢元帝宮人。傳説畫師毛延壽將昭君圖像獻與匈奴呼韓邪單于，呼韓邪單于入朝求爲閼氏，漢朝勢弱，遣昭君和親。『休説』句，是説裝扮好的楊妃，比昭君更美。

〔二二〕黄串：香爐裏焚燒的香。金·趙秉文《解朝酲賦》：『秦王殿以紅臘，飯以黄粱，然後煎以松風蟹眼之湯，然（燃）以清泉黄串之香。』

〔二三〕縈紆：盤旋環繞。此句是説，黄串燃燒的香氣在室内盤旋環繞。

〔二四〕濟楚：整齊，美好。宋·柳永《木蘭花》：『心娘自小能歌舞，舉意動容皆濟楚。』

〔二五〕『五月』句：化用韓愈《榴花》詩『五月榴花照眼明』句意，喻楊妃的光彩照人。

〔二六〕怯：形容小而緩。囀鶯雛：雛鶯鳴叫的婉轉清脆之聲。

〔二七〕翠女：穿著華麗的女子。宋·任廣《書敘指南·嚴飾結裹》：『婦人盛飾曰戴金翠。』此指宮女。

〔二八〕沈香亭：唐代宮中的亭臺。金縷：即《金縷曲》，曲調名。宋·張元幹《賀新郎·送胡邦衡待制》：『舉大白，聽《金縷》。』

〔二九〕花萼樓：玄宗與兄弟歡會之樓。《舊唐書·讓皇帝憲》：『玄宗於興慶宮西南置樓，西面題曰「花萼相輝之樓」。南面題曰「勤政務本之樓」。玄宗時登樓，聞諸王音樂之聲，咸召登樓同榻宴謔。」翠梧：此指以翠綠的梧桐木製作的樂器。

〔三〇〕綵女：穿著華麗的女子，此指宮女。綵：彩色的絲織品。

〔三一〕鳳簫：即排簫。比竹爲之，參差如鳳翼，故名。羯鼓：古代打擊樂器的一種。參看卷二【雙鳳翹】『奏說春嬌』《注》〔一二〕。

【校】

此套曲見於《雍熙樂府》卷一〇，第四八頁，第五五頁。《九宮大成譜》卷五三，第三八至四〇頁。【梁州第七】又見於《北詞廣正譜》卷四，第一九頁。【三煞】見於《北詞廣正譜》卷九，第九頁。《九宮大成譜》於此套後注：『《楊妃梳粧》套，《雍熙樂府》原本於【梁州第七】第三句下，誤接【黃鐘】調《楊妃出浴》套【醉花陰】之又一體，及【神仗兒】、【神仗煞】等曲，反將此套【梁州第七】之第三句以下及【三煞】、【二煞】、【煞尾】接入《楊妃出浴》【醉花陰】套內。蓋因同用一韻，以致錯誤如是，前人習而不察，今悉考正。』此套曲基本從《九宮大成譜》。

繡幃中睡未足：《雍熙樂府》作『繡幃中春睡足』。

玉搓咽頸：《北詞廣正譜》作『玉搓臙頸』。

對鸞臺恣意粧梳：《北詞廣正譜》、《九宮大成譜》作『對鸞臺自意粧梳』。此從《雍熙樂府》。

玉蓮嬌香頰施朱：《雍熙樂府》作『玉蓮嬌香腮施朱』，《北詞廣正譜》作『玉蓮嬌香臉施朱』。此從《九宮大成譜》。

語言怯似囀鶯雛：《雍熙樂府》作『語言恰似囀鶯雛』。
揭繡幃忙開朱戶：《雍熙樂府》作『揭繡幕忙開朱戶』。
細看了妃子新粧束：《北詞廣正譜》作『細有妃子新粧束』。

唐自開元中，禁中種木芍藥。得四本：紅、紫、淺紅、通白。明皇因移植於沈香亭。明皇與楊妃排筵沈香亭，恰值牡丹盛開，富貴雍容，悦目賞心。李龜年善歌，名擅一時。手捧檀板，立衆樂工前，將欲歌之。明皇曰：『賞名花，對妃子，焉用舊樂歌辭邪？』遽命龜年持金花牋，宣敕翰林供奉李白。李白恰在寧王府飲酒，欣然承詔。那李白原本就狂放不羈，況又醉酒，請旨要力士爲之脱靴，楊妃爲之捧硯。明皇以爲文人雅事，一笑允之。楊妃已微醺，勉爲承旨，頭頂羅帕，雙手爲李白捧硯。

【南吕宫】【一枝花】金瓶點素痕〔一〕，寶翰磨香暈〔二〕。春纖藏玉笋〔三〕，羅帕襯白雲〔四〕。鳳沼無塵〔五〕，滿眼寒光潤〔六〕。灑松風拂面新〔七〕，露華涼暗浥玄霜。香臉嫩重加醉粉〔八〕。

【梁州】紅錦繡擎離月窟〔九〕，紫霜毫點透雲根〔一〇〕。轉秋波俯視愁無盡，比金盃難舉〔一一〕，比鈿盒難親，比玉笛難弄，比如意難溫。啓鶯脣麝氣輕噴〔一二〕，透酥胷蘭蕙濃薰〔一三〕，照鬟頂霧靄濛濛〔一四〕，射腮斗烟霞隱隱〔一五〕，晃釵鸞金碧鏗鏗〔一六〕。那些，可人〔一七〕，對明皇不免强隨順。他早一搦柳腰困，半扎金蓮立不穩〔一八〕，素腕剛伸〔一九〕。

【二煞尾】這硯能添傾國眉尖恨〔二〇〕，難印開元指甲痕〔二一〕。蓋因天子重賢臣，這物太無情，也助得神仙風韻。越勉淹潤〔二二〕，比著那相抱相偎痛相惜，他到太殷勤〔二三〕。

【收尾】著他那翰林院宫錦香成陣〔二四〕，助得那醉筆新詩思不羣〔二五〕。心無聊，意轉嗔。量這些輕沈不忍，奈把那亂宫賊掌上溫存〔二六〕，生壓得玉容憔悴損。

【注】

〔一〕金瓶：精美酒瓶。李白《廣陵贈別》：『金瓶沽美酒，數里送君還。』此處以金瓶借指持酒瓶的李白。點素：書寫或繪畫。素：白色生絹。唐·錢起《畫鶴篇省中作》：『點素凝姿任畫工。』此句是說李白飲酒賦詩。

〔二〕寶翰：名貴的筆。翰：原指鳥類的羽毛，古用羽毛做筆，故以翰代稱毛筆。磨香暈：指研墨。蘇軾《墨花》詩：『花心起墨暈，春色散毫端。』

〔三〕春纖、玉笋：均喻楊妃細嫩白皙的手。

〔四〕羅帕：方形的絲巾。襯：陪襯。白雲：此喻指楊妃潔白的臉龐。

〔五〕鳳沼：原指鳳池。此句以無塵之鳳沼，喻楊妃清澈的眼睛。

〔六〕寒光：指楊妃的眼波。因楊妃爲廣寒仙子，故凡描寫楊妃，多用『寒』、『涼』、『玄』等字。

〔七〕『灑松風』二句：　化用李白《清平調辭》『雲想衣裳花想容，春風拂檻露華濃』句意。

〔八〕重加醉粉：　再加上醉酒後臉上粉暈的顏色。

〔九〕紅錦繡：　花紋色彩精美鮮豔的絲織品，此喻嫦娥。　此句是説，楊妃是從月窟擎來的嫦娥。

〔一〇〕紫霜毫：　用霜後紫色兔毫做成的毛筆，此指李白所用之筆。　雲根：　深山雲起之處。　此指出身、來歷。　李白《清平調辭》：　『若非羣玉山頭見，會向瑤臺月下逢。』道破楊妃乃月中仙子。

〔一一〕『比金盃』四句：　寫楊妃捧硯之艱辛。　如意：　古之爪杖，長三尺許，前端作手指形。　脊背癢，手所不到，用以搔抓，可如人意。

〔一二〕『啓鶯脣』五句：　皆寫楊妃因捧硯而勞累的狀貌。　麝氣輕噴：　因勞累微微喘息，口中噴出芳香氣。

〔一三〕『透酥胷』句：　是説酥胷汗出，散發蘭蕙的香氣。

〔一四〕『照鬢項』句：　是説濃密的鬢髮邊瀰漫著汗水的濕氣。　鬢項：　鬢角與頸部。　霧靄：　霧氣，此指濕氣。

〔一五〕『射腮斗』句：　是説因爲勞累汗出，腮上泛出潮紅。　腮斗：　腮。　烟霞：　烟霧與雲霞，此均指美麗的紅色。

〔一六〕『晃釵鸞』句：　是説因爲站立不穩，晃動金碧首飾，發出鏗鏗之聲。　釵鸞：　首端有鸞狀鑲飾物的釵。　鏗鏗：　清脆響亮的聲音。

〔一七〕可人：　此指可人意之處。

〔一八〕半扎金蓮：猶『三寸金蓮』，極言女子纏過的腳小。伸開拇指與中指之間的距離爲一扎。半扎：約有三寸。

〔一九〕素腕剛伸：手腕勉强地伸著。剛：勉强。馬致遠《四塊玉·嘆世》曲：『佐國心，拿雲手，命裹無時莫剛求。』

〔二〇〕傾國：絕色美女，指楊玉環。眉尖恨：指因勞苦煩愁蹙眉。

〔二一〕開元：唐玄宗的年號。此句是說，寶硯堅硬，楊妃雖然托捧，卻印不上開元美人的指甲痕。

〔二二〕越勉淹潤：越發使得楊妃嫵媚嬌豔。勉：勸勉，鼓勵，引申爲促使。淹潤：嫵媚，丰潤。元·劉庭信《粉蝶兒·美色》套曲：『他比那海棠花更多淹潤。』

〔二三〕到：通『倒』。

〔二四〕宮錦：宮錦袍。此指李白。明·方以智《通雅》：『唐明皇以宮錦袍賜李白。』後常以『宮錦』指李白。

〔二五〕思不羣：才思不同凡響。

〔二六〕亂宮賊：指安祿山。『量這』二句：是作者的品評兼預示。意思是說，楊妃捧硯時忍受不了硯的些許沈重，後來卻把那肥胖蠢滯的安祿山視爲掌上之珠，加以溫存。

【校】

此套曲見於《雍熙樂府》卷一〇，第四九至五〇頁。『著他那翰林院宮錦香成陣』以下，又見於《北詞廣正譜》卷四，第一五至一六頁。

紫霜毫點透雲根：底本作『紫霜點透雲根豪』，據文意改。

比鈿盒難親：底本文作『比鈿金難親』，據文意改。

比著那相抱相偎痛相惜：底本作『比省那相抱相偎痛相惜』，據文意改。

量這些輕沈不忍：《北詞廣正譜》作『亮這些輕沈不忍』。

量這些輕沈不忍，奈把那亂宮賊掌上溫存：《雍熙樂府》作『量這些輕沈不忍禁，把那亂宮賊掌上溫存』。

《雍熙樂府》中將『尾聲』并入〔二煞尾〕。此從《北詞廣正譜》。

李白受皇上恩寵，文思勃鬱，立進《清平調詞》三章。其一曰：『雲想衣裳花想容，春風拂檻露華濃。若非羣玉山頭見，會向瑤臺月下逢。』其二曰：『一枝紅豔露凝香，雲雨巫山枉斷腸。借問漢宮誰得似，可憐飛燕倚新粧。』其三曰：『名花傾國兩相歡，長得君王帶笑看。解釋春風無限恨，沈香亭北倚闌干。』明皇大喜，賜白宮錦袍。

次日，朝事已畢，明皇於御園中排筵，宣詔楊妃、二王及梨園弟子一干人。明皇爲新詞譜曲，梨園上下調撫絲竹。龜年高歌，花奴羯鼓，寧王玉笛，明皇親手擊梧桐。明皇認定太真卽月中仙子臨凡，乃攛掇太真妃於翠盤之上舞霓裳。歌聲響遏行雲，仙子漫舞蹁躚。

【仙呂宮】【勝葫蘆】朝罷君王宣玉容，排筵在御園中。那得是官家能受用〔一〕，宮嬪

侍奉，閹嬙簇捧〔二〕，列兩行綺羅叢〔三〕。

【幺篇】動一派簫韶飲玉鐘〔四〕，把貴妃攛斷在翠盤中〔五〕。仙音院一班兒甚謹躬〔六〕，寧王玉笛〔七〕，花奴羯鼓〔八〕，天子擊梧桐〔九〕。

【賺煞尾】可憎娘〔一〇〕，風流種，嬌滴滴紅遮翠擁。想天上霓裳初按舞腰動〔一一〕，嶮歡喜煞玄宗。暢道體態輕盈〔一二〕，恍疑是姮娥離月宮。湘裙慢颭楚腰動〔一三〕，有如楊柳裊春風〔一四〕。

【注】

〔一〕那得是：確實是。官家：宋、元時對皇帝的稱呼。

〔二〕閹嬙：太監。

〔三〕綺羅：泛指華貴的絲織品或絲綢衣服，引申爲穿著綺羅的人。此指嬪妃、宮女。

〔四〕簫韶：古樂名。後泛指美妙的音樂。唐・李紳《憶夜直金鑾殿承旨》：『月當銀漢玉繩低，深聽簫韶碧落齊。』

〔五〕攛斷：攛掇，慫恿。翠盤：即雕盤，雕刻精美的大盤。楊妃能歌舞於其中。清・洪昇《長生殿・舞盤》：『妾製有翠盤一面，請試舞其中，以博天顏一笑。』

〔六〕仙音院：蒙古汗國中統元年（一二六〇）設立的掌管樂工的機構，後泛稱宮廷音樂機構。

元・白樸《梧桐雨》：『囑付你仙音院莫怠慢，道與你教坊司要迭辦。』

〔七〕寧王：睿宗嫡長子李憲，早年將太子位讓與玄宗，玄宗即位後封其爲寧王，謚讓皇帝。

〔八〕花奴：汝陽郡王李璡，小名花奴。寧王長子，明皇親姪，善擊羯鼓。

〔九〕擊梧桐：用玉筯敲擊梧桐木做成的樂器，以協調音律。

〔一〇〕可憎娘：指楊妃。可憎：反語，極其可愛的意思。

〔一一〕天上霓裳：指明皇遊月宮時，於月宮見到的霓裳羽衣舞。按：指按照樂譜歌舞。

〔一二〕暢道：亦作『唱道』。真是，確實是。

〔一三〕湘裙慢颭：華美的湘裙緩慢地顫動搖曳。湘裙：湘地絲織品製成的裙，亦泛指華美的衣裙。

〔一四〕楊柳裊春風：像春風吹拂柳條那樣婀娜多姿。此喻楊妃舞姿。

【校】

此套曲見於《雍熙樂府》卷四，第八三至八四頁。

舞罷曲終，明皇喜不自勝。月兒東升，水銀洩地。太真妃意猶未盡，親手剝得芡實即所謂『雞頭』數顆，以之爲『鈎』，率眾嬪妃玩『藏鈎』之戲，以博明皇歡娛。

【黄鐘宮】【出隊子】金盤光轃〔一〕，拈起傳情表意鈎〔二〕。輕舒嫩指玉纖柔〔三〕，新撥雞頭數顆秋〔四〕，不放宮嬪掌内收〔五〕。

【注】

〔一〕金盤：此喻月亮。輳：聚集。此句是説，月光明亮。

〔二〕傳情表意鈎：此指藏鈎遊戲所用之鈎。

〔三〕玉纖柔：喻楊妃手指的柔軟潔白。

〔四〕雞頭：芡實。芡：水生植物，全株有刺，葉圓盾形，浮於水面。花單生，帶紫色，花托形狀像雞頭，故名其果實爲雞頭。

〔五〕不放：猶『放』。不：助詞，無義。

【校】

此曲見於《北詞廣正譜》卷一，第五頁。又見於《九宫大成譜》卷七三，第八頁。

銀燭熒煌不夜天，人無眠。嬉笑遊戲君王前。只見那宫中嬪妃分兩隊，各以一顆新剝雞頭爲『鈎』，於本隊傳遞，互令對方猜測『鈎』藏何人之手，以對錯賭輸贏，贏家得飲香醪。太真妃引嬌姿，逞智巧，每猜必中，頻頻飲酒。明皇歡愛至極。

【仙吕宫】【瑞鶴仙】小盃橙釀淺〔一〕，繡簇齊分〔二〕，袂幕重懸〔三〕，國色絶嫣然〔四〕。緑嫩紅柔，香嬌玉軟，時停管弦，作戲同歡帝王前〔五〕。似春風桃李爭妍〔六〕，望東君長養無偏〔七〕。

【憶帝京】銀燭熒煌不夜天〔八〕，列兩行，見世神仙〔九〕。偷降蕊珠宫〔一〇〕，私出碧雲軒〔一一〕，對飲蟠桃宴。〔一二〕。欲使心暗牽〔一三〕，各把精神鬬顯。一賭輸贏先共言〔一四〕，數款規條盡寫全〔一五〕，拈下紫霜毫〔一六〕，磨下端溪硯〔一七〕。

【醉扶歸】仙掌深難見〔一八〕，纖指共相連〔一九〕，素腕齊擎併玉肩〔二〇〕，微露黃金釧。恰便是未折得瓊葩半捲〔二一〕，掩映著宮粧面〔二二〕。

【醉中天】鳳嘴明珠顯，荷蓋露璣圓〔二三〕，再拈起輕將翠袖揎〔二四〕，來往都行遍〔二五〕。解引嬌姿〔二六〕，慢轉些兒機變〔二七〕，更勝如暗裏偷傳〔二八〕。

【賺煞尾】將錦籌推〔二九〕，把芳樽徧〔三〇〕，一顆圓光中選〔三一〕。那的是真妃堪愛處〔三二〕，那片轉關心並不遷延〔三三〕。可知道偏得恩憐〔三四〕。則見那得勝描金彩旗兒偃〔三五〕。春纖盡展〔三六〕，玉鈎兒難辨〔三七〕，向玳筵間奪盡美人權〔三八〕。

【注】

〔一〕橙釀：　橙色的美酒。淺：　引申爲清澈。

〔二〕繡簇：　錦繡叢集。此指聚集在一起的嬪妃、宮女。

〔三〕『袂幕』句：　是說楊妃翠盤舞結束，卸下的帷幕，此刻因藏鈎之戲，重新懸起。

〔四〕國色：　容貌冠絕一國的女子，指楊妃。絕嫣然：　極爲美麗。絕：　表程度的副詞，極其，非常之意。

〔五〕作戲：　此指作藏鈎的遊戲。

〔六〕『似春風』句：　以桃李在春風的吹拂下爭妍，喻嬪妃們在帝王前爭寵。

〔七〕東君：　司春之神。養：　撫養，指滋養。無偏：　不偏離。此句是説，桃李想得到東君的長期滋養，喻嬪妃想得到明皇長期寵愛。

〔八〕銀燭熒煌：　蠟燭之光明亮輝煌。不夜天：　燈燭把夜間照得如同白晝。

〔九〕見世神仙：　現世神仙。見：　『現』的古字。此比喻楊妃及衆嬪妃。

〔一〇〕蕊珠宫：　道教經典中所説的仙宫。

〔一一〕碧雲軒：　高入雲霄的廳堂，此亦比喻仙宫。

〔一二〕蟠桃宴：　西王母在瑤池舉行的蟠桃盛會。此比喻明皇所排之宴。『偷降』三句，指楊妃爲仙子臨凡。

〔一三〕『欲使』句：　是説嬪妃們希望得到皇上的眷戀。

〔一四〕共言：　一起商定，達到共識。

〔一五〕規條：　此指玩藏鈎遊戲的條規、法則。

〔一六〕紫霜毫：　用霜後紫色兔毫做成的毛筆。泛指名貴毛筆。

〔一七〕端溪硯：　端溪所產之硯。端溪：　溪名。在廣東省高要縣東南。盛產硯，稱端溪硯或端硯，爲硯中上品。紫霜毫與端溪硯，都是爲書寫遊戲條規而備。

〔一八〕仙掌：　此喻參與藏鈎遊戲的美人之手掌。

〔一九〕纖指相連：指美人們雙手半握。

〔二〇〕素腕：白皙的手腕。齊擎：一齊高舉。『仙掌』三句，是說包括楊妃在內的嬪妃們雙手半握，素腕齊舉，併肩而立，等待對方猜測鈎在誰手。

〔二一〕未折得：沒有折斷，沒有摘下。瓊葩：色澤如玉的花。

〔二二〕宮粧面：宮中女子化粧的面容。『恰便是』二句，是說宮嬪們齊舉的半握之手，就像是半捲未折的玉色花，與宮粧的面容相掩映。

〔二三〕荷蓋：荷葉。璣圓：小珠子，此指蓮子。『鳳嘴』二句，是說藏鈎被猜出，就像鳳嘴裏顯現明珠，荷葉下露出蓮子那樣神奇巧妙。

〔二四〕將翠袖揎：捋袖露臂。揎袖，表現興奮的樣子。

〔二五〕『來往』句：寫楊妃爲猜出鈎在誰手，往復觀察。

〔二六〕解引嬌姿：呈現嬌美的身姿。解引：顯示，呈現。金·趙秉文《送李按察十首》：『澤中一寸鏡，解引萬里色。』

〔二七〕慢轉：從容運用。機變：機謀，智巧。

〔二八〕『更勝如』句：是說楊妃猜測鈎在誰手的準確性，勝過有人暗地裏給她傳遞消息。

〔二九〕錦籌：籌碼的美稱，記數的用具。此指藏鈎勝負的次數。推：推算。

〔三〇〕芳樽：精緻的酒器。

〔三一〕圓光：圓滿的月亮。李白《古風》：『圓光虧中天，金魄遂淪沒。』因楊妃爲月中仙子臨凡，故此處指楊妃。中選：此指在藏鉤遊戲中拔頭籌。

〔三二〕的是：真是，確是。

〔三三〕轉關：耍手段，翫計謀。元・王實甫《西廂記》：『幾曾見寄書的顛倒瞞著魚雁？小則小心腸兒轉關。』遷延：拖延時間。此句寫楊妃聰慧敏捷。

〔三四〕可知道：可想而知。

〔三五〕得勝描金彩旗兒偃：指把得勝的彩旗放倒，表示遊戲結束。偃：倒伏。

〔三六〕春纖盡展：此指參加遊戲人的手指全都展開。

〔三七〕玉鈎兒：指所藏之鈎。『春纖』兩句，寫遊戲之後的動作：嬪妃們將手指展開，小巧瑩白的芡實藏在如玉手中很難分辨，以顯示楊妃猜鈎的智巧。

〔三八〕美人權：指美人受寵的資格。

【校】

此套曲見於《雍熙樂府》卷四，第九〇至九一頁。又見於《九宮大成譜》卷六，第五一至五二頁。【瑞鶴仙】見於《太和正音譜》卷下，第四頁；又見於《北詞廣正譜》卷三，第三四頁。【憶帝京】見於《御定曲譜》卷二。

國色絕嫣然：《雍熙樂府》作『國色絕嬌然』。

似春風桃李爭妍：《雍熙樂府》作『似春風楊柳爭妍』。

列兩行見世神仙：《北詞廣正譜》、《九宮大成譜》作『列兩邊見世神仙』。

私出碧雲軒：《北詞廣正譜》、《九宮大成譜》作『私出清虛殿，雙按碧雲軒』。此從《太和正音譜》及《御定曲譜》。

對飲蟠桃宴：《雍熙樂府》作『對蟠桃宴』。此從《北詞廣正譜》、《九宮大成譜》。

欲使心暗牽：《北詞廣正譜》、《九宮大成譜》作『欲使人心暗牽』。此從《雍熙樂府》及《御定曲譜》。

仙掌深難見：《雍熙樂府》作『仙裳深難見』，此從《九宮大成譜》。

『將錦籌』二句：《雍熙樂府》合爲一句，作『將錦籌雖把方欲偏』，此從《九宮大成譜》。

那片轉關心並不遷延：《雍熙樂府》作『那片亂宮心並不遷延』，此從《九宮大成譜》。

玉鈎兒難辨：《雍熙樂府》作『玉鈎難辯』。此從《九宮大成譜》。

且說那明皇，自恃九五之尊，逞性情，喜歌舞，滯風流，貪美色。凡事有兩端：一則喜，一則悲。若太真妃與明皇恩愛終始，自應共期白首，福壽百年；若心生二志，則傾覆邦國，毀壞社稷。『藏鈎』會後，眾人餘興未盡，重置宴席。又一番笙鼓齊鳴，杯觥交錯。太真妃剛剛拔得頭籌，又恃明皇寵愛，原本貪杯，此時未免張狂。但見他纖手擎杯，絳唇頻吸，粉面雙醺，醉眼迷離，竟至於酩酊大醉。怎承想，樂極生悲，醉裏做出荒淫之事，終釀成『漁陽鼙鼓動地來』，『宛轉蛾眉馬前死』之禍，大唐王朝，自此一蹶不振。此乃後話也。

【大石調】【催拍子】明皇且休催花柳〔一〕，束舞衣特差時候〔二〕。豔陽晴晝，出世間未夏至春歸〔三〕，宮內已綠肥紅瘦〔四〕。錦圍依舊〔五〕，施逞盡窈窕〔六〕，馳騁妖嬈〔七〕，醞釀風流。倘遲他後〔八〕，若存謹意〔九〕，降人貽福厚；但舉別心〔一〇〕，折人陽壽；若思胡種〔一一〕，向蒙寵愛〔一二〕，始信私情不論妍醜，夜連明枕鴛衾繡〔一三〕。

【幺篇】雲雨懶收〔一四〕，歡娱未休。當日把玳筵排就，按梁州羯鼓高明〔一五〕，習水調玉笛齊奏〔一六〕。酒擎纖手，絳脣頻吸，粉面雙醺〔一七〕，醉目暈重榴〔一八〕。軟紅心褥〔一九〕，杏花苞暖，小桃春重，楊柳情嬌，荔枝香透。翠鬟偏嚲〔二〇〕，玉肩斜倚，星眼微矇，黛眉輕皺，忍教奉世人箕帚〔二一〕？

【尾】年小三郎雖能勾〔二二〕，休倚著帝王福厚。這種恩情，要人消受。

【注】

〔一〕催花柳：催促花開柳綻。此暗用明皇創【春光好】的典故。參看卷二【雙鳳翹】『奏說春嬌』注〔一一〕。

〔二〕束舞衣：穿著舞衣，此指歌舞。束：結束，穿戴。差時候：選擇好的時節。差：選擇。《詩·小雅·吉日》：『吉日庚午，既差我馬。』毛傳：『差，擇也。』『明皇』兩句，是說明皇不要按照自己的意圖催促花開柳綠，歌舞娱樂要遵循造化給予的節候。

〔三〕出世間：佛教謂超脱生死。此指宫廷之外的世界。

〔四〕綠肥紅瘦：指暮春時節，花稀少，枝葉繁多。李清照《如夢令》：『知否，知否，應是綠肥紅瘦。』

〔五〕錦圍依舊：雖然春時已過，後宮裏依舊歡歌豔舞。錦圍：錦繡圍繞。

〔六〕窈窕：此指妖冶的樣子。

〔七〕馳騁：顯揚，顯示。『施逞』三句，寫楊妃抖擻精神，盡顯妖嬈。

〔八〕倘遲：倘若有所怠慢。遲：遲慢，這裏引申爲怠慢。他：指楊妃。

〔九〕謹意：謹言慎行之意。

〔一〇〕別心：指別的戀情。

〔一一〕胡種：胡人。指安祿山。

〔一二〕『向蒙』二句：是說楊妃一貫受到風流倜儻的唐明皇的寵愛，倘若和相貌醜陋的安祿山偷情，也就印證了私情不論妍醜的傳言。

〔一三〕夜連明：沒日沒夜。枕鴛：枕著繡著鴛鴦的枕頭。此句是說，楊妃與安祿山同衾共枕。『倘遲』十句，是作者的品評兼預示。意思是明皇對楊妃如此寵信，楊妃應思報答。倘若明皇稍有怠慢，楊妃便生二意，甚而至於與醜陋的胡種安祿山偷情，便會折她的陽壽。

〔一四〕雲雨：用巫山神女的典故，指明皇與楊妃歡愛。懶收：因疲憊收束。

〔一五〕梁州：唐教坊曲名。後改編爲小令，以羯鼓演奏。宋・梅堯臣《莫登樓》：『腰鼓百面紅臂鞲，先打《六幺》後《梁州》。』高明：高亢響亮。

〔一六〕水調：曲調名，爲隋煬帝所創。五代蜀・韋縠《才調集・杜牧〈揚州〉》：『誰家唱《水調》，明月滿揚州。』《注》：『煬帝鑿汴渠成，自造《水調》。』

〔一七〕醺：薰染，浸染。此指因酒醉臉面薰染成紅色。宋·張先《行香子》詞：『酒香醺臉，粉色生春。』

〔一八〕暈：此指模糊不清。

〔一九〕軟紅：猶言『軟紅塵』，謂繁華熱鬧。亦指美豔女色。心耨：春情盪漾。耨：男女狎昵。『軟紅』五句，均喻楊妃酒醉引發春情。

〔二〇〕翠鬟：女子環形的髮式。偏鞸：偏垂。『翠鬟』四句，寫楊妃醉酒的情態。

〔二一〕世人：塵世中人。箕帚：以箕帚掃除，操持家内雜務，借指妻妾。此句是説，像楊妃這樣美如仙子之人，怎麼忍心讓她給塵世間的人作妻妾呢？

〔二二〕年小：表示愛意，並非指年齡小。『年小』四句緊接上句，是説三郎雖然能夠做到讓美如仙子的楊妃做妻妾，但不要仗著帝王的厚福，便以爲理所當然。造化給與他的這種恩情，他是消受不起的，暗示以後楊妃與安祿山偷情惹來禍端。

【校】

此套曲見於《雍熙樂府》卷一五，第一頁。《九宫大成譜》卷二一，第一二至一三頁。

粉面雙醺：《雍熙樂府》作『粉面雙熏』。

杏花苞暖：《雍熙樂府》作『杏花包暖』。

天寶遺事諸宮調卷三　安祿山謀反

話說唐明皇與那楊妃在沈香亭歡歌豔舞，十分盡興。與舞宴者，除寧王、汝陽郡王及梨園弟子外，還有一人，喚作安祿山。這安祿山爲營州柳城胡人。本姓康，母阿史德爲突厥覡者，禱子於軋犖山戰鬭之神，歸而受孕，生子遂名軋犖山。少孤，隨母改嫁突厥安延偃，乃隨姓安，更名祿山。及長，生得矮胖充肥，腹垂過膝，嘗自稱腹重三百斤。然驍勇善戰，力大無窮。且忮忍多智，善臆測人意，外若癡直，内實狡黠。早年投靠幽州節度張守珪，任討擊使。不料征討奚、契丹時，恃勇輕進，被殺得大敗逃歸。敗軍之將本應問斬，張守珪惜才，將他解京請旨。右相張九齡道他狼子野心，面有反相，奏請將他斬首，以絕後患。不料左相李林甫，妒賢嫉能，深恐邊帥功勞卓著，便會出將入相，與之爭權奪勢；胡人不知書，縱有大功，亦不得入相。乃奏請曰：『文臣爲將，怯當矢石；不如用寒門胡人。胡人則勇決習戰，寒族則孤立無黨，陛下誠以恩洽其心，彼必能爲朝廷盡死。』明皇納其諫，不止任用安祿山，諸道節度盡用寒門胡人。此實爲『安史之亂』之根源。元人魏初《馬嵬》詩，單道那李林甫此計招引禍患：『九齡既罷事已矣，偃月堂深禍更深（一）。縱把霓裳都拂去，未應邊馬不騷騷。』頗中肯綮。

明皇爲示以恩寵，召見安祿山。見其肥蠢可笑，問道：『卿腹如許大，内有何物？』祿山本巧言令色，應聲答曰：『無它，唯有對陛下一顆忠心耳。』明皇聞之，便有幾分歡喜。祿山又善胡旋舞。雖肥胖蠢滯，卻能舞如旋風。明皇愈加歡喜，赦其罪，後封至東平郡王，時常出入宮掖。草莽胡兒焉識君臣大義？日間一見楊妃，便覺心癢難耐，無奈楊妃從不正眼覷之。今親見楊妃霓裳舞、藏鈎會，幾至癲狂。然自知才疏貌寢，才子佳人傳書遞簡、密約幽會的那些套數用它不上；便思孤注一擲。藏鈎會散去，明皇年事已高，頗感倦意，往勤政殿歇息。楊妃酩酊大醉，由侍兒扶歸寢殿。祿山見機，潛至寢殿，强行媾歡。楊妃酒醒，大覺可疑，猜測定是那肥材料所爲。初時想呼陛下、喚丫鬟，遮蓋羞恥。怎奈淫慾心起，改變主意：佯道是明皇，一任那祿山胡爲。

【中呂宮】【牆頭花】玄宗無道，把兒婦强奪要，直上青天煞不高〔二〕。自從親子行攜來，已有他人候著。

【幺篇】後庭深夜，絳蠟明相照，滿席春風宴碧桃。軟鎒鎒玉簇香攢〔三〕，嬌滴滴珠圍翠繞。

【幺篇】琵琶趁錦瑟〔四〕，銀箏間玉簫，龍笛鳳管共笙簧〔五〕，攙斷私情第一遭〔六〕。彩雲收歛興將闌，明月轉歌聲漸渺。

【麻婆子】寢殿裏從今夜，玳筵前自此宵。隱匿著漁陽變〔七〕，包藏著蜀道遙〔八〕。宮中始長亂萌芽〔九〕，人間初種禍根苗。祿山本虛推醉，太真妃實醉倒。

【幺篇】則等的人分散，剛捱的夜靜悄。又不曾通芳信，又不曾許密約，潛身緊匿著蠢形骸，盜偷入鳳巢。款款把酥胷襯〔一〇〕，輕輕把玉臂搖。

【耍孩兒】鴛衾揭翠錦〔一一〕，仙衣分絳綃〔一二〕，海棠折破胭脂萼，磣將他這細裊裊纖腰搵〔一三〕，忍把他那曲弓弓羅襪蹺〔一四〕。狂爲做，枕磨盡粉暈，鬢簇下金翹。

【二煞】夢覺回，酒漸消，雲雨方惡纔疑覺〔一五〕。驚聞太喘淫聲氣，乍受無情痛扭作。大道是君王抱〔一六〕，卻怎不香腮緊搵，玉臂相交？

【一煞】眼倦開，心暗約〔一七〕，十中九多是那肥材料。我猛呼陛下遮我這醜，偶喚丫鬟掩映我那嬌。施些兒機和巧，雖然允順，豈顯分毫？

【煞尾】我只得內忍著羞，外弄著嬌。明知那胖廝圖謀卻〔一八〕，他佯道君王行應依了〔一九〕。

【注】

〔一〕偃月堂：李林甫廳堂名，借指李林甫。

〔二〕煞：表示程度的副詞，猶『很』。此句暗指遊月宮事。

〔三〕軟褥褥：軟綿綿。玉簇：被名貴玉飾簇擁。香攢：被各類芳香烟氣纏繞。

〔四〕琵琶趁錦瑟：琵琶與錦瑟合奏。趁：陪襯。錦瑟：漆有織錦紋的瑟。瑟爲撥弦樂器，常與其他樂器合奏。

〔五〕笙簧：指笙，管樂器名。由簧片、笙管、斗子三部分組成。簧：笙中的簧片。

〔六〕攧斷：攧掇，慫恿。

〔七〕漁陽變：指『安史之亂』。

〔八〕蜀道遥：指明皇爲避『安史之亂』逃難蜀中。

〔九〕亂萌芽：與下句的『禍根苗』，俱指引發『安史之亂』的根源。

〔一〇〕款款：徐緩的樣子。襯：原指貼身衣，此引申爲貼近。

〔一一〕鴛衾：繡有鴛鴦的被子，亦指夫妻共寢之被子。此句是説，揭開翠錦製作的鴛鴦被。

〔一二〕分絳綃：指解開楊妃的紅色内衣。綃：又稱鮫綃，薄絹、輕紗。以其輕軟，常用以製作内衣。

〔一三〕磣：同『慘』，與下文『忍』皆表示痛惜之意。搵：摟住。

〔一四〕羅韈：用絲羅織成的韈，此借指楊妃雙足。蹺：抬起。

〔一五〕雲雨：用宋玉《高唐賦》典故，指男女媾歡。疑覺：覺察到可疑。

〔一六〕大道是：以爲是，大概是。

〔一七〕暗約：思索，猜測。

〔一八〕胖廝：胖家夥。廝：對男子輕蔑的稱呼，猶『家夥』、『小子』。

〔一九〕他：指楊妃。佯道：假裝認爲是。

【校】

此套曲見於《雍熙樂府》卷七，第七九至八〇頁。【牆頭花】、【幺篇】二支，及【麻婆子】又見於《北詞廣正譜》卷六，第三至四頁。

直上青天煞不高：《雍熙樂府》作『直上天瞰不高』。

嬌滴滴珠圍翠繞：《雍熙樂府》作『嬌滴滴朱圍翠繞』。

龍笛鳳管共笙簧：《雍熙樂府》作『龍笛鳳管共笙篁』。

人間初種禍根苗：《雍熙樂府》作『人間初動禍根苗』。

楊妃初經安祿山蹂躪，頗感羞恥；況往昔明皇百般遮護，萬般愛惜，而祿山則魯莽狂爲，確也曾驚怖苦痛。不期時光漸久，倒時時思念起與那肥材料不堪言說之情景。

且說安祿山自得手後，頗驚懼，不敢再入宮掖。楊妃恃寵任性，竟暗中央及高力士，欲時常招安祿山入宮相伴遊戲。高力士不知箇中緣由，只道楊妃寂寞，喜歡看那胖廝插科打諢。然宮中妃嬪不得與外間男子廝混，故極力勸阻。無奈那楊妃撒嬌作癡，抵死央及。力士萬不得已，便獻上一策：要楊妃以壓子嗣爲名〔一〕，認祿山作義子。楊妃大喜。

當晚，明皇駕臨寢殿。楊妃便奏請認安祿山爲義子，以壓子嗣。明皇聽罷，頗感意外。轉念，定是太真妃求子心切，竟肯認如此醜陋之人爲義子，倒也難爲他了。卽便應允。

次日，明皇派人宣安祿山入宮。那安祿山聞詔，疑東窗事發，直唬得魂飛魄散。無奈，只得隨來人進宮。及至聞詔允爲貴妃義子，自然明白就裏，真箇是喜從天降，對明皇、楊妃大禮參拜。

楊妃已認祿山爲義子，仍懼明皇疑心。於祿山生日後第三日，仿照民間生子習俗，爲祿山兒做洗兒會。楊妃令宮人以錦繡縫一大繦褓，裹祿山於中，使宮人以綵輿舁之。一箇胖大漢子，裝扮嬰兒，那情形十分滑稽。宮女顧不得規矩，箇箇放聲大笑。祿山貪近嬌姿，倒也甘之若飴。明皇聞後宮歡笑，問以故，左右以貴妃三日洗兒對。明皇親往觀之，亦不禁大笑，賜楊妃洗兒金銀錢，厚賜祿山。此亦楊妃狡黠處：此舉令宮中皆知祿山被他收爲義子，出入宮掖便無人阻攔。也讓明皇知道，自家只不過視祿山爲嬉笑材料而已。此後，祿山或與貴妃對食，或終宵不出宮。宮裏頗多微言，明皇終不疑有它。

自楊妃認祿山爲義子，心情大好，更加著意修飾打扮。這一日，風和日麗，楊妃於綠窗下，親手爲自家做鳳頭鞋。繡鞋精美絕倫，豈料，日後喪身馬嵬坡，此鞋亦隨之遭萬馬踐踏。

【南呂宮】【一枝花】傾城忒可憎〔二〕，絕國施機巧〔三〕。麝蘭噴皓齒〔四〕，鶯柳囀篁嬌〔五〕，婇嬚低昭〔六〕，玉井泉金盆要〔七〕。滌香纖粉垢挑〔八〕，開線貼蕊綻香包〔九〕，剪奇樣瓊葩謝萼〔一〇〕。

【梁州】鳴寶釧自裁自鉸〔一一〕，墜金翹親點親描〔一二〕。回眸百媚明窗靠，重補穩當〔一三〕，減襯輕薄。包藏旖旎〔一四〕，醞釀風騷。蕙姿天付羣超〔一五〕，補方刺繡誰學〔一六〕？一扇扇番的堪誇，一行行衲的是好，一針針縫的絕高。布蠛線腳〔一七〕，花兒葉子無差錯，遍根上盡貼落，彩線蒙金妒魏姚〔一八〕，蝶引蜂招〔一九〕。

【二煞】能教㶉鶒潛清沼〔二〇〕，善配鸞凰戲碧桃〔二一〕。鴛鴦菡萏池嬌〔二二〕，殘菊秋蟬蘆雁，冬梅寒鵲，春蛾杏〔二三〕，夏萱草〔二四〕，對務連針底上卻。星目分毫剛半扎〔二五〕，越顯吳綾小〔二六〕，一百錢看價不高〔二七〕。鳳頭偏稱絳裙綃〔二八〕，寰宇無雙，六宮嬪妃難著〔二九〕。風流處痛絕妙，太液池蓮兩葉好〔三〇〕，足下堪消。

【黃鐘尾】翠盤可按回鸞樂〔三一〕，寶蹬宜踏上馬嬌。那祿山兒怎不喬〔三二〕？窄弓弓惹禍苗。這鞋面上海棠花繡得來分外妖嬈，到後來土塵中少不的馬踐了〔三三〕。

【注】

〔一〕壓子嗣：舊俗，無子者收養他人之子，有利於自己生子。

〔二〕傾城：與下句之『絕國』，都是絕色美人的意思，此指楊妃。可憎：反語，可愛之極。

〔三〕機巧：聰慧靈巧。

〔四〕『麝蘭』句：是說楊妃開口說話，潔白的齒牙噴出麝蘭的香氣。

〔五〕『鶯柳』句：喻楊妃發聲如柳鶯，如笙簧，嬌媚悅耳。簧：笙中之簧片。囀：轉折發聲，使聲音悅耳動聽。

〔六〕婇嬪低昭：低聲吩咐宮女。婇嬪：宮女。昭：同『詔』，告知。此句的正常語序爲『低昭婇嬪』。

〔七〕玉井泉：井水的美稱。井泉：水井。《禮記·月令》：『天子命有司，祈祀四海、大川、名源、淵澤、井泉。』金盆：銅製的盆，供注水盥洗之用。

〔八〕滌香纖粉垢：洗掉手上的脂粉痕跡。香纖：喻指女子纖細的手。挑：一種刺繡的方法。用針挑起經線或緯線，把針上的線從下面穿過去。這裏泛指做女紅。

〔九〕線貼：放置針線的香包。《西廂記諸宮調》卷六：『一雙春筍玉纖纖，貼兒裏拈線，把繡針兒穿。』蕊綻：原指花開，此指香包上繡有美麗的花，打開香包如同花開放。

〔一〇〕瓊葩：色澤如玉的花。萼：花萼。萼位於花的外輪，呈綠色，在花芽期保護花芽，花開後起襯托作用。瓊葩謝萼，泛指珍奇美豔的花卉。此句是說，按照剪好的美麗花樣繡鞋。

〔一一〕寶釧：金或玉製作的手鐲。

〔一二〕金翹：金製的婦女首飾，形如鳥尾上的長羽。『鳴寶釧』二句，是說因剪裁晃動手腕，手鐲發出聲音。因低頭描畫繡鞋上的花樣，頭上的金翹滑落。

〔一三〕『重補』二句：做鞋時鞋底鞋面，都要用布粘貼鋪襯。此指楊妃把做鞋用的布料鋪襯得穩妥輕薄。

〔一四〕包藏旖旎：是說做的繡鞋蘊含著楊妃的溫存柔媚。

〔一五〕蕙姿：秀美的姿色。羣超：超羣。

〔一六〕補方刺繡：指女紅技巧。誰學：誰能學會？

〔一七〕布蟣：喻針腳細密。蟣：蝨子的卵。線腳：針腳。

〔一八〕彩線蒙金：彩線雜以金線。妒魏姚：所繡之花令姚黃魏紫生妒。姚黃魏紫，兩種名貴牡丹花。參看卷二《楊妃翠荷葉》注〔四〕。

〔一九〕蝶引蜂招：招蜂引蝶。多比喻女子逗引異性。

〔二〇〕鸂鶒：比鴛鴦稍大的水鳥，羽毛爲紫色，又稱紫鴛鴦。清沼：清澈的水池。

〔二一〕鸞凰：皆瑞鳥名，雄者爲鸞，雌者爲凰。

〔二二〕菡萏：荷花。此句之鴛鴦，與前兩句之鸂鶒、鸞凰，皆指楊妃繡花時春心盪漾。

〔二三〕春蛾杏：蠶蛾與杏。蠶蛾出繭與杏樹結實都在春天。

〔二四〕夏萱草：夏日的金針花。萱草俗稱金針，又稱忘憂草。常借指母親。『能教』八句，皆寫楊妃繡鞋之美。

〔二五〕星目分毫：指看得準確。半扎：參看卷二《楊妃捧硯》注〔一八〕。

〔二六〕吳綾：此指吳綾襪。用吳地綾羅做成的襪子。

〔二七〕『一百錢』句：《楊太真外傳》下：『妃子死日，馬嵬媼得錦袎襪一隻，相傳過客一玩百錢，前後獲錢無數。』

〔二八〕鳳頭：指鳳頭鞋。鞋頭繡有鳳凰圖飾。蘇軾《謝人惠雲巾方舄》：『妙手不勞盤作鳳。』自注：『晉永嘉中有鳳頭鞋。』絳裙綃：紅色輕紗做的裙子。

〔二九〕『六宮』句：是說楊妃繡鞋太美，其他嬪妃不配穿用。。

〔三〇〕太液池：皇宮中之池。唐代太液池在西安東大明宮中。此句把楊妃繡鞋比作太液池中蓮葉，秀美輕盈。

〔三一〕回鸞樂：回鸞舞，古舞曲名。元・許有孚《侍飲圭塘和楨韻》：『風吹楊柳回鸞舞，雨浥芙蕖墮馬粧。』『翠盤』二句，是說楊妃穿上繡鞋，可跳翠盤舞，可騎馬墜蹬。

〔三二〕喬：無賴，壞。引申爲心生邪念。

〔三三〕『到後來』句：指馬嵬坡之變，楊妃被萬馬踏屍，所著繡鞋，也爲萬馬所踏。

【校】

此套曲見於《雍熙樂府》卷一〇，第五三至五四頁。

繡鞋做畢，楊妃試穿，竟覺大好。至爲愛惜，脫鞋命宮女服侍洗足後再著。只見那楊妃洗足後自己精心修剪指甲。好一番剪削，好一番摩挲，好一番欣賞，好一番風騷。卻不知此舉引發禍端，自家喪命，遺害至親。

【南呂宮】【一枝花】脫鳳頭宮樣鞋，褪錦靿吳綾襪〔一〕，破胭脂紅袴色〔二〕，擁金縷翠裙紗〔三〕。帶溫霜華〔四〕，款解放〔五〕，輕惚下〔六〕，並春葱指密匝〔七〕，軟耨耨堪襯雙蓮〔八〕，瘦怯怯剛迭半扎〔九〕。

【梁州】可知道登鳳輦朱梯倦跳〔一〇〕，上雕鞍寶鐙慵踏。無拘束越顯的些娘大〔一一〕。眼前可玩，膝上堪誇，掌中惚托〔一二〕，被底輕答〔一三〕。引鴛幃雲雨情加〔一四〕，使龍庭父子心差〔一五〕。則見那素尖微慢偃銀鈎〔一六〕，雙縫裂輕分玉瑕〔一七〕。嫩趺圓細捲瓊葩〔一八〕。

暗香，潤撒〔一九〕，恰金盆蘭麝湯濯罷〔二〇〕，堪賽過善菩薩〔二一〕。只恐怕嫦娥誤觸，纖手親拏。

【二煞尾】分開兩股金刀叉〔二二〕，剪破雙頭玉蕊花〔二三〕。纖柔壓盡小宮娃〔二四〕。帶接連枝，一抹的相迭相迓〔二五〕，微顯出半痕甲〔二六〕，癮痛處寧心兒盡去卻〔二七〕，忒滋膩光滑。

【收尾】喜則喜瑩如銀炬初凝蠟，愛則愛嫩似蓮根恰吐芽。重收拾，越緊恰〔二八〕，偏憎嫌地窄狹〔二九〕。祿山兒恰似他〔三〇〕，早則向後宮中大儻的蹅踏〔三一〕。常則把親骨肉幾遭兒痛殺〔三二〕。

【注】

〔一〕錦靿：錦做的長筒襪。舞蹈或遊戲時穿用。元・薩都剌《一枝花・妓女蹴踘》套曲：『素羅衫垂彩袖低籠玉筍，錦靿襪襯烏靴款蹴金蓮。』吳綾襪：襪用吳地綾羅做成。

〔二〕破胭脂紅袴色：挽起胭脂紅的貼身內褲。破：分開，此引申爲挽起。袴：同『褲』。

〔三〕擁：圍著。金縷翠裙紗：鏤金的翠紗裙。

〔四〕霜華：原指白色的花，此喻楊妃雙腳。

〔五〕款解放：指慢慢地解去纏足的布。款：緩慢。

〔六〕輕惚下：輕柔地放下。惚：原指遊移不定，此引申爲動作緩慢柔和。

〔七〕春葱：喻楊妃腳指如春天剛長出的葱那樣細嫩。密匝：緊密。古時纏過的足，腳指擠在一起。

〔八〕軟耨耨：軟綿綿。堪襯：堪稱。雙蓮：兩朶蓮花。古時常用蓮或金蓮喻女子之足。

〔九〕瘦怯怯：細瘦的樣子。元·無名氏《抱粧盒》：『則他這細裊裊的身子，瘦怯怯的腰肢。』剛迭：剛及。半扎：約三寸。參看卷二《楊妃捧硯》注〔一八〕。

〔一〇〕可知道：可見，難怪。跳：越。此引申爲跨。

〔一一〕些娘大：一點點大。些娘：方言，細小的意思。明·顧起元《客座贅語·方言》：『南都方言……物之細小者曰「些娘」。』

〔一二〕惚托：輕托。

〔一三〕答：通『搭』，勾搭，引誘。

〔一四〕雲雨情：男女歡愛之情。

〔一五〕龍庭父子心差：指明皇父佔子妻。

〔一六〕則見：只見。素尖：指楊妃白嫩的腳趾。偃銀鉤：倒伏的銀鉤。指經纏足之後的腳趾，蜷曲如鉤。

〔一七〕雙縫：指腳指間的縫隙。分玉瑕：把一塊白玉分成小的玉。喻腳掌與腳指。

〔一八〕嫩趺圓細：指渾圓細嫩的腳。趺：同『跗』，腳。捲瓊葩：如同捲曲的瓊花。

〔一九〕潤撒：非常瑩潤。撒：當爲『煞』。表程度的副詞。
〔二〇〕恰：恰纔，剛剛。
〔二一〕善菩薩：大慈大悲的菩薩。善菩薩爲人人所愛，比喻楊妃玉足招人喜愛。
〔二二〕金刀叉：指剪刀。
〔二三〕玉蕊花：花名。即瓊花。宋·宋敏求《春明退朝錄》卷下：『揚州后土廟有瓊花一株，或云自唐所植，即李衛公所謂玉蕊花。』雙頭玉蕊花，喻楊妃腳指及指甲。
〔二四〕纖柔：纖細柔軟。盡壓：緊緊擠壓。小宮娃：年幼的宮女，此喻楊妃白嫩的腳指。
〔二五〕一抹的：一味的。相迭相迓：緊密地擠在一起。相迭：相重疊。相迓：相接。
〔二六〕半痕甲：一點點指甲。半痕：言其小。
〔二七〕瘸痛處：指指甲。由於腳趾緊緊擠壓，有指甲的地方容易被扎痛。寧心兒：耐心地。
〔二八〕緊恰：整齊，緊密。
〔二九〕『偏憎嫌』句：是說楊妃金蓮雖小，偏偏憎嫌活動之地窄狹。暗指她與安祿山的越軌舉動。
〔三〇〕『祿山兒』句：是說義子安祿山與她心意相通。
〔三一〕早則：早已。大儻：大搖大擺。儻：儻盪，放任隨便，不檢點。踏踏：踐踏。
〔三二〕常則：猶『正』，『正是』。元·無名氏《抱粧盒》：『常則待鷄鳴宮禁啓，簇捧著龍繞聖顔開。』此句是說，正由於此，引發『安史之亂』，致使楊國忠等親人慘遭殺害。

【校】

此套曲見於《雍熙樂府》卷一〇，第四七至四八頁。

且説那楊玉環與安禄山，瞞著明皇，明來暗往，同行同止，如膠似漆。宫中漸有閑言穢語。高力士方知楊妃認安禄山爲義子之真意，抵死苦勸，楊妃全然不聽。力士無奈何，只好佯作不知。楊妃從兄楊國忠，因妹受寵，官至右丞相，甚受明皇寵信，時常出入宫掖。楊國忠本與安禄山不和，聞妹子與安禄山有私，既惱且懼。惱那胖廝對妹子竟敢如此無禮；懼則倘皇上知曉，此乃滅族之禍！乃潛入宫中將二人捉獲，使妹子知懼；抓胖廝把柄。一日，安禄山正與楊妃貪歡，突聞有人大喝，乃楊國忠捉奸來也。

【黄鐘宫】【醉花陰】羡煞尋花上陽路〔一〕，芳草斜風細雨，隨分到皇都〔二〕。恰正青春〔三〕，初放入深宫去。

【幺篇】宵夜鴛幃暗銀燭，可體紅圍翠簇。酒力漸蹙〔四〕，繡枕温香，錦被裏偎紅玉〔五〕。

【出隊子】朦朧雙目，不勝嬌態度〔六〕。唾粘涎緊貼口相嗚，送甜津頻將舌半吐，胖肚子百忙的廝間阻〔七〕。

【幺篇】靈犀一點嬌凝聚〔八〕，不由人眉暗蹙。軟温潤香汗似溶酥，旖旎留情花解語〔九〕，正是風流美愛處〔一〇〕。

【柳葉兒】驀然有人發怒，連珠兒叫道十句餘〔一一〕：『則教俺壓子嗣義爲兒母〔一二〕，誰教俺背君王做妻夫？』

【幺篇】唐明皇也不曾痛關腸肚〔一三〕，也不曾似俺重牽情緒〔一四〕，也不曾似俺鎮日追逐〔一五〕，也不曾似俺連夜歡娛！

【隨煞】一自明皇轉廊廡〔一六〕，便不肯暫離了娘娘皮膚。這廝也蠢則蠢到大如皇帝福。

【注】

〔一〕尋花：即尋花問柳。原指狎妓，此指偷情。上陽路：通往皇宮之路。上陽：唐宮殿名。此泛指唐皇宮。此句暗指安祿山進宮中偷情。

〔二〕隨分：依照本分。『芳草』二句，是說隨著節候，春色來到皇都。

〔三〕恰正青春：雙關語。一指正是春光大好時節；一指安祿山與楊妃正當青春年華。

〔四〕酒力漸蹙：酒力漸漸發作。蹙：這裏是緊迫、緊急的意思。

〔五〕紅玉：紅色寶玉，古時常以之比喻美人肌膚。《西京雜記》卷一：『趙后體輕腰弱，善行步進退，女弟昭儀，不能及也。但昭儀弱骨豐肌，尤工笑語。二人並色如紅玉。』此以紅玉喻楊妃。

〔六〕嫋態度：輕佻妖冶之態。

〔七〕百忙的：也作『百忙裏』，元代散曲戲劇常用語，猶『忙不迭的』。關漢卿《關大王獨赴單刀會》：『百忙裏趁不了老兄心，急且裏倒不了俺漢家節。』廝間阻：相阻隔。廝：相。

〔八〕靈犀：犀牛角。舊説犀角中有白紋如綫直通兩頭，感應靈敏。因常用以比喻兩心相通。李商隱《無題》：『身無彩鳳雙飛翼，心有靈犀一點通。』此句是説，楊妃與安禄山兩情相通。

〔九〕旖旎：溫存柔媚。花解語：解語花。古時對美女的讚譽。

〔一〇〕『正是』句：是説正當安禄山與楊妃歡愛最盡興時。

〔一一〕連珠兒：連成串的珠子。此處比喻叫喊聲接連不斷。

〔一二〕則教：只讓。

〔一三〕痛關腸肚：牽腸挂肚。

〔一四〕重牽情緒：牽惹如此纏綿的情意。

〔一五〕鎮日：整天，從早到晚。

〔一六〕轉：轉換。廊廡：堂下周圍的走廊、廊屋。此指宫殿。此句是説，明皇雖專寵楊妃，然年事已高，時常於别的宫殿獨宿。

【校】

此套曲見於《雍熙樂府》卷一，第五六至五七頁。【柳葉兒】又見於《九宫大成譜》卷七三，第四一頁。

話説安禄山被楊國忠捉奸，初時著實大驚：自知犯下滅門大罪。繼而又想，同犯乃其妹也，倘若治罪，楊氏一門不也在其中？倒也自放心。然此處終不可留，悻悻離去。楊國忠見安禄山如此狂妄，愈加惱怒。然回首覷見妹子羞狀，也頗覺無可奈何。只得耐下心來勸誡妹子：伴君如伴虎，若龍顏震怒，不僅自家獲罪，且殃及全族。楊妃聽兄長一番勸誡，方如醍醐灌頂。且與那安禄山本只一時貪歡，並無深情，便決然與禄山隔絶。

明皇駕臨寢宫。見那太真妃面帶慍色，悶悶不樂。明皇驚問其故。楊妃曰：『陛下聖明，皆因臣妾求子心切，認禄山爲義子。既爲母子，必較常人親近。然那禄山畢竟係成年男子，近聞宫内多閑言碎語，臣妾懇請陛下調其離京，平息浮言。』宫中穢事，明皇本有所風聞，只未輕信：天仙化身太真妃，怎會留情於醜陋粗莽的安禄山？只道是嬪妃們無事生非。如今聞真妃言，更信絶無此事。反勸慰道：『愛妃豈不聞，是非終日有，不聽自然無。閑言碎語，理他作甚？』楊妃道：『臣妾蒙陛下寵愛，身爲貴妃，豈肯任他人説三道四？臣妾定要將那安禄山遠遷。』見太真妃如此自愛，明皇愈喜。然總覺禄山無罪，仍應寵信，於是封禄山爲范陽、平盧、河東三鎮節度使，授以重兵，令其把守北方要衝。

安禄山赴任之日，楊妃作爲義母，爲之送别。安禄山别離楊妃，悲痛萬分。叱咤疆場魯莽將，竟做了箇情場失意、纏綿多情文弱才子。一路之上，蜂兒蝶兒，花兒草兒，柳絮撲面，燕子呢喃，黄鶯鳴喬木，杜鵑吐愁腸，此景一片片，此情一縷縷，都是那離情别緒。楊妃眼見同牀共枕之人漸行漸遠，也不禁嚎啕大哭。子母二人，竟然演繹出一齣才子佳人的長亭離别。

【越調】【踏陣馬】天上少，世間無，風流共許〔一〕，聰俊皆伏〔二〕，舉止非俗。建座祠堂親供養，奈何豔質難描塑。倒鳳顛鸞〔三〕，落雁沈魚〔四〕。

【鬭鵪鶉】玉自生香，花能解語。蓮步輕移，蛾眉掃緑。水調習歌〔五〕，霓裳按舞〔六〕。俏模樣，好做處〔七〕。宴罷瑤池〔八〕，人歸月窟。

【紫花兒序】恰正是春心飄蕩〔九〕，色膽疏狂，醉眼模糊。半團香玉〔一〇〕，兩點瓊酥〔一一〕，誰知，盡日君王看不足，似玉顆神珠。俺也曾被擁鮫綃〔一二〕，枕並珊瑚。

【青山口】翠簾低簌碧蝦鬚〔一三〕，銀臺明畫燭〔一四〕，繡屏圍簇錦芙蕖〔一五〕，紅粉倒金壺〔一六〕。無間阻〔一七〕，生嫉妒，就中醖釀機謀〔一八〕。御筆親差領軍卒，懶離長安，便上漁陽路。送到長亭〔一九〕，坐散離筵，似畫就陽關暮出塞圖〔二〇〕。飲乾別酒，唱徹驪駒〔二一〕，各分去路〔二二〕。痛懷銜悒快〔二三〕，開口是長吁。更怎禁一弄兒淒涼〔二四〕，不曾離寸步。

【雪裏梅】蜂共蝶緊相逐〔二五〕，鶯與燕鬭喧呼，碧草緑楊，落花飛絮，歸鴻杜宇。

【幺篇】往常時恁助歡娱〔二六〕，今日便躊躇〔二七〕。把這一應一答〔二八〕，堪憎堪恨，從頭兒盡數〔二九〕。

【麻郎兒】這芳草自新春長出，到暮秋凋疏，受天氣風霜雨露，似人生得失榮枯。

【幺篇】也通世途委曲〔三〇〕，直穿連海角天隅〔三一〕，不接引遊春翠車〔三二〕，卻裝點斷腸詩句〔三三〕。

【錦搭絮】這落花滿地，殘紅起有餘〔三四〕。一樹鉛華〔三五〕，蕾不成苔〔三六〕。俺深閨鳳幃中錦繡鋪〔三七〕，把賞心漸消除〔三八〕，教醉魂越糊突。誰是主〔三九〕？半入池塘半塵污〔四〇〕。倦凝竚〔四一〕，春色共情緣〔四二〕，到頭來總是虛。

【金蕉葉】這柳絮廝牽惹清香暗撲〔四三〕，相戀顧春衫倦拂〔四四〕。細看來不是楊花亂舞〔四五〕，卻是箇征夫淚簌〔四六〕。

【小桃紅】這楊柳帶烟披霧嫩條舒〔四七〕，不繫征鞍住〔四八〕，簇滿紅塵灞陵路〔四九〕。曉風疏〔五〇〕，溫柔正是春將護〔五一〕。纖纖瘦損〔五二〕，依依渾似〔五三〕，人立翠盤初。

【天淨沙】這燕子翅翩翩遶遍雲衢〔五四〕，語呢喃驚破華胥〔五五〕。休笑俺分飛子母〔五六〕，曾占綠窗朱戶〔五七〕，掖庭中來往攜雛〔五八〕。

【醉扶歸】這歸雁恰向愁邊絮〔五九〕，早促望中無〔六〇〕，一片歸心何太速！恁已無憂慮〔六一〕，數點青山隱隱，更勝如萬里人南去〔六二〕。

【調笑令】這黃鶯一從上喬木〔六三〕，更整金衣來帝都〔六四〕，飛入杏桃花深處，啼煞畫樓風物〔六五〕。送此行歌舊曲〔六六〕，也不似他一串香珠〔六七〕。

【絡絲娘】這粉蝶勾遣莊周間阻〔六八〕，不在東君管束〔六九〕。邀請得香魂模糊去〔七〇〕，

則向俺夢兒中完聚。〔七一〕

【鄆州春】這遊蜂忙煞尋芳小翅羽，一日花香都採足。沒添和甜薺薺蜜釀出〔七二〕，全不顧俺苦淹淹情緒〔七三〕。

【東原樂】這杜宇偏情理〔七四〕，最狠毒，趕定别離人欺負。攧斷得俺區區活受苦〔七五〕：見今日在長途，尚然叫道『不如歸去』〔七六〕。

【看花回】休道是愁腸肚，相思肺腑；假若便鐵打成，銅鑄就，石鐫出，也難擔負。早是分張丹鳳隻，彩鸞孤〔七七〕，那堪更遭逢著恁般景物〔七八〕！

【眉兒彎煞】懶設設隨軍吏〔七九〕，矻磴磴信馬足〔八〇〕。遙望著錦宮高處，行一步回頭覷一覷。眼兒裏閣不定淚如珠，是他仰著面嚎啕放聲哭〔八一〕。

【注】

〔一〕風流：風韻美好動人。共許：公認，一致讚許。

〔二〕聰俊：聰明俊秀。伏：佩服，服氣。

〔三〕倒鳳顛鸞：鸞鳳顛倒失序。此指楊妃貌美，使得鸞鳳驚慌失序。

〔四〕落雁沈魚：《莊子·齊物論》：『毛嬙、麗姬，人之所美也。魚見之深入，鳥見之高飛。』後因以『落雁沈魚』形容女子容貌之美。

〔五〕水調習歌：指精通音律。水調：曲調名。習：通曉。此句說，會按照水調的曲調唱歌。
〔六〕霓裳：指羽衣霓裳舞。按舞：按樂起舞。此句是說，能按音樂節拍跳羽衣霓裳舞。
〔七〕做處：行爲，舉動。宋·曾覿《醉落魄》詞：『百般做處百廝慳，管是前生，曾負你寃業！』
〔八〕『宴罷』二句：皆喻指楊妃是仙子臨凡。
〔九〕恰正是：恰值是，剛好是。
〔一〇〕香玉：生香之玉，比喻女子肌膚溫潤瑩白，體生芳香。
〔一一〕瓊酥：酥酪的美稱。亦用以比喻女子膚色的潔白瑩潤。此指乳房。
〔一二〕『俺也曾』二句：指安祿山曾與楊妃同牀共枕。
〔一三〕低簌：低垂。蝦鬚：簾子的別稱。
〔一四〕銀臺：銀質或銀色的燭臺。畫燭：有畫飾的蠟燭。『翠簾』二句，是說夜間安祿山與楊妃一起時垂下簾子，點上明燭。
〔一五〕錦芙蕖：錦芙蓉。喻楊妃。錦：美豔的意思。
〔一六〕紅粉：婦女化粧用的胭脂與鉛粉，借指美人。金壺：酒壺的美稱。此句是說，安祿山曾經對美人，飲美酒。
〔一七〕『無間阻』二句：是說安祿山與楊妃往來沒有阻隔，引起了明皇的忌妒。
〔一八〕就中：就此。醖釀機謀：指想出拆散安、楊的計謀。
〔一九〕長亭：古時道路，每隔十里設一亭，故亦稱『十里長亭』。供行旅停息。近城者常爲設宴送别之處。

〔二〇〕陽關：古關名。在今甘肅省敦煌市西南古董灘附近。王維《送元二使安西》：『渭城朝雨裛輕塵，客舍青青柳色新。勸君更盡一杯酒，西出陽關無故人。』後以陽關泛指折柳話别。出塞圖：指王昭君告别漢明帝，出塞和蕃的故事。這兩箇典故都喻安禄山與楊妃别離之痛。

〔二一〕驪駒：逸《詩》篇名。古代告别時所賦的歌詞。《漢書・儒林傳》：王式『謂歌吹諸生曰：「歌《驪駒》。」』顔師古注：『服虔曰：「逸《詩》篇名也，見《大戴禮》。客欲去歌之。」文穎曰：「其辭云：『驪駒在門，僕夫俱存；驪駒在路，僕夫整駕』也。」』後因以爲告别的典故。

〔二二〕各分去路：指楊妃回長安皇宫，安禄山去漁陽。

〔二三〕衠：盡，非常。悒怏：憂鬱悲苦。

〔二四〕一弄兒：統括之詞，猶『所有』，『一切』。元・無名氏《小孫屠》戲文：『隻影孤悽，心下傷悲。一弄兒淒涼，總促在愁眉。』『更怎禁』二句，是説與楊妃分手，已經使安禄山痛苦不堪；再加上路途上所感氛圍，所見景物都很淒涼，也就更加讓人難以忍受。

〔二五〕『蜂共蝶』五句：以蜂蝶相逐，鶯燕鬬喧呼，以及碧草緑楊等美好的春光，反襯安禄山與楊妃離别之苦。

〔二六〕恁：代詞，此指上文所言蝶、蜂、鶯、燕，碧草、緑楊等物。

〔二七〕躊躇：猶豫，此處引申爲反復思量。

〔二八〕一應一答：指安禄山與芳草、鶯、燕等互問互答。實爲安禄山的自言自語。

〔二九〕從頭兒盡數：從頭至尾，挨箇兒地數說。後文即通過數說芳草、落花、蜂、蝶、鶯、燕等物的『堪憎堪恨』，抒寫安祿山的別離之苦，也表現出安祿山對人生遭際的痛苦思索。

〔三〇〕世途：人生之路。委曲：曲折多變。此句是說，芳草生生滅滅，與人生之路曲折多變是相通的。

〔三一〕穿連：關聯。此句是說，芳草生長，遍及天涯海角。白居易《春生》：『春生何處闇周遊，海角天涯遍始休……展張草色長河畔，點綴花房小樹頭。』

〔三二〕接引：接待。此句是說，芳草如茵，如今卻不是爲接引士女們遊春的車輦而設。

〔三三〕裝點：裝飾點綴。斷腸詩句：特指別離人的苦痛詩句。古人詩句，多用春草表現離情別緒。如《楚辭・招隱士》：『王孫遊兮不歸，春草生兮萋萋。』白居易《賦得古原草送別》：『又送王孫去，萋萋滿別情。』『不接引』二句，是安祿山抱怨，芳草不營造大好春光，供他和楊妃賞玩，反而引發出他的離情別緒。

〔三四〕殘紅：指落花。起有餘：此指落花之多。起：突起。

〔三五〕鉛華：原指婦女化粧用的鉛粉。亦用以比喻落花。元・喬吉《金錢記》：『子規聲好教人恨，他只待送春歸幾樹鉛華。』

〔三六〕苦：盛開的鮮花。此句是說，造物不作美，含苞待放花蕾，卻未能怒放。暗指安祿山與楊妃的感情夭折。

〔三七〕深闈：舊時指女子居住的內室。鳳幃：閨中的帷帳。此皆指楊妃居處。錦繡鋪：鋪滿錦繡。此句是安祿山回憶與楊妃在一起時的豪華生活。

〔三八〕賞心：　心意歡樂。謝靈運《擬魏太子鄴中集詩序》：『天下良辰、美景、賞心、樂事，四者難並。』『把賞心』二句，是説安祿山把以往的賞心樂事漸漸消除，借酒澆愁，越發感到迷茫。

〔三九〕誰是主：　誰是主宰。此處既指花木景物的主宰，也指人物命運的主宰。

〔四〇〕『半入』句：　是説落花有的落入池塘清流，有的落入污淖。寫花兒遭際不公，也説人的命運不公。

〔四一〕凝竚：　凝望竚立，停滯不動。表示思索。柳永《鵲橋仙》詞：『傷心脈脈誰訴，但黯然凝竚。暮烟寒雨，望秦樓何處？』倦凝竚，是説既然想不通，就不願細看深思。

〔四二〕『春色』二句：　是説情緣和春色一樣，到頭來都是虚幻的。這是安祿山自勸自慰的話。

〔四三〕厮：　相。牽惹：　招引，纏繞。

〔四四〕戀顧：　顧念留戀。此句是説，柳絮顧戀行人（指安祿山），沾染到春衫上，行人懶得拂去。

〔四五〕楊花：　即柳絮。

〔四六〕征夫：　出征的人，指安祿山自己。淚簌：　珠淚紛落。

〔四七〕帶烟披霧：　指柳條紛披，騰起綠色烟霧。

〔四八〕『不繫』句：　用宋人詩典。宋·强至《送石師正》：『馬蹄南出都門路，行客少年春色暮。花片空隨别棧飛，柳條難繫征鞍住。』

〔四九〕紅塵：　車馬揚起的飛塵。灞陵：　灞陵橋。在今陝西省西安市城區東十公里灞水上。始建於漢。漢、唐時送客多到此橋折柳贈別。後泛指送別之處。

〔五〇〕曉風疏：晨風輕吹。疏：鬆弛，引申爲輕柔。

〔五一〕將護：遮護。『曉風』二句，是說晨風輕吹，像是春日溫柔地遮護嫩柳。

〔五二〕纖纖：柔軟細長的樣子。瘦損：非常消瘦。損：表程度副詞。

〔五三〕依依：楊柳輕柔飄拂的樣子。渾似：完全像。『依依』二句，是說柳條纖細柔弱，很像立於翠盤跳舞的楊妃。

〔五四〕翩翩：飛行輕快的樣子。雲衢：雲中之路，指高空。

〔五五〕呢喃：燕子叫聲。華胥：夢境代稱。王安石《書定林院窗》：『竹鷄呼我出華胥，起滅篝燈擁燎爐。』

〔五六〕分飛子母：安祿山把自己與楊妃分離，比作燕子母子分飛。

〔五七〕綠窗朱戶：華麗富豪的房屋。此指皇宮。

〔五八〕掖庭：泛指後宮中嬪妃居住的地方。攜雛：安祿山以母燕攜雛喻楊妃攜帶自己。

〔五九〕歸雁：歸飛之雁。絮：絮叨。原指人說話多令人生厭。此處是說，大雁頻繁鳴叫，令人厭煩。

〔六〇〕早促望中無：早早催促人分離。望中無：望不見形跡。元·倪瓚《次韻答鄭九成見寄》：『郭外青山舊結廬，微茫野逕望中無。』『早促』二句，是說大雁歸心似箭，所以輕別離，促征程。

〔六一〕恁：指歸雁。無憂慮：指大雁歸飛，無憂無慮。暗指安祿山離去，卻不知何時才能迴來。

〔六二〕『更勝如』句：用唐人詩典。唐·韋承慶《南行别弟》：『萬里人南去，三春雁北飛。未知何歲月，得與爾同歸。』此處是説，安禄山剛登程，就盼望歸期。

〔六三〕喬木：高大樹木。《詩·小雅·伐木》：『伐木丁丁，鳥鳴嚶嚶。出自幽谷，遷於喬木。』後以喬木或喬遷指人升遷。此喻指楊玉環被選入宫中。

〔六四〕金衣：明指黄鶯黄色的鳥羽，暗喻嬪妃華麗的鏤金衣服。元·唐肅《題毛允昇畫薔薇》：『色是昭陽第一人，鏤金衣薄不勝春。』

〔六五〕畫樓：華麗的樓房。此指宫殿。

〔六六〕『送此行』句：是説黄鶯以悦耳的啼鳴爲安禄山送行。

〔六七〕他：指楊妃。香珠：原指精美的珍珠，此喻楊妃柔美圓潤的歌喉。

〔六八〕勾遣莊周間阻：指勾通、排除蝴蝶與莊周之間的阻隔。遣：排除。間阻：阻隔。《莊子·齊物論》：『昔者莊周夢爲胡蝶，栩栩然胡蝶也，自喻適志與！不知周也。俄然覺，則蘧蘧然周也。』這裏的意思是説，人與人、人與物之間的阻隔，可以在夢中消除。

〔六九〕東君：原指司春之神，此指明皇。『這粉蝶』二句，明説莊周夢蝶不在東君管束内，暗指安禄山與楊妃夢中相會不受明皇管束。

〔七〇〕『邀請』句：是説冥冥之中，邀請楊妃香魂與自己同往。

〔七一〕則向：就向。完聚：團聚。

〔七二〕沒添和： 沒它物摻雜，此指蜂蜜純淨。甜薺薺： 口語，猶『甜絲絲』、『甜兮兮』。

〔七三〕苦淹淹： 痛苦。淹淹： 語助詞。

〔七四〕偏情理： 有悖於情理。

〔七五〕攛斷： 慫恿。區區： 方寸，內心。

〔七六〕不如歸去： 杜鵑鳥的叫聲。『這杜宇』六句，是說安、楊被迫分手，難捨難分。安祿山已經踏上長途，杜宇卻攛掇他『不如歸去』，使得他徒增痛苦。

〔七七〕分張： 分離，離散。丹鳳、彩鸞，喻楊妃與安祿山。

〔七八〕恁般： 如此。『早是』三句，與前面『更怎禁一弄兒淒涼，不曾離寸步』相呼應。是說安、楊離別，已經很痛苦。加上如此淒涼的景物，更不堪忍受。

〔七九〕懶設設： 懶洋洋。含不情願的意思。

〔八〇〕砣磴磴： 象聲詞，此指馬跑的聲音。信馬足： 信馬由韁地前行。

〔八一〕他： 指楊妃。

【校】

此套曲見於《雍熙樂府》卷一六，第四至五頁。《九宮大成譜》卷二八，第二九至三五頁。【踏陣馬】、【鄆州春】、【看花回】見於《太和正音譜》卷下，第三六頁、三八頁、四〇頁。三曲亦見於《御定曲譜》卷四。【踏陣馬】、【青山口】、【錦搭絮】、【鄆州春】、【看花回】、【眉兒彎煞】見於《北詞廣正譜》卷八，第二一一、二二二、一一一、二二四、二二七頁。

世間無：《北詞廣正譜》作『人間無』。

奈何黯質難描塑：《太和正音譜》、《北詞廣正譜》作『奈何黯難描塑』。

繡屏圍簇錦芙蕖：《雍熙樂府》作『繡屏圍簇錦芙蓉』。

坐散離筵，似畫就陽關暮出塞圖：《雍熙樂府》作『坐散離筵侶，畫就陽關暮出塞圖』。

痛懷銜悒怏：《北詞廣正譜》作『滿懷銜抑怏』。

開口是長吁：《雍熙樂府》作『開口是長呼』，《北詞廣正譜》作『開口是呼』。此從《九宫大成譜》。

《雍熙樂府》將【幺篇】的曲子歸入【雪裏梅】中。《九宫大成譜》將其分爲【雪裏梅】、【幺篇】兩曲。從《九宫大成譜》。

蕾不成苔：《雍熙樂府》作『蕾不成恰』。《北詞廣正譜》作『蕾不成恰』。此從《九宫大成譜》。

倦凝竚：《北詞廣正譜》作『倦凝停』。

卻是箇征夫淚簌：《雍熙樂府》作『卻是征夫淚簌』。此從《九宫大成譜》。

【鄆州春】：《雍熙樂府》作【鄭州春】。其餘均作【鄆州春】。

沒添和：《九宫大成譜》作『沒添貨』。

甜薺薺：《太和正音譜》、《北詞廣正譜》均作『甜絲絲』。

全不顧俺苦淹淹情緒：《北詞廣正譜》作『全不顧俺苦淹情緒』。

相思肺腑：《九宫大成譜》外均作『相思肺腹』。此從《九宫大成譜》。

假若便鐵打成:《九宫大成譜》作『假若是鐵打成』。硂磴磴信馬足:《雍熙乐府》作『硂登登信馬足』。是他仰著面嚎啕放聲哭:《雍熙樂府》作『是他仰著面嚎咷放聲哭』。此從《北詞廣正譜》。

安祿山離開那閉月羞花之美人,花團錦簇之皇宫,逶迤來到邊地漁陽。但見荊棘遍地,荒無人烟。想起與楊妃宫掖情深,倍感悽楚悲涼。那裏有甚心情練兵習戰,保疆衛土?鎮日家思念楊妃,茶飯無心,以淚洗面。說不盡的悲苦,道不完的哀怨。

【仙呂宫】【勝葫蘆】則爲我爛醉佳人錦瑟傍〔一〕,則爲我金殿宿鴛鴦〔二〕,則爲我殢殺風流睡海棠〔三〕,辛臣明謗〔四〕,弟兄陰講〔五〕,生送在漁陽〔六〕。

【幺篇】常則是一曲悲歌淚兩行〔七〕,近日越怏怏〔八〕。有甚心情習戰場!眾兇徒惡黨,虎賁狼將〔九〕,那一箇不慚惶〔一〇〕。

【遊四門】四邊荊棘遶城牆,靜悄悄的沒人鄉,風流繫囚邊庭上〔一一〕。我不是孝兒郎,應恁甚好爺娘〔一二〕!

【後庭花煞】往常時喫的兩圍來麁〔一三〕,十分得胖;如今全不似當時壯旺。受用處寰中奪第一〔一四〕,別離後世上無雙〔一五〕。這模樣,若到他行〔一六〕,便指與他孜孜的認了半晌〔一七〕。珍饈倦餉〔一八〕,從教滋味長〔一九〕,馬乳還濃釃〔二〇〕,羊羔兒更香。當日恰纔湯〔二一〕，猛想起太真妃情況，萬斛愁先滿九迴腸〔二二〕。

【注】

〔一〕錦瑟：一種名貴的樂器。杜甫《曲江對雨》：『何時詔此金錢會，爛醉佳人錦瑟傍。』趙彥材《注》：『錦瑟者，猶寶瑟、瑤瑟之謂也。』

〔二〕『金殿』句：化用李白《宫中行樂詞》『玉樓巢翡翠，金殿鎖鴛鴦』句意。此句是說，自己與楊妃在後宫像鴛鴦一樣同止同宿。

〔三〕殢：滯留，引申爲貪戀、迷戀。煞：表程度副詞，猶『極度』。睡海棠：喻入睡的楊妃。

〔四〕明謗：明著誹謗。

〔五〕弟兄：指楊妃之兄楊國忠。陰講：背地裹勸誡。

〔六〕生送：强行遣送。

〔七〕常則是：常常就是。

〔八〕怏怏：悶悶不樂。

〔九〕虎賁：勇武之士。狼將：如狼似虎的將領。

〔一〇〕那：同『哪』。慚惶：羞愧惶恐。

〔一一〕風流繫囚：因風流被發配。

〔一二〕應：料想。此句是說，料想你們（明皇與楊妃）也不是什麽好爺娘。

〔一三〕麄：粗壯。

〔一四〕受用處：指與楊妃共處時。受用：享受。

〔一五〕世上無雙：此指其痛苦無人可比。

〔一六〕他行：指楊妃那裏。

〔一七〕孜孜的：凝神辨認的樣子。『這模樣』三句，是說如今自己瘦成這箇樣子，如果到楊妃跟前，卽便是告訴她是誰，她也要仔細地辨認許久。

〔一八〕珍饈：美味佳餚。倦餉：懶得品嚐。

〔一九〕從：縱然，卽使。滋味長：味道美。

〔二〇〕濃醲：汁液稠，味道厚。

〔二一〕恰纔：剛要。湯：觸碰食物。董解元《西廂記諸宮調》：『侵晨等到合昏箇，不曾湯箇水米，便不餓損卑末。』

〔二二〕萬斛愁：極言愁之多。古代以十斗爲一斛。九迴腸：猶『愁腸萬轉』。司馬遷《報任少卿書》：『是以腸一日而九迴，居則忽忽若有所亡，出則不知其所往。』

【校】

此套曲見於《雍熙樂府》卷四，第八五至八六頁。【後庭花煞】又見於《北詞廣正譜》卷三，第四二至四三頁；又見於《九宮大成譜》卷六，第四七至四八頁。

則爲我金殿宿鴛鴦：《九宮大成譜》作『只爲我金殿宿鴛鴦』。

應恁甚好爺娘：《雍熙樂府》作『應您甚好爺娘』。

如今全不似當時壯旺：《北詞廣正譜》作『如人全不似當時壯旺』。

便指與他孜孜的認了半晌：《雍熙樂府》作『便指與他孜孜得認了半晌』。

珍饈倦餉：《北詞廣正譜》作『珍饈倦享』。

再說那楊妃，自安祿山離去，有楊國忠攔於外，高力士匿於內，故安祿山音訊全無。初時也還思念，日久則漸漸忘卻。細想堂兄前番勸誡，頗覺在理：由壽王妃而改做皇上貴妃，已違倫常，備受非議；倘再任性妄爲，失歡於明皇，禍將不測。故自此後，楊妃便打疊精神，用盡心機，討明皇歡心。看看七夕已至，便與明皇至長生殿乞巧。時夜殆半，令侍衛、宮女退於東西廂，獨侍明皇。對牛、女雙星，與明皇海誓山盟：願生生世世爲夫婦。分鈿盒金釵，各執一半，以爲信物。無奈那楊妃品格低，本性濁，畢竟曾與那安祿山偷情，終難逃禍亂宮闈之罪。

【南呂宮】【一枝花】細蛛絲穿繡針〔一〕，暗昧如人機巧〔二〕。小金盆種五生〔三〕，榮旺似禍根苗〔四〕。彩障新描，羅綺重圍繞。長生殿慶此宵〔五〕，雖然布花果香燈，那裏肯虔心暗禱〔六〕！

【梁州】待强扭捏些蹺蹊旖旎〔七〕，別施量些分外妖嬈〔八〕。就中醞釀更多少〔九〕？衣冠錦繡〔一〇〕，裙擺鮫綃〔一一〕，枕邊縱臥，口內頻招〔一二〕。恰扶起玉骨香嬌〔一三〕，總翻成鬼負神看〔一四〕。或緯或織或描〔一五〕，或畫或裁或鉸，或縫或繡或挑〔一六〕，恁的〔一七〕，做作，更著得針指皆絕妙，於國有何報〔一八〕？隨坐隨行鎮宴賞〔一九〕，沒半步曾拋。

【二煞】既能逐日同鴛幄〔二〇〕，何必經年羨鵲橋〔二一〕？宮娃嬌，少甚苗條〔二二〕，從入宮闈，女工上何曾少〔二三〕？靠只靠欣歡笑〔二四〕。夢裏難將百藝呈〔二五〕，開眼忘卻。

【尾】枉將織女牛郎告〔二六〕，閑使宮嬪綵繿學〔二七〕。元來低〔二八〕，本性濁。既無成，便怎高？那裏曾留些小〔二九〕，赤緊的太真妃至死也難教〔三〇〕，一片亂宮心從起初兒直屈到了〔三一〕。

【注】

〔一〕細蛛絲：五代·王仁裕《開元天寶遺事》卷下《蛛絲才巧》：『帝與貴妃，每至七月七日夜在華清宮遊宴。時宮女輩陳瓜花酒饌列於庭中，求恩於牽牛、織女星也。又各捉蜘蛛閉於小盒中，至曉開視蛛網稀密，以爲得巧之候。密者言巧多，稀者言巧少。民間亦效之。』穿繡針：《荊楚歲時記》：『七月七日爲牽牛織女聚會之夜。是夕，人家婦女結綵縷，穿七孔針。』

〔二〕暗昧：隱晦不明。機巧：心計智巧。此句是說，七夕之夜乞巧時，觀物隱晦不明，就像楊妃的心機令人捉摸不透。

〔三〕種五生：宋、元以來，每於農曆七月初七前將綠豆、赤豆、小麥等五種種子用水浸入磁器內，待生芽數寸，以紅藍彩線束之，置小盆中，七夕供奉，俗謂種五生。

〔四〕榮旺：旺盛，也喻人的榮耀顯貴。禍根苗：指楊妃。此句是說，所種『五生』長勢旺盛，同楊妃的榮耀顯貴一樣。

〔五〕長生殿：一名集靈臺，唐代宫殿名。在華清宫内。

〔六〕虔心：虔誠之心。『雖然』二句，是說七夕之夜，婦女張香燈，陳花果，向牛、女雙星祈禱，願神靈保佑自己的愛情像牛郎織女那樣天長地久。那楊妃雖然也燃起香燈，陳列花果，哪裏肯真心祈禱！

〔七〕强扭捏：勉强做出。蹺蹊旖旎：莫名其妙的温順模樣。蹺蹊：奇怪，可疑。旖旎：宛轉柔順的樣子。

〔八〕别施量：特别地施展，顯示。

〔九〕『就中』句：是說楊妃的這些作爲，醖釀出多少後果？

〔一〇〕衣冠：衣與冠。古代士以上戴冠，因用以指士以上的服裝。衣冠錦繡，指楊妃爲她的家族贏得富貴。

〔一一〕裙擺：裙最下部分，借指穿著。鮫綃：傳說中鮫人所織的綃。借指豪華服飾。

〔一二〕口内頻招：指被君王頻繁地召唤。『衣冠』以下四句，是對『就中醖釀更多少』的回答。楊妃的一番做作，使得她家族榮耀顯赫，自己受到明皇專寵。

〔一三〕玉骨：身架清瘦秀麗。香嬌：肌膚嬌美芳香。

〔一四〕總翻成： 到頭來反成爲。翻： 反轉。鬼負神看： 神鬼鑒察。預示在馬嵬坡受到懲罰。

〔一五〕緯： 織物的横線。與『經』相對。緯與織，都指製作錦帛。

〔一六〕挑： 一種刺繡方法。參看卷三《楊妃繡鞋》注〔八〕。

〔一七〕恁的： 這樣的。指前文所述楊妃善女工，顯智巧。

〔一八〕於國有何報： 對於國家有何用處。報： 報效。

〔一九〕鎮宴賞： 整天宴賞。鎮： 鎮日，整天。

〔二〇〕逐日： 每天。

〔二一〕經年： 整年，引申爲一年一度。鵲橋： 民間傳説爲使天上的織女七夕渡銀河與牛郎相會，喜鵲搭成橋。『既能』二句，是説既然楊妃與明皇每天都能同牀共枕，又何必羨慕一年一度相會的牛郎織女？

〔二二〕苗條： 原指女子體態高挑細長，這裏指美女。『宫娃』二句，是説宫中除楊妃外，不乏美女。

〔二三〕『從入』二句： 是説其他嬪妃也擅長女工。

〔二四〕『靠只靠』句： 是説嬪妃靠的是能使明皇心情愉悦。

〔二五〕『夢裏』二句： 是説其他嬪妃只能於夢中與明皇共度七夕，所以難以在明皇面前顯示自己技巧。『宫娃』七句，寫因明皇專寵楊妃，其他嬪妃被冷落。

〔二六〕枉： 徒然。告： 禱告。

〔二七〕閑使：徒然使。閑：徒然；憑空。綵嬪：嬪妃、宫女。『枉將』二句，是説楊妃禱告牛、女雙星，只爲邀寵，並非重情之人，不值得宫嬪效仿。

〔二八〕元來：原本。低：指品格低下。

〔二九〕些小：細微。這裏指些許好處。

〔三〇〕赤緊的：宋、元曲文中的常用詞。猶『真正是』，『實在是』。

〔三一〕屈：縈繞。

【校】

此套曲見於《雍熙樂府》卷一〇，第五〇至五一頁。

細蛛絲：底本作『細珠絲』，據文意改。

遠在漁陽的安禄山，卻至死難忘與楊妃那段情緣，終致相思成疾。重三百斤之胖廝，竟成瘦骨嶙峋病夫。一日，正思念間，忽見楊妃飄然而至，較往昔越發貌美。禄山陶醉。且喜身處遼遠邊地，無人捉獲，正欲相擁相抱，行雲雨交歡之事，猛然驚醒，卻原是南柯一夢。醒來依舊金風蕭蕭，邊草瑟瑟，征鼓響入雲，胡笳鳴悲咽。

【般涉調】【瑤臺月】形容盡改〔一〕，飲饌難加〔二〕，鬼病剛捱〔三〕。若不是肌膚肥盛，從半年骨瘦如柴。誰承望掐塞脂囊〔四〕，忽變作郎當皮袋〔五〕。關山恨，烟水隔，魚鳥盡，信音乖〔六〕。邊塞，憂愁的行陣〔七〕，淒涼的今孩〔八〕。

【么篇】當朝正想可憎才〔九〕，見一人直臨座側，頎然高臥〔一〇〕，太真妃遠涉塵埃。悮相逢行喜行驚〔一一〕，乍廝見偏親偏愛〔一二〕。恰煩惱至，早愁悶解；恰眉宇鎖，早笑顏開。忒煞〔一三〕，腰兒一搦，腳兒半拆〔一四〕。

【三煞】比舊日丰姿更紅白〔一五〕，可喜臉兒越稔色〔一六〕，那堪更可意梳粧〔一七〕：高蟠著鳳髻〔一八〕，半塗著宮額〔一九〕，輕勻著翠蛾〔二〇〕，淺暈著香腮〔二一〕。

【么篇】相抱相偎欲作態〔二二〕，此間又無人捉獲。那得分淺緣薄〔二三〕？又不曾征鼙怒凱〔二四〕，銅鑼響處；又不曾胡笳韻噎〔二五〕，畫角聲哀〔二六〕。

【尾聲】記不得，自殘害〔二七〕，哈嘍嘍恰赴陽臺〔二八〕，則被那一嗓氣，悟然不覺來〔二九〕。

【注】

〔一〕形容：外貌，模樣。

〔二〕飲饌：飲食。饌：食物，菜餚。

〔三〕鬼病：難以告人的怪病。指相思病。

〔四〕拍塞脂囊：充滿脂肪的皮囊，指肌膚肥胖。拍塞：充滿，充斥。

〔五〕郎當：衣服寬大不稱身。宋·陳師道《後山詩話》：『楊大年《傀儡》詩云：「鮑老當筵笑郭郎，笑他舞袖太郎當。若教鮑老當筵舞，轉更郎當舞袖長。』此引申爲因缺少脂肪肌肉，皮膚鬆弛。

〔六〕信音乖：音信隔絶。乖：斷絶。歐陽脩《清平樂》詞：『別來音信全乖，舊期前事堪猜。』

〔七〕行陣：行伍，軍隊。此指軍隊駐紮之處。

〔八〕今痎：近日的病體。痎：原爲隔日發作的瘧疾。此指安禄山的相思病。

〔九〕可憎才：可愛的人。指楊妃。

〔一〇〕頎然：姿容秀美的樣子。高臥：安臥。『見一人』至【尾聲】寫安禄山與楊妃相會的夢境。最後二句寫夢醒。

〔一一〕悮相逢：出乎意料的相逢。悮：同『誤』，錯，此引申爲意外，偶然。行喜行驚：又喜又驚。行：副詞，猶『又』，『也』。

〔一二〕廝見：相見。廝：互相。偏親偏愛：特別親愛。偏：副詞，表程度。猶『特別』，『格外』。

〔一三〕忒煞：太，過分。

〔一四〕半拆：拆之半。王實甫《西廂記》：『繡鞋兒剛半拆，柳腰兒勾一搦。』王季思注：『俗本多作「折」，誤……拆謂大指與二指伸張時之距離，今徐、海間語尚如此。』『忒煞』以下三句，讚歎楊妃腰兒之細，腳兒之小。

〔一五〕丰姿：秀麗的姿容。紅白：指膚色紅潤白皙。

〔一六〕稔色：美色，美貌。王實甫《西廂記》：『稔色人兒，可意冤家。』王季思注：『稔色，美色之意。』

〔一七〕那：同『哪』。『那堪』句，是說楊妃人已經很美了，哪裏經得起再恣意梳粧打扮呢？

〔一八〕蟠：盤曲，盤結。鳳髻：古代的一種高高盤起的髮型。

〔一九〕宮額：指從南北朝至唐女子的一種面粧。以黄點額。參看卷二《楊妃梳粧》套注〔一五〕。

〔二〇〕翠蛾：喻婦女細長彎曲的黛眉。

〔二一〕淺暈：淡紅色。

〔二二〕作態：故意作出某種姿態或表情。此處指歡愛。

〔二三〕那得：怎會，哪能。此句是說，自己與楊妃的緣分怎麼會淺薄呢？

〔二四〕征鼙：戰鼓。怒凱：軍中樂器慷慨激憤的聲音。

〔二五〕胡笳：我國古代北方民族的管樂器。傳說由漢張騫從西域傳入，通常爲邊軍所用，以壯聲威。韻噎：聲調悲涼。岑參《胡笳歌送顔真卿使赴河隴》：『君不聞胡笳聲最悲，紫髯綠眼胡人吹。』

〔二六〕畫角：古代管樂。傳自西羌，形如竹筒，本細末大，以竹木或皮革等製成，因表面有彩繪，故稱『畫角』。發聲哀厲高亢，古時軍中多用以警昏曉，振士氣，肅軍容。按：『又不曾』所寫，俱爲安祿山所處的真實境遇；而於美夢之中，這些俱不存在。

〔二七〕自殘害：安祿山被貶漁陽，是楊妃主動向明皇提出的。楊妃本與他親近，又讓他飽受別離之苦，故安祿山認爲是楊妃與其自相殘害。此句是説，安祿山見到楊妃，高興之餘，也就忘掉了她對自己的傷害。

〔二八〕哈嘍嘍：當爲胡人高興時發出的聲音。元代民間作品時常雜有少數民族的語言。如關漢卿《五侯宴》所云：『韻悠悠胡笳慢品，阿來來口打番言。』恰：剛剛，剛要。陽臺：用宋玉《高唐賦》典。指男女交歡。

〔二九〕悟然不覺：即不覺悟然。指從睡夢中醒來。『哈嘍嘍』三句，是説安祿山於夢中興高采烈地正要與楊妃歡愛，卻被一口氣憋醒，方知是南柯一夢。

【校】

【瑤臺月】及其後的【幺篇】，見於《北詞廣正譜》卷九，第七頁，第八頁。【三煞】及其後的【幺篇】，見於《北詞廣正譜》卷六，第八至九頁。又見於《九宮大成譜》卷七三，第七一至七二頁。【尾聲】見於《北詞廣正譜》卷六，第八頁。又見於《九宮大成譜》卷七三，第七五頁。

此套各曲，本不相連。馮沅君先生把五曲合爲一套。並在篇後注：『此曲（【尾聲】）與【瑤臺月】、【三煞】各二闋合成一套。理由凡二：一，數曲皆用「來」韻。二，【瑤臺樂】、【三煞】加【尾聲】可成一套見《北詞廣正譜》卷六【般涉調】目錄。』趙輯本、楊輯本亦把五曲合爲一套，卻放在了楊妃死後。

安祿山夢楊妃後，愈加思念，越發癡迷，不由心生疑惑。抱怨楊妃有始無終，恨離別後音訊全無，盼望與楊妃破鏡重圓。欲登天梯望長安，怎承想，所見依舊爲荒陂襯迥野，胡笳訴悲淒。不免思忖：楊妃若無情如此，又何必跋山涉水來夢中相聚？

【雙調】【新水令】舞腰寬褪弊貂衣〔一〕，害得人死臨侵一絲兩氣〔二〕。您那裏雲作垛〔三〕，繡成堆〔四〕，每日家眼迷奚〔五〕，全不想洗兒會〔六〕。

【駐馬聽】想今日別離，少半是君王多半是你。你舊時標息〔七〕，九分來消瘦一分肥。秋風空使景狼藉〔八〕，青天不管人憔悴。光陰雖去急，俺歸心更緊似西風日〔九〕。

【落梅風】往常時胖得來無把背〔一〇〕，如今瘦得來忒恁地〔一一〕。想繡幃中一番家喬勢〔一二〕，興濃時最嫌的是迼肥肚皮。若是再相逢，早得百無阻滯。

【雁兒落】再幾時偷斟鸚鵡杯〔一三〕？再幾時重配鸞凰對？再幾時同偎孔雀屏〔一四〕？再幾時共擁鴛鴦被？

【得勝令】恨別鳥替人悲〔一五〕，思鄉馬頻嘶〔一六〕，寄信魚難到〔一七〕，傳情雁不歸〔一八〕。別離〔一九〕，夜月人千里；相偎，春風玉一圍。

【大清歌】胡笳韻起聞知醉〔二〇〕，玉簫聲斷尋無跡。琵琶曲盡彈絕淚〔二一〕。嘆零落棲遲〔二二〕，觸目總堪悲，迥野荒陂〔二三〕。誰知，你在那神仙化樂天宮內〔二四〕，遺俺入荒烟邊塞週迴。何日銷金帳底〔二五〕，得赴隔年期〔二六〕？俺無緣赴私情龍虎風雲會〔二七〕，有分擁離愁金鼓旌旗隊〔二八〕。

【川撥棹】恰到日平西，對長安一嘆息。見霜草凄迷，烟樹依稀。望不盡千山萬水，恨不得上青霄，登玉梯〔二九〕。

【鴛鴦尾煞】彩雲縱赴槐安國〔三〇〕，早黃塵依舊陽關曲〔三一〕。見目下縈損〔三二〕，枕上禁持〔三三〕。唱道有始無終〔三四〕，多虛少實。據恁無心成佳配，白甚驅馳〔三五〕？把似一就休來夢兒裏〔三六〕！

【注】

〔一〕舞腰寬褪：指安祿山因消瘦腰肢變細。寬褪：因瘦損而覺衣服肥大。弊貂衣：貂皮衣服破損。《戰國策·秦策一》：『黑貂之裘弊，黃金百斤盡。』此句是説，安祿山無心情在意服飾。

〔二〕死臨侵：發呆、魂不守舍的樣子。白樸《牆頭馬上》：『被老相公親向園中撞見者，諕得我死臨侵地難分説。』一絲兩氣：奄奄一息。

〔三〕雲作垛：彩雲瀰漫，指風景秀美。

〔四〕繡成堆：輕薄華貴之物堆積，指豪華。

〔五〕眼迷奚：微笑。宋·楊無咎《瑞鶴仙》詞：『漸嬌慵語，迷奚帶笑。』今猶言笑迷矣。

〔六〕洗兒會：據《楊太真外傳》及《資治通鑑》記載，楊妃認安祿山爲義子後，於祿山生日後的第三日，仿照民間生子習俗，爲祿山做洗兒會。『每日家』二句，是安祿山抱怨楊妃，每日家只對明皇邀寵，全然不顧念自己。

〔七〕標息： 體態，氣度。

〔八〕狼藉： 原指縱横散亂的樣子，此處引申爲破敗蕭條。

〔九〕西風日： 秋日。秋日多西風，故云。秋日易引人傷感，觸遊子思鄉之情。宋・釋文珦《鄞江送友》：『西風日夜起，江上楓葉赤。可憐未歸人，復送行遠客。』

〔一〇〕把背： 亦作『把鼻』、『把臂』，宋、元曲文常用詞。只與表示否定的副詞『無』、『沒』連用，猶『沒來由』，『不像樣』。

〔一一〕恁地： 極端，過分。此句指非常消瘦。

〔一二〕喬勢： 難以啓齒的作爲。

〔一三〕鸚鵡杯： 用鸚鵡螺製成的酒杯。隋・薛道衡《和許給事善心戲場轉韻詩》：『共酌瓊酥酒，同傾鸚鵡杯。』此指與楊妃飲酒作樂。

〔一四〕孔雀屏： 《新唐書・后妃傳上・昭成竇皇后》：『（竇毅）常謂主曰：「此女有奇相，且識不凡，何可妄與人？」因畫二孔雀屏間，請昏者使射二矢，陰約中目則許之。射者閱數十，皆不合。高祖最後射，中各一目，遂歸於帝。』後以雀屏爲擇壻之典。同偎孔雀屏，是説什麽時候楊妃能像當年那樣喜歡自己。

〔一五〕恨別鳥： 杜甫《春望》：『感時花濺淚，恨別鳥驚心。』司馬光評曰：『花鳥平時可娱之物，見之而泣，聞之而悲，則時可知矣。』此處以鳥的『恨別』烘托安禄山別離之悲。

〔一六〕思鄉馬頻嘶： 化用唐・翁綬《隴頭吟》『隴水潺湲隴樹黄，征人隴上盡思鄉。馬嘶斜月朔風急，雁過寒雲邊思長』詩意。

〔一七〕『寄信』句：用古樂府《飲馬長城窟行》典：『客從遠方來，遺我雙鯉魚。呼童烹鯉魚，中有尺素書。』『魚難到』：指無法傳遞書信。

〔一八〕『傳情』句：用蘇武出使匈奴典。《漢書·蘇武傳》：『使者謂單于，言天子射上林中，得雁足繫有帛書。言武等在某澤中。』後遂有鴻雁捎書之說。

〔一九〕『別離』四句：將離別與歡聚作比。月夜最易思念，卻相隔千里；若能再相偎相依，則如沐浴春風，擁抱美玉。

〔二〇〕胡笳：我國古代北方民族的管樂器。醉：醉迷，此指因痛苦而身心模糊。

〔二一〕『琵琶』句：白居易《琵琶行》：『座中泣下誰最多，江州司馬青衫濕。』『胡笳』三句，是說各種樂器聲都引起安祿山傷悲。

〔二二〕零落：漂零，流落。棲遲：漂泊失意。李賀《致酒行》：『零落棲遲一杯酒，主人奉觴客長壽。』

〔二三〕迥野：空曠原野。荒陂：荒涼山坡。

〔二四〕化樂天：佛教中稱欲慾界六天中第五重，又稱自樂天。此句用指自在享樂之地。

〔二五〕銷金帳：嵌有金色線的精美帷幔、牀帳。宋·汪元量《湖州歌》：『銷金帳下忽天明，夢裏無情亦有情。』此指楊妃的錦帳。

〔二六〕隔年期：遲來的約會。期：期約。

〔二七〕龍虎風雲會：指君臣際會。此句是說，安祿山不能因爲與楊妃的私情迴京與明皇際會。

〔二八〕金鼓：四金和六鼓。四金指錞、鐲、鐃、鐸。六鼓指雷鼓、靈鼓、路鼓、鼖鼓、鼛鼓、晉鼓。後泛指金屬製樂器與鼓。金鼓與旌旗，都是軍旅所用之物。此句是說，安祿山只能忍受離情折磨，滯留於軍旅之中。

〔二九〕上青霄登玉梯：卽登玉梯到雲霄之上。指登高方能望遠，方能望到長安，望見楊妃。

〔三〇〕彩雲：絢麗的雲彩。此喻楊妃。槐安國：唐·李公佐《南柯太守傳》載：淳于棼飲酒古槐樹下，醉後入夢，見一城樓，題大槐安國。槐安國王招其爲駙馬，任南柯太守三十年，享盡富貴榮華。醒後見槐下有一大蟻穴，卽夢中之槐安國。後以槐安國指美夢。

〔三一〕陽關曲：卽《陽關三疊》，古人折柳話別之曲。「彩雲」二句，是說縱然楊妃來與自己夢中相會，夢醒依舊還是分離。

〔三二〕縈損：因愁思鬱結而憔悴。白樸《水調歌頭·詠月》詞：「脈脈望河鼓，縈損幾柔腸。」

〔三三〕禁持：忍受折磨。

〔三四〕唱道：亦作「暢道」。宋、元曲文中常用詞，猶「真箇」、「正是」。此二句，是安祿山抱怨楊妃對自己的感情有始無終，多是虛假的。

〔三五〕白甚：爲什麼，憑什麼。董解元《西廂記諸宮調》：「這世爲人，白甚不歡洽？」

〔三六〕把似：不如。一就：一並。「攄恁」三句，是說楊妃若不願成佳配，何必驅馳，與安祿山夢中相會？還不如乾脆就別來夢裏。

【校】

此套曲見於《雍熙樂府》卷一一，第八九至九〇頁。【大清歌】又見於《九宫大成譜》卷六六，第二三至二四頁。

興濃時最嫌的是迨肥肚皮：底本作『具濃時最嫌的是迨肥財皮』，據文意改。

【大清歌】在《雍熙樂府》中分爲三支曲子，曲牌名爲【七煞】【太平歌】【三煞】。此從《九宫大成譜》。

觸目總堪悲：《雍熙樂府》作『觸目總堪傷』。

遣俺入荒烟邊塞週迴：《雍熙樂府》作『遣俺入烟邊塞週迴』。

得赴隔年期：《雍熙樂府》作『得赴隔年會』。

俺無緣赴私情龍虎風雲會：《雍熙樂府》作『俺無緣赴隱私情龍虎風雲會』。

據恁無心成佳配：《雍熙樂府》作『據任無心成佳配』。

安禄山思念楊妃，苦痛難耐。欲與楊妃翡翠衾溫，芙蓉帳暖，卻苦無機緣。只落得坐昏沈，睡無眠，淚道漬成斑。瘦骨嶙峋，疾病連連。昔日胡歌胡舞可供歡樂；而今難入耳目，徒增煩惱。其後横下心來，爲奪得楊妃，興兵造反。

【南吕宫】【一枝花】蒼烟擁劍門〔一〕，老樹屯雲棧〔二〕，西風吹渭水〔三〕，落葉滿長安。近帝都景物凋殘，傷感起人愁嘆。只合在邊塞間〔四〕，則見那白茫茫莎草連天〔五〕，甚的是嬌滴滴鶯花過眼〔六〕。

【梁州】不幸遺東歸薊北〔七〕，更勝如西出陽關〔八〕。看幾時捱徹相思限〔九〕？怕的是孤燈熒暗，殘月弓彎，戍樓人靜〔一〇〕，梅帳更闌〔一一〕。思量玉砌雕闌〔一二〕，消磨盡綠鬢朱顔〔一三〕。再幾時染濃香翡翠衾溫〔一四〕，迷醉魂芙蓉帳暖，解餘酲荔枝漿寒〔一五〕？這近間敢病番〔一六〕，舊時的衣褙頻頻攢〔一七〕，瘦證候何經慣〔一八〕！那的是從來最稀罕〔一九〕，單出落著廢寢忘餐〔二〇〕。

【三煞】動無喘息行無汗，坐也昏沈睡不安。兩行淚道漬成斑。每日家做伴的胡友胡兒，胡舞胡歌，胡吹胡彈，知他是甚風範〔二一〕！偏恁一曲霓裳寵玉環〔二二〕，羯鼓聲乾〔二三〕。

【二煞】拚了教匆匆行色催征雁〔二四〕，止不過拍拍離愁滿戰鞍〔二五〕。驅兵早晚到驪山，若奪了娘娘，教唐天子登時兩分散，休想再能勾看一看。四件事分明緊調犯〔二六〕，勢到也怎摭攔〔二七〕。

【尾聲】把六宮心事分明的慢〔二八〕，將半紙音書黨閉的慳〔二九〕，教千里途程間阻的難〔三〇〕，我因此上一點春心醞釀的反。

【注】

〔一〕蒼烟：蒼茫雲霧。陳子昂《峴山懷古》：『野樹蒼烟斷，津樓晚氣孤。』劍門：劍門關，在今四川劍閣縣北。此句是說，劍門關烟霧迷茫。

〔二〕屯：聚集。《莊子·寓言》：『火與日，吾屯也。』成玄英疏：『屯，聚也。』。雲棧：連雲棧。參看卷一《明皇望長安》套注〔一四〕。

〔三〕『西風』二句：用唐·呂巖《促拍滿路花》『西風吹渭水，落葉滿長安』詩句。渭水：即渭河。源出甘肅渭源縣西北，至陝西省境，東流至潼關，入黄河。『蒼烟』以下四句，寫安祿山想像中皇都長安秋景。秋日人多思鄉，以此表現安祿山深切思念身在長安的楊妃的悲苦心緒。

〔四〕只合：只該。此引申爲只能夠。

〔五〕則見：只看見。莎草：多年生草本植物，其根塊稱『香附子』，後泛指荒草。此極寫安祿山所處邊境的荒凉。

〔六〕甚的是：什麽是，哪裏有。鶯花：鶯啼花開，泛指春日景色。

〔七〕薊北：即薊州。因薊州地處我國北方，故稱薊北。安祿山原爲薊州一帶人，薊州又在長安之東，故云『東歸薊北』。

〔八〕更勝如：更甚於。陽關：古關名。因王維《渭城曲》，後以『西出陽關』用作離别哀傷之典。

〔九〕捱徹：受盡。相思限：相思的期限。

〔一〇〕戍樓：邊防駐軍的瞭望樓。

〔一一〕梅帳：亦稱梅花紙帳、梅花帳。宋·林洪《山家清事·梅花紙帳》：『法用獨牀。旁置四黑漆柱，各挂以半錫瓶，插梅數枝，後設黑漆板約二尺，自地及頂，欲靠以清坐。左右設横木一，可挂衣，角安斑竹書貯一，藏書三四，挂白麈一。上作大方目頂，用細白楮衾作帳罩之。前安小踏牀，於左植緑漆小荷葉一，寘香鼎，燃紫藤香。中只用布單、楮衾、菊枕、蒲褥。』以其華美簡便，閫外將軍多用之。此指安禄山住處。更闌：深夜。

〔一二〕玉砌雕闌：玉石砌的臺階，雕花彩飾的欄杆，此指皇宫。南唐・李煜《虞美人》詞：『雕闌玉砌應猶在，只是朱顔改。』此句是説，安禄山思念居於玉砌雕闌的楊妃。

〔一三〕緑鬢朱顔：指美好年華。緑鬢：指黑髮。此句是説，安禄山美好的年華將在痛苦的思念中消磨盡。

〔一四〕翡翠衾：豪華美麗的被子。

〔一五〕酲：醉酒。『再幾時』三句，寫安禄山期盼再與楊妃同牀共枕，飲酒作樂。

〔一六〕病番：指頻繁生病。番：輪流更替。

〔一七〕衣褃：上衣靠腋下接縫部分。俗稱挂肩或腰身。儹：彙聚，積聚，此引申爲寬餘，寬鬆。衣褃寬鬆，説明人消瘦。元・楊果《賞花時》套曲：『舊時衣褃，寬放出二三分。』

〔一八〕證候：症候。經慣：適應，習慣。此句是説，如此消瘦，從未有過。

〔一九〕的是：確是。元・張弘範《天淨沙・梅梢月》曲：『黄昏低映梅枝，照人兩處相思，那的是愁腸斷時。』

〔二〇〕出落著：顯現出，表現爲。

〔二一〕風範：風格，規範。此句是說，胡兒們胡亂歌舞，沒有規範。

〔二二〕偏恁：偏偏如此。霓裳：指楊玉環的羽衣霓裳舞。

〔二三〕羯鼓：古代打擊樂器的一種。聲乾：形容聲音清脆響亮。白樸《梧桐雨》：『腰鼓聲乾，羅襪弓彎，玉佩丁東響珊珊。』『每日』六句，是說胡兒們歌舞，已經難入安祿山耳目，他希望看楊玉環歌舞，聽宮廷樂曲。

〔二四〕拚：豁出來。行色：旅途，此指征途。征雁：指秋天南飛的雁。此喻指安祿山率軍謀反。

〔二五〕拍拍：充滿。宋·范成大《玉樓春》詞：『雲橫水繞芳塵陌，一萬重花春拍拍。』此句是說，止不過是滿滿的離愁充斥征鞍。戰鞍：征鞍。

〔二六〕調犯：譏刺，作弄。王實甫《西廂記》：『怕人家調犯，早共晚夫人見些破綻，你我何安。』王季思注：『調犯，譏刺之意。』

〔二七〕勢：大勢，時機。遮攔：遮擋，制止。

〔二八〕六宮心事：特指楊玉環的感情、心境。六宮：后妃居住的地方，此借指楊玉環。慢：忽略，怠慢。指責明皇不體諒楊玉環的情感。

〔二九〕半紙音書：極言音信之少。黨閉：阻隔，封閉。慳：吝嗇，引申爲嚴酷。

〔三〇〕千里途程：指明皇將安祿山貶至漁陽，與楊妃相隔千里。

【校】

此套曲見於《雍熙樂府》卷一〇，第五〇至五二頁。又見於《北宮詞紀》六，中華書局一九五八年版，署元・孔文卿撰。【三煞】見於《北詞廣正譜》卷九，第一一頁。【尾聲】見於《北詞廣正譜》卷四，第一七頁。

近帝都景物凋殘：《北宮詞紀》作『景物凋殘』。

傷感起人愁嘆：《北宮詞紀》作『越感起人愁嘆』。

只合在邊塞間：《北宮詞紀》作『不合在邊塞間』。

不幸遣東歸薊北：《雍熙樂府》作『不幸遺東歸薊北』。

怕的是孤燈熒暗：《北宮詞紀》作『怕的是朔風箭急』。

梅帳更闌：《北宮詞紀》作『紙帳更闌』。

思量玉砌雕闌：《北宮詞紀》作『思量殺玉砌瑪闌』。

《雍熙樂府》【梁州】分爲二曲。此從《北宮詞紀》。

解餘醒荔枝漿寒：《雍熙樂府》作『解餘醒荔枝漿寒』。此從《北宮詞紀》。

這近間敢病番：《北宮詞紀》作『近間瘦減』。

舊時的衣褙頻頻儹：《北宮詞紀》作『業身軀不似當年胖』。

瘦症候何經慣：《北宮詞紀》作『這症候誰經慣』。

那的是從來最稀罕：《北宮詞紀》作『都只爲百媚千嬌在翠盤』。

單出落著廢寢忘餐：《北宮詞紀》作『出落著廢寢忘餐』。

動無喘息行無汗，坐也昏沈睡不安：《北宮詞紀》作『意中但把宮闈盼，病裏何曾坐臥安』。

兩行淚道漬成斑：《北詞廣正譜》作『兩行淚道積成斑』。

拚了教匆匆行色催征雁：《北宮詞紀》作『拚了做匆匆行色催征雁』。

勢到也怎摭攔：《北宮詞紀》作『勢到也怎遮攔』。

把六宮心事分明的慢：《北詞廣正譜》作『把六宮心事分張的慢』。

將半紙音書黨閉的慳：《北詞廣正譜》作『將半紙音書儻閉的慳』。

教千里途程間阻的難：《雍熙樂府》作『教千里途程阻隔的難』。此從《北詞廣正譜》。

我因此上一點春心醞釀的反：《北詞廣正譜》作『因此上一點春心醞釀的反』。

天寶十四年十一月初九，身兼范陽、平盧、河東三鎮節度使的安祿山，糾集幼時夥伴——時任平盧軍馬使的史思明，率胡、漢共十五萬大軍，於范陽起兵。假稱奉密詔討伐姦相楊國忠，直殺向長安。安祿山雖拖著病軀，瘦骨嶙峋，卻身先士卒，抖擻精神，日夜兼程，揮師西進。

【南呂宮】【賞花時】擾擾氈車慘霧生〔一〕，黯黯虛空殺氣增〔二〕，天地也離情〔三〕。西風鼓角，總是斷腸聲。

【幺篇】敗國兒郎捨性命，捲地干戈起戰爭〔四〕，豈肯暫消停！一時半霎，恨不的走兩三程。

【尾】甲蘢傯〔五〕，袍寬剩，三停豐肥減了兩停。瘦損郎當醃肚子〔六〕，全不似舊日膨脝〔七〕。病縈縈〔八〕，爲首先行，怎見的三郎瘦不勝〔九〕？絲韁慢稱，雕鞍緊憑，蕩征塵西去馬蹄輕。

【注】

〔一〕擾擾：紛亂眾多的樣子。氈車：車以毛氈爲篷，多產於北方遊牧民族。此指安祿山叛軍的戰車。

〔二〕黯黯：天地昏暗。虛空：原野空曠。

〔三〕『天地』句：是說天地間也充斥著安祿山的愁緒。離：憂愁。《詩·小雅·四月》：『秋日淒淒，百卉具腓。亂離瘼矣，爰其適歸。』毛傳：『離，憂。』

〔四〕捲地：鋪天蓋地。清·李玉《一捧雪·訐發》：『那裏許多人馬，捲地而來。』

〔五〕蘢傯：寬鬆的樣子。傯：同『鬆』。

〔六〕瘦損郎當：因爲人消瘦，衣服寬大不稱身。郎當：參看卷三【瑤臺月】『形容盡改』套注〔五〕。醃：醜陋，討厭。元·秦簡夫《東堂老》雜劇：『那潑烟花，專等你箇醃材料。』

〔七〕膨脝：腹部膨大的樣子。元·無名氏《盆兒鬼》：『我家做酒只靠水，喫的肚裏脹膨脝。』

〔八〕病縈縈：猶『病怏怏』，疾病纏身。

〔九〕三郎：古代三種郎官的合稱。《史記·秦始皇本紀》：『以罪過連逮少近官三郎，無得立者。』此處指安禄山。因安禄山任三地節度使，故稱。

【校】

此套曲見於《雍熙樂府》卷五，第八一頁。

膨脝：『脝』，底本作『脖』。據文意改。

天寶遺事諸宮調卷四　馬嵬坡踐楊妃

叛軍一路殺來，河北、太原等地相繼淪陷。安、史謀反信息飛奏明皇。然明皇視爲與祿山有隙者所編之假話，不與採信。直到當月十五日，方信其義子果真造反。明皇沉迷酒色已久，已遠非昔日英明果決。丞相楊國忠，因妹子受寵被委以重任，只知作威作福，排斥異己。那裏通曉征戰之事？

時王朝精鋭之師，多部署於邊境，內裏空虛無助。明皇只得於長安、洛陽等地，招募新兵，以救水火之急難。然烏合之衆，怎敵虎狼之師？叛軍很快逼近潼關。

先是，把守長安者乃當朝名將高仙芝、封常清。二人率部憑藉潼關天險，消耗叛軍，使叛軍受阻。無奈明皇聽信讒言，竟以『失律喪師』之罪，將二將斬首示衆，任用已患風疾的老將哥舒翰。哥舒翰進駐潼關，加固城防，閉關固守。唐王朝抗擊叛軍的主力郭子儀、李光弼部，於河北連連獲勝。乃上書朝廷，建議固守潼關，不可輕出。由他二人聯手率部北取范陽，直擣叛軍老巢，叛軍當不攻自亂。楊國忠素與哥舒翰不和，見其久不出戰，疑哥舒翰與叛軍聯合謀己，故此一再攛掇明皇，强令哥舒翰出兵。明皇輕信下詔。哥舒翰拊膺慟哭，被迫出戰，果然大敗。潼關失守，哥舒翰殉國。戰局急轉直下。長安失守，乃旦夕之事也。楊國忠以私誤國，衆將士恨之入骨。

【越調】【耍三臺】殢風流的明皇駕〔一〕，倒險被風流殢煞〔二〕。貪歡宴不隄防野鹿〔三〕，暗偷垣喞出宮花。致令的今朝起禍端，番部隊壘臨關下〔四〕，卻是些戰場中開道兇神〔五〕，人海內飛天夜叉〔六〕。

【幺篇】恰早哥舒翰〔七〕，不合用狂言謗他〔八〕。便似親引領著侵疆入界〔九〕，便似自攛斷敗國亡家。身已覺微分在先〔一〇〕，一氣早中風亡化〔一一〕。滿頭怒髮爭生，遍體寒毛乍煞〔一二〕。

【注】

〔一〕殢風流：極爲風流。殢：表示程度，猶『極』、『非常』。元·喬吉《金錢記》：『投至得華清宮初出池，花萼樓扶上馬，則他那殢風流天寶君王駕，簇擁著箇嬌滴滴海棠花。』

〔二〕殢煞：困擾到極點。此『殢』字，乃滯留之意，引申爲困擾，困頓。

〔三〕『貪歡宴』二句：是說由於明皇貪圖歡宴，給安祿山可乘之機，潛入宮中與楊妃偷情，才引起了這場動亂。偷垣：指偷偷進入宮牆。宮花：宮中之花，喻指楊妃。

〔四〕番部隊：指安祿山與史思明所率領的主要由胡人組成的軍隊。古時稱異族爲『胡』，爲『番』。壘臨：層層疊疊地降臨。指叛軍人數衆多。關：此指潼關。

〔五〕開道：此指衝殺在前面。兇神：兇神惡煞。比喻叛軍作戰勇猛。

〔六〕飛天夜叉：迷信傳說中的惡鬼。此亦比喻叛軍兇狠能征戰。

〔七〕恰早：早先。哥舒翰：唐朝宿將。參看卷一《遺事引》注〔四四〕。

〔八〕不合：不該。謗：責罵。

〔九〕『便似』二句：是説因哥舒翰狂言激怒安祿山，致使潼關失守，如同哥舒翰親自引領敵人入關；也如同哥舒翰攛掇得敗國亡家。此處是寫唐明皇對潼關失守的看法。

〔一〇〕微分：卑微的名分。此引申爲身敗名裂。

〔一一〕中風亡化：中風而死。此處所寫與史實有出入。據《舊唐書》記載，潼關失守，哥舒翰被俘，後爲安慶緒殺害。

〔一二〕寒毛乍煞：汗毛因憤怒而豎起。形容憤恨之極。

【校】

此套曲見於《北詞廣正譜》卷一六，第一五至一六頁。又見於《九宮大成譜》卷二七，第一五至一六頁。

遍體寒毛乍煞：《北詞廣正譜》作『變體寒毛乍煞』。

潼關失守，長安城人心惶惶。有陳玄禮者，原爲神武軍果毅都尉，因不顧身家性命，隨明皇起兵誅韋后及安樂公主，爲明皇所寵信。明皇即位後封其爲正三品龍虎將軍，宿衛宮中。潼關失守後第四日，陳玄禮整頓六軍，保護明皇、楊妃、太子及龍子龍孫，倉促避難西蜀。通往西蜀之路，崎嶇難行。楊妃素來嬌弱慵懶，幾曾受過如此顛簸？愁據雕鞍，緊鎖翠眉，苦不堪言。並不知安祿山造反因他而起，猶自抱怨將士無能，累及自家受如此磨難。

【黃鐘宮】【醉花陰】愁據雕鞍翠眉鎖〔一〕，一聲聲煎煎絮聒〔二〕。情淚落秋波〔三〕。瀟灑長途〔四〕，極目天涯闊。

【出隊子】離情坦坦〔五〕，聽征鼙愁越多〔六〕。西風白草陣雲合〔七〕，落日牛羊下遠坡，烟水淒迷血淚多。

【幺篇】玉容寂寞，料今生愁越多。一場寵幸起干戈〔八〕，朝內君王沒奈何，閫外將軍管甚麽〔九〕？

【尾】拈甲紅裙也索言破〔一〇〕：翰林院學士行評跋〔一一〕，淩烟閣上只堪圖畫著我〔一二〕。

【注】

〔一〕『愁據』句：是說楊妃滿含憂愁地跨在雕鞍上，緊鎖雙眉。據雕鞍：跨在精美的馬鞍上。

〔二〕煎煎：憂愁苦悶的樣子。宋·蘇洵《憶山送人》：『此意竟不償，歸抱愁煎煎。』絮聒：嘮叨，喧嘩。『愁據』二句，是說楊妃愁據雕鞍，聽到的是將士們一聲聲愁苦的喧嘩。

〔三〕情淚：飽含離情別緒的眼淚。

〔四〕瀟灑：此指淒清、愁苦的樣子。宋·蘇舜欽《湘公院冬夕有懷》詩：『去年急雪寒窗夜，獨對殘燈觀陣圖……禪房瀟灑皆依舊，世路崎嶇有萬殊。』

〔五〕離情坦坦：指楊妃愁緒極多。離：憂愁。坦坦：原指平坦、廣闊，此引申爲無邊無際。

〔六〕征鼙：指戰鼓聲。

〔七〕陣雲：形似戰陣的積雲。古人視爲戰爭徵兆。高適《燕歌行》：『殺氣三時作陣雲，寒聲一夜傳刁斗。』

〔八〕『一場』句：安祿山謀反打的旗號是討伐姦相楊國忠，故楊妃認爲這場戰爭是因安祿山與楊國忠爭寵而起。

〔九〕閫外將軍：外任將吏。此句是說，戰爭爆發，應該由那些守疆衛士的將士們去平息，不該累及她這箇紅粉佳人受顛簸。

〔一〇〕拈甲紅裙：穿著護身鎧甲的女子，此指楊妃自己。拈：持，此引申爲穿著。索：須，應該。言破：說明白，有言在先。

〔一一〕『翰林院』句：是說將來翰林院品評功績。

〔一二〕淩烟閣：貞觀十七年，唐太宗畫功臣像於淩烟閣，以示獎掖。後來以淩烟閣圖像指有大功於江山社稷者。『翰林院』二句，是說將來翰林院學士品評功勞大小時，淩烟閣上應有她楊妃的畫像。

【校】

此套曲見於《雍熙樂府》卷一，第五六頁。

安祿山攻進長安，佔據皇宫。遍索後宫，方知楊妃隨明皇播遷西蜀。遂急令精兵强將，尾隨追趕，務要搶回楊妃。

叛軍追殺甚急，陳玄禮率部拚死抵抗，無奈不是叛軍對手，數次遇險，幾遭不測。那壽王瑁素多病，又鞍馬勞頓，數聞警驚怖，竟薨於途中〔一〕，明皇哀痛不已。陳玄禮不免惱羞成怒，作爲守衛皇宫的龍虎將軍，自會聞知楊妃與安祿山醜事。深知祿山叛國，皆因楊妃而起；潼關之敗，純係楊國忠之罪。對楊氏兄妹恨之入骨。行至馬嵬坡，恰值六軍不發，聲聲喧嘩，欲誅楊國忠以謝天下。時皇太子亨，恰在軍中。陳玄禮暗中請太子示下，意欲除楊氏兄妹，以清君側。

原來，那楊國忠與太子亨，結不解之仇。初，武惠妃在日，欲立其親生子李瑁爲太子。無奈立儲君長幼有序。明皇無嫡子，長子琮早薨，遂立次子瑛爲太子。武惠妃勾結李林甫，進讒玄宗，將太子瑛及與其友善之五子瑤、七子琚，先廢爲庶人。後又賜死。李林甫進諫立李瑁爲太子。李瑁係明皇第十八子，排序太後。若立武惠妃爲后，則李瑁自可以嫡子身份入繼大統。明皇初時亦有此意，然前有則天皇太后稱帝，後武三思等人又隨韋氏及安樂公主叛亂。立武氏族人爲皇后，斷不可行。加之三皇子含冤而死，朝野震驚，明皇遂循序立第三子亨爲太子。武惠妃因三皇子之死，驚怖不已，不久病亡。李林甫與太子已然構怨，依仗受寵於明皇，羅織罪名，必欲將太子廢棄。楊國忠追隨李林甫構陷太子，氣焰頗爲囂張。明皇亦不甚喜太子，太子數次涉險，幸賴高力士回護，方得無虞。今李林甫死，楊國忠仍爲太子心腹大患。聞陳玄禮欲誅楊國忠，自然默許。陳玄禮之意遂決。

楊妃聞士兵喧嘩，欲處死兄長，只唬的花容慘淡，雙淚直流。低聲哀告，懇請皇上設法救拔。因陳玄禮與楊國忠同爲明皇親信，明皇遂與那陳玄禮講述脣亡齒寒，龍鬬魚傷，兔死狐悲之道理。豈知陳玄禮志意已決： 必欲除楊國忠，進而提出要馬踏楊妃。

【黄鐘宮】【傾杯序】蜀道中間，馬嵬側近，討根討苗絕地〔二〕。 帥首獨專〔三〕，衆心皆悦〔四〕，軍政特聽〔五〕，將令頻催。 弟兄死別〔六〕，郎舅絕親〔七〕，夫妻生離。 偏愁荒是〔八〕，不知死太真妃〔九〕。

【幺篇】何濟〔一〇〕！ 寶髻鬅鬆〔一一〕，玉容寂寞〔一二〕，惜芳姿不勝憔悴。 似太皞春歸〔一三〕，豔陽時過〔一四〕，白帝風搖〔一五〕，青女霜欺〔一六〕。 急淹淚眼，忙啓櫻脣，緊皺蛾眉，似鶯吟鳳語，悄悄奏帝王知。

【幺篇】『陛下，著哀告敢爲敢做的陳玄禮，更不弱如當世當權郭子儀〔一七〕。 又不曾背叛朝廷，篡圖天下； 又不曾違犯國法，悮失軍期。 平白地處死，無罪遭誅，性命好容易〔一八〕。』君王聽到罷，屈卽便依隨〔一九〕。

【幺篇】『將軍，大爲天子欣然退〔二〇〕，要轉吾當不敢違〔二一〕。 施些存恤之心〔二二〕，滅些雷霆之怒，生些惻隱之心，罷些虎狼之威。 脣亡則齒寒〔二三〕，龍鬬魚傷，兔死狐悲。』陳將軍聽道罷，出語忒忠直。

【隨尾】『娘娘若依條斷遣〔二四〕，怕連三妹〔二五〕。 陛下若按法施行，戾八姨〔二六〕。 有句話明白索奏知〔二七〕，免致得遷延捱時刻〔二八〕。楊國忠如今若斬訖〔二九〕，更有箇親人不伶俐〔三〇〕，萬馬千軍踏踐畢，恁時舒心領戈戟〔三一〕，慢慢驅兵滅反賊，説破微臣昧死罪〔三二〕。』妃子娘娘問道『是誰？』『遠在兒孫近在你！』

【注】

〔一〕據歷史記載，此次播遷西蜀，壽王李瑁雖然隨行，並未死於途中。因後面《力士泣楊妃》套有『到黄泉見壽王迎禮，第一句説甚的？是子是皇妃情理？卻也受煞你將軍氣』，由此推測，《天寶遺事諸宮調》對此進行了改編，寫壽王亦死於幸蜀途中。

〔二〕討根討苗：懲治惹禍根苗。討：討伐。絕地：險惡而無出路的境地。

〔三〕帥首：軍隊主帥。此指陳玄禮。獨專：獨自專權。

〔四〕『衆心』句：是説將士們都爲帥首的專權而喜悦。

〔五〕軍政：軍政司。此指管理軍中事務的官員。特聽：亦指將士樂於聽命帥首而非皇帝。

〔六〕弟兄死别：指楊妃即將失去兄長楊國忠。

〔七〕郎舅：男子與其妻兄弟的合稱。此指明皇與楊國忠。絕親：斷絕了親戚情分。

〔八〕偏愁荒：特别憂愁慌亂。偏：表程度的副詞，猶『很』，『非常』。荒：通『慌』。

〔九〕不知死：不知深淺，不顧死活。

〔一〇〕何濟：有什麼用？

〔一一〕寶髻：古代婦女髮髻的一種。鬅鬆：即頭髮蓬亂。

〔一二〕寂寞：此處指淒涼憂傷。白居易《長恨歌》：『玉容寂寞淚闌干，梨花一枝春帶雨。』

〔一三〕太皞：伏羲氏，爲司春之神。

〔一四〕豔陽：陽光燦爛景色美麗的春天。『似太皞』二句，喻楊妃富貴尊榮的時光不再。

〔一五〕白帝風搖：指秋風吹動。白帝爲古神話中五天帝之一，主西方之神。

〔一六〕青女：傳說中掌管霜雪的女神。《淮南子·天文訓》：『至秋三月……青女乃出，以降霜雪。』高誘注：『青女，天神，青霄玉女，主霜雪也。』『白帝』二句，喻指局勢險惡。

〔一七〕郭子儀（六九七—七八一）：華州鄭縣（今陝西華縣）人，初以武舉從軍，官太原太守。『安史之亂』中，任朔方節度使。率軍平叛，收復河北、河東。後拜兵部尚書、同中書門下平章事（宰相）。收復長安、洛陽，封汾陽王，爲平定『安史之亂』的主要功臣。

〔一八〕好容易：很不容易。

〔一九〕屈即：立即，馬上。

〔二〇〕大：此處爲語氣詞，略同『啊』、『呵』。關漢卿《拜月亭》：『怕不大傾心吐膽盡筋截力把箇牙推請。』

〔二一〕『要轉』句：是說你要專權統領軍隊，我不敢違抗。轉：通『專』，統領。《漢書·吳王劉濞傳》：『燕王北定代、雲中，轉胡眾入蕭關，走長安，匡正天下，以安高廟。』

〔二二〕存恤：慰撫，救濟。引申爲撫恤救助。

〔二三〕『脣亡』三句：是說陳玄禮與楊國忠，皆爲明皇親信，脣齒相依，不應自相殘害。

〔二四〕依條：按照法令條文。斷遣：判決遣發。

〔二五〕連三妹：牽連三妹。據《舊唐書·楊妃傳》：『（貴妃）有姊三人，皆有才貌，玄宗並封國夫人之號：長曰大姨，封韓國；三姨封虢國；八姨封秦國。並承恩澤出入宮掖，勢傾天下。』此句『三妹』及下句『八姨』，皆指楊妃的姐姐。

〔二六〕戾八姨：罪連八姨。戾：罪行。《書·湯誥》：『茲朕未知獲戾於上下。』孔傳：『未知得罪於天地。』

〔二七〕索：索性，乾脆。

〔二八〕遷延：拖延。

〔二九〕斬訖：斬罷。訖：結束，完畢。

〔三〇〕不伶俐：猶『不乾淨利索』。卽沒有斬草除根。

〔三一〕恁時：到那箇時候，此特指殺楊國忠，馬踏楊妃之後。舒心：心情舒暢。領戈戟：指拿起武器與叛軍作戰。戈、戟：兵器。

〔三二〕昧死罪：冒昧而犯死罪。

【校】

此套曲見於《北詞廣正譜》卷一，第一九至二〇頁，第二三頁。【隨尾】之外的曲子又見於《九宮大成譜》卷七九，第一六至一七頁。【傾杯序】見於《太和正音譜》卷上，第四七頁。亦見於《御定曲譜》卷一。【隨尾】只收於《北詞廣正譜》，且與前四曲本不相連，馮沅君先生把五曲連爲一套。『理由凡四：一，本書（《北詞廣正譜》）卷一目錄中黃鐘宮套數分題下有「【傾杯序】、【隨尾】」，並注云「王伯成天寶遺事」。二，《九宮大成南北詞宮譜》卷七九，頁一八【傾杯序】「將軍」闋後注云：「【傾杯序】四闋本合一套。」三，五曲皆用齊微韻。四，所敘事亦銜接。』

帥首獨專：《北詞廣正譜》作『帥首蜀尊』。此從《太和正音譜》。

『弟兄死別』及以下二句：除《北詞廣正譜》外，它本皆作『雁行失羣，瓜葛絶藤，鸞凰紛飛。』此從《北詞廣正譜》。

偏愁荒是：《太和正音譜》作『偏愁荒』。

不知死太真妃：《太和正音譜》、《九宮大成譜》、《御定曲譜》均作『傾國傾城太真妃』。從《北詞廣正譜》。

玉容寂寞：《北詞廣正譜》作『正容寂寞』。

陳玄禮：此套曲中諸本皆作『陳元禮』，避諱字。因後面的曲子中有的作『陳玄禮』，爲了前後一致，凡爲『陳元禮』者一律校正。

又不曾背叛朝廷：《九宮大成譜》作『又不曾觸忤朝廷』。此從《北詞廣正譜》。

篡圖天下：《九宮大成譜》作『得罪天下』。此從《北詞廣正譜》。

又不曾違犯國法，悮失軍期：《北詞廣正譜》作『又不曾悮失軍期』。此從《九宮大成譜》。

無罪遭誅：《九宮大成譜》作『無故遭誅』。此從《北詞廣正譜》。

明皇替楊國忠求情，將士愈加憤怒。不等號令，一擁而上，將楊國忠亂刀砍死。可憐那權傾一時的楊丞相，霎那間變做箇孤魂野鬼。楊國忠既死，明皇願以皇位相讓以救楊妃。然無論明皇怎樣哀求，陳玄禮不爲所動。楊妃哀哀哭泣，明皇心如刀絞。已知愛妃難免一死，萬般無奈，哀告陳玄禮將貴妃勒死，免得萬馬踐踏時活受驚怕。

【仙呂宮】【村裏迓鼓】六軍不進〔一〕，屯滿馬嵬坡下〔二〕，干戈遍野欺鑾駕〔三〕，那裏問武士金瓜〔四〕？氣焰焰列虎兵，嗔忿忿驅狼將〔五〕，一箇箇惡勢煞〔六〕。齊臻臻雁翅排〔七〕，密匝匝魚鱗砌〔八〕，鬧垓垓暎日霞〔九〕，呀！雄赳赳披袍擐甲〔一〇〕。

【元和令】陳將軍怒轉加，真箇敢變了卦〔一一〕？龍泉三尺手中拏〔一二〕，把吾當嶮誮殺。道貴妃荒淫敗國禍根芽，按霓裳起士馬〔一三〕。

【上馬嬌】主意兒差〔一四〕，故意待殺，將國舅重刑加〔一五〕，喊一聲地裂天摧塌，壞了他，磣磕磕屍首臥寒沙〔一六〕。

【遊四門】可憐身死野人家，二罪盡俱發〔一七〕。『元戎你做取當今駕〔一八〕，把妃子肯饒麼呵？』『不妨野鹿走交加〔一九〕。

【勝葫蘆】『唧卻宮中第一花〔二〇〕。』不得地弱官家〔二一〕，哀告他渾同咬定沙〔二二〕。臣強主弱，兵權獨霸，誅斬則由他〔二三〕。

【後庭花】『休教硬邦邦軍健拏，則使軟嫩嫩婇嬙壓〔二四〕。貴妃上馬嬌無力〔二五〕，回鸞舞困乏。』藉不得鬢堆鴉〔二六〕，圪皺定蛾眉難畫〔二七〕，眼睜睜怎救拔〔二八〕！ 哭啼啼沒亂煞〔二九〕。 料他家埋怨咱〔三〇〕。『高力士，你去他貴妃行詳道咱〔三一〕：

【柳葉兒】『可憐見唐朝天下〔三二〕，教寡人獨力難加。』將條素白練急早安排下，把娘娘咽喉掐。 他是嬌滴滴海棠花，卿啊，怎下的千軍萬馬踏〔三三〕！

【注】

〔一〕六軍：護衛天子的軍隊。參看卷二《天寶遺事引》注〔三一〕。

〔二〕屯滿：聚滿。屯：聚集。

〔三〕干戈：干與戈皆爲兵器，此借指手執兵器的將士。欺鑾駕：欺壓天子。鑾駕：天子的車駕。因天子車駕有鑾鈴，故稱。此借指明皇。

〔四〕問：通『聞』，聞知，引申爲『知道』。武士金瓜：古代手持金瓜儀仗護衛帝王的武士。金瓜：帝王的衛士所執的一種兵仗。棒端呈瓜形，銅製，金色。『六軍』四句，是說馬嵬坡漫山遍野手執干戈欺鑾駕的將士，哪裏還知道他們的職守是保護帝王。

〔五〕嗔忿忿：兇狠的樣子。董解元《西廂記諸宮調》：『嗔忿忿地斜橫著打將鞭。』

〔六〕惡勢煞：惡狠狠，氣勢洶洶。元·無名氏《延安府》：『他氣呸呸惡勢煞，雄赳赳扣廳前。』

〔七〕齊臻臻：齊刷刷。雁翅排：大雁飛行時排序。此處喻嘩變將士排好陣勢。

〔八〕密匝匝：嚴實稠密的樣子。魚鱗砌：像魚鱗一樣層層疊疊。『齊臻臻』二句，喻嘩變將士人多勢眾。白樸《梧桐雨》：『齊臻臻雁行班排，密匝匝魚鱗似亞。』

〔九〕鬧垓垓：鬧哄哄。《雍熙樂府·點絳脣·洪武天開》：『樂民樓端的民安泰，則見那人攘攘鬧垓垓。』暎日霞：此指將士兵器甲胄，與天上霞光掩映。

〔一〇〕披袍擐甲：披起戰袍，穿上甲胄。

〔一一〕敢：副詞，恐怕，或許。變了卦：改變初衷。此指明皇懷疑陳玄禮等不再效忠於他。

〔一二〕龍泉：寶劍名。泛指劍。拏：同『拿』。

〔一三〕『按霓裳』句：是說將士們認爲楊妃引導明皇淫樂，才引發了這場戰爭。士馬：兵馬。引申爲戰爭。

〔一四〕『主意』二句：是說明皇埋怨陳玄禮主意錯，故意找理由殺人。

〔一五〕國舅：此指楊國忠。

〔一六〕磣磕磕：淒慘可怕的樣子。

〔一七〕二罪：指國忠、楊妃二人之罪。國忠禍國；楊妃引叛亂。

〔一八〕元戎：對統帥、主將的尊稱。做取：如果做到。多用於假設口氣。當今駕：指帝位。舊時稱在位皇帝爲『當今』。元·無名氏《抱粧盒》：『某乃楚王趙德芳，與當今嫡親兄弟。世人稱爲南清宮八大王者是也。』『元戎』二句，是說如果明皇把帝位讓給陳玄禮，他能放過貴妃嗎？

〔一九〕不妨：不阻止。妨：阻碍，引申爲阻止，制止。野鹿：指安祿山。交加：紛亂。引申爲頻繁。

〔二〇〕啣卻：猶『叼走』，與『野鹿』相對應。宮中第一花：皇宮最美的人，指楊妃。『不妨』二句，是陳玄禮的答辭：他不是覬覦帝位，而是要懲罰背著皇帝私通的人。

〔二一〕不得地：不得已。官家：宋、元時期民間稱帝王爲官家。

〔二二〕渾同：完全同。咬定：一口咬定，十分堅持。沙：語助詞，相當於『啊』。

〔二三〕則：限量詞，衹。

〔二四〕婇嬙：宮女。壓：同『押』。

〔二五〕『貴妃上馬』二句：是說貴妃嬌貴，連上馬都無力，跳舞都困乏，怎能讓兇狠軍健捉拿！

〔二六〕藉不得：亦作『藉不的』。指顧不得。關漢卿《拜月亭》：『如今索强支持，如何回避？藉不的那羞共恥。』鬢堆鴉：指頭髮蓬亂。

〔二七〕圪皺定蛾眉：皺著蛾眉。圪皺：猶『皺』，係方言。

〔二八〕救拔：拯救，解救。此句是說，明皇眼睜睜地看著愛妃將被處死，卻無法解救。

〔二九〕沒亂煞：宋、元曲文常用詞，猶『苦痛、煩惱之極』。董解元《西廂記諸宮調》：『引調得張生沒亂煞，把似當初休見他，越添我悶愁加。』

〔三〇〕他家：猶『他』，此指楊妃。咱：明皇自指。下句同。

〔三一〕詳道咱：指把自己的艱難處境詳細告訴貴妃。

〔三二〕『可憐見』二句：爲明皇托力士轉告楊妃的話。是說，如今自己孤立無助，如果違背陳玄禮意圖，大唐江山將不保，請楊妃看在保全大唐天下份上，體諒自己把她處死。

〔三三〕下的：宋、元曲文常用詞，猶『捨得』，『忍心』。白樸《梧桐雨》：『盡今生翠鸞同跨，怎生般愛他，看待他，忍下的教横拖在馬嵬坡下。』

【校】

此套曲見於《雍熙樂府》卷四，第七七至七八頁。

那楊妃涉世不深，並不知安禄山因她相思成疾，繼而謀反；對於兄長楊國忠結黨營私、禍國殃民之事也知之甚少。思忖自家從未干預朝政，更不似則天皇太后、韋氏那樣圖謀江山，唯以侍奉取悦皇上爲事，實不明因何獲死罪。原想靠皇上説項免去一劫，見如今皇上也要將他勒死，便親至陳玄禮處乞罪名。大庭廣衆之下，爲顧及明皇臉面，陳玄禮不便道出他與安禄山私情。急切之中，宣示其罪名爲：九族遭誅爲一人反，叛軍中爲首的乃其義子安禄山。怕楊妃再度糾纏，未經明皇允許，喝令將其押出帳外。

【黄鐘宫】【願成雙】一壁廂屍猶熱〔一〕，血未乾，休將那取次相看〔二〕。怯容顔，强將嬌滴滴忙離繡鞍。

【幺篇】仙衣欲整難迭辦〔三〕，把不定膽戰心寒。怕的是白練套頭拴，剛打迭起愁眉淚眼〔四〕。

【出隊子】驚慌無限，啓朱脣噴麝蘭：『既教臣妾受摧殘，必定阿環有破綻，向陳將軍乞罪犯〔五〕。』

【幺篇】陳玄禮火速言公案〔六〕，定興亡頃刻間。『休嗔將令不鬆閑，見有親人來指攀〔七〕，敢把娘娘快證翻。〔八〕。

【尾】『常言道九族遭誅爲一人反〔九〕，許多軍撞過潼關。說道，爲首的是㤭兒安祿山。』

【注】

〔一〕一壁廂：一邊，一旁。屍猶熱：指楊國忠屍骨未寒。

〔二〕取次：隨便，輕易。此句是說，楊妃認爲兄長之死是人命關天的大事，不可等閑視之。指其兄長罪不致死。

〔三〕迭辦：措辦，做到。元·陳以仁《存孝打虎》：『只爲俺衣服難迭辦，不得已在他人眉睫間。』『仙衣』二句，是說楊妃因膽戰心驚，連整理一下衣服都難以做到。

〔四〕剛：勉强。打迭：亦作『打疊』，整理，收拾。指楊妃勉强擦乾眼淚，收起愁容。

〔五〕乞罪犯：要箇罪名。罪犯：罪愆。

〔六〕公案：案件，案情。此指楊妃被處死的罪證。

〔七〕見：『現』的古字。親人：此指楊妃義子安祿山。

〔八〕敢把：定把。敢：此爲副詞，準定。證翻：證倒。

〔九〕九族：以自己爲本位，上推四世至高祖，下推四世至玄孫，謂之爲九族。《書・堯典》：『克明俊德，以親九族。』孔傳：『以睦高祖、玄孫之親。』一說父族四、母族三、妻族二爲九族。古代法律，一人作亂，株連九族。『休嗔』句到【尾】曲，爲陳玄禮答楊妃語。

【校】

此套曲見於《雍熙樂府》卷一，第六〇至六一頁。【願成雙】又見於《北詞廣正譜》卷一，第一八頁。

休將那取次相看：《北詞廣正譜》作『休將他取次相看』。

仙衣欲整：整，底本作『枕』。不可解。音近致誤，據文意改。

明皇聞貴妃罪名，乃爲安祿山謀反所株連，大驚。安祿山乃楊妃義子，亦爲他明皇義子。若按株連律條，父族之罪大於母族。貴妃有罪，爲父者豈能無罪？由是讓陳玄禮放過貴妃，由他抵罪；抑或把二人一同勒死。明皇此語，令陳玄禮語塞：他本爲國除禍患，絕無弑主之心。再則此番兵變，乃得到太子默許。若危及明皇，太子焉能不替父報仇？到那時，他將死無葬身之地。皇上，萬不可動。若皇上無罪，楊妃株連之罪亦難以成立。思忖再三，擒虎容易放虎難，楊國忠業已被殺，楊妃不可放過。便對明皇道：『娘娘不除，難以平息將士之怒。微臣懇請陛下降詔，處死娘娘，臣方能保陛下無虞。』明皇見求告無望，只得讓楊妃早歸冥路，免得枉增怨恨，徒耽驚怕。

【黃鐘宮】【醉花陰】『有句衷言細詳察〔一〕，是不是將軍莫怒發。先斬了國忠則休，莫待要踐了娘娘，則勒死吾當呵罷。』

【興隆引】重權獨霸，久養威轉加〔二〕。致教主弱臣强，内外忒差〔三〕。『其間事節〔四〕，莫不也干連著鑾駕〔五〕？賜一條素練〔六〕，撅三尺黃沙。』

【幺篇】斟量口氣，見得將他難救拔。教娘娘速赴轅門〔七〕，早受刑罰。非干易捨〔八〕，便告的半霎嚴假〔九〕，枉與他廣增些怨望，剩添些驚怕。

【幺篇】鴦幃咫尺黃昏也，陡斷懷中不見他〔一〇〕。猛撮上心來〔一一〕，則你道疼麽！蘭魂蕙魄，願早向皇宮托化〔一二〕。又無甚六親〔一三〕，又無甚根芽〔一四〕。

【尾】若能勾地久天長葬黃沙，但有人奠酒澆茶〔一五〕，情願向一箇套兒裏教恁雙勒殺！

【注】

〔一〕衷言：發自内心的話。

〔二〕久養：長期培植、信任。養：培植。陳玄禮受明皇寵信四十多年。威轉加：威風越來越大。轉：變。

〔三〕内外：宮中與閫外，借指君王與將軍。忒差：指君弱臣强，等級威勢過於謬誤。

〔四〕其間事節：指楊妃因安祿山謀反受株連之事。

〔五〕干連：牽連。鑾駕：帝王車駕，借指帝王。此指明皇自己。

〔六〕『賜一條』二句：接『則勒死吾當呵罷』而言。是說，明皇讓陳玄禮用一條素練，將自己勒死；撅三尺黃沙，將自己埋葬。

〔七〕轅門：此指帝王巡狩的止宿處之門。帝王巡狩住處，以車爲藩；出入之處，仰起兩車，車轅相向以表示門，稱轅門。

〔八〕『非干』句：是說並非因爲明皇輕易地捨棄楊妃。干：關涉，因爲。

〔九〕『便告的』三句：是對『非干』句的解釋。是說反正楊妃已經難逃一死，即便能讓陳玄禮緩刑一刻，也是白白地讓她活受折磨。告假：喻請求陳玄禮緩刑。怨望：怨恨。望：怨。《漢書·灌夫傳》：『（田）蚡使籍福，請嬰城南田。嬰大望曰：「老僕雖棄，將軍雖貴，寧可以勢相奪乎！」』顏師古注：『望，怨也。』

〔一〇〕陡斷：突然意識到。

〔一一〕撮：湧上，凝聚。王實甫《西廂記》：『聽說罷心懷悒怏，把一天愁都撮在眉尖上。』

〔一二〕托化：托生，轉世。向皇宮托化，表明明皇希望楊妃轉生後仍與自己相廝守。

〔一三〕六親：歷來說法不一，一般指父、子、兄、弟、夫、婦。楊妃父母早亡，亦無親兄弟。

〔一四〕根芽：喻後嗣。是說楊妃並未養育兒女。

〔一五〕但有人：只要有人。奠酒澆茶：以茶酒祭奠。

【校】

此套曲見於《雍熙樂府》卷一，第五五至五六頁。又見於《九宮大成譜》卷七四，第一五至一六頁。【興隆引】與二【幺篇】又見於《北詞廣正譜》卷一，第一四至一五頁。

興隆引：《雍熙樂府》作『興龍引』。《北詞廣正譜》與《九宮大成譜》皆作『興隆引』。

内外忒差：《北詞廣正譜》作『内外特差』。

莫不也干連著鑾駕：《北詞廣正譜》作『莫不也千連著鑾駕』。

便告的半霎嚴假：《北詞廣正譜》作『便告的霎兒嚴假』。

陡斷懷中不見他：《北詞廣正譜》作『徒斷懷中不見他』。

願早向皇宮托化：《北詞廣正譜》、《九宮大成譜》作『如願早向皇宮托化』。

明皇百般爲楊妃求情，陳玄禮不爲所動，迫使明皇下詔處死楊妃。並勸諫皇上勤於國事，少選宮娥嬪妃，遠離女色。此話恰觸到明皇痛處，明皇極爲惱怒，視同『弒君殺父』。萬般無奈，明皇只得下詔將楊妃勒死，求陳玄禮準許將楊妃屍體堆土埋葬。

【雙調】【夜行船】不覺天顔珠淚簌〔一〕，道：『陳玄禮負我何事〔二〕？雖是欺主上有千般諫，則這揀宮娥的一句〔三〕，更勝似弒君殺父！』

【沈醉東風】嬌滴滴嬰兒幼女〔四〕，軟搙搙姊妹乘轝〔五〕，盡是他舊班行〔六〕，終有些親腸肚〔七〕。施行間怏然難覷〔八〕，恰到半死不活處，氣力無，倒大來教娘娘受苦〔九〕。

【幺篇】特向那雄赳赳征徒戰夫，選幾箇氣昂昂惡黨兇徒。莫遷延，休猶豫，疾忙教速歸冥路〔一〇〕。左右來少不的今朝一命殂〔一一〕，早與他娘娘箇快取〔一二〕。

【尾】驚魂不挽行雲住〔一三〕，暗雲已逐西風去〔一四〕。藏卻冰肌玉骨，埋盡怨紅愁綠〔一五〕。蛾眉宛轉難爲主〔一六〕，馬蹄踏盪無尋處。『有一事將軍索再三躊躕〔一七〕：不敢望似山陵般修做墳墓〔一八〕，想著曾扶侍鸞衾〔一九〕，你卻少贈與楊妃半堆兒土〔二〇〕。』

【注】

〔一〕天顔：帝王的容顔。此指明皇表情。珠淚簌：淚珠紛落。簌：急落的樣子。

〔二〕負我何事：因何事辜負我。

〔三〕揀宮娥：挑選美女入宮，此指重女色。

〔四〕嬰兒：泛指年齡小的人。比指宮女。《戰國策·秦策一》：『今秦婦人嬰兒皆言商君之法，莫言大王之法。』

〔五〕軟耨耨：軟綿綿，指沒力氣。乘輿：古代特指天子和諸侯所乘坐的車子，後用作皇帝代稱。姊妹乘輿，指共同侍奉皇帝的嬪妃宮女。

〔六〕舊班行：熟悉的同行。班行：泛指行輩、行列。

〔七〕親腸肚：此指親熱的情愫。

〔八〕施行：此指行刑，處死楊妃。快然難覷：慘不忍睹。快然：痛心的樣子。

〔九〕倒大來：宋、元曲文中常用詞。猶『非常』，『無比』。元·石君寶《曲江池》：『似這等揚風攪雪沒休時，他倒大來冷，冷。』

〔一〇〕歸冥路：命歸陰司。

〔一一〕左右來：反正是，橫豎是。殂：死。

〔一二〕快取：快當的，痛快的。

〔一三〕行雲：用巫山神女典，比喻所愛悅的女子。

〔一四〕暗雲：意同『行雲』。西風：肅殺的秋風，此喻局勢險惡。

〔一五〕怨紅愁綠：喻哀怨愁苦的美人。紅與綠，皆喻美人。

〔一六〕『蛾眉』句：化用白居易《長恨歌》：『六軍不發無奈何，宛轉蛾眉馬前死』句意。寫楊妃的淒慘無助。

〔一七〕索：需要。再三躊躕：反復思量。

〔一八〕山陵：帝王或皇后的陵墓。酈道元《水經注·渭水三》：『秦名天子塚曰山，漢曰陵，故通曰山陵矣。』

〔一九〕扶侍鸞衾：侍奉帝王的起居。鸞衾：帝王用的繡有鸞鳳花飾的衾被，此借指皇帝的起居。

〔二〇〕少贈與楊妃半堆兒土：即允許將楊妃屍體淺土掩埋。

【校】

此套曲見於《雍熙樂府》卷一二，第八七至八八頁。【尾】又見於《北詞廣正譜》卷一七，第一九頁。又見於《九宫大成譜》卷六六，第六五頁，署『《雍熙樂府》散套』。

尾：《北詞廣正譜》、《九宫大成譜》作『鴛鴦煞』。

藏卻冰肌玉骨：《雍熙樂府》作『藏去玉骨冰肌』。

馬蹄踏遍無尋處：《北詞廣正譜》、《九宫大成譜》作『馬蹄踏遍無尋處』。

索再三躊躕：《雍熙樂府》作『索再三躊躇』。

不敢望似山陵般修做墳墓：《雍熙樂府》作『不敢望似山陵般修墳墓』。

想著曾扶侍鸞衾：《北詞廣正譜》、《九宫大成譜》作『想著曾付侍鸞輿』。

再説那楊妃，經陳玄禮説破，方知自家獲罪，乃是受義子安祿山牽連，對安祿山頓生怨恨。高力士不曾爲他求情，反倒抱怨他惹出禍端，亦毫無情義可言。明皇爲他百般求告，乃至於要代他一死，因他被押至帳外，竟一無所知。聽説明皇頒佈詔書要將他勒死，極度絶望、怨憤。高力士私下轉稟明皇『獨力難加』的苦衷，他那裏聽得進？兀自悲憤交加，泣怨訴恨。恨陳玄禮以勢相逼，恨安祿山牽連自家，更恨唐明皇拋恩棄信。他至死也未明白皇上之苦心，安祿山之柔情蜜意。臨刑托高力士轉告明皇，他含冤負屈而死，死後休再無端地與他枉加罪名。

【商調】【集賢賓】似飛花落絮無定止〔一〕，風外趁遊絲。聳兩葉眉顰淺黛，混千行淚濕凝脂。見一團戰戰兢兢〔二〕，越十分媚媚姿姿。一箇可喜娘臉兒可喜到死，看承得如同草刺。已留身後名〔三〕，猶訴口中詞：

【上京馬】『心毒害，更誰人似你〔四〕？四下裏一齊併我獨自死〔五〕，恁早則稱了平生志。

【後庭花】『一壁廂是怒楊妃的軍政司〔六〕；一壁廂是送楊妃的節度使〔七〕；一壁廂是棄楊妃的唐皇帝，一壁廂是怨楊妃的高力士。』自尋思〔八〕：這賤人不是〔九〕，送屍骸撇在外〔一〇〕，料因來沒祭祀〔一一〕。

【金菊香】『早忘了長生殿夜參差〔一二〕，悄悄無人私語時〔一三〕，枕邊誓約中甚使！鈿盒金釵，放著證明師〔一四〕。』

【幺篇】早則耳乾眼淨衆嬌姿〔一五〕，早則義斷恩絕兩姓子〔一六〕。『有句話再三囑咐你〔一七〕：若得見君王，卻道俺傳示：

【尾】『把我生勒死，不知爲何事。若施行了已後〔一八〕，卻休教死骨頭上揣與我箇罪名兒〔一九〕。』

【注】

〔一〕『似飛花』二句：喻楊妃命運如飛花落絮，空中遊絲，無所依傍。

〔二〕『見一團』二句：是說楊妃嚇得抖成一團，越發惹人愛憐。媚媚姿姿：秀美的樣子。

〔三〕『已留』二句：是說楊妃禍國罪名已定，臨刑前猶自述說自己冤屈。

〔四〕你：指陳玄禮。

〔五〕四下裏：來自四面八方，指所有的人。併：催逼。王實甫《西廂記》：『俺娘無夜無明併女工。』王季思注：『併，催逼也。』

〔六〕軍政司：管理軍中事務的官員。此指陳玄禮。

〔七〕送：葬送，毀滅。節度使：總攬數州軍事的長官。此指安祿山。

〔八〕『自尋思』四句：爲楊妃推測陳玄禮等人的想法及做法。

〔九〕賤人：楊妃臆測陳玄禮等人對自己的稱呼。不是：錯誤，罪過。

〔一〇〕『送屍骸』句：楊妃臆測自己死後，陳屍荒野，無人掩埋。

〔一一〕料因來：由此可預料。

〔一二〕夜參差：夜間景物影綽綽。宋·蘇軾《夫人閣四首》其一：『壁門桂影夜參差。』『早忘了』五句，是楊妃臨死前埋怨明皇忘記了七夕之夜盟誓、留信物之事。

〔一三〕『悄悄』句：指明皇與楊妃七夕之夜於長生殿密誓，願世世爲夫婦。明皇分金釵鈿盒各執一半爲信物。參看卷三《長生殿慶七夕》套。

〔一四〕證明師：證人或證物。此指證物。

〔一五〕早則：早是，已經是。眾嬌姿：指宮中嬪妃。此句是說，楊妃已不再受專寵，嬪妃們落了箇耳乾眼淨。

〔一六〕兩姓子：義子。指安祿山。

〔一七〕你：指高力士。

〔一八〕施行：此指處死。

〔一九〕揣與：强加與。元・楊顯之《瀟湘雨》：『我只問你箇虧心甸士，怎揣與我這無名的罪兒。』

【校】

此套曲見於《雍熙樂府》卷一四，第六〇頁。又見於《九宮大成譜》卷六〇，第三一至三二頁。【金菊香】、【幺篇】見於《北詞廣正譜》卷一四，第四頁。【尾】見於《北詞廣正譜》卷一四，第一九至二〇頁。

更誰人似你：《雍熙樂府》作『更誰人似恁』。

四下裹一齊併我獨自死，恁早則稱了平生志：《雍熙樂府》作『四下裹一齊併我猶自恁，早則稱了平生志』，《九宮大成譜》作『四下裹一齊併我猶自死，早則稱了平生志』。此從《北詞廣正譜》。

料因來沒祭祀：《雍熙樂府》作『料因來祭祀』。

若得見君王：《北詞廣正譜》作『若見君王』。

尾：《北詞廣正譜》、《九宮大成譜》作『隨調煞』。

話猶未畢，數軍健一擁而上。可憐那戰戰兢兢的太真妃，落入如狼似虎軍卒之手。此輩那裏懂得惜玉憐香？推倒楊妃，生生勒塌咽喉。只見楊妃頭髮散亂，鼻凹突起，舌尖半吐，雙目緊閉，一縷香魂，飄向枉死城。

明皇心如刀絞，卻要佯裝對楊妃怒氣衝衝。傳宣：『楊妃之死，並非帥首之意，乃朕嚴於律法，除卻禍根芽。』明皇此舉，乃出自陳玄禮苦心：將士既對楊氏兄妹恨之入骨，由皇上下詔除之，事後皇上自會贏得眾將士乃至羣臣百官擁戴。偏那明皇不領情，竟私下向高力士訴苦，道那陳玄禮『故意兒咱家』。楊妃被縊而死，雖然慘不忍睹，倒也免去活受萬馬踐踏之驚怕！

【大石調】【六國朝】那裏問衣粧帶緊，首飾鉛華！將素體立驅翻，把咽喉生勒塌。折挫了傾城色〔一〕，改變盡鼻凹〔二〕。及竟得如雲鬢〔三〕，鬆了紺髮〔四〕。偏旖旎形骸偃臥〔五〕，忒溫柔手足揣搓〔六〕。止不過是昭陽殿裏受深恩，怎下的教馬嵬坡生勒殺？

【歸塞北】傳宣處〔七〕，佯與箇怒容加：『將帥本無嚴號令，君王勅賜重刑罰〔八〕，因你是禍根芽！』

【幺篇】『高力士，好歹寡人差〔九〕！親厚更誰親似我，愛來那箇愛如他？故意兒咱家〔一〇〕！』

【尾】怨氣的娘娘身亡化，更教千軍萬馬蹅踏〔一一〕，倒免了臨時惡驚怕〔一二〕。

【注】

〔一〕折挫：折磨、毁壞。元·楊顯之《瀟湘雨》：『眼見的折挫殺女嬌姝。』

〔二〕鼻凹：鼻翼兩旁凹下去的地方。此句是說，楊妃因被勒死，鼻凹嚴重變形。

〔三〕及竟得：結果使得。及竟：表示動作完成。

〔四〕紺髮：原指佛教如來紺琉璃色頭髮。後泛指一般紺青色頭髮。『及竟』二句，是說被勒死的楊妃，秀髮散亂。

〔五〕偏旖旎：非常溫順秀美。偏：表程度副詞。偃臥：仰臥。

〔六〕搭搓：此指楊妃被勒死過程中手足痙攣的樣子。搭：握，握持。搓：揉擦。

〔七〕傳宣：傳示，宣告。『傳宣』二句，是說在宣佈處死楊妃時，明皇裝出對楊妃怒氣衝衝的樣子。

〔八〕勅：同『敕』。勅賜：皇帝給予的詔令。『將帥』三句，是明皇傳宣所說的話：將帥並無處死楊妃之意，是皇上自己下詔處死這箇禍國的根芽。

〔九〕『好歹』句：是說好與歹都是我的過錯。指陳玄禮把處死楊妃之事推到明皇身上。

〔一〇〕故意兒：故意捉弄，耍弄。咱家：明皇自指。『高力士』五句，是明皇私下裏對高力士訴苦。

〔一一〕蹅踏：踩踏。

〔一二〕惡驚怕：非常害怕。惡：表示程度副詞，猶『非常』，『極爲』。此句是說，楊妃已死，倒免去了此後被萬馬踩踏時的驚怕。

【校】

此套曲見於《雍熙樂府》卷一五，第九頁。《九宫大成譜》卷二一，第一一至一二頁。

佯與箇怒容加：《九宫大成》作『佯與箇恕容加』。

楊妃已死，陳玄禮顧及明皇再三懇請，準許將其屍體淺土掩埋。想那楊妃受寵之時，何等顯赫，何等榮幸，寵愛夜專夜，兄弟姐妹皆裂土封侯。誰知竟與那安禄山私情暗通，致使起士馬，動干戈，危及江山社稷。今慘遭刑戮，追根溯源，乃其自作自受。

疆場廝殺，陳玄禮難敵安禄山；搓玉揉香卻盡顯威猛。雖屬臣子盡忠，卻也爲後世詬病。

【仙呂宫】【袄神急】霧昏秦嶺日〔一〕，塵暗馬嵬坡，傾國傾城，到底成何用？挽回壯士心〔二〕，絕卻君王寵。驚魂已逐虎狼叢〔三〕，把咽喉緊匝，素練難鬆。

【寄生草】肌膚變，氣血擁，淚行亂落珍珠迸〔四〕。腮霞雙擁胭脂重〔五〕，舌尖半吐丁香送〔六〕。溜刀刀一對鳳眸藏〔七〕，曲彎彎兩葉蛾眉縱。

【幺篇】妖年盡〔八〕，豔限窮〔九〕。海棠已斷三春種〔一〇〕，梅花已赴三生夢〔一一〕，素娥已返三山洞〔一二〕。芙蓉帳裏有誰同？鴛鴦枕上無人共。

【六幺序】思當日，選玉容〔一三〕，正雙棲枕鴛鴦，素體香溫，醉魂情濃。弄春嬌星眼朦朧〔一四〕，夜連夜春與春相從〔一五〕。弟兄皆裂土封侯〔一六〕，惜明皇如此親陪奉〔一七〕。猛然愁絕慮遠〔一八〕，衣足食豐。

【幺篇】好難容，好難容，祿山何人，比之爲兒，往來私情暗通，便亂宮〔一九〕。差離長安，使鎮漁陽，恨輕別氣衝衝。忽然反國驅兵，撞破潼關，自作元戎。一朝命盡身雖痛，蓋因爾罪〔二〇〕，莫怨天公。

【賺煞尾】除了禍根苗，絕卻親昆仲，爲子爲臣盡忠〔二一〕。當下消磨了軍旅恨，卽時險諕殺玄宗。暢道驀見箇英雄〔二二〕，搓玉揉香甚威勇〔二三〕，似風雷性猛，鐵石般心硬，把一箇醉姮娥拖入地穴中〔二四〕。

【注】

〔一〕秦嶺：指秦嶺山脈。在陝西省南部與四川省交界處，是明皇播遷西蜀的必經之路。『霧昏』二句，寫秦嶺與馬嵬坡天昏地暗，烘托楊妃死時悲慘景象。

〔二〕『挽回』二句：是說楊妃之死，挽回將士保國之心，杜絕明皇重色之念。

〔三〕『驚魂』句：是說楊妃喪身荒山野嶺，其魂靈當與虎狼爲伍。

〔四〕珍珠：喻淚珠。

〔五〕腮霞雙擁：雙腮擁霞。指楊妃被勒，氣血擁面，腮紅如霞。

〔六〕丁香：又名『雞舌香』，植物名。花淡紅色，花蕊叢生，其中心最大者如雞舌，常借喻女人的舌頭。董解元《西廂記諸宮調》：『丁香笑吐舌尖兒送。』此用以喻楊妃被勒死後半吐的舌頭。

〔七〕溜刀刀：喻目光靈動的樣子。

〔八〕妖年：美麗年華。妖：豔麗。《文選·宋玉〈神女賦〉》：『近之既妖，遠之有望。』李善注：『近看既美，復宜遠望也。』

〔九〕豔限：指美麗青春的年限。豔：美好。限：期限。

〔一〇〕三春：整箇春季。農曆正月、二月、三月，分别稱孟春、仲春、季春，謂之『三春』。海棠春季開花，『斷三春種』，即花不復開。

〔一一〕三生：佛家語。指前生、今生、來生。三生夢指人的去世，物的凋零。元·宫天挺《范張雞黍》：『三生夢斷九泉幽，兄弟也誰想你一日無常萬事休。』『海棠』二句，以花喻人。海棠花春季斷種，梅花的三生已成夢，楊妃猶如花一樣，不再復活。

〔一二〕素娥：嫦娥的别稱。三山：傳説海上有三座神山。亦泛指仙境。此句與第一卷《遊月宫》呼應，是説化身楊妃的嫦娥，已回歸仙境。

〔一三〕選玉容：指楊玉環當初被選爲貴妃的時候。玉容：指美女。

〔一四〕弄春嬌：顯現青春豔麗、嬌憨之態。弄：顯現，賣弄。

〔一五〕『夜連夜』句：化用白居易《長恨歌》『承歡侍宴無閒暇，春從春遊夜專夜。後宫佳麗三千人，三千寵愛在一身』句意。指楊妃受到明皇的專寵。

〔一六〕裂土：分封土地。封侯：封拜侯爵。

〔一七〕陪奉：敬辭。猶『奉陪』。

〔一八〕愁絕慮遠：生活優渥，遠離愁苦憂慮。

〔一九〕亂宮：穢亂宮闈，指與安禄山偷情。

〔二〇〕蓋因爾罪：是因你自己的罪過。蓋：句首語氣詞。爾：指楊妃。

〔二一〕爲子爲臣：作爲臣子，指陳玄禮。

〔二二〕驀：猛然間。

〔二三〕搓玉揉香：喻摧殘美麗柔順的女子。

〔二四〕醉姮娥：醉酒的嫦娥，此喻死去的楊妃。

【校】

此套曲見於《雍熙樂府》卷四，第八六至八七頁。【祆神急】見於《北詞廣正譜》卷三，第三四頁。【六幺序】、【幺篇】見於《北詞廣正譜》卷三，第二三頁。

祆神急：《北詞廣正譜》作『祆神兒』。

把咽喉緊匝：《北詞廣正譜》作『把咽喉緊咂』。

六幺序：《雍熙樂府》作『六幺遍』。

三尺淺壙，一抔黄土，將楊妃草草掩埋。隨後萬馬踏屍。楊妃禍國，天怒人怨。那戰馬尚未等到衆將士戴盔披甲，便思奔騰踩踏。恰在此時，嶺坡又揚塵土，乃嶺南使者送荔枝來也。羣情更爲激憤，只聽得人怒吼，馬嘶鳴，馬隊撇風也似飛上馬嵬坡。可憐那楊妃，瞬間屍骨如泥。

【仙吕宫】【勝葫蘆】是去君王不奈何〔一〕，盡分得淚痕多〔二〕。羽衣曲翻成薤露歌〔三〕。玉溝空闊，玉人偃卧，沒撚指早填合〔四〕。

【幺篇】戰馬也如將怨氣豁〔五〕。比及排甲冑〔六〕，列干戈，料想嗔人緊勒他〔七〕，騁精神，惡打盤桓突磨。鬬嘶喊〔八〕，要奔波。

【賺煞尾】撞出虎狼叢〔九〕，堪上淩烟閣〔一〇〕，天意與人情暗合〔一一〕。幾曾使鞭稍兒觸抹著〔一二〕，盪香魂健足頻那〔一三〕，暢道相唧不離了楊妃那禍〔一四〕。荔枝塵閃脱〔一五〕，將海棠根過〔一六〕，撇風也似飛上馬嵬坡〔一七〕。

【注】

〔一〕是去：確實是，很是。去：無義，加强語氣。

〔二〕盡分：猶『命中注定』。分：本分，分内。

〔三〕羽衣曲：指楊妃擅長的霓裳羽衣舞。薤露歌：唐・吴兢《樂府古題要解》：『喪歌。舊曲本出於田横門人，歌以葬横。』

〔四〕沒撚指：不到撚指之間，極言時間之快。意謂埋楊妃之溝很淺。

〔五〕『戰馬』句：是說戰馬似乎也要宣洩對楊妃的怨氣。豁：排遣，發洩。

〔六〕『比及』二句：是說還沒等到將士們披戴盔甲，操起武器，戰馬就想衝向馬嵬坡。比及：宋、元曲文中的常用詞，未及，未等到。關漢卿《四春園》：『比及拿王矮虎，先纏住一丈青。』

〔七〕『料想』三句：是說戰馬急於奔騰踩踏，卻被韁繩緊勒，不能奔馳。於是抖擻精神，在原地騰跳盤旋。盤桓突磨：都是盘旋的意思。惡：表程度的副詞，猶『猛烈』。

〔八〕鬭嘶喊：馬比著嘶鳴。

〔九〕『撞出』句：是說戰馬撞擊出虎狼般的威勢。

〔一〇〕上淩烟閣：唐代表彰功臣的方式。參看卷四《楊妃上馬嵬坡》注〔一二〕。此指戰馬踐踏『禍根苗』功勞巨大，亦可圖像於淩烟閣。

〔一一〕天意：指明皇遊月宮時，嫦娥動了私情，天帝遣她下凡歷劫。人情：指絕去帝王沈湎於聲色之弊端。

〔一二〕『幾曾』二句：是說楊妃禍國，天怒人怨，連鞭梢都未經觸摸一下，戰馬就奔騰而起，奔向埋楊妃的墳丘。鞭稍：鞭梢。稍：同『梢』。

〔一三〕盪香魂：指踩踏被淺埋的楊妃屍體。那：同『挪』。

〔一四〕相啣：相怨恨。楊妃那禍：猶『楊妃那禍害』。

〔一五〕荔枝塵：運送荔枝的驛馬盪起的塵土。據《楊太真外傳》：『力士遂以羅巾縊（楊妃）於佛堂前之梨樹下。纔絕，而南方進荔枝至。』

〔一六〕海棠根：指埋在土中的楊妃。海棠：喻楊妃。

〔一七〕撇風：亦作撇捩、撇烈，戰馬撒歡疾馳的樣子。

【校】

此套曲見於《雍熙樂府》卷五，第九〇至九一頁。

陳玄禮率衆殺楊國忠，馬踐楊妃，除卻了宫廷十數載的禍患，自信此舉乃爲國立功，青史留名之事。再看那明皇，面容慘切，無情無緒，如醉如呆，心知皇上對他十分惱恨。想到伴君如伴虎，頓生惶恐。生怕來日返朝後明皇問他箇欺君之罪，便誠惶誠恐地向明皇謝罪。明皇無奈，皺著眉，含著淚，寫下了赦免陳玄禮冒犯之罪的詔書。陳玄禮感恩謝罪，又深感委屈：有功得不到賞賜，反要謝罪！表示倘若與安祿山相遇，定要將那胖廝生擒活捉，讓那胖廝在明皇面前自己招供其反國的緣由，以還自家箇清白。

【南吕宫】【一枝花】錦宫除禍機〔一〕，青史標名列。黄塵暗羅綺〔二〕，白練損花傑〔三〕。十數載脣舌〔四〕，爾爲人娘業〔五〕，則這一朝還報徹〔六〕。眼見的芙蓉帳暮雨朝雲〔七〕，都作了楊柳岸曉風殘月〔八〕。

【梁州】辭丹鳳九重禁闕〔九〕，臥黄沙三尺深穴，除寡人更有誰疼熱？自推自嘆〔一〇〕，難當難遮，無情無緒，如醉如呆。唐明皇棄捨無些〔一一〕，陳將軍決斷忒別〔一二〕。

也是楊國忠月值年災〔一三〕，安祿山時乖運拙〔一四〕，太真妃祿盡衣絕〔一五〕。帝情慘切，攢著眉〔一六〕，閣著淚〔一七〕，躬著身，叉著手〔一八〕，分付與陳玄禮：『兀的是手詔早寧帖〔一九〕。』他便頓首誠惶〔二〇〕，卻回奏，據辨利有誰迭〔二一〕！

【三煞】『這詔是重興宇宙郊天赦〔二二〕，早是復救生靈奉勅牒〔二三〕。見許多軍馬怎攔遮？撞過潼關，壁指干戈排列〔二四〕，這一番爲誰設〔二五〕？早是區區蜀道難〔二六〕，那堪更烟水重疊〔二七〕。

【二煞】『則爲你鸞歌鳳舞明連夜〔二八〕，直引的虎鬭龍爭子倂耶〔二九〕。若相持休想肯饒些〔三〇〕。戰馬交時，手到處將旗颭拽〔三一〕，兵刃不粘血。折末兩摟來人〔三二〕，肥骨唔胖肚皮〔三三〕，則那就鞍子上活挾〔三四〕！

【尾】『這欺君冤枉難分說〔三五〕，反國緣由怎漏泄〔三六〕？只等拿住賊臣恁時節〔三七〕，教那廝自分說〔三八〕，陛下聽者，臣是臣非見去也〔三九〕。』

【注】

〔一〕錦宮：如錦似繡的宮闈。禍機：隱伏之禍患。

〔二〕羅綺：美麗華貴的絲綢，此喻指楊妃。此句是說，楊妃被黄土掩埋。

〔三〕損：傷害，毀滅。花傑：最美花卉，喻指楊妃。

〔四〕脣舌：言辭，議論。此指楊妃與安禄山之間的醜聞。
〔五〕爾爲人娘業：指楊妃爲安禄山義母的孽緣。爾：指楊妃。業：佛教語。泛指行爲、語言、思想等各方面的表現，具有不可抗拒的報應之力。業有善惡，通常指惡業，引申爲孽。
〔六〕還報徹：徹底清算了。還報：報應。
〔七〕暮雨朝雲：用巫山雲雨典故，指明皇與楊妃的情事。
〔八〕『楊柳岸』句：柳永《雨霖鈴·秋别》：『多情自古傷離别，更那堪冷落清秋節！今宵酒醒何處？楊柳岸曉風殘月。』後以『楊柳岸曉風殘月』，爲有情男女離别的典故。此處指明皇與楊妃的生離死别。
〔九〕丹鳳九重禁闕：指皇宫。丹鳳：丹鳳城，借稱豪華帝都。九重：喻指宫廷，極言其崇高。禁闕：宫城前的樓觀。此句是説，楊妃離開富麗豪華的皇宫。
〔一〇〕自推：自己推究，思索。『自推』四句，寫唐明皇的情態。
〔一一〕棄捨無些：捨棄得乾乾淨淨。無些：不剩一點兒。此引申爲徹底，乾淨。
〔一二〕忒别：太出乎意料。
〔一三〕月值年災：恰好遇到命中難逃劫難的日子。
〔一四〕時乖運拙：時運不濟。指安禄山未能搶到楊妃。
〔一五〕禄盡衣絶：俸禄盡，衣食絶。指生命已到盡頭。
〔一六〕攢著眉：皺著眉。舊題漢·蔡琰《胡笳十八拍》：『攢眉向月兮撫雅琴，五拍泠泠兮音彌深。』
〔一七〕閣著淚：强忍著淚水。閣：禁受。元·高栻《集賢賓·怨別》套曲：『赤緊的關山路遠，一去無音，閣不住雙眸淚垂。』
〔一八〕叉手：兩手在胷前相交，表示恭敬。
〔一九〕兀的：宋、元曲文中常用詞，猶『這』，『這箇』。手詔：指赦免陳玄禮及將士們欺君之罪的詔書。寧帖：妥帖。
〔二〇〕他：指陳玄禮。頓首誠惶：誠惶誠恐地叩拜。
〔二一〕辨利：言辭流利，能言善辯。辨：通『辯』。《續資治通鑑·宋高宗紹興二十九年》：『麟之至金，金主喜其辨利，賜賚加厚。』有誰迭：有誰趕得上。
〔二二〕『這詔』句：是說這是祭告天地，重興宇宙，再振乾坤的詔書。指禍患已除，明皇定能重振雄風。郊天：祭天。唐·李邕《賀加天寶尊號表》：『加號所以發祥，郊天所以昭報。』赦：此指赦罪詔書。『這詔』句至此套曲的結尾，都是陳玄禮對著明皇所做的自我辯解的話。
〔二三〕『早是』句：緊接上句，是說這詔書是救拔生靈的勑牒。勑牒：詔書的一種。據《新唐書》卷四七：『凡王言之制有七，一曰冊書，立皇后皇太子封諸王臨軒冊命則用之。二曰制書，大賞罰赦宥慮囚大除授則用之……七曰勑牒，隨事承制不易於舊則用之。』
〔二四〕『壁指』句：是說安祿山的軍營中武器壁立。壁指：壁立。指：竪立。
〔二五〕這一番：指上句所說的安祿山反叛。

〔二六〕早是：已是，本來就是。區區：謂奔走盡力。區：通『驅』。《漢書・竇田灌韓傳論》：『凶德參會，待時而發，籍福區區其間，惡能救斯敗哉！』

〔二七〕烟水重疊：霧靄迷蒙。指途中環境惡劣。『早是』二句，寫播遷西蜀的艱難困苦。

〔二八〕則爲你：只因爲你。你：指明皇。明連夜：日以繼夜。

〔二九〕虎鬬龍爭：指君臣之間的征戰。子併耶：兒子逼迫父親。耶：同『爺』。此指義子安祿山造義父唐明皇的反。

〔三〇〕相持：相打，交戰。鐃些：鐃一點。此句是說，若和安祿山交戰，我決不肯放過他。

〔三一〕把旗颭拽：把他的戰旗扯下來扔掉。

〔三二〕折末：任憑。兩摟來人：兩摟粗的人。

〔三三〕肥骨唔：又肥又蠢笨。

〔三四〕活挾：活捉。

〔三五〕欺君冤枉：指明皇欲加給陳玄禮的欺君之罪。

〔三六〕反國緣由：指安祿山叛國的緣由。漏洩：此引申爲『戳穿』。

〔三七〕賊臣：指安祿山。

〔三八〕分說：原指說明分辯，此引申爲招供。

〔三九〕見去：看得清楚。

【校】

此套曲見於《雍熙樂府》卷一〇，第五二至五三頁。

直引的虎鬬龍爭子併耶：　底本作『直引的虎鬬龍爭了併耶』，據文意改。

若相持休想肯饒些：　底本作『若相待休想肯饒些』，據文意改。

楊妃被亂軍踐踏畢，陳玄禮率眾離開馬嵬坡。但見棧道連雲，飛瀑懸空，深潭無底，舉步維艱。明皇回視楊妃殉難處，著實難以割捨。想起昔日海誓山盟，更是心如刀絞。暗暗尋思：陳玄禮道寡人重色誤國，此乃從何說起？寡人一心只愛月宮臨凡太真妃，從未四下裏尋花問柳，怎算得重色？想當年，寡人興兵平亂，何等英武威風！豈料，而今竟處處受制於人！不覺又悲又苦，又怨又恨，真箇是五味雜陳。那陳玄禮到底是箇粗人，既除卻宮闈禍機，又獲明皇赦罪詔書，便覺大功告成，扶掖明皇上馬。侍衛牽馬，『扢蹬蹬』走下山來。

【商調】【集賢賓】人咸道太真妃禁宮中養出禍胎〔一〕，今日苦痛如血光災〔二〕。折剉盡桃李三春風物〔三〕，阻隔斷荔枝千里塵埃〔四〕。太陰星空照昭陽〔五〕，紫微宮虛列三台〔六〕。早子不翠袖舞嫌天地窄〔七〕，再不聽簫韶一派〔八〕。往常時錦雲籠面目〔九〕，爭忍這慘霧罩屍骸〔一〇〕！

【逍遙樂】因甚干戈侵界〔一一〕，致使文武專權？子爲國家重色〔一二〕。雖是掌扇齊開〔一三〕，都是半凋殘杏臉桃腮〔一四〕，少不的侶峨嵋下閣道〔一五〕，爲甚寵三千粉黛〔一六〕？偏你不朝遊南陌〔一七〕，晝宴蘭堂〔一八〕，夜訪金釵〔一九〕！

【上京馬】想創業興兵日〔二〇〕，幾曾著至尊無奈〔二一〕！嘆保駕臨蜀的大元帥，好把穩如唐十宰〔二二〕！

【後庭花】霎時間也難離摘〔二三〕，夢兒中也無間隔〔二四〕。他到那枕頭兒上須傒落〔二五〕，教寡人被兒中越定害〔二六〕。每日家不離懷，可正是心肝兒般惜愛，偏然臨虎狼垓〔二七〕，忽然間鸞鳳折〔二八〕。

【柳葉兒】卻死在陳將軍閫外，眼睜睜淺土培埋。挾權的也不似陳元帥〔二九〕，你挾權的煞到把帝王差〔三〇〕，今番去幾時回來〔三一〕？

【梧葉兒】青霄外〔三二〕，棧道開，疑似上蓬萊。觀嶺尖高難到，黑龍江深莫測〔三三〕，更添巨浪接巔崖，也是低淺如俺盟山誓海。

【醋葫蘆】俺向碧霞迎著翠靄〔三四〕，六丁神將巧安排〔三五〕：抵多少立金梯倚空十二階〔三六〕，更壓著雁門紫塞〔三七〕，一層層子辦著好心兒挨〔三八〕。

【尾】早是俺人意堅〔三九〕，更合著馬蹄兒耐〔四〇〕，從嵬坡直下，圪蹬蹬的捽將來〔四一〕。

【注】

〔一〕『人咸道』句：是說人們都說楊妃認安祿山爲義子是養育了禍胎。咸：皆，都。

〔二〕血光災：指刀兵之災。

〔三〕折剉：亦作『折挫』，毁壞。三春風物：美好春光。三春：泛指春日。此句中桃李三春風物，比喻楊妃美好年華。

〔四〕『阻隔』句：是說楊妃已死，無需從嶺南再送荔枝。

〔五〕太陰星：主後宫的星宿。昭陽：皇后居住的宫殿。此句是說，後宫的主人已經不在人世，太陰星空照昭陽殿。

〔六〕紫微宫：即紫微星。主帝王的星宿。虚列三台：徒然列於三台之上。三台：星名，主大臣的星宿。《晉書·天文志上》：『在人曰三公，在天曰三台。』此句是說，皇帝之位雖尊，卻失去了權柄。

〔七〕早子：早則，早就。此句是說，當初楊妃舞霓裳，翠袖飄展，連天地都顯得狹窄。從今以後，舞姿不再。

〔八〕簫韶：古樂名。後泛指美妙的音樂。

〔九〕錦雲：彩雲。此句是說，往日楊妃生活在陽光燦爛、雲霞掩映的皇宫裏。

〔一〇〕爭忍：如何忍耐。爭：猶『怎』。慘霧：悽慘的霧霾。

〔一一〕干戈侵界：戰亂侵犯疆土。指安祿山叛亂。

〔一二〕子爲：只是因爲。子：副詞，表示限制。相當於『只』。『子爲國家重色』是明皇轉述陳玄禮的説法。

〔一三〕掌扇：古時帝王儀仗的一種，長柄，扇形似掌。

〔一四〕『都是』句：是説原先後宫嬪妃，都似即將凋殘的花柳。

〔一五〕少不得：不免。侶峨嵋下閣道：唐明皇逃入蜀，進劍閣，走棧道，與峨嵋爲伴。蓋據白居易《長恨歌》『雲棧縈紆登劍閣。峨嵋山下少人行』而來。按，實未至峨嵋。

〔一六〕三千粉黛：指後宫嬪妃。

〔一七〕你：爲明皇自指。南陌：南面的道路。南朝梁・沈約《鼓吹曲同諸公賦・臨高臺》：『所思竟何在？洛陽南陌頭。』

〔一八〕蘭堂：廳堂的美稱。南唐・馮延巳《應天長》詞：『當時心事偷相許，宴罷蘭堂腸斷處。』

〔一九〕夜訪金釵：指夜間尋找歌女作樂。明・趙琦美《王叔明畫憶秦娥詞意》：『余觀邵氏《聞見録》：宋南渡後，汴京故老呼妓於廢圃中，飲歌太白《秦樓月》一闋……自太白創此曲之後，繼踵者甚衆，不過花間月下男女悲歡之情。就中能道者惟有：「花蹊側，秦樓夜訪金釵客。金釵客，江梅風韻，海棠顔色。」』『爲甚』四句，是明皇對指責他『重色』的辯解：他只寵愛仙子臨凡的太真妃，並未到外面尋歡作樂。

〔二〇〕創業興兵：指明皇當年平定韋氏之亂，安定社稷。

〔二一〕幾曾：何曾。至尊：帝王，此爲明皇自稱。

〔二二〕把穩：穩當可靠，此指平庸無能。唐十宰：唐朝的十宰相。宋·曾慥編《類説》卷六《續齊諧記》『扳絙之戲』：『清明節，命侍臣爲扳絙之戲。以大麻絙兩頭繫十餘小繩，每繩數人執之爭絙，以力弱者爲輸。時十宰相、二駙馬爲東朋，三相、五將爲西朋，僕射韋巨源、少師唐休璟以年老隨絙而踣，久不能起，帝以爲笑樂。』此處將陳玄禮比作唐十宰，譏諷他在安、史叛軍面前平庸無能。

〔二三〕離摘：離開，捨棄。

〔二四〕『夢兒』句：是説明皇與楊妃連做夢都在一起。

〔二五〕傒落：同『奚落』，諷刺，譏笑。此句緊連上句，是説楊妃晚上來入夢，定會奚落他無能，讓自己命喪黄泉。

〔二六〕定害：苦惱，歉疚。

〔二七〕虎狼垓：猶『虎狼窩』，此喻陳玄禮的將士。垓：古數名，萬萬爲垓。引申爲數量極多。董解元《西廂記諸宫調》：『遮莫賊軍三萬垓，便是天蓬黑煞，見他應也伏輸。』

〔二八〕鶯鳳：喻指明皇與楊妃夫妻之間的愛情。折：折斷，毁掉。

〔二九〕挾權：依仗權勢。此特指依仗手中兵權。此句是説，即便有挾權的，也不像陳玄禮這樣過分。

〔三〇〕煞到：直到。差：差遣，支使。

〔三一〕『今番』句：是説楊妃葬於馬嵬坡，陳玄禮强迫明皇離去。明皇不捨，不知道何時才能再見楊妃的葬身之處。

〔三二〕青霄：青天，高空。『青霄外』三句，極言棧道之高。

〔三三〕黑龍江深：極言江水深不見底。以山之高水之深，比喻明皇與楊妃的海誓山盟。

〔三四〕碧霞：青色的雲霞。多用以指神仙所居之處。翠靄：青翠的烟霧，亦以喻仙境。

〔三五〕六丁神將：道教認爲六丁（丁卯、丁巳、丁未、丁酉、丁亥、丁丑）爲陰神，爲天帝所役使神將。此句是說，鬼斧神工，才造就西蜀道上的險峻壯觀。

〔三六〕抵多少：勝過。倚空：淩空。『金梯』與『十二階』：皆指神仙府邸的臺階。此句化用李白『蜀道之難，難於上青天』詩意。

〔三七〕更壓著：再加上。雁門：山名。在今山西省代縣西北。紫塞：北方的邊塞。晉·崔豹《古今注·都邑》：『秦築長城，土色皆紫，漢塞亦然，故稱紫塞焉。』『俺向』四句，極言蜀道的險峻難行。

〔三八〕子辦著：只好準備著。辦，備辦。好心兒：此引申爲耐心地。挨：忍受，遭受。

〔三九〕早是：幸而。人意堅：人的意志堅韌。

〔四〇〕更合著：再加上。合：相同，一致。耐：經得起，能勝任。

〔四一〕圪蹬蹬：猶『圪登登』，象聲詞，指馬行於山路的聲音。捽：捽挽，揪拉。指侍衛爲明皇牽馬墜蹬，做出不禮貌的舉動。

【校】

此套曲見於《雍熙樂府》卷一四，第五九至六〇頁。

安祿山叛亂之初，明皇因年事已高，欲以皇太子爲天下兵馬元帥監撫軍國事。楊國忠大懼，諸楊聚哭。貴妃銜土陳請，明皇遂不行內禪，且令太子隨其行幸西蜀。如今楊氏兄妹已死，隨行將士及民間父老均請求太子率衆北上平叛。明皇得知，嘆道：『此乃天意也！』遂分後軍二千人，及儀仗內最上乘之飛龍廄馬，以從太子。且諭將士曰：『太子仁孝，可奉宗廟，汝曹善輔佐之。』太子涕泣拜別老父，北上平叛。

陳玄禮保護明皇一行繼續西行。那明皇到底是五十年太平天子，深受萬民擁戴。臨行之際，父老鄉親跪地挽留，馬過之處，哭聲不絕於耳。明皇也泣下沾巾，依依不捨地踏上征程。

天寶遺事諸宮調卷五　哭楊妃

楊妃歷劫歸天，明皇直感到生不如死。西行途中，乃於夜深人靜之時，與高力士挂三尺魂幡，一軸影幀，悲悲切切，祭奠楊妃。

那高力士侍奉明皇三十多年，與明皇名爲君臣，實同手足。眼見得五十年太平天子竟遭如此屈辱，受如此苦痛，不禁痛徹心扉，掌不住先就失聲痛哭。他恨安祿山癡心妄想，竟要搶帝王家的妃子爲妻。也怨貴妃胡作非爲，背君王與安祿山苟合。惱陳玄禮色厲内荏，失君臣之禮；尤不該把宮闈祕事作爲軍前號令。原先人們只道安祿山造反爲篡奪江山，如今道出實情，那楊妃固然有罪，寵楊妃的明皇也會因重色誤國被載入史冊。他焦慮萬分，卻又無計奈何，只盼楊妃顯靈，向長安臣民喧諭，道自家無罪，是陳玄禮强向馬嵬坡馬踐了他。楊妃无罪，方能減少朝臣對明皇之非議。

【中呂宮】【粉蝶兒】若不是將令行疾，嶮些箇把撮合山連累〔一〕。沒來由也去臨逼〔二〕：『恰對元戎，休道其中情弊。子道高力士明知，更做巧舌頭怎生支對〔三〕！』

【醉春風】子爲他復望雲雨期〔四〕，生送得不著墳墓鬼〔五〕。帝王家妃子要爲妻〔六〕，祿山賊休好美，美！天子僝僽〔七〕，眾軍寧貼〔八〕，自家也伶俐〔九〕！

【迎仙客】不是我佯孝順〔一〇〕，假慈悲。禁宫中起初曾拜識〔一一〕，雖是各爹娘，廝認義〔一二〕，據著覷當追陪〔一三〕，不弱如親兄弟。

【石榴花】記得那彩雲成陣錦重圍〔一四〕，恰正是人體態酒爲媒〔一五〕，忽變作落花沾土絮沾泥〔一六〕。怎想這禄山賊統領征鼙，一時間險逼迫煞陳玄禮〔一七〕。誰承望正行之際，半霎兒險殃煞唐皇帝〔一八〕。一片聲叫道：『宜早不宜遲！』〔一九〕

【鬬鵪鶉】他子待按法依條〔二〇〕，那裏問違宣抗勅〔二一〕！倚勢挾權，死一般做頭害底〔二二〕。非是俺心偏向裏迷〔二三〕，恁也待顯正直〔二四〕，據這般剪草除根〔二五〕，那裏是於家潤國〔二六〕？

【普天樂】阻天顔〔二七〕，從心意〔二八〕，怎息雷霆之怒〔二九〕，罷虎狼之威？施狠切〔三〇〕，誇鋒利〔三一〕，指歌舞爲名相羅織〔三二〕。其間事〔三三〕，容機密〔三四〕。就裏僥傒〔三五〕，密把宫中禍機〔三六〕，軍前號令，便説法外淩遲〔三七〕。

【乾荷葉】明明是〔三八〕，不曾題，暗暗地早任誰知？做多少英雄勢〔三九〕，見放著亂宫賊，不敢與他作頭敵。既然教奸婦一身虧〔四〇〕，你卻須合問那奸夫罪！

【上小樓】每月家干請俸給〔四一〕，經年常閑著兵器〔四二〕。恰見戰馬奔騰〔四三〕，早教幸蜀迴避。你可早路途中，保護得無疏無失，兀的是大唐家養軍千日〔四四〕！

【幺篇】他爲甚麼痛未休〔四五〕，爲甚麼去便回〔四六〕？子爲他龍鬭魚傷〔四七〕，兔死狐悲。三十年弟兄般何曾相棄〔四八〕！早是俺眼睜睜物傷其類。

【滿庭芳】恰得箇風恬浪息〔四九〕，他剗地昂昂而已〔五〇〕。卻教俺怏怏而歸〔五一〕。『好教那白練把你十分勒。死後正合宜〔五二〕。每日居禁苑豐衣足食，誰教你背君王落道爲非〔五三〕？臣當日若不看娘娘的面皮，怎容過這蠢東西〔五四〕！

【六幺序】『今日箇從實，對你分析〔五五〕，不是見喫閃著虧你勸不的〔五六〕。把俺死央及〔五七〕，對面又難爲〔五八〕，因此上不免的依隨。偷方覓便雖作美〔五九〕，得回避，恁偎香抱玉無了期。世著迷子管著迷〔六〇〕，直到落便宜〔六一〕。

【紅繡鞋】『那廝生得來矮罷〔六二〕，下緒來寬膀臂〔六三〕，粗古魯恁來闊腰圍〔六四〕，項圓蠢腮，啉唔胖容儀〔六五〕。胷凸報〔六六〕，肚纍垂〔六七〕，卻是那些兒引動你？

【快活三】『猛生怕涉疑〔六八〕，詐爲兒廝瞞昧。雖不懷胎十月得分離，卻有乳哺二年意。

【鮑老兒】『誰想恁悄悄冥冥〔六九〕，預先做下張鴛鴦被！誰教你喜喜懽懽，正美裏自拆散鸞凰隊〔七〇〕？特然遣趕，漁陽鎮守，防護夷狄！忽然變亂，把潼關攻擊，篡皇基〔七一〕。』

【六幺令】早子都你東我西〔七二〕，恁平地葬送三不歸〔七三〕。卻教父南子北無前事〔七四〕，間隔在兩下裏。到黃泉見壽王迎禮〔七五〕，第一句說甚的？是子是皇妃情理？卻也受煞你將軍氣〔七六〕！

【幺篇】那催兵吏憁征轡〔七七〕，子聽馬過處哭聲悲〔七八〕。辭軍壘投蜀國〔七九〕，更壓著人和凱歌回〔八〇〕：怕的是還朝日，翰林院那管無情筆〔八一〕，休想道半星兒不完備。暗想風流形勢〔八二〕，到今日成何濟〔八三〕！

【堯民歌】也曾風流霞洗〔八四〕，也曾粉耨香偎〔八五〕，也曾華攢錦簇，也曾翠繞珠圍。如此般夫榮婦貴，今日箇瓦解星飛〔八六〕，恰便是野風吹散紙錢灰！劍嶺嵯峨路人稀，碧桃花下月平西，笑煞蜀禽也難迴〔八七〕。狼藉，狼藉，殘紅襯馬蹄〔八八〕，休想花有重開日。

【尾聲】娘娘呵，你使些躁暴〔八九〕，方減些是非〔九〇〕。自通傳曉諭長安內〔九一〕，道他無罪，強向那馬嵬坡下踐了楊妃。

【注】

〔一〕撮合山：媒人。此指楊妃與安祿山的牽線人。『若不是』二句，是說如果不是陳玄禮不由分說便急忙把楊妃處死，就很可能牽扯出高力士這箇撮合山。

〔二〕沒來由：沒有道理，不應該。臨逼：緊逼。指高力士自己在馬嵬坡之變中曾逼迫楊妃。

〔三〕支對：　應付，應對。『恰對』四句，是高力士馬嵬坡『臨逼』楊妃的話：　不要對陳玄禮說出他做過她和安祿山的撮合山。只要說出高力士知道她與安祿山偷情之事，他就會百口莫辯。

〔四〕他：　指楊妃。復望：　再希望得到。雲雨期：　此指男女之間媾歡。此句是說，除明皇外，楊妃又想和安祿山媾歡。

〔五〕生送得：　活生生葬送得。不著墳墓鬼：　無墳可棲的孤魂野鬼。楊妃被淺土掩埋，又經萬馬踩踏，沒有墳墓。

〔六〕『帝王家』三句：　是說楊妃已死，安祿山就別再做搶帝王妃子爲妻的美夢了。

〔七〕僝僽：　痛苦，煩愁。徐渭《南詞敘錄》：　『僝僽：　憂懷也。』

〔八〕寧貼：　安定，平靜。

〔九〕自家：　指楊妃自己。伶俐：　此特指男女關繫乾淨。《二刻拍案驚奇》卷一五：　『疑的是婦人家沒志行，敢怕獨自箇一箇時候極了，做下了些不伶俐的勾當。』這是高力士對楊妃之死的氣話。

〔一〇〕佯孝順：　假裝孝順。『不是』二句，是說高力士同情明皇，不是假意做給人看的。

〔一一〕拜識：　拜見，認識。高力士原侍奉武則天，後追隨明皇。

〔一二〕廝認義：　互相認可。廝：　猶『相』。認義：　原指結義，此引申爲認同，親密。

〔一三〕覷當：　看待。覷，看。當：　語氣助詞，猶『著』。追陪：　追隨，陪伴。此句是說，據明皇看待力士，力士追隨明皇的情況看來。

〔一四〕『記得』句：　追憶明皇曾經在宮中歌舞享樂時的情景。彩雲、錦，皆喻美好豪華的景象。

此處特指『藏鈎會』。

〔一五〕『恰正是』句：是説楊妃體態美麗，加上楊妃與安祿山都醉酒，引發他們私情。

〔一六〕落花沾土絮沾泥：喻指楊妃身上有了污點。

〔一七〕逼迫煞：逼迫得非常厲害。煞：表程度副詞。此句是説，安祿山統領的追兵，險些把陳玄禮逼向絶境。

〔一八〕半霎：很短的時間。殃煞：連累壞，拖累死。殃：殃及。煞：表程度的副詞，猶『極』，『很』。

〔一九〕『一片聲』二句：是説將士們一齊喊道要趕緊處死楊國忠與楊妃。『怎想』六句，是説陳玄禮及將士們要馬踏楊妃，與安祿山追兵的逼迫有關。

〔二〇〕他：指陳玄禮。按法依條：按照法令條文。此指依法處死楊國忠和楊妃。

〔二一〕問：管，顧得。違宣抗勅：違抗聖旨。宣、勅，皆指皇帝旨意。

〔二二〕頭害底：亦作『頭敵』、『頭抵』，宋、元曲文中常用詞語，猶『對頭』。董解元《西廂記諸宮調》：『把破設設的偏衫揭將起，手提著戒刀三尺，道我待與羣賊作頭抵。』此指陳玄禮與楊氏兄妹作死對頭。

〔二三〕向裏迷：此指偏向自己人。

〔二四〕恁：此指陳玄禮。待顯正直：要賣弄自己正直。

〔二五〕剪草除根：指殺死楊氏兄妹。

〔二六〕於家潤國：惠及家國。『於』與『潤』，都是澤被，惠及的意思。元・姚守中《粉蝶兒・牛訴冤》套曲：『他道我潤國於民，受千辛萬苦。』

〔二七〕阻天顏：向帝王發難。阻：阻難。天顏：此指唐明皇。

〔二八〕從心意：放縱自己的意願，即爲所欲爲。

〔二九〕怎：此指怎麼肯，怎麼能。

〔三〇〕施狠切：施展兇狠。狠切：兇狠。

〔三一〕誇鋒利：炫耀自己厲害。

〔三二〕『指歌舞』句：是說陳玄禮以楊妃喜歌舞羅織其罪名。

〔三三〕其間事：指宫闈内楊妃與安祿山偷情之事。

〔三四〕容機密：應該保密。容：適合，引申爲應該。《文選・班固〈答賓戲〉》：『因勢合變，遇時之容。』李善注引項岱曰：『容，宜也。』

〔三五〕就裏僥傒：這裏面讓人感到莫名其妙。僥傒：蹺蹊。奇怪，可疑。此引申爲難以理解。

〔三六〕『密把』二句：是說陳玄禮暗中把宫闈祕事，作爲軍前發號施令的依據。

〔三七〕法外淩遲：法令條文規定之外的處死方法，此指萬馬踩踏。淩遲，剮刑，此泛指極刑。

〔三八〕『明明』三句：是說楊妃與安祿山偷情之事，未曾與外面提起過。誰會知道？暗指陳玄禮不該洩密。

〔三九〕『做多少』三句：是說陳玄禮擺出多少英勇無敵的架勢，但面對安祿山這箇亂宫賊，卻不敢與他對敵。見：『現』的古字。亂宮賊：穢亂宮闈的賊子。頭敵：見本套曲注〔二二〕。

〔四〇〕『既然教』二句：既然說是通奸，奸夫奸婦應該同罪，不該只讓奸婦一人領罪，你（陳玄禮）也應該去治奸夫的罪。須合：必須，應該。

〔四一〕干請：求取。俸給：俸祿。

〔四二〕經年：常年。閑著兵器：兵器閑置，沒有戰事。『每月家』二句，是說陳玄禮常年白拿俸祿。

〔四三〕恰見：剛剛見到。戰馬奔騰：指戰爭。

〔四四〕兀的是：這才是。兀的：指示代詞。『養軍千日』，爲『養軍千日，用在一時』的縮寫。

〔四五〕痛未休：指唐明皇因楊妃之死悲痛不已。

〔四六〕去便回：指安祿山去漁陽，很快領兵返回長安。

〔四七〕子爲他：只是因爲楊妃。他：此指楊妃。龍鬭魚傷：指君臣間爆發戰爭。

〔四八〕『三十年』二句：是說三十年來，明皇待自己如兄弟般不棄不離，如今見明皇受苦，自己也感到物傷其類。

〔四九〕恰得箇：剛剛得到。風恬浪息：風平浪靜。此句是說，明皇與陳玄禮等剛甩掉安祿山追兵，脫離了險境。

〔五〇〕他：指陳玄禮。剗地：一味地。昂昂：驕傲自負的樣子。

〔五一〕怏怏：痛苦，不服氣的神情。

〔五二〕合宜：合適，此含有『活該』的意思。此句爲高力士抱怨楊妃的氣話。

〔五三〕落道爲非：胡作非爲。落道：背離了道義。

〔五四〕蠢東西：指安祿山。

〔五五〕你：指楊妃。

〔五六〕『不是』句：是説楊妃若不是喫了大虧就不聽勸。見：『現』的古字。喫閃著虧：喫了大虧。閃：遭受挫折。

〔五七〕死央及：極力地懇求。此指楊妃懇求高力士想辦法讓她和安祿山經常見面。

〔五八〕『對面』句：是説楊妃面對面的央及，使得高力士不好意思拒絶她的要求。

〔五九〕偷方覓便：偷偷摸摸尋找方便。做美：成全好事。此指楊妃與安祿山媾歡。

〔六〇〕世：副詞，猶『已經』。此句是説，已經著迷就一直執迷不悟。

〔六一〕落便宜：喫大虧。關漢卿《西蜀夢》：『今日被歹人將你算，暢則爲你大膽上落便宜。』

〔六二〕矮罷：極矮。屈原《離騷》：『時曖曖其將罷兮，結幽蘭而延佇。』宋·洪興祖《楚詞補注》：『罷，極也……罷，音皮。』

〔六三〕緒：少數民族用的一種布。此處作爲虚詞，無義。

〔六四〕粗古魯：非常粗。古魯，爲語氣助詞。恁來：如此，這般。恁，此處爲指示代詞。

〔六五〕『項圓蠢腮』二句：指脖子渾圓兩腮外鼓肥肥胖胖蠢樣子。啉唔：語氣助詞。

〔六六〕胷凸報：胷鼓起。報：疑爲『皷』，『鼓』的異體字，形近致誤。

〔六七〕肚纍垂：指肚皮肉重疊下垂。

〔六八〕『猛生』二句：是説安、楊猛然間關繫親密，怕明皇生出懷疑的想法，遂認安祿山爲義子，相瞞昧欺騙。廝：相。

〔六九〕悄悄冥冥：悄悄地。『誰想』二句，是説高力士不曾想到楊妃會和安祿山偷情。

〔七〇〕自拆散鸞凰隊：指楊妃主動與安祿山分手。鸞凰：喻夫妻，此喻情人。

〔七一〕篡皇基：篡奪唐王朝的基業。高力士明知安祿山謀反是爲搶楊妃，卻一直稱其造反是爲了篡皇基。

〔七二〕早子：早就。你東我西：指楊妃與安祿山早已分手。

〔七三〕恁：指陳玄禮。平地：平白無故。三不歸：宋、元曲文常用語，謂沒辦法，無著落，無歸宿。關漢卿《拜月亭》劇：『干戈動地來，横禍從天降。耶娘三不歸，家國一時亡。』

〔七四〕父南子北：馬嵬坡兵變後，明皇避亂西蜀，太子李亨北上平叛。無前事：沒有先例。此時，高力士已預感太子此去，將對明皇的權勢不利。

〔七五〕迎禮：見面時的禮節。『到黃泉』三句，是説楊妃前爲壽王妃，後爲明皇貴妃，到黃泉與壽王以什麼禮節相見？按：此處與史實有出入，壽王瑁並未死於楊妃之前。

〔七六〕受煞：受盡。將軍：指陳玄禮。陳玄禮於馬嵬坡處死楊妃，纔會使楊妃的魂靈與客死幸蜀途中的壽王會面，出現上句説的尷尬情況。

〔七七〕催兵吏：督催士兵的官吏。惚征轡：鬆了戰馬的轡繩。惚：同『鬆』。此句是説，明皇一行已經甩掉叛軍追擊，幸蜀途中已無戰事。

〔七八〕『子聽』句：據《資治通鑑》記載，明皇於馬嵬坡臨行之際，當地百姓夾道跪拜，涕泣相送。

〔七九〕軍壘：軍營周圍的防守工事。此指奔蜀軍隊臨時在馬嵬坡駐扎之處。

〔八〇〕更壓著：再加上，更加使人憂慮的。人和凱歌回：指平定『安史之亂』，明皇返回長安。

〔八一〕『翰林院』二句：爲高力士的擔心。平定『安史之亂』後，明皇將失去權勢，翰林院修國史時，會把明皇寵楊妃，楊妃與安祿山偷情以引發『安史之亂』之事全都記載下來。

〔八二〕風流形勢：風流的情態。

〔八三〕成何濟：有什麼用處？

〔八四〕風流霞洗：面對朝霞，洗盡塵埃，顯示名士風流。白居易《元稹賦茶》：『晨前命對朝霞，洗盡古今人不倦，將知醉亂豈堪誇。』

〔八五〕粉耨香偎：與美人相依相偎。粉：脂粉，借指美女。耨：特指男女之間的親密接觸。

〔八六〕瓦解星飛：頓時破滅、消失。瓦解：如瓦片碎裂。星飛：如流星飛逝。

〔八七〕『笑煞』句：是說蜀地山嶺高峻，連禽鳥飛出都難以返回。李白《蜀道難》：『蜀道之難，難於上青天……黃鶴之飛尚不得過，猨猱欲度愁攀緣。』

〔八八〕殘紅：落花，喻指楊妃。襯馬蹄：被馬踐踏。

〔八九〕暴躁：引申爲神威。此句是說，希望楊妃顯靈。

〔九〇〕減些是非：此指減少對明皇的非議。

〔九二〕『自通』三句：是説希望楊妃顯靈，向長安臣民傳諭：自己無罪，是陳玄禮强行下令在馬嵬坡馬踐了她。

【校】

此套曲見於《雍熙樂府》卷七，第四七至四九頁。【六幺序】又見於《北詞廣正譜》卷三，第二四頁。

不弱如親兄弟：底本作『不若如親兄弟』，據文意改。

【六幺序】：《雍熙樂府》作【六幺令】。此從《北詞廣正譜》。

今日箇從實，對你分析：《雍熙樂府》作『今日對你，從實分析』。

因此上不免的依隨：《北詞廣正譜》作『以此上不免的依隨』。

恁偎香抱玉無了期：《北詞廣正譜》作『您偎香抱玉無了期』。

世著迷子管著迷：《北詞廣正譜》作『世著迷則管著迷』。

對面又難爲：《北詞廣正譜》作『及對面又難爲』。

【鮑老兒】：《雍熙樂府》作【鮑老催】，據文意改。

山風訴悲，魂幡微拂；衰草露濃，幀影垂淚；野曠星荒，半間靈位。明皇、力士同悼楊妃，好一番慘淒景象！力士自有力士心事，明皇亦有自家之委屈。作爲中興之主，當年是何等威風，何等尊貴，乾坤獨掌，一言九鼎。而今受制於陳玄禮，唯唯諾諾，低聲下氣。一國之君，竟不能救拔無罪的愛妃。他悔恨沒親自率軍平叛，而遠播西蜀，致貴妃慘死，愛子殞命。他更恨陳玄禮統掌兵權，欺君做事。待大亂平定，重返宮中，再登龍椅，定要除其官職，削其兵權，去其爪牙。翰林院修國史，他將親筆寫上： 陳玄禮挾勢欺君，寫詔不由皇帝，强向那馬嵬坡下踐了楊妃。

【中呂宮】【粉蝶兒】玉骨香肌，臥荒郊塚蒙塵昧〔一〕，塞空穴草擁沙培〔二〕。繡簾垂〔三〕，鴛幕簌，重門深閉，常想著懶出宮闈。卿呵，早則不怕鶯花笑人憔悴〔四〕！

【醉春風】氣結就嶺頭雲〔五〕，淚湮著泉下水〔六〕。雖然不得便升天，也是寡人箇禮，禮。空伴著三尺魂幡，一軸影幀〔七〕，半間靈位。

【迎仙客】急煎煎難忍耐，痛煞煞怎禁持〔八〕？割捨了痛哭一場，便子待甚的？欲嚎咷，卻又後悔，只恐怕軍政司條例〔九〕，又有俺這難棄捨渾家罪〔一〇〕。

【石榴花】恰長安西望繡成堆〔一一〕，子見滿目擁旌旗〔一二〕，向馬嵬東畔血沾衣，怎知有這場拋離！ 半生錦帳恩情棄，馬頭前蹙損蛾眉〔一三〕，一條素練把咽喉繫，消不得高塚瑞烟迷〔一四〕。

【鬭鵪鶉】子向這淺土裏浮丘〔一五〕，盡都是行蹤過跡〔一六〕。你是隨霧也那隨雲〔一七〕？你卻是做神也那做鬼？ 非是吾當肯棄擲，只般狠作爲〔一八〕，都只因他虎鬬龍爭，生拆得鸞孤鳳隻。

【普天樂】誰承望正行裏，六軍圍。閑仗劍〔一九〕，月輝輝。嚇帝主，除兄妹。捲地胡塵潼關失〔二〇〕，倚仗用人之際，抵多少狐假虎威〔二一〕，子揪父髻，臣扯君衣。

【乾荷葉】往常時，小娃隨〔二二〕，侍兒攜起嬌無力〔二三〕，襪塵移〔二四〕，暗香襲。所爲兒偏稱帝王機〔二五〕，卻元來只不可將軍意〔二六〕！

【上小樓】子爲韶華暗催〔二七〕，把春光空費。恰正綠嫩紅嬌〔二八〕，早葉落花飛〔二九〕。似恁的杜鵑啼〔三〇〕，鷓鴣鳴，林鶯嚦嚦〔三一〕，再休想驚破海棠春睡〔三二〕。

【幺篇】寡人勸力士：『省可裏哭叫起〔三三〕。不爭你信口開合〔三四〕，放聲悲啼，倘或間走將來，道楊妃和咱同例〔三五〕，你和我也無葬身之地！』

【滿庭芳】吾當命裏，值災星照耀，惡限臨逼〔三六〕。區區鞍馬空勞役〔三七〕，劍閣崔嵬，早是我亡家敗國，更那堪害子傷妻〔三八〕！早知道逢今日，折莫兵屯萬里〔三九〕，寧可我去待自迎敵。

【紅繡鞋】早則恁功成名遂〔四〇〕，生教俺財散人離。戰騎衝雲猛跨馳〔四一〕，情已斷，淚雙垂，六宮中誰第一〔四二〕？

【快活三】止不過梧桐樹下按羽衣，又不曾蓮花帳上悞了軍期〔四三〕。臨危不敢共他相持〔四四〕，倒反做了箇國舅娘娘罪。

【鮑老兒】未殺他人，先損了自己，怎做得後取那潼關計〔四五〕？見放著邊庭上造反的〔四六〕，怎做的禍起蕭牆內？從新革故〔四七〕，擎王保駕，統領軍回；誰知道依前似舊，欺君做事，卻向蜀西！

【幺篇】想俺那廝嗔廝持〔四八〕，忒溫柔性兒再誰似的？是他但嗔但喜〔四九〕，可喜娘臉兒再誰襯的〔五〇〕？向懷中抱，座上偎，樽前立，不由人不愛惜。不幸上值著風流迭配〔五一〕，半路裏教軍人勒！

【幺篇】將凶年避，登蜀地。列戈戟〔五二〕，九重圍繞賊兵退〔五三〕。還宮位〔五四〕，對文武兩班齊。削了權兵〔五五〕，去了爪牙，除了官職。恁時節俺近的翰林院，有俺功臣每〔五六〕，史記裏不須用文意〔五七〕。

【煞尾】寡人親將古跡標〔五八〕，須當教後代知，半行兒褒貶盡陳玄禮〔五九〕：寫詔不由皇帝〔六〇〕，强向那馬嵬下踐了楊妃。

【注】

〔一〕塚蒙塵昧：指楊妃被墳埋土蓋。昧：遮蓋，遮掩。

〔二〕草擁沙培：用荒草遮蓋，用沙土培埋。

〔三〕『繡簾垂』四句：是說楊妃往日在宮中時的尊貴嬌慵。簌：垂下。鴛幕：繡著鴛鴦圖案的牀幃，亦指夫妻所用牀幃。

〔四〕早則：已經。鶯花：鶯與花。此句寫楊妃死後的淒慘悲涼。

〔五〕『氣結』句：是説悲憤哀怨之氣與佈滿嶺頭的雲靄凝聚在一起，喻哀怨愁苦情結濃郁。

〔六〕『淚湮』句：是説流淌不盡的眼淚，與山泉之下的水混在一起。喻淚水之多，痛苦之深。湮：同『洇』。

〔七〕影幀：畫像。此指楊妃遺像。

〔八〕痛煞煞：極爲悲痛。煞煞：表程度副詞。禁持：經受，忍耐。

〔九〕軍政司條例：軍政司的法令條文。軍政司：管理軍中事務的官署。

〔一〇〕渾家：宋、元時民間稱妻子爲渾家。

〔一一〕繡成堆：極言長安皇宮的繁華富麗。杜牧《華清宮》：『長安西望繡成堆，山頂千門次第開。』

〔一二〕旌旗：軍旗。《周禮·春官·司常》：『凡軍事，建旌旗。』常借指軍士、戰爭。此句寫眼下情景。

〔一三〕蹙損蛾眉：緊皺雙眉。損：表示程度之深。此句是馬踐楊妃的形象説法。

〔一四〕消不得：消受不起。高塚：高大的墳墓。瑞烟：此指燒化紙錢及焚香的烟氣。

〔一五〕浮丘：浮丘公。《文選·郭璞〈遊仙詩〉》：『左挹浮丘袖，右拍洪崖肩。』李善注引《列仙傳》：『浮丘公接王子喬以上嵩山。』後以浮丘指升天，死亡。

〔一六〕行蹤過跡：人們走路經過的地方。指淺埋楊妃的地方要受到人們踩踏。

〔一七〕也那：疑問詞，相當於『啊』。宋·王明清《揮麈餘話》卷二：『你早睡也那，你睡得著？』

〔一八〕只般：這般。狠作爲：狠毒的做法，指馬踐楊妃。

〔一九〕閑仗劍：平白無故地拔出寶劍。閑：徒然，憑空。此句是說，六軍在無需殺敵的情況下拔出寶劍。

〔二〇〕捲地胡塵：指安祿山叛軍鋪天蓋地而來。胡塵：胡人兵馬揚起的沙塵。喻胡兵來勢兇猛。白居易《法曲歌》：『法曲法曲合夷歌，夷聲邪亂華聲和。以亂干和天寶末，明年胡塵犯宮闕。』

〔二一〕抵多少：宋、元戲曲常用語，猶『更甚於』。『倚仗』四句，是說陳玄禮趁安祿山造反之機，擁兵自重，狐假虎威。對明皇的態度惡劣，更甚於子揪父髻，臣扯君衣。

〔二二〕小娃：少女。白居易《春盡勸酒客》：『嘗酒留閑客，行茶使小娃。』此指宮女。

〔二三〕『侍兒』句：化用白居易《長恨歌》『侍兒扶起嬌無力，始是新承恩澤時』句意。既說楊妃嬌慵，也顯示了她身份的尊貴。

〔二四〕『襪塵』二句：是說楊妃所著羅襪，內含一種叫『塵香』的香料，腳步移動，會散發出芳香。參看卷二《楊妃上馬嬌》注〔八〕。

〔二五〕所爲兒：所作所爲。偏稱帝王機：非常符合帝王的心意。機：心意。

〔二六〕元來：原來。不可將軍意：不合將軍（陳玄禮）的心意。在明皇看來，楊妃本無罪，陳玄禮殺她，只是因爲她不合他的心意。

〔二七〕韶華暗催：指美好時光易失。韶華：美好的時光。多指春光。『子爲』二句，是說只因擔心空費美好的時光，所以要及時行樂。

〔二八〕恰正：剛好是。綠嫩紅嬌：喻楊妃正当青春年華。

〔二九〕葉落花飛：指春光已失，好景不在。喻楊妃已死。

〔三〇〕恁的：如此，這樣。

〔三一〕嚦嚦：象聲詞。此指清脆悅耳的鳥鳴。

〔三二〕海棠春睡：《淵鑑類函》卷四百五引《增太真外傳》：『明皇登沈香亭，召太真。時宿酒未醒，命高力士及侍兒扶掖而至，醉顔殘粧，釵橫鬢亂不能再拜。明皇笑曰：「海棠春睡未足耶？」』此喻指楊妃之死。『似恁的』四句，是説再悅耳的鳥鳴，也休想喚醒楊妃。

〔三三〕省可裏：宋、元曲文常用詞。猶『休要』。

〔三四〕不爭：元曲常用詞。猶『若是』。王實甫《西廂記》：『夫人本待便將小姐出來，送與將軍，奈有父喪在身。不爭鳴鑼擊鼓，驚死小姐，也可惜了。』王季思注：『不爭：助詞……用於句首，與「若是」意近。』信口開合：信口開河。

〔三五〕同例：此指罪名相同，遭受同樣的刑罰。

〔三六〕惡限臨逼：厄運緊逼。

〔三七〕區區：謂奔走盡力。空勞役：白白地受勞苦。

〔三八〕害子喪妻：指壽王病死，楊妃被害。

〔三九〕折莫：任憑。兵屯萬里：指叛軍人多勢眾。

〔四〇〕早則：已經。恁：指陳玄禮。功成名遂：指除楊氏兄妹，清君側，落了箇忠臣的名聲。

〔四一〕戰騎衝雲：戰馬沖上高入雲端的地方，指馬嵬坡。猛跨馳：拚命奔馳。此句指馬踐楊妃。

〔四二〕『六宮』句：是說楊妃已死，後宮中誰還稱得上第一呢？

〔四三〕蓮花帳：又稱梅花帳，梅帳。閫外將軍所居之帳。參看卷三《祿山謀反》注〔一一〕。古制，將士貽誤軍期應判死罪。

〔四四〕『臨危』二句：是說安祿山興兵造反，陳玄禮不敢與安祿山抗爭，反倒把國舅與娘娘問了死罪。

〔四五〕怎做得：怎麼算是。表示否定。後取潼關計：陳玄禮原說先除楊妃，再收復潼關，殺回長安，活捉安祿山。事見《陳玄禮駭赦》套。

〔四六〕『見放著』二句：是說明明是安祿山興兵作亂，怎麼能說是禍起蕭墻？見：『現』的古字。

〔四七〕從新革故：指改變避難西蜀的計劃，收復長安。

〔四八〕廝嗔廝持：指對明皇撒嬌、侍候。持：侍奉。《荀子·榮辱》：『父子相傳，以持王公。』王念孫《讀書雜志·荀子一》：『持，猶奉也……《廣雅》「奉，持也」，是持與奉同義。』

〔四九〕但嗔但喜：無論是喜是惱。但：凡是。此引申爲無論是。

〔五〇〕可喜娘：可愛的女子。誰襯的：誰還配得上有？

〔五一〕風流迭配：　因風流受到懲罰。迭配：　原指充軍，發配，此指播遷西蜀。

〔五二〕列戈戟：　指與叛軍作戰。戈與戟，都是武器，借指戰爭。

〔五三〕九重圍繞：　指朝廷的軍隊將叛軍層層包圍。九重：　多層。元·無名氏《氣英布》：『九重圍裏往來，直似攛梭；　萬隊營中上下，渾如走馬。』

〔五四〕還宮位：　是說待叛軍被平定後，明皇回到宮中，再登上龍椅。

〔五五〕『削了』三句：　是明皇打算回宮以後對陳玄禮的報復。

〔五六〕每：　詞綴，表示複數。猶『們』。

〔五七〕史記：　此指唐代的國史。文意：　文辭意境。

〔五八〕將古跡標：　將國史寫。古跡：　指流傳後世的事件，此處特指馬踐楊妃事。標：　題寫。『史記』二句，是說修唐代國史無需講究文辭意境，不需要用文人。有關馬嵬坡兵變的事由明皇親自寫。

〔五九〕半行兒：　指文章篇幅短。褒貶：　原意是讚美和譏刺，此偏指貶斥和譏諷。此句是說，短短幾句話，就能寫盡陳玄禮欺君之罪。

〔六〇〕『寫詔』二句：　是明皇打算將來寫進唐代國史的話。

【校】

整套曲見於《雍熙樂府》卷七，第四五至四七頁。【石榴花】、【普天樂】、【上小樓】、【幺篇】、【紅繡鞋】，分別見於《北詞廣正譜》卷五，第四頁、第一五頁、第七至八頁、第一二頁。【石榴花】、【普天樂】、

【上小樓】、【幺篇】、【紅繡鞋】、【快活三】，分別見於《九宮大成譜》卷一三，第七頁、第一八頁、第一三頁、第一八頁、第一九頁。

一軸影幀： 底本作『一軸影幁』，據文意改。

子見滿目擁旌旗： 《北詞廣正譜》作『則見滿目擁旌旗』。

怎知有這場抛離： 《雍熙樂府》作『怎知有這場抛擲』。 此從《九宮大成譜》。

普天樂： 《雍熙樂府》作『齊天樂』。 此從《北詞廣正譜》。

倚仗用人之際： 《雍熙樂府》作『倚仗用人之濟』。 此從《九宮大成譜》。

子爲韶華暗催： 《北詞廣正譜》作『則爲韶華暗催』。

似恁的杜鵑啼： 《雍熙樂府》作『似恁得杜鵑啼』。 此從《九宮大成譜》。

鷓鴣鳴： 《北詞廣正譜》作『鷓鴣啼』。

倘或間走將來： 《雍熙樂府》作『倘或走將來』。 此從《九宮大成譜》。

道楊妃和咱同例： 《北詞廣正譜》作『道楊妃合咱同例』。

你和我也無葬身之地： 《北詞廣正譜》作『和我也死無葬身之地』。

早則恁功成名遂： 《雍熙樂府》作『早子恁功成名遂』。 此從《九宮大成譜》。

山勢高峻，蜀道嶒崚。 祭罷楊妃，明皇一行跋涉前行。 一路山環水轉，景換時移，翻崗越澗，草衰葉落。 陳玄禮將明皇軟禁監收，將士們則欺君妄行。 無奈，明皇情蕩神馳，思緒萬千。 想當年，長生殿裏柔情蜜意，海誓山盟，貴妃何罪之有？ 致令其香消玉殞，棄置於荒山野嶺。 當年寡人又是何等威勢，何等尊榮！ 龍庭鳳閣，綺羅叢中，歡歌豔舞，依翠偎紅。 而眼前，卻只見林影綽綽，泉聲淅瀝，流螢驚目，綠暗紅稀。 那明皇只盼早日得勝還朝，爲愛妃選山陵，築墳塋，請僧道，祭亡靈。 秋夜無眠，秋景傷情，遙遙蜀道，難忍悲苦淒涼！

【正宮】【端正好】正團圓，成孤另〔一〕，陳元帥隨坐隨行〔二〕。 他那裏是幸西蜀特保駕親將領〔三〕？ 則是怕走失監收定〔四〕。

【幺篇】雖離了戰爭場〔五〕，卻貶入恓惶境〔六〕。 坡岡峻馬足難停，常則是短兜玉勒挑金鐙〔七〕，緊緊的把雕鞍凭。

【滚繡球】連雲棧翠靄生〔八〕，劍門關冷氣增〔九〕。 那吐虹霓太陽掩映〔一〇〕，亂雲重，溝澗層層。 地不平，客怎行！ 窄峽峽玉龕石磴〔一一〕，則不路人愁〔一二〕，鳥也倦飛騰。 至輕去國三千里〔一三〕，恰是傷心第一程，膽戰心驚〔一四〕。

【倘秀才】衝落葉穿嵓過嶺〔一五〕，趁衰草登山邁嶺〔一六〕。 卻甚綠暗紅稀出鳳城〔一七〕。 龍虎將〔一八〕，御林兵，好無些兒面情〔一九〕。

【滚繡球】想長生殿裏慶七夕，碧梧桐下過三更。 正深沈夜闌人靜，各私言海誓山盟。 學連理枝比翼鳥〔二〇〕，對牽牛郎織女星，說真誠指天爲證。 誰想你落塹拖坑〔二一〕！ 我棄了三千粉黛孤身過，你向那十二瑤臺獨自行〔二二〕，送得俺有影無形〔二三〕。

【倘秀才】我不似納諫如流般聖明，恁可甚觸樹攀欄的諫諍〔二四〕！都子會硬廝併〔二五〕，乾廝撐，壯廝挺，越哀告越施逞他那氣性。

【伴讀書】磨滅盡風流興，增置出相思證〔二六〕。六耳不聞穿聯定〔二七〕，一言既出須教應〔二八〕。分毫教誰敢違軍令？則索喏喏麼連聲〔二九〕。

【貨郎兒帶太平年】又不敢和他致爭〔三〇〕，半路裏把平人要施行〔三一〕。止不過愛梨園內樂聲，止不過戀金屋銀屏，止不過舞腰纖細掌中擎〔三二〕，卻不那些兒是罪名〔三三〕？惡噷噷早傳將軍令〔三四〕，眼睜睜嶮逼了君王命，痛煞煞割斷貴妃情，怎生教娘娘屈當了重刑！

【四煞尾聲】再不看篆烟曉色焚金鼎〔三五〕，再不嫌銀燭秋光冷畫屏。再不過永巷長門〔三六〕，再不到紫垣椒壁〔三七〕。再不上玉殿朱樓〔三八〕，再不坐鳳閣龍庭〔三九〕。再不聽溫泉歷歷〔四〇〕，宮漏遲遲；則索聽山溜零零〔四一〕。再不看禁街燈火〔四二〕；則索看林影度流螢〔四三〕。

【三煞】如今翠盤失卻青鸞影〔四四〕，玉笛吹殘彩鳳聲〔四五〕。有一日早選座山陵〔四六〕，大建座丘塚〔四七〕，寬展所祠堂〔四八〕，高立統碑銘，廣安排齋供，剩讀些經文〔四九〕，早超度亡靈。非是朕過言〔五〇〕，則願得早回程。

【二煞】我滿懷宿酒經年病〔五一〕，你一枕餘香甚日醒〔五二〕？剗地向雲外登臨〔五三〕，月邊勞落〔五四〕，天際驅馳，海角飄零。降頭華表〔五五〕，開眼烟霞〔五六〕，側耳雷霆〔五七〕。不堪回首，盡是短長亭〔五八〕。

【尾聲】眼見的人離西閣秋天靜〔五九〕，月照椒房夜不扃〔六〇〕。心難安，意不寧，愁如珠，淚似傾。惡風光鬬馳騁〔六一〕：鵶閃殘陽背日明〔六二〕，雁列西風行不成〔六三〕，嗚咽蟬聲分外清〔六四〕，啾唧蛩吟刁厥鳴〔六五〕。怪石巉岩臥虎形〔六六〕，老樹槎牙倒龍影〔六七〕，檜柏蒼松細古藤〔六八〕，夾道黃花開短徑〔六九〕。一弄兒淒涼廝刁蹬〔七〇〕，越教人鑽心入髓疼。想俺國敗家亡無權柄，不獨似這仗勢欺人的暮秋景〔七一〕！

【注】

〔一〕孤另：孤零。『正團圓』二句，是說明皇本與楊妃相親相愛，因楊妃被處死，而變得孤苦伶仃。

〔二〕隨坐隨行：無論是坐是行，都在身邊隨侍。

〔三〕那：同『哪』。特保駕：專管保駕。特：特地。親將領：親信將領。

〔四〕則是：就是。監收：監禁。

〔五〕戰爭場：戰場。此句是說，此時播遷西蜀的人馬，已經擺脫安祿山的追兵。

〔六〕貶入：被打壓進。貶：貶斥，壓制。恓惶境：悲傷惶恐的境地。

〔七〕常則是：經常是。短兜玉勒：緊緊抓住韁繩。玉勒：用玉做的馬嚼，馬韁繫住馬嚼，以控制馬匹。金鐙：挂在鞍子兩旁的腳踏。『常則』二句，是說由於山峯高峻，需要抓緊馬韁，緊靠馬鞍，踏穩馬蹬。

〔八〕翠靄：指青綠色的烟霧。

〔九〕劍門關：在今四川劍閣縣北。冷氣增：劍門關有劍門七十二峯。因地勢極高，所以格外寒冷。

〔一〇〕虹霓：即彩虹。爲雨後或日出、日沒之際天空中所現的七色圓弧。因其傍日而生，故此處說虹霓爲太陽吐出。

〔一一〕窄峽峽：窄窄的樣子。峽：亦狹窄意。北魏·酈道元《水經注·河水四》：『歷北出東崤，通謂之函谷關也。邃岸天高，空谷幽深，澗道之峽，車不方軌，號曰天險。』玉龕：佛塔的美稱。此處用以喻山峯。石磴：石級，石臺階。

〔一二〕則不：宋、元曲文常用詞。猶『不但』，『不止』。

〔一三〕至輕：至少。去國：離開京都或朝廷。南朝宋·顏延之《和謝靈運》：『去國還故里，幽門樹蓬藜。』『至輕』二句，是說播遷西蜀，至少要離開京都三千里，如今剛剛是令人傷心的第一程。意思是以後辛苦跋涉，思念傷心的路還很長。

〔一四〕膽戰心驚：此處有兩層含義，一是陳玄禮的威勢使明皇膽戰心驚；一是山高坡陡的道路使其膽戰心驚。

〔一五〕衝落葉：踏著落葉。衝：當著，此引申爲踏著。穿嵓：穿過高峯。嵓：同『巖』。越嶺：越過山頂。嶺：同『頂』。

〔一六〕趁衰草：沿著衰草。趁：沿著，順著。

〔一七〕緑暗紅稀：指花木凋零。鳳城：京都的美稱。杜甫《夜》：『步簷倚杖看牛斗，銀漢遥應接鳳城。』仇兆鰲注引趙次公曰：『秦穆公女吹簫，鳳降其城，因號丹鳳城。其後言京城曰鳳城。』

〔一八〕龍虎將：統領禁軍的將領。據宋·陳傅良《歷代兵制》卷六記載，唐太宗時禁軍稱『飛騎』，高宗改稱『羽林軍』。玄宗『以萬騎平韋氏，改爲左右龍虎軍，皆用功臣、子弟，制若宿兵也……（肅宗）至德二載始置左右神武軍。』此處龍虎將指陳玄禮。

〔一九〕好無些兒面情：不留一點兒情面。好：用在形容詞、動詞前，表示程度深。

〔二〇〕『學連理』句：化用白居易《長恨歌》『在天願爲比翼鳥，在地願爲連理枝』詩意。

〔二一〕落塹拖坑：被拖入壕溝。塹、坑：都是壕溝的意思。此指楊妃被縊殺後埋葬。

〔二二〕『你向』句：明皇想像楊妃死後獨自升仙。十二瑶臺：神仙居住的地方。舊題晉·王嘉《拾遺記·崑崙山》：『崑崙山者，西方曰須彌，山對七星之下，出碧海之中，上有九層……第九層山形漸小狹，下有芝田蕙圃，皆數百頃，羣仙種耨焉。旁有瑶臺十二，各廣千步，皆五色玉爲臺基。』

〔二三〕送得：斷送得，害得。有影無形：指失魂落魄。

〔二四〕觸樹：《史記·晉世家第九》載：晉靈公昏聵殘暴，趙盾數諫不聽。『靈公患之，使鉏麑刺趙盾。盾閨門開，居處節。鉏麑退，歎曰：「殺忠臣，棄君命，罪一也。」遂觸樹而死。』攀欄：攀檻。《漢書・朱雲傳》載：朱雲上書成帝，請賜劍斬佞臣安昌侯張禹。成帝大怒，命斬朱雲。朱雲被拉下殿時抗聲不止，攀住殿檻不放，把檻柱拉斷。經人說情，朱雲得以不死。修檻時，成帝命保留折檻的原樣，以表彰朱雲的直諫。『我不似』兩句，明皇自謂自己雖不似納諫如流的聖明之君，你陳玄禮又算什麽觸樹攀欄的諍臣！

〔二五〕『都子會』三句：都是說陳玄禮等在處死楊氏兄妹時蠻不講理，態度强硬。廝：相。併：催逼。撑：撑持。挺：原指挺立不屈，引申爲態度强硬。

〔二六〕相思證：相思症。證：病況，症候。

〔二七〕六耳：佛家語，指第三者。佛教傳道，只對一人，不能有第三者，稱『六耳不同聞』。穿聯：關聯。『六耳』句，是說陳玄禮直接對明皇發號施令。

〔二八〕『一言』句：是說陳玄禮一言既出，明皇必須答應。

〔二九〕則索：只得，只能。喏喏：應諾聲。表示順從敬慎。

〔三〇〕他：指陳玄禮。致爭：爭執，爭辯。

〔三一〕半路裏：此指播遷西蜀的途中。平人：無罪之人，良民。《資治通鑑・後唐明宗天成元年》：『友謙妻張氏帥家人二百餘口，見紹奇曰：「朱氏宗族當死，願無濫及平人。」』施行：懲處，此指處死楊妃。

〔三二〕舞腰纖細掌中擎：相傳漢成帝皇后趙飛燕，體態輕盈，能爲掌上舞。此指楊妃的翠盤舞。

〔三三〕卻不：卻不明白。此句的意思是，前面『止不過』三句所列舉的，有哪一點算得上是罪名？

〔三四〕惡噷噷：惡狠狠。白樸《梧桐雨》：『惡噷噷披袍貫甲。』

〔三五〕『再不看』句：是說明皇再也看不見當年破曉時宮中金香爐點燃的縷縷青烟。篆烟：指盤香點燃後飄起的烟縷。金鼎：鼎形的金香爐。

〔三六〕永巷：宮中長巷。長門：漢宮名。此處泛指唐後宮。

〔三七〕紫垣：星座名。亦指皇宮。明・胡居仁《易象鈔・乾六》：『莫認偏居西北隅，紫垣原屬帝王樞。』椒壁：以椒和泥所塗的牆壁，指后妃的居室。

〔三八〕玉殿：宮殿的美稱。朱樓：富麗華美的樓閣。此亦指皇宮。

〔三九〕鳳閣：華麗的樓閣。指皇宮內的樓閣。龍庭：朝廷，此特指帝王的寶座。

〔四〇〕歷歷：象聲詞，流水聲。唐・曹唐《贈南嶽馮處士》：『穿廚歷歷泉聲細，繞屋悠悠樹影斜。』

〔四一〕山溜：山間向下傾注的細小水流。零零：象聲詞，山間流水聲。晉・陸機《招隱詩》：『山溜何泠泠，飛泉漱鳴玉。』

〔四二〕禁街：猶『御街』。

〔四三〕流螢：飛行無定的螢火蟲。『再不看』數句，都是寫明皇播遷途中的今昔之比。

〔四四〕翠盤：指爲楊妃特製的能在上面跳舞的彩盤。青鸞：古代傳說中鳳凰一類神鳥。喻楊妃。

〔四五〕玉笛：　此特指明皇長兄寧王的玉笛。吹殘：　吹盡，不復再吹。彩鳳聲：　特指給楊妃伴奏的聲音。

〔四六〕山陵：　原指帝王或皇后的墳墓，此處指安葬楊妃的風水寶地。

〔四七〕丘塚：　高大的墳墓。

〔四八〕寬展：　拓展，使之氣派大。

〔四九〕剩讀：　多讀。剩：　多餘，引申爲『盛』。《敦煌變文集·維摩詰講經文》：　『莫不剩裝美貌。』蔣禮鴻通釋：　『「剩裝」就是「盛裝」。』

〔五〇〕過言：　誇大、激切的言詞。

〔五一〕宿酒：　猶『宿醉』，不分晝夜地喝酒，指借酒澆愁。經年病：　常年生病。此句是說明皇失去楊妃後的痛苦。

〔五二〕一枕餘香：　原指睡的香甜，此指楊妃長眠於地下。此句慨嘆楊妃長眠，不能再醒。

〔五三〕剗地：　一味地。雲外登臨：　登臨高出雲霄外的山嶺。

〔五四〕『月邊』三句：　具體描寫跋涉於蜀道的艱辛。即傍月夜休息，在接近天際的峻嶺驅馳，在遙遠如海角之處飄零。

〔五五〕華表：　古時指路的木柱。晉·崔豹《古今注》下：　『今之華表木也，以橫木交柱頭，狀若花也，形似桔槔。大路交衢悉施焉……以表識衢路也。』

〔五六〕開眼烟霞：睜開眼便見烟霞。此指露宿。

〔五七〕側耳雷霆，指行程不避風雨。

〔五八〕短長亭：古時城外大道旁，五里設短亭，十里設長亭，爲行人休憩或送行餞別之所。『不堪』二句，寫明皇隨陳玄禮播遷西蜀，所經之處，仿佛都是他與楊妃生離死別的長短亭。

〔五九〕西閣：皇宮内前殿的殿閣。此泛指君臣議政之處。此句是明皇想象，皇宮因爲君臣離去，變得冷冷清清。

〔六〇〕椒房：以花椒和泥構建的房屋，取其干燥芳香。指後宮。夜不扃：夜裏不關門閉戶。指人去樓空。

〔六一〕惡風光：凶險的景象。鬭馳騁：爭相顯揚，顯示。此後的數句，都具體描述『惡風光』。

〔六二〕『鴉閃』句：是説天空閃動著烏鴉背著殘陽紛飛的影子。烏鴉常被認爲是不祥之物。

〔六三〕『雁列』句：是説因爲秋風疾勁，南飛的大雁無法列成行。

〔六四〕『嗚咽』句：是説秋蟬嗚咽嗚叫的聲音分外淒清。

〔六五〕『啾唧』句：是説臨近末日的蟋蟀，抖起精神，發出最後哀鳴。蛩：蟋蟀的別名。啾唧：象聲詞，此指蟋蟀叫聲。刁厥：抖起精神。董解元《西廂記諸宮調》：『細端詳，見法聰生得搊搜相，刁厥精神，蹺蹊模樣。』

〔六六〕『怪石』句：巉岩的怪石像是兇猛的臥虎。

〔六七〕槎牙：亦作『槎枒』，樹木枝幹旁逸斜出的樣子。此句是説，暴筋虯結的老樹像是倒盤的蒼龍。

〔六八〕檜柏：檜與柏。檜：木名，柏科。李時珍《本草綱目》謂之『柏葉松身』。此句是說，古藤纏繞著檜、柏、蒼松。

〔六九〕夾道黃花：指道路兩邊的野菊花。短徑：很短的路。因爲山路蜿蜒曲折，故此路徑都很短。

〔七〇〕一弄兒：統括之詞。猶『所有一切』。廝：相。刁蹬：故意爲難，捉弄。元·無名氏《陳州糶米》：『做的箇上樑不正，只待要損人利己惹人憎。他若是將咱刁蹬，休道我不敢掀騰。』

〔七一〕『想俺』二句：是說讓明皇感到鑽心入髓之痛的，不只是暮秋的惡風光，更重要的是他國敗家亡，失去了權柄。

【校】

此套曲見於《雍熙樂府》卷三，第四二至四四頁。除【四煞尾聲】、【三煞】、【二煞】外，又見於《詞林摘豔》卷六。

常則是短兜玉勒挑金鐙：《詞林摘豔》作『當則是短兜玉勒挑金蹬』。常：《雍熙樂府》《詞林摘豔》均誤作『當』，據文意改。

客怎行：《詞林摘豔》作『人怎行』。

窄峽峽玉龕石磴：《詞林摘豔》作『窄峽峽玉龕石蹬』。

趁衰草登山邁嶺：《詞林摘豔》作『趁衰草登山驀嶺』。

想長生殿裏慶七夕：《詞林摘豔》作『常想著長生殿裏慶七夕』。

碧梧桐下過三更：《詞林摘豔》作『碧梧桐下過二更』。

説真誠指天爲證：《詞林摘豔》作『説真情指天爲證』。

誰想你落塹拖坑：《雍熙樂府》作『誰知道你落塹拖坑』。此從《詞林摘豔》。

送得俺有影無形：《詞林摘豔》作『有影無形』。

我不似納諫如流般聖明：《詞林摘豔》作『我可甚納諫如流聖明』。

恁可甚觸樹攀欄的諫諍：《詞林摘豔》作『恁可甚瑣樹攀欄諫諍』。

都子會硬廝併：《詞林摘豔》作『都則會硬廝併』。

越哀告越施逞他那氣性：《雍熙樂府》作『越哀告越施逞氣性』。此從《詞林摘豔》。

則索喏喏麽連聲：《詞林摘豔》作『則索喏喏磨連聲』。

貨郎兒帶太平年：《詞林摘豔》作『貨郎兒』。

『惡噷噷』及後面三句：爲《詞林摘豔》所無。

卻不那些兒是罪名：《詞林摘豔》作『那些兒是罪名』。

尾聲：《詞林摘豔》作『黄鐘尾聲』。

眼見的人離西閣秋天静：《雍熙樂府》作『眼見的人離西閣秋天淨』。此從《詞林摘豔》。

啾唧蛩吟刁厥鳴：《詞林摘豔》作『啾唧蛩吟刀厥鳴』。

怪石巉岩臥虎形：《詞林摘豔》作『怪石在岩臥虎形』。

檜柏蒼松細古藤：《詞林摘豔》作『古柏蒼松細古藤』。

想俺國敗家亡無權柄：《雍熙樂府》作『想俺敗國亡家得狠權柄』。此從《詞林摘豔》。

不獨似這仗勢欺人的暮秋景：《詞林摘豔》作『不毒似這仗勢欺人的暮秋景』。

再說那安祿山攻下長安，喜滋滋地穿上龍袍，登上龍椅。自稱『雄武皇帝』，改元『聖武』，國號『大燕』。可謂萬事俱備，專望與貴妃娘娘歡聚。正當望眼欲穿之時，突傳噩耗：貴妃被御林軍萬馬踐踏。他急痛攻心，跌坐在龍椅上，頓時不省人事，醒來嚎啕大哭。回想千里奔波，干戈動地，實指望與貴妃娘娘破鏡重圓。誰承想倒害娘娘離長安，出宮幃，遠避西蜀路上，遭縊頸馬踏，命喪黃泉！憶當年雲雨初度，『洗兒』之會，幽期蜜意，『母子』難分。想秋水目、翠蛾眉，竟落得箇生忔察陰陽兩隔。他痛切切於軍營遙祭，悲憤交加。悲娘娘死於非命，恨陳玄禮恃權胡爲。如有朝一日與陳玄禮那廝相遇，必將取其性命，報這血海深仇。然又擔心自家悲痛太過，只怕未能討還血債，便已心碎而逝。

【中呂宮】【粉蝶兒】雖是我肌體豐肥，豈辭憚路途迢遞〔一〕！不曾分星夜驅馳，馬行乏，人走困，剗地開旗拽隊〔二〕。暗想歸疾〔三〕，全不似去時節容易。

【醉春風】滿腹斷腸愁，一聲長嘆息。夜來猶自說活人〔四〕，今日早做鬼、鬼。怎不教怨氣沖天！落得惡名留世〔五〕，早則都死心塌地。

【迎仙客】若不殺了國忠〔六〕，滅了皇妃，平白那裏有背君作亂的？ 雖是不爭鋒尋對壘〔七〕，子是待强帝宮闈〔八〕，委實無葬送娘娘的意〔九〕。

【喜春風】天香國色辭人世，玉骨冰肌襯馬蹄〔一〇〕。 淒涼孤枕助鴛幃〔一一〕，聞戰鼙，抵多少更漏促，曉鐘催〔一二〕！

【石榴花】憶惜花憐月暗偷期〔一三〕，常則春早起〔一四〕，夜眠遲。 六宮中卽漸裏有人知〔一五〕，只恐怕敗露帝王疑，敢固然取笑爲兒戲〔一六〕，到教咱盡歡了三日〔一七〕。 夜筵從此無疑滯〔一八〕，恰便是親子母不相離。

【鬬鵪鶉】常子在翡翠鴛衾〔一九〕，芙蓉帳底，恰正是楊柳情嬌，海棠睡美〔二〇〕。 想著那旖旎溫柔俊所爲〔二一〕，怎忘得！ 並不是暫煞兒歡娛〔二二〕，盡都是通宵況味〔二三〕。

【普天樂】近裏話也不合題〔二四〕，說著早森森地〔二五〕。 俺受盡嗔持〔二六〕，他撒盡迷奚〔二七〕。 別勢樣，無巴壁〔二八〕，雲雨期間諸餘裏〔二九〕，更親如大唐皇帝。 看了些斜堆鳳髻〔三〇〕，微暝秋水〔三一〕，輕皺蛾眉。

【乾荷葉】沒揣的使心機〔三二〕，擁旌旗火速離皇宮內〔三三〕。 生忔察兩分離〔三四〕，痛支沙怎禁持〔三五〕？ 教俺便得死後到是偏宜〔三六〕，誰曾那般活受風流罪〔三七〕！

【上小樓】金盃未吸，人心先醉，恐臨長安，送路樽席〔三八〕。 則辦下左一行右一行別離情淚，全不似後宮中洗兒筵會。

【幺篇】不覺的變了面色，沒揣的憁了肚皮〔三九〕，未到漁陽早添憔悴。則想久而間卻依圓肥咻唔的，〔四〇〕，誰想我一日瘦如一日。

【滿庭芳】特來探爾〔四一〕。實指望衣遮彩鳳〔四二〕，聽俺金雞〔四三〕。這場歹鬭成何濟〔四四〕？則落的虎倦龍疲〔四五〕。一箇乾引的漁陽禍起〔四六〕，一箇空教留萬代人知。國史內名標記〔四七〕，縱不編謀反大逆，也寫作亂宮賊。

【紅繡鞋】再不待晚宴塵清寶地〔四八〕，再不見浴春泉香滿溫池〔四九〕，再不見桃李花開繡成堆〔五〇〕。趁枯蓬奔古道〔五一〕，隨落葉遶荒陂〔五二〕，伴西風吹渭水〔五三〕。

【快活三】比及我起屍骸離馬嵬〔五四〕，比及我選山陵置靈位，比及我引靈魂，排僧道，列威儀，權時向軍伍中先遙祭〔五五〕。

【鮑老兒】欲酌香醪奠一盃，百忙的傾不盡我關情淚〔五六〕。枉使丹青染像儀〔五七〕，畫不出傾情意〔五八〕。百年恨絕〔五九〕，三生夢斷〔六〇〕，半路身虧〔六一〕。數層欲合〔六二〕，一聲鼎沸〔六三〕，六道輪迴〔六四〕。

【六幺序】一壁廂人軍見緊急〔六五〕，唐皇帝避災離故國〔六六〕。忙裏問禍根苗又是誰〔六七〕？陳玄禮損人安自己〔六八〕。一壁廂哥哥喪，妹妹亡，把娘娘來勒。恁的他躲甚的〔六九〕？誰不道安祿山無恩義〔七〇〕！這公案更壓著三千倍〔七一〕。

【幺篇】據臣威勢，將君抑勒〔七二〕，合該九族盡誅夷〔七三〕！想他情理〔七四〕，將咱拋棄〔七五〕，教人一任痛淩遲〔七六〕。有一日相逢處〔七七〕，戰間如虧失〔七八〕，恁時節休後悔〔七九〕！比及還報了終身讎隙〔八〇〕，敢愁的這心如碎〔八一〕。

【隨煞】娘娘呵！莫怨咱，我也堪恨你。但留心休想貞元備〔八二〕，恰來將音書頻寄〔八三〕，怎到馬嵬坡下踐了楊妃〔八四〕！

【注】

〔一〕辭憚：因怕而推辭。迢遞：遥遠的樣子。元·劉君錫《來生債》：『怎熬的程途迢遞，更和那風雨瀟疏。』『雖是』二句，是説雖然安祿山肌體豐肥，行動不便，卻不顧路遠勞頓。

〔二〕剗地：照樣。開旗拽隊：此指展開旌旗，擺下陣勢，同朝廷的軍隊開戰。

〔三〕歸疾：急速歸來。『暗想』二句，是説安祿山從漁陽回長安，一路有官兵抵抗，故此不如去時容易。

〔四〕夜來：昨天。元·無名氏《度柳翠》：『夜來八月十五日，你不出來，今日八月十六日，你可出來？』猶自：尚自。活人：指楊妃尚活著。

〔五〕『落的』二句：是説如果知道事情的結果是處死楊妃，自己白白落一箇惡名，早就死心塌地的守漁陽，不造反。

〔六〕『若不』三句：　是說如果不殺楊氏兄妹，如何解釋他安祿山的叛亂？　意思是自己起兵累及楊國忠和楊妃。

〔七〕爭鋒：　征戰廝殺以決勝負。　對壘：　兩軍交戰。　此句是說，安祿山並不想和明皇交戰，以決輸贏。

〔八〕强帝宮闈：　指逼明皇交出楊妃。　强：　指以勢相逼。

〔九〕委實：　確實。『雖是』三句：　是說安祿山造反，只爲得到楊妃，絕對沒有葬送她的意思。

〔一〇〕玉骨冰肌：　喻美人的體貌，此指楊妃。　襯馬蹋：　襯墊在馬蹄之下。　襯：　墊襯。　卽遭萬馬踩踏。

〔一一〕『淒涼』句：　是説安祿山面對孤枕、鴛幃，倍感淒涼。　鴛幃：　夫妻或情人的幃帳。

〔一二〕抵多少：　謂兩者相去甚遠，無可比擬。『聞鼓聲』二句，是說安祿山如今聽到戰鼓的聲音，無法跟過去與楊妃同止同息時所聽到的更漏促眠、曉鐘催起的聲音相比。

〔一三〕憶惜：　追思往事而惋惜。　偷期：　偷著約會。

〔一四〕『常則』二句：　是說安祿山與楊妃總是早起晚睡，以避人耳目。

〔一五〕六宮：　泛指後宮。　卽漸裏：　逐漸地。

〔一六〕敢：　副詞，正好。　元・無名氏《抱粧盒》：『敢可便抱定粧盒，背卻宮娥，疾行前去，不防他劉太后劈頭相遇。』取笑爲兒戲：　指楊妃爲安祿山作『洗兒會』。

〔一七〕『到教』句：是說洗兒會盡管是楊妃取笑自己，反倒讓自己高興了三天。

〔一八〕疑滯：疑難，阻礙。

〔一九〕常子在：常常在。子：副詞，相當於『則』。翡翠鴛衾：色彩鮮豔的鴛鴦被。鴛衾：繡有鴛鴦圖案的被子，指夫妻共用之被。

〔二〇〕海棠睡美：喻指楊妃睡姿嬌美。此句之『海棠』與上句之『楊柳』，均喻楊妃的美麗多情。

〔二一〕旖旎溫柔：美貌溫順。俊所爲：可人意的作爲。俊：美好，引申爲可意。

〔二二〕暫霎兒歡娛：短暫的愉悅。

〔二三〕況味：景況與情味。『並不是』二句，是說安祿山與楊妃曾經通宵達旦地尋歡作樂。

〔二四〕近裏話：內裏的事。不合題：不好意思說出來。不合：不宜。

〔二五〕森森：味道濃鬱。蘇軾《橄欖》：『紛紛青子落紅鹽，正味森森苦且嚴。』此引申爲饒有趣味。

〔二六〕嗔持：此指楊妃對安祿山的嬌嗔作態。

〔二七〕迷奚：是說以微笑媚人，特指男女之間的親昵動作。

〔二八〕巴壁：亦作巴臂、巴鼻。来由，辦法。無巴壁：此處引申爲『不成樣子』。

〔二九〕雲雨：用巫山神女的典故，指男女媾歡。諸餘裏：一切，種種。馬致遠《漢宮秋》：『他諸餘可愛，所事兒相投。』『雲雨』二句，是說楊妃與安祿山的媾歡，勝過與大唐皇帝的親密。

〔三〇〕斜堆鳳髻：髮髻淩亂歪斜。

〔三一〕微瞑秋水：微閉的眼睛。
〔三二〕沒揣的：沒有料到。揣：揣度，揣摸。使心機：施心計。
〔三三〕『擁旌旗』句：是說明皇命安祿山火速離京，去鎮守漁陽。
〔三四〕生忔察：亦作『生扢扎』，宋、元曲文中常用詞。猶『活生生』。
〔三五〕痛支沙：非常痛苦。支沙：戲曲中常用的形容詞詞尾。關漢卿《拜月亭》：『閃的他活支沙三不歸，强交俺生扢扎兩分張。』怎禁持：怎麼經受、忍耐。
〔三六〕到是：倒是。此句是說，離開楊妃，安祿山感到生不如死。
〔三七〕風流罪：指因男女私情而經受的罪愆。
〔三八〕送路樽席：送別的宴會。此指當年楊妃在長安爲安祿山置辦的送別宴會。
〔三九〕愡了肚皮：肚子變鬆。指安祿山因痛苦霎那間消瘦。
〔四〇〕則想：只想，原以爲。久而間：時間一長。依圓肥啉唔：依舊很胖。圓肥啉唔：肥胖的樣子。啉唔：形容詞詞尾。
〔四一〕爾：指楊妃。此句是說，安祿山從漁陽到長安，只爲探望楊妃而來。
〔四二〕衣遮彩鳳：是說讓楊妃穿上皇后所穿的鳳衣。
〔四三〕金雞：皇上登基，大赦天下的一種標識。據《金史》卷三六載：『大定七年正月十一日，上尊冊……少府監設雞竿於樓下之左，竿上置大盤，盤中置金鷄，鷄口啣絳幡。幡上金書「大赦天下」四字。』此句是說，安祿山登基作皇帝。

〔四四〕歹鬬： 惡鬬，指安祿山造反。成何濟： 有何益。此句是說，楊妃已死，安祿山發動的這場戰爭已毫無意義。

〔四五〕則落的： 只落的。虎倦龍疲： 指安祿山與唐明皇兩敗俱傷。

〔四六〕『一箇』二句： 是說唐明皇白白地引起了漁陽之亂，安祿山空留下千古罵名。

〔四七〕國史： 此指唐代史書。名標記： 標出名號。『國史』三句，具體說明『空教留萬代人知』。是說在唐代史書中，安祿山卽使不被編入謀反大逆一類，也會被寫成亂宮賊。

〔四八〕塵清寶地： 潔淨華貴的地方，此指皇宮。此句是說，楊妃再不能在皇宮侍奉明皇。

〔四九〕春泉、溫池： 皆指華清池。

〔五〇〕繡成堆： 極爲美麗。此句是說，楊妃再也見不到宮苑裏豪華美麗的景象。

〔五一〕趁枯蓬： 沿著枯乾的蓬草。奔古道： 奔波於偏僻古老的道路。

〔五二〕隨落葉： 伴隨著落葉。盪荒陂： 飄蕩於荒塘。陂： 池塘。

〔五三〕渭水： 渭河。參看卷三《祿山謀反》注〔三〕。『趁枯蓬』三句，是安祿山想象楊妃現今淒慘的境況。與前邊『再不侍』三句所寫的富麗豪華景象，形成鮮明對比。

〔五四〕比及： 戲曲中的常用詞，猶『未及』，『尚未』。『起屍骸』五句，是說安祿山改葬楊妃。

〔五五〕權時： 暫時。遙祭： 在遙遠的地方祭奠。

〔五六〕百忙的： 一作『百忙裏』，元代戲曲中的常用詞，忙不迭的。傾不盡： 流淌不止。關情淚： 牽動情懷的淚水。

〔五七〕丹青：丹砂和青雘，畫畫的顏料。像儀：圖像，此指爲楊妃畫遺像。

〔五八〕傾情意：全部情意。傾：傾盡。

〔五九〕百年恨絕：終身遺憾。恨：遺憾。絕：表示遺憾之深。

〔六〇〕三生夢斷：指前生、今生、來生的夢想、追求破滅。

〔六一〕半路：此引申爲中年。身虧：自身遭受重大損失。

〔六二〕數層欲合：層層悲痛愁苦彙聚在一起。

〔六三〕鼎沸：鼎中之水沸騰，此喻聲音的淒厲。

〔六四〕六道輪迴：佛教語。衆生輪回有六去處：天道、人道、阿修羅道、畜生道、餓鬼道和地獄道。常用以喻指生與死的磨難。元·無名氏《度翠柳》：『我著你脫離生死，免卻六道輪迴。』此處指安祿山聽到楊妃的死訊，就像經歷了生和死的折磨。

〔六五〕人軍：軍隊，將士。見緊急：覺得局勢危險。

〔六六〕故國：指國都長安。

〔六七〕『忙裏問』句：說明安祿山聽信了陳玄禮的傳示，馬嵬坡之變不是六軍首先發難，而是明皇主動問起了『禍根苗』。

〔六八〕『陳玄禮』句：在安祿山看來，陳玄禮殺楊氏兄妹，是因太子與楊氏兄妹有仇。眼看明皇大勢已去，殺楊氏兄妹以趨附太子，給自己留後路。

〔六九〕恁的：既然如此。此句是說，既然陳玄禮說楊妃與安祿山的私情引起禍患，他就該與自己這箇罪魁禍首對陣，又躲箇什麼？

〔七〇〕『誰不道』句：安祿山起兵打的旗號是討伐姦相楊國忠，以清君側。陳玄禮揭出他與楊妃的私情，起兵爲搶楊妃，就使得人人都知道安祿山無君臣恩義。此句緊接上句，是説陳玄禮本可以理直氣壯地討伐安祿山。

〔七一〕公案：案件。指陳玄禮以楊妃與安祿山偷情爲由，誅殺楊氏兄妹的事件。壓著三千倍：指此事從道義上讓安祿山感受到巨大壓力。

〔七二〕抑勒：强逼，壓制。

〔七三〕合該：應該。九族：參看卷四《楊妃乞罪》注〔九〕。誅夷：誅滅。在安祿山看來，陳玄禮以臣子的威勢欺壓君王，就該誅夷九族。

〔七四〕想他情理：想想楊妃被勒死時的境況。

〔七五〕將咱抛棄：此指楊妃與安祿山陰陽兩隔。

〔七六〕一任痛淩遲：就像忍受淩遲（剮刑）一樣的痛苦。

〔七七〕『有一日』句：是説有朝一日與陳玄禮相遇。

〔七八〕戰間：征戰的時候。如虧失：如果陳玄禮喫了虧。

〔七九〕恁時節：到那箇時候。休後悔：别後悔在馬嵬坡做下的事。

〔八〇〕比及：尚未。終身仇隙：指對陳玄禮馬踐楊妃的仇恨。

〔八一〕敢：大概，可能。『比及』兩句，是説安祿山預感到，自己悲痛至極，有可能等不到報仇雪恨的那一天。

〔八二〕貞元備：　具備純正的美德。貞元：　語本《易・乾》：『元亨利貞。』高亨注：『乾，卦名，天也。元，善也。亨，美也。利，利物也。貞，正也。天有善、美、利物、貞正之德……《文言》謂君子亦有此德。』此句是說，如果楊妃不受貞靜賢良的道德的約束。

〔八三〕恰來：　卻來。恰：　卻，緊接上句，表示選擇的副詞。

〔八四〕怎到：　怎麼會。『娘娘呵』數句，是安祿山自寬自慰的話。是說，如果楊妃不受道德約束，將音書頻寄，他安祿山就不會打回長安，楊妃也就不會被馬踐。此事不能全怪安祿山，也怪楊妃自己。

【校】

此套曲見於《雍熙樂府》卷七，第五〇至五二頁。【鬬鵪鶉】又見於《九宮大成譜》卷一三，第一〇頁。

夜來猶自說活人：　底本作『夜來由自說活人』，據文意改。

子是待强帝宮闈：　底本作『子是待强帝宮闈』，據文意改。

他撒盡迷奚：　底本作『地撒盡迷奚』，形近致誤，據文意改。

這公案更壓著三千倍：　底本作『這公更壓著三千倍』，據文意改。

安祿山悲憤交集，又情思綿綿。驪山仍湧溫泉，沈香亭仍聚梨園，娘娘再無緣得見。縱有返魂之麝香，粘弓弦之鸞膠，亦無計與娘娘重續前緣。恩愛永斷，泣血淚漣漣！

【雙調】【行香子】被一紙皇宣〔一〕，和三品軍權〔二〕，搠開萬劫情緣〔三〕。想青綾被底〔四〕，紅燭窗前，甚時曾整戎裝〔五〕，歌番曲，按胡旋！

【喬木查】嘆平生分淺，何日重相見？為盼行雲眼睫穿〔六〕，淚珠兒搵血〔七〕，流遍秦川〔八〕。

【撥不斷】再幾時幸溫泉〔九〕，寵梨園？彩鸞已赴蟠桃宴〔一〇〕，鸚鵡難迴碧玉輦〔一一〕，鴛鴦不鎖黃金殿〔一二〕。千般旖旎，萬種妖嬈，怎下的教馬嵬坡踏踐！

【離亭宴帶歇指煞】麝香一污春風面〔一三〕，鸞膠無分紅纖片〔一四〕，身歸九泉。把箇可意小名兒題，將傾城模樣兒想，望屈死的冤魂兒現。明牽子母情〔一五〕，暗隱別離怨。無心過遺〔一六〕，慢徒勞〔一七〕，乾大鬧，空經變〔一八〕。至長安京兆府〔一九〕，從薊州漁陽縣〔二〇〕，一掇氣走喏來近遠〔二一〕，竭竭地趕場憂〔二二〕，剛剛的落聲喘〔二三〕！

【注】

〔一〕皇宣：　皇帝的宣詔，此指明皇處死楊妃的哀詔。

〔二〕三品軍權：　此指龍虎將軍陳玄禮的權勢。三品：　為龍虎將軍的官階。

〔三〕搠開：　始破。此處引申為毀滅。搠：　同『創』。萬劫情緣：　經歷種種磨難的情緣，指楊妃與安祿山的私情。萬劫：多災多難。

〔四〕『想青綾』四句：皆指安祿山與楊妃在皇宮時的生活。

〔五〕甚時：什麽時候有過。表示否定。

〔六〕行雲：用巫山神女典故，借指所思念的楊妃。眼睫穿：即望眼欲穿。

〔七〕淚珠兒搵血：淚珠兒浸著血。

〔八〕秦川：古地區名。泛指今陝西、甘肅的秦嶺以北平原地帶。此指楊妃被馬踐的地方。『淚珠兒』二句，是寫安祿山哭楊妃的血淚灑向秦川。流遍：極言血淚之多，苦痛之深。

〔九〕再幾時：再有什麽時候。暗指不復有這樣的時候。幸溫泉：臨幸溫泉。天子親臨爲幸，安祿山敬楊妃，故把楊妃親臨也稱作『幸』。

〔一〇〕彩鸞：美麗的鸞鳥，亦指仙女，此喻指楊妃。蟠桃宴：西王母在瑤池舉行的蟠桃勝會。此句是說，楊妃已經仙逝。

〔一一〕鸚鵡：此處喻有才之人，指楊妃。碧玉輦：王子年《拾遺記》：『周穆王馭黄金碧玉之輦，從朝及暮，而窮宇宙之内偏焉。』此指明皇宮中車輦。

〔一二〕『鴛鴦』句：反用李白《宫中行樂詞》『玉樓巢翡翠，金殿鎖鴛鴦』句意，指楊妃已不在皇宮。『彩鸞』三句，皆係對楊妃仙逝的形象描寫。

〔一三〕『麝香』句：傳説服麝香能救人命。《太平廣記》卷三二五：『王懷之，元嘉二十年丁母憂。葬畢，忽見樹上有嫗，頭戴大髮，身服白羅裙，足不踐柯，亭然虚立。還家敘述，其女遂得暴疾，面乃變作向樹杪鬼狀。乃與麝香服之，尋如常。世云麝香辟惡，此其驗也。』此句是說，能救人命的麝香，只是能玷污楊妃的臉面，不能救活她。

〔一四〕鸞膠：據《海内十洲記·鳳麟洲》載：西海中有鳳麟洲，多仙家，煮鳳喙麟角合煎作膏，能續弓弩已斷之弦，名續弦膠，亦稱鸞膠。多用以比喻續娶後妻。此句是說，楊妃已隨落花飄零，鸞膠無分粘連起落花，安祿山與楊妃再也不能續前緣。

〔一五〕『明牽』二句：是說安祿山對楊妃明裏是子母情的牽挂，暗中是男女私情的哀怨。

〔一六〕過遣：過活，打發日子。

〔一七〕慢：通『漫』，完全。『漫徒勞』三句，是說楊妃死去，安祿山所做的一切都徒勞無益。

〔一八〕空經變：白白地經歷巨變。一指自己背叛朝廷，一指楊妃之死。

〔一九〕京兆府：漢、唐京畿的行政區域，指今陝西西安以東至華縣之間地區。是安祿山發兵的目的地。

〔二〇〕薊州：古地名。參看卷一《遺事引》注〔三〇〕。是安祿山舉兵的起點。

〔二一〕一掇氣：一口氣。多形容趕路緊張，毫不停頓。啫來：如此。近遠：偏義複詞，指遠。『至長安』三句，表現安祿山想見到楊妃的急切心情。

〔二二〕竭竭地：盡心竭力地。趕場憂：趕上一場喪事。

〔二三〕剛剛：僅僅。落聲喘：落得箇勞累喘息。

【校】

此套曲見於《雍熙樂府》卷一二，第九三至九四頁。【撥不斷】又見於《北詞廣正譜》卷一七，第三一至三二頁。

甚時曾整戎裝：底本作『甚時曾整我裝』，據文意改。

怎下的教馬嵬坡踏踐：《雍熙樂府》作『怎下的教馬嵬坡踏踐殄』。此從《北詞廣正譜》。

【離亭宴帶歇指煞】：底本作【離亭宴帶歇拍煞】，據文意改。

安祿山無心征戰，思念楊妃，終日啼泣。不半年，竟至雙目失明。脾氣愈加暴躁乖戾，稍不如意，便對左右侍從施以酷刑，對其子安慶緒亦動輒打罵。乃至於怨聲載道，眾叛親離。侍從忍無可忍，與安慶緒密議行刺之計。安慶緒難忍其父督責之苦，又思早日謀取大燕皇帝之位，便也應允。共推兇蠻侍從李豬兒行刺。安祿山雖失明，依然身手敏捷，力大無窮。李豬兒先偷走安祿山牀頭寶刀，後舉刀刺向安祿山。安祿山受創，摸刀不得，手搖帳杆大呼：『此必家賊謀逆！』李豬兒連搠數刀，安祿山血流如注，肚腸流出，倒地而死。不想那安祿山一語成讖：仇隙未報，便已命歸黃泉。

再說太子李亨，到的靈武，便在親信及朝臣擁戴下登基，史稱肅宗，遙尊明皇爲太上皇。太子在靈武登基，明皇雖覺意外，也未放在心上。想當初，也是父皇禪讓，自己方登基繼大統。父禪子承，時使之然也。那承想，卻大權旁落。

安祿山已死，叛軍勢衰。肅宗御駕親征，郭子儀、李光弼精忠報國，驍勇善戰，不久收復了長安，請太上皇回宮，明皇喜極而泣。

明皇歸長安。肅宗移父皇於興慶宮安置，供奉優渥，日日請安。明皇思念貴妃，乃下詔建陵墓改葬，以期百年後相會於地下。豈料詔被駁回，道：『龍虎將士誅國忠，以其負國兆亂。今改葬故妃，恐將士疑懼。葬禮不可行。』明皇不獲已，命親信侍從，改葬楊妃於他處。侍從回報：『娘娘初瘞時以紫褥裹之，今肌膚已壞，香囊仍在。』又道：『娘娘葬時匆忙，遺一吳綾襪，爲馬嵬媪所得，相傳過客一閱百錢，前後獲錢無算，我等趕至，媪已攜襪藏匿，故未得。』明皇聽後，黯然神傷。侍從獻上香囊，明皇睹物思人，悲從中來，好一番哭訴！

【仙呂宮】【賞花時】據刺繡描鸞巧伎倆〔一〕，再不出世超凡勘供養〔二〕？分外教襟袖淚淋琅〔三〕。則這一時半晌，不弱如犯重喪〔四〕。

【幺篇】離了他行到俺行〔五〕，滴盡千行萬行〔六〕。金翡翠繡鴛鴦〔七〕，但撞天羅地網〔八〕，更不拋閃的越孤孀〔九〕！

【金盞兒】向椒房〔一〇〕，對紗窗，是他用心兒親製得風流樣。四停八當將蕙蘭裝〔一一〕。也曾暗懸低帳幕〔一二〕，輕染舞霓裳〔一三〕；也曾煖偎香體態〔一四〕，也曾濃撲睡君王〔一五〕。

【醉中天】眼見得添悲愴，枕上都棲遑〔一六〕。縱有音書兩渺茫〔一七〕。別後雖無恙〔一八〕，枉使愁人斷腸。量這些虚囊〔一九〕，怎生盛無限淒涼！

【賺煞尾】拋撇盡生死緣〔二〇〕，收拾聚别離況〔二一〕，增置出眠思夢想〔二二〕。染指餘馨猶拂鼻〔二三〕，更勝如印臂殘粧〔二四〕。睹物堪傷，也似人生夢一場〔二五〕恰教黄塵掩藏〔二六〕，又被西風飄蕩〔二七〕，再幾時隔紅衫相伴著妳兒香〔二八〕？

【注】

〔一〕據：　憑著。刺繡描鸞：　泛指針黹刺繡。伎倆：　此指楊妃香囊刺繡的技藝。

〔二〕再不：　還能不。『據刺繡』二句，是説就憑著楊妃刺繡的精湛技巧，這箇超凡脱俗的香囊還能不供奉起來？

〔三〕淋琅：　一作『淋浪』，形容淚水之多。宋·范純仁《安州張大卿挽詞》：『俄嗟黄壤隔，莫展素車情。空望涓溪月，淋浪涕泗横。』

〔四〕不弱如：　不亞於。重喪：　舊謂家人有兩人相繼死亡。此引申爲再一次面對楊妃的死亡。『則這』二句，是説明皇見到香囊，睹物思人，一時間彷彿重見楊妃死時悲慘的情景。

〔五〕他行：　他那裏。行：　表示處所，猶『這裏』、『那裏』。此句是説，香囊離開楊妃，到了明皇手中。

〔六〕行：　量詞。此指成行的淚水。

〔七〕翡翠：翡翠鳥。此句中，『金』與『繡』，都喻指鳥的美麗。翡翠與鴛鴦，常用以喻夫妻或情侶。此喻指楊妃與明皇。

〔八〕但撞天羅地網：偏偏撞上天羅地網。但：只是。此句仍與上句『翡翠』、『鴛鴦』呼應。

〔九〕更不：不更。孤孀：原指寡婦。此引申爲孤獨凄涼。『金翡翠』三句，是説越是恩愛的夫妻，一旦被拆散，也就越是孤獨凄涼。

〔一〇〕椒房：后妃居住的宫室。『向椒房』四句，是明皇回想楊妃製作香囊的經過。

〔一一〕四停八當：十分穩當、妥貼。

〔一二〕暗懸低帳幕：悄悄地懸挂於卧榻的帷幕之中。幾句『也曾』，是明皇回憶香囊曾經的作用，也是眷戀與楊妃一起時的生活。

〔一三〕輕染舞霓裳：輕輕地染香楊妃按羽衣霓裳舞的舞衣。

〔一四〕煖偎：貼近。香體態：指楊妃身體。

〔一五〕睡君王：已經入睡的君王，指明皇自己。

〔一六〕棲遑：痛苦凄涼。

〔一七〕音書：此指音信。渺茫：虚無縹緲。化用白居易《長恨歌》『含情凝睇謝君王，一别音容兩渺茫』句意。是説縱使得到了楊妃的音信，也還是感到虚無縹緲，難見音容。

〔一八〕『别後』二句：是説與楊妃生死兩别後，明皇雖無病患，卻是愁緒滿懷。

〔一九〕虚囊：空袋。此指楊妃所繡香囊。『量這些』二句，爲明皇極其憤激之語，香囊雖在，卻盛不下明皇的無限淒涼。

〔二〇〕拋撇盡：拋得一乾二淨。生死緣：不解之緣。此句是説，因楊妃的死，明皇與楊妃超越生死的不解之緣被拋得一乾二淨。

〔二一〕收拾聚：收集到一起。別離況：指楊妃慘死後，自己痛入骨髓的境況。

〔二二〕增置：增加，添設。眠思夢想：此指對楊妃極端思念。

〔二三〕染指：用手指沾染。《左傳·宣公四年》：『楚人獻黿於鄭靈公。公子宋（即子公）與子家將見，子公之食指動，以示子家，曰：「他日我如此，必嘗異味。」……及食大夫黿，召子公而弗與也。子公怒，染指於鼎，嘗之而出。』此指明皇用手觸摸香囊。拂鼻：撲鼻。

〔二四〕印臂殘粧：當年楊妃印在明皇臂腕的殘粧餘香。

〔二五〕『也似』句：是説與楊妃相愛的日子，像一場美夢飄然無蹤。

〔二六〕恰教：卻教。此句是説，楊妃的香囊卻被黃塵掩埋。

〔二七〕『又被』句：是説香囊從馬嵬坡取回，又經秋風吹拂。

〔二八〕妳：『奶』的古字。

【校】

此套曲見於《雍熙樂府》卷四，第八七頁。【賺煞尾】又見於《北詞廣正譜》卷三，第三八頁，曲牌作【賺煞】。

收拾聚別離況：《北詞廣正譜》作『收拾聚離別況』。

增置出眠思夢想：《雍熙樂府》作『增製出眠思夢想』。

也似人生夢一場：《北詞廣正譜》作『也是人生夢一場』。

話説那上皇，回宫後雖用度優沃，肅宗侍奉殷勤，然已失昔日廟堂之威，更無朝臣山呼之拜。況有那肅宗親信太監李輔國，生恐肅宗威望不敵上皇，時時防範。因興慶宫乃上皇龍興之地，遂矯旨將其遷至西内甘露殿。四時更替，晨夕晦明，風霜雨露，暮鼓晨鐘，日漸一日，寂寞傷神。昔日朝中所用近侍，也今非昔比。高力士隨侍身旁，盡責盡忠，然亦無大任可爲。唯那陳玄禮，因西遷路上誅丞相，殺貴妃，由李輔國保薦，一再升遷，封至蔡國公。玄禮堅辭不就，依然與高力士一同侍奉於上皇左右。然害貴妃之慘景如在目前，上皇豈能須臾忘卻？又豈肯假以顏色？那明皇命人將楊妃儀像懸於別殿，日日省視，睹今追昔，再洩對陳玄禮之恨，再訴對貴妃的思念之情。

【雙調】【新水令】翠鸞無路到南柯〔一〕，玉簫閑彩雲零落〔二〕。慵斟和淚酒，懶聽斷腸歌。卿呵〔三〕，你問今日如何？更愁似夜來箇〔四〕。

【駐馬聽】不爲那楊柳情多，怯暮雨渾同人嬝娜〔五〕，梧桐葉墮〔六〕，盪西風特似命輕薄。荒墳空對馬嵬坡，珠簾已閑朝元閣〔七〕，恨無聊，看玉容何處添寂寞〔八〕。

【落梅風】他俺行隨機應變〔九〕，他行乞命兒活〔一〇〕。怎下的活支煞的眼前折挫〔一一〕？那的是寡人承謝他〔一二〕把箇無投奔的帝王饒過〔一三〕。

【雁兒落】您早則斷絕了心上火〔一四〕，您早則剪除了宮中禍，您早則掀騰了枕畔情〔一五〕，俺早抛持了舌尖上唾〔一六〕。

【得勝令】切齒恨干戈〔一七〕，無心選嬪娥〔一八〕，恨望終朝盡〔一九〕，悲涕半夜過。常和妃子同衾臥，我也難和別人擁被窩。

【殿前歡】這煩惱怎消磨？想溫泉直恁是非多〔二〇〕！卻甚風恬浪靜人亡過〔二一〕，好不分箇清濁〔二二〕！一尺水二尺波〔二三〕，鬧穰穰空惹箇〔二四〕，雄赳赳威風大，則近的三千粉黛〔二五〕，卻近不得百二山河〔二六〕！

【七煞尾】不問羯鼓習天樂〔二七〕，空驚虎旅鳴宵臥〔二八〕。

【太平歌】憶當時偶然潼關破〔二九〕，日夜和奪〔三〇〕，不免的幸西蜀，劍嶺嵯峨〔三一〕。海棠正煖東風惡〔三二〕，馬頭前蹙損雙蛾〔三三〕。黃塵埋綺羅〔三四〕，兩鬢已成皤〔三五〕。俺也曾香腮偎定芙蓉萼〔三六〕，朱脣溫柔櫻桃顆〔三七〕。

【川撥棹】當夜對銀河〔三八〕，牛女星恰會合。正人態柔和〔三九〕，伴月影婆娑。悄分金釵鈿盒〔四〇〕，望博箇死生緣無間闊〔四一〕。

【鴛鴦煞尾】近驪山冉冉陰雲磨〔四二〕，暗華清慘慘寒烟鎖〔四三〕。神思昏沈，鬼病纏縛〔四四〕。唱道薄倖堪憎〔四五〕，看承的人小可〔四六〕。這無主倚的君王〔四七〕，雖然想著那好處及多〔四八〕。卿呵！也合夢兒看將節來探覷著我〔四九〕。

【注】

〔一〕翠鸞：美麗的鸞鳥，比喻楊妃。南柯：用唐·李公佐《南柯太守傳》典，指夢境。此句是說：楊妃一直未與明皇夢中相會。

〔二〕玉簫：玉製的簫。彩雲：絢麗的雲彩，此泛指美景與美人。此句是說，曾經給楊妃伴奏過的玉笛閑置，當年歡樂籠罩的彩雲散盡。

〔三〕卿：指楊妃。此句與下句，皆寫明皇想像楊妃與他互相傾訴心事。

〔四〕夜來箇：昨日。

〔五〕渾同：全同。嫋娜：細長柔美的樣子。『不爲』二句：是說不是爲那在秋雨中拂動的柳條多情，而是因爲柳條嬌怯怯地在暮雨中搖擺，恰如楊妃在日的裊娜體態。睹物思人，纔引起自己感傷。

〔六〕『梧桐』二句：是說梧桐的落葉被秋風吹動，在空中飄蕩，像薄命的楊妃無著無落。『不爲』四句，借寫遇暮雨的楊柳，遭秋風狂吹的梧桐葉，感慨多情楊妃的薄命。

〔七〕朝元閣：唐代閣名，在華清宮中。明皇常於此舉行歌舞盛會。李商隱《華清宮》：『朝元閣迥《羽衣》新，首按昭陽第一人。』『荒墳』二句，是說楊妃的荒墳遠在馬嵬坡，朝元閣人去樓空，門前珠簾因無人掀動閑在那裏。

〔八〕玉容寂寞：化用白居易《長恨歌》『玉容寂寞淚闌干，梨花一枝春帶雨。含情凝睇謝君王，一別音容兩渺茫』詩意。

〔九〕他：指陳玄禮。俺行：我這裏。

〔一〇〕他行：指李輔國那邊。『他俺行』二句，明皇認定陳玄禮在他面前虛與委蛇，在李輔國那邊乞求活命。

〔一一〕怎下的：怎麼忍心。活支煞：活生生的。折挫：折磨。此句是對陳玄禮處死楊妃的回憶。

〔一二〕的是：倒是。承謝他：感謝他。他：指陳玄禮。

〔一三〕無投奔：無處可逃。『那的是』二句，是明皇譏諷陳玄禮的話。是說倒是得感謝陳玄禮，饒過了他這箇無處可逃的君王。

〔一四〕您：指陳玄禮。早則：早就。

〔一五〕掀騰：此引申爲毀壞。

〔一六〕抛持：抛棄。舌尖上唾：指明皇對楊妃親昵行爲。

〔一七〕干戈：戰爭。此指『安史之亂』。

〔一八〕選嬪娥：指另選嬪妃。

〔一九〕恨望終朝盡：每時每刻都充滿怨恨。望：怨。終朝盡：整天盡是。

〔二〇〕温泉：此借指華清宫。直恁：怎麼會如此。此句是説，明皇與楊妃在華清宫裏的日子，怎麼會有那麼多的是是非非！

〔二一一〕卻甚：算什麼。風平浪恬：風平浪靜。人亡過：指楊妃之死。此句是說，憑什麼說楊妃一死華清宮就風平浪靜了？

〔二一二〕好不分箇清濁：太不分是非黑白。好：表程度副詞。

〔二一三〕一尺水二尺波：一尺水竟能掀起二尺波，喻捕風捉影，小題大做。

〔二一四〕鬧穰穰：鬧哄哄。空惹箇：平白無故地惹得。『一尺水』三句，是說由於宮中有人捕風捉影，小題大做，平白無故地給了陳玄禮把柄。使得他威風凜凜，爲所欲爲。

〔二一五〕則近的：只能對付。近的：靠近，此引申爲對付。

〔二一六〕百二山河：險固的山河，借指江山社稷。『則近的』二句，是說握有兵權的陳玄禮，只敢對付三千粉黛，害死楊妃；卻不能保護江山社稷。【殿前歡】整箇曲子，是唐明皇對陳玄禮『清宮闈』、『除禍機』的全盤否定。

〔二一七〕不問：不過問，此引申爲不再涉及。羯鼓：是明皇以前最喜歡的打擊樂器。習天樂：演奏美妙的音樂。習：演習。天樂：仙樂，亦指美好的音樂。

〔二一八〕虎旅：虎賁氏與旅賁氏的並稱。兩者均掌王之警衛，後因以爲衛士之稱。此亦含虎狼之旅的意思。鳴宵臥：臥聽鳴宵柝之聲。宵柝：指巡夜的梆聲。李商隱《馬嵬》：『空聞虎旅鳴宵柝，無復雞人報曉籌。』

〔二一九〕『憶當時』句：明皇認爲安祿山攻破潼關是偶然事件。這顯示明皇對叛軍威勢的輕視，不服氣。

〔三〇〕和奪：爭奪，相奪。和：介詞，猶『相』。

〔三一〕劍嶺：劍門的山嶺。劍門在四川北部。嵯峨：山嶺險峻。

〔三二〕海棠正煖：海棠花開得正盛，喻楊妃正值美好年華。東風惡：狂風驟至。喻指局勢驟然變化。

〔三三〕『馬頭前』句：借用白居易《長恨歌》『宛轉蛾眉馬前死』句意，指楊妃被馬踏。雙蛾：喻雙眉。

〔三四〕綺羅：指穿著綺羅的人。此指楊妃。

〔三五〕皤：白色。此句是說，明皇思念楊妃，哀怨痛苦，已兩鬢斑白。

〔三六〕芙蓉萼：芙蓉花。萼：花底部的綠色花托。此用芙蓉花比喻楊妃臉頰。

〔三七〕櫻桃顆：比喻美女朱脣，像一顆櫻桃。『俺也曾』以後及【川撥棹】全曲，寫明皇又回想起自己與楊妃深情親昵的生活。

〔三八〕『當夜』二句：寫明皇回憶起與楊妃共度七夕的情景。

〔三九〕人態柔和：指楊妃含情脈脈，態度溫順柔和。

〔四〇〕『悄分』句：用白居易《長恨歌》『釵留一股盒一扇，釵擘黃金盒分鈿』句意。是說七夕夜深人靜時，楊妃與明皇分金釵鈿盒，各執一半，表示心心相連。

〔四一〕博望：博得，期望。生死緣：超越生死的緣分。無間闊：永不分離。

〔四二〕驪山：華清宮的所在地。冉冉陰雲磨：冉冉升起的陰雲密佈。磨：旋轉著接連在一起，指雲層厚。

〔四三〕『暗華清』句：是說華清宮陰暗慘淡，烟籠霧鎖。

〔四四〕鬼病：怪病，指相思病。

〔四五〕唱道：覺得，道是。薄倖：薄情，負心。

〔四六〕看承：看待。小可：小看。『唱到』二句，是說如果覺得明皇無情，拋棄楊妃，就看低了明皇。

〔四七〕無主倚的君王：沒有依靠的君王。明皇自指。

〔四八〕雖然：即便是如此。『雖然』句，寫明皇自己心事。是說即便自己沒能保護住楊妃，也希望楊妃記著曾經對她的諸多好處，從而能原諒自己。故下句懇請楊妃夢中來探看。

〔四九〕也合：也該。看將節：尋找適當的時節。探覷：探望。

【校】

此套曲見於《雍熙樂府》卷一一，第八七至八八頁。【太平歌】見於《北詞廣正譜》卷一七，第三二頁；《九宮大成譜》卷六六，第二五頁。俱作『太清歌』。

《雍熙樂府》將『不問羯鼓』兩句作【七煞尾】。《北詞廣正譜》無此兩句。《九宮大成譜》將此兩句併入【太平歌】。因這兩句的意思與前面銜接得更緊，從《雍熙樂府》。

海棠正煖東風惡：《雍熙樂府》作『海棠正煖東風』。

朱脣溫柔櫻桃顆：《九宫大成譜》作『朱脣掐破櫻桃顆』。

話説李輔國，邀寵弄權，無事生非。因對明皇非禮，曾遭高力士當衆羞辱。當年上皇由興慶宫遷居西内，李輔國率五百騎夾道而立，刀皆出鞘，殺氣騰騰。上皇驚恐，幾墜於馬下。高力士怒喝：『上皇乃五十年太平天子，李輔國何得如此無禮？還不下馬參拜！』於不得已，李輔國下馬跪拜。今見高力士等服侍上皇，依舊錦衣玉食，逍遥自在，便向肅宗進讒，欲將高力士等流放。肅宗本生性仁孝，然三兄弟被害之事，也於心内留下陰影，對其父心存疑忌，便應允李輔國所奏，將高力士發配巫州；另一大太監王承恩發配播州；其他親信也皆發配邊遠之地。陳玄禮除楊氏兄妹，只道是消除了明皇父子間的隔閡，使得兩宫融洽親密。今見明皇受辱，方知前事冒昧。便不肯升遷，仍願侍奉明皇。李輔國恐其久後生事，便强令其致仕。陳玄禮愧悔交加，抑鬱終日，先於明皇而逝。

明皇舉目無親，了無生趣，面對楊妃圖像，日日哭奠，夜夜垂泣。精誠所至，於某秋夜，見楊妃冉冉而至，貌美如初。明皇喜極，馬嵬坡事全已忘懷。二人正欲同牀共枕，疏雨響梧桐，驚醒這南柯一夢！

【仙吕宫】【賞花時】天寶年間事一空〔一〕，人説環兒似玉容〔二〕。爲愛荔枝紅，纖腰如柳〔三〕，宜捧翠盤中。

【幺篇】一曲霓裳舞未終，怨煞漁陽戈甲雄〔四〕。驚出上離宫〔五〕。馬嵬坡下，塵土慢隨風〔六〕。

【尾】笑明皇，心裏痛，怏怏歸來恨冗冗〔七〕。寂寞雲屏秋夜永〔八〕，恍然間依舊相逢〔九〕。意匆匆〔一〇〕，霧鬟鬅鬆〔一一〕，兩葉眉兒淡遠峯〔一二〕。貪歡未能〔一三〕，驚回清夢，玉階前疏雨響梧桐。

【注】

〔一〕一空：一點不剩。此句是説，天寶年間的事都過去了。

〔二〕環兒：對楊玉環的暱稱。玉容：美女，此特指嫦娥。

〔三〕『纖腰』二句：是説楊妃腰肢纖細，適合跳翠盤舞。

〔四〕怨煞：怨恨之極。煞：表程度副詞。漁陽戈甲雄：指來自漁陽的安祿山的叛亂。

〔五〕離宫：帝王於正式宫殿之外別築宫室，以便隨時遊處，與正式宫殿相離，故稱離宫。此指明皇播遷西蜀時的臨時駐扎處。

〔六〕『塵土』句：是説楊妃死後化爲塵土，隨風飄蕩。慢：同『漫』，隨意。

〔七〕怏怏：愁苦抑鬱。恨冗冗：久遠的愁苦怨恨。

〔八〕雲屏：有雲形彩繪的屏風。秋夜永：秋夜漫長。

〔九〕『恍然間』句：是説恍恍惚惚，明皇依然與楊妃相聚。

〔一〇〕匆匆：迷茫恍惚的樣子。宋·鄒浩《悼陳生》：『還家妻子久黄壤，單形隻影反匆匆。』

〔一一〕霧鬢：濃密秀美的頭髮。鬅鬆：同『蓬鬆』。

〔一二〕遠峯：遠山。喻女子之眉秀美。

〔一三〕『貪歡』三句：是説明皇正欲與楊妃親昵媾歡，被階前疏雨打梧桐的聲音驚醒，卻原來是南柯一夢。

【校】

此套曲見於《雍熙樂府》卷五，第八一至八二頁。

寂寞雲屏秋夜永：底本作『寂寞雲屏秋夜氷』，據文意改。

明皇夢回，鬱鬱寡歡，倍覺凄涼難奈。遂斷飲食。未幾，升天而去。高力士聞明皇升天噩耗，大慟，於巫州嘔血身亡。李輔國益發專横跋扈，代宗即位，賜死，謚號『醜』，此乃後話。

正是：唐明皇月宫定情，楊玉環謫降歷劫；安禄山漁陽操戈，陳玄禮斬斷情根。

附錄一　關於《天寶遺事諸宮調》的輯佚、辨僞及連綴

上個世紀三、四十年代，著名學者鄭振鐸、趙景深、馮沅君、楊蔭瀏先生不約而同地從《太和正音譜》、《詞林摘艷》、《雍熙樂府》、《北詞廣正譜》、《九宮大成南北詞宮譜》中收輯《天寶遺事諸宮調》佚曲。鄭先生輯五十四套，趙先生輯六十套，馮先生輯六十二套，楊先生輯六十七套。四位先生所輯曲大體相同，總共六十七套。筆者對照上述曲選、曲譜，對四位先生所收之曲進行了審慎地核對。又擴大範圍，翻閱了大量其他的曲選、曲譜，只是在清初的《御定曲譜》中又收輯到十一支佚曲。這十一支曲子亦在諸位學者所收曲的範圍之內。可以斷定，在現有的條件下，《天寶遺事諸宮調》的佚曲只能收輯到這些了。

筆者所做的第一項工作，是對六十七套曲子一一進行甄别，剔除了六套不是《天寶遺事諸宮調》佚曲的曲子，存留六十一套曲。第二項工作是反復研讀篩選後的佚曲。仔細尋繹各套曲子之間的聯系，對這些佚曲進行梳理、排序。第三項工作，是根據佚曲描寫的内容，對照有關歷史傳説，撰寫賓白。用賓白將各套曲子連綴起來，用賓白補充佚曲僅提供了綫索，卻沒有展開描述的故事情節。將《天寶遺事諸宮調》的佚曲整理成有説有唱，情節完整的讀本。下面，本文具體詳細地闡明六十七套曲子取捨的原因，每一套佚曲排序的依據，以及賓白撰寫的原則和依據。

一、各種輯本輯曲的真僞

《天寶遺事諸宮調》原作已失傳，元代同一題材的戲曲、散套又很多，收輯《天寶遺事諸宮調》套曲最多的《雍熙樂府》，只錄曲子，不注明出處，連作者姓名也不注出，這給《天寶遺事諸宮調》輯佚帶來很大困難。想要確定其是否係王伯成《天寶遺事諸宮調》佚曲，必須要把這些佚曲與同類題材的戲劇、散套區分開。故此，筆者所做的第一步工作，卽辨別諸位學者所收佚曲的真僞。

好在收於其它曲選和曲譜的曲子，是注明了作者或作品名的。如果根據這些曲譜或曲選中所提供的線索，根據《天寶遺事諸宮調》的引辭所提示的情節，根據諸宮調這種文藝樣式的特點與風格，審慎地加以考辨，是可以把《天寶遺事諸宮調》的佚曲與同類題材的戲曲、散套區分開的。

諸位先生所輯的六十七套曲子中，被曲選與曲譜注明作者或作品名的有四十二套曲。對於這四十二套曲子，人們只對《十美人賞月》套與《玄宗幸蜀》套提出過異議。唯一的理由，是因爲這兩套曲的聯套長。如嚴敦易先生認爲：『諸宮調每一宮調套數的組織，與雜劇之聯套不同。一個宮調的套數，普通爲二、三曲，多至五、六曲，用尾聲或不用尾聲。「爲照芳妍」套多至十六曲，它不是諸宮調，一望可知，無煩推究。』同樣的理由，他認爲《玄宗幸蜀》套也不是《天寶遺事諸宮調》佚曲〔一〕。這種理由是站不住脚的。並沒有誰規定過諸宮調的一套曲子只能多至五、六曲。馮沅君先生曾經將《劉知遠諸宮調》、《西廂記諸宮調》、《天寶遺事諸宮調》的聯套列表比較，其表格明確顯示：　諸宮調作品產生的時代越晚，聯套越長。馮先生指出：『這個表告訴我們，《天寶遺事》聯套的長度最習見的是以四曲或五曲構成一套。這種規模自然較其他元曲微有遜色，但我們不要忘記其中也有以十八曲構成一套的。這種長度不獨《劉知遠》的聯套不能比擬，即《董西廂》對之也甘拜下風。』〔二〕筆者完全讚同馮先生的見解，並認爲《北詞廣正譜》在《十美人賞月》套後注：『元・王伯成撰《天寶遺事》』，《詞林摘豔》在《玄宗幸蜀》套後注：『元・王伯成』，是可信的。

各種輯本所收的套曲中，有十九套曲子雖然未經注明出處，但也可基本確定爲《天寶遺事諸宮調》的曲子。這裏面又分爲三種情況。

第一，有的曲子在行文中，自己說出它是《天寶遺事諸宮調》的曲子。如《天寶遺事》套的『判興亡，諸宮調說唱，便是太真妃千古返魂香』。《天寶遺事引》的『剔胡倫，公案全新，與諸宮調家風創立箇教門』。《遺事引》的『天寶年間遺事，向錦囊玉罅新開創』。這三套無論標題還是曲文，都明顯地表明是《天寶遺事諸宮調》的引辭。

第二，有的則可從套與套聯系上來確定。例如《明皇遊月宮》『玉豔光中』套有這樣一句：『未會留情，只會催行色。』單看這一套，此話頗爲費解。把它與《明皇哀告葉靖》套聯系起來看，就能明白它的含意：　明皇因爲留戀月宮中的仙女，哀求葉靖讓他久留月宮。葉靖不許，催他快返回人間，所以明皇才對葉靖發出這樣的抱怨。可見這一套當與《明皇哀告葉靖》套銜接。這一套的結尾是：『則向那初更左側，我試等待，看月明千里故人來。』這個故人，當又是【瑤臺月】『香風乍起』套所寫明皇愛戀的那位仙女。《明皇哀告葉靖》與【瑤臺月】『香風乍起』套，都被注明是《天寶遺事》；《明皇遊月宮》『玉豔光中』套雖未標明出處，但據它與上下兩套内容上的聯系，及其自身的風格，有理由認爲它也是《天寶遺事諸宮調》的曲子。

第三，有的還可根據《天寶遺事諸宮調》的三個引辭對情節的介紹，及曲子本身風格、特點來斷定。如《遺事引》套中有：『銀燭熒煌，看不盡上馬嬌模樣；私語向七夕間，天邊織女牛郎……笑攜玉筯擊梧桐，巧稱雕盤按霓裳。』《雍熙樂府》中收的《楊妃上馬嬌》、《長生殿慶七夕》與《明皇擊梧桐》三套曲子，内容正好與《遺事引》所介紹的情節相符。而且，這三套曲子的風格也與《天寶遺事諸宮調》其他曲子相似。其中有些詞語，如『亂宮心』、『禍根芽』、『醉芙蓉』等，又是《天寶遺事諸宮調》其他曲子常用的詞語。故足可證明上述的這幾套都是《天寶遺事諸宮調》的佚曲。

對於《祿山謀反》套，諸本說法不一。《北宮詞紀》說它是孔文卿的套數；《北詞廣正譜》又說它是王伯成撰《天寶遺事》。看來兩者必有一誤。

從内容上看，《祿山謀反》套，與《天寶遺事諸宮調》的【瑤臺月】『形容盡改』套、《祿山憶楊妃》『舞腰寬褪』套及《祿山泣楊妃套》，有緊密的聯系。首先，這幾套曲都寫了安祿山被貶漁陽後與楊妃音訊隔絕。【瑤臺月】『形容盡改』套是：『關山恨，烟水稀，魚鳥盡，信音乖。』《祿山憶楊妃》『舞腰寬褪』套是：『寄信魚難到，傳情雁不歸。』《祿山泣楊妃》套是：『恰來將音書頻寄，怎到馬嵬坡下踐了楊妃。』《祿山謀反》套則寫道：『把六宮心事分明的慢，將半紙音信黨閉的慳。』與前面三套所寫完全一致。其次，幾套曲又都寫了安祿山在漁陽思念楊妃成疾。【瑤臺月】『形容盡改』套開頭就是：『形容盡改，飲饌難加，鬼病剛捱。若不是肌膚肥盛，從半年骨瘦如柴。』《祿山憶楊妃》『舞腰寬褪』套是：『舞腰寬褪弊貂衣，害得人死臨侵一絲兩氣。』《祿山謀反》套則寫道：『這近間，敢病番，舊時的衣褙頻頻儹，瘦症候何經慣？動無喘息行無汗，坐也昏沈睡不安。兩行淚道漬成斑。』無論是正史還是傳說，從未有過安祿山因楊妃害相思病的記載，這是《天寶遺事諸宮調》特有的關目。再有，幾套曲都寫了安祿山叛亂的目的專爲搶楊妃。《祿山謀反》套寫道：『驅兵早晚到驪山，若奪了娘娘，教唐天子登時兩分散，休想再能勾看一看。』而這層意思在《祿山泣楊妃》套也表現得很明顯，當安祿山聽到楊妃死訊後，儘管他已經拿下長安，當了大燕皇帝，卻感到這次興兵徒勞無益：『這場歹鬭成何濟？則落的虎倦龍疲。』『安史之亂』並非因楊妃而起，把搶楊妃作爲安祿山造反的唯一目的，這也是《天寶遺事諸宮調》的獨創。前面所舉的與《祿山謀反》相關聯的套曲，都被標明是《天寶遺事諸宮調》的曲子，《祿山謀反》若出自他人之手，未必能與上述諸曲照應得如此周全。況且，像祿山謀反這樣的故事，也不是文人題詠所愛選用的題材。故此，筆者認爲《北詞廣正譜》的記載是可信的，《祿山謀反》套是《天寶遺事諸宮調》的曲子。

下面再看看六十七套曲子中哪些不是《天寶遺事諸宮調》佚曲。

見於鄭、馮、楊三種輯本而獨趙輯本不收的《楊妃塵腰》套〔三〕，實際上是《太平樂府》卷九收的曾瑞【般涉調・哨遍】套的一部分。曾瑞的【般涉調・哨遍】曲分三個部分：《秋扇》、《塵腰》、《古鏡》。《秋扇》、《古鏡》與《天寶遺事諸宮調》毫無關系。即便是《塵腰》套，從曲首『千古風流旖旎，束纖腰偏稱襄王意，翠盤中妃后呈妖嬈，舞春風楊柳依依』看，也不是寫楊妃的。而且，曲中寫一女子思念其負心的『風流壻』。楊妃與明皇終日廝守；雖然與安祿山分離，而安祿山絕對算不上『風流』，且並未負心，其内容不相符。只是《雍熙樂府》在收這套曲子時，把它獨立出來，題作《楊妃塵腰》；曲首又改『襄王』爲『君王』、『妃后』爲『妃子』，乍一看就像是《天寶遺事諸宮調》的曲子了。《太平樂府》引它是曾瑞的作品是可信的。元人輯元曲，一般會比較準確。

見於楊蔭瀏先生的輯本而不見於其他各本的曲子共五套，筆者認爲這五套中有一套爲重收，四套不是《天寶遺事諸宮調》的曲子。

其第三十六【六幺序】是《天寶遺事諸宮調・力士泣楊妃》套中的【六幺序】曲，楊先生自己收輯的《力士泣楊妃》套中就包括這支曲。其第四十四《楊妃舞翠盤》套，是白樸《梧桐雨》雜劇第二折。第六十《泣楊妃》套，是馬致遠《漢宮秋》雜劇第四折。這些都是比較明顯的。

其第四《馬嵬坡踐楊妃》套〔四〕，筆者雖然不知道它的出處，但這套曲子不具備諸宮調的特點。

它於一套之中，從『漢主登極，重娉婷，謀求傾國』寫起，直寫到『天長地久何須計，此恨綿綿竟不已』，體例與白居易《長恨歌》相似。所以趙景深先生說它『是翻譯白居易《長恨歌》的』〔五〕。這顯然是一獨立的散套。第四七《馬踐楊妃》套〔六〕，衆說紛紜：《詞林摘豔》說它是無名氏的《馬踐楊妃》雜劇；《北詞廣正譜》說它是岳伯川的《楊貴妃》雜劇；《九宮大成譜》與《納書楹曲譜》又都說它是《天寶遺事》。筆者認爲，這一套曲同樣不具備諸宮調的特點。諸宮調與散套、雜劇的一大差别就是它體制宏偉，容量大。在寫作時，作者總是憑著其浩瀚的才情恣意渲染、鋪排。相比之下，《馬踐楊妃》套的描寫就太簡略了。從陳玄禮發難到踐楊妃只用了一套九隻曲子。其中【醉太平】一曲尤爲簡略：

則聽的冬冬鼓敲，忽忽的旗搖。那裏取江梅丰韻海棠嬌？把娘娘軟兀剌唬倒。見娘娘聖主行忙哀告，見陛下摩拳擦掌心焦躁，見踏霧騰雲馬兒越咆哮，可惜將一個嬌滴滴楊妃馬踐了！

從《天寶遺事諸宮調》中寫馬嵬之變的幾套曲看，馬踐楊妃是頗費周折的：有明皇哀求，楊妃乞罪，楊妃訴恨，明皇下詔把楊妃勒死等情節。埋楊妃之後，方是『馬踐』。而《馬踐楊妃》套只用了一套曲子，就把楊妃一踐了之，與《天寶遺事諸宮調》其他曲子在情節上相矛盾。所以，它也不是《天寶遺事諸宮調》的曲子。

《天寶遺事諸宮調》的輯本中，以趙輯本最爲精準，其所收六十套零一支曲子，均爲筆者採用。

只是趙先生把【黄鐘宫】【出隊子】誤附於【楊妃出浴】套；筆者則把這支曲子獨立列出，故有了六十套與六十一套的差别。馮輯本只是誤收了《楊妃塵腰》一套，其他與趙輯本全同。鄭輯本去掉《楊妃塵腰》後，少收了八套。楊輯本多收了七套曲，多出來的均非《天寶遺事諸宮調》佚曲。但其書題爲《天寶遺事拾殘尋譜》，其中的《馬嵬坡踐楊妃》與《馬踐楊妃》兩套，也不能算是誤收。

從《遺事引》所介紹的故事梗概看，《天寶遺事諸宮調》所寫的内容比《西廂記諸宮調》還要豐富。而從曲子收輯得比較全的遊月宫、馬踐楊妃、哭楊妃等關目看，它的描寫比《西廂記諸宮調》更細膩，也更善於渲染、鋪排。因此，它的體制應當比《西廂記諸宮調》更爲宏偉。現在收輯到的六十一套曲子與其全書相比，相差甚遠；這也是無可奈何之事。

二、《天寶遺事諸宮調》佚曲的排序

筆者雖然對《天寶遺事諸宮調》的佚曲一一進行了甄别，但是這些畢竟是零零散散的曲子。如果不把這些曲子進行排序，仍無法對這部諸宮調進行解讀。而《天寶遺事諸宮調》是首次把唐明皇與楊玉環的感情、遭際，以描述詳細故事的方式寫成體制宏偉的文學作品。也就是説，筆者對這些曲子進行排序，不可能有相同題材的其他文學作品作爲參照。不是按照已有既成的故事情節來排序；反倒是要靠曲子的排序來展示故事情節。無疑，這給佚曲的排序，造成很大困難。

筆者認爲，要相對準確地對《天寶遺事諸宫調》的佚曲進行排序，必須要做到以下幾點。

首先，《天寶遺事諸宫調》是一部歷史題材的作品。引辭介紹這部諸宫調的創作時，十分明確地説作者參照了新、舊《唐書》；還特别强調了對《資治通鑑》與唐以後流傳的野史、傳説的借鑒。故此，要準確地爲這些佚曲排序，就需對這部諸宫調所寫故事的題材有比較全面的了解。這需要熟悉唐代開元、天寶年間的正史、野史，以及有關傳説。比如，《祿山泣楊妃》套，寫安祿山認爲楊妃被害是『陳玄禮損人安自己』。單就佚曲而言，此話頗爲費解。《憶楊妃》套中，明皇又抱怨陳玄禮『他俺行隨機應變，他行乞命兒活。』顯然，除唐明皇與安祿山之外，當時還有第三勢力存在。熟悉這段歷史，就會知道，這第三勢力是太子李亨與他的親信太監李輔國。當年武惠妃勾結李林甫，欲立自己所生的兒子壽王瑁爲太子，千方百計陷害太子亨。楊國忠追隨李林甫陷害太子，氣焰頗爲囂張，楊氏兄妹與太子結下不解之仇。故此，安祿山與唐明皇都認爲，陳玄禮殺楊氏兄妹，是爲了巴結太子一派，給自己留後路。如果不熟悉史實，就捕捉不到這個線索，無法解讀前面提到的兩套曲。

其次，大量掌握有關史料，這僅僅是進行連綴佚曲的前提。在做到心中有數之後，要仔細反復閲讀、體味、揣摩每套佚曲的内容，審慎地辨析這部諸宫調寫了什麽樣的故事，哪些與相傳有關記載相符，哪些爲作者所創新。若按歷史記載，『安史之亂』中安祿山在洛陽稱帝，其本人並没有攻入長安。《祿山憶楊妃》『被一紙皇宣』套卻寫道：『至長安京兆府，從薊州漁陽縣，一掇氣走喏來近遠。竭竭地趕場憂，剛剛的落聲喘。』看來，作品是寫安祿山直接攻進長安，並在長安等待楊妃的。《祿山泣楊妃》套寫道：『特來探爾。實指望衣遮彩鳳，聽俺金雞。』又説明安祿山造反完全是爲奪得楊妃，與她破鏡重圓。按照作品設置的情節，他只能進攻楊妃所在的長安，而不會是洛陽。這是這部諸宮調所特有的關目。至於從佚曲中找尋、發現排序先後的其它線索，因後文專門探討，此不贅述。

第三，《天寶遺事諸宮調》三個引辭，都提示了這部作品的故事梗概。其所述情節的先後，與佚曲的排列基本相符。故此，引辭的提示，對於佚曲的排序，有重要的參考價值。需要特别指出的是，《天寶遺事諸宮調》佚曲中沒有涉及的關目，亦可通過引辭加以補充。例如，兩個引辭都提到『安史之亂』的爆發，與張九齡罷相，李林甫專權有關。其中《遺事引》還特别强調『想唐朝觸禍機，敗國事皆因偃月堂。』據《資治通鑑》第二一六卷記載：李林甫怕邊帥功大後出將入相，影響其專權，向明皇獻策啓用寒門胡人。因胡人不知書，縱有大功，亦不得爲相。明皇悦其言，始用安祿山，諸道節度盡用胡人。『祿山傾覆天下，皆出於林甫專寵固位之謀也』。聯系《天寶遺事引》所寫的『將天寶年間遺事引，與楊妃再責遍詞因』（卽對楊妃之死作出新的評判），《天寶遺事諸宮調》寫了李林甫爲了專權向唐玄宗獻啓用寒門胡兒爲邊將之策事。並認爲，李林甫的固寵之策，纔是『安史之亂』爆發的根本原因。筆者用賓白補充描寫了這一情節。

再有，佚曲的排序，一定不要受現有佚曲標題的影響。諸宮調一套曲子之前沒有標題。《天寶遺事諸宮調》佚曲的標題，大都是《雍熙樂府》的編者所加，有的標題與内容嚴重不符。鑒於讀者對這些標題已經比較熟悉，本文爲敘述方便，沿用這些標題。這些標題也仍有保留的必要。但如果按標題的意思去排列各曲的順序，就會謬以千里。

下面，就以本書所分卷爲序，闡述對各套曲排序的理由。

第一卷

任何諸宮調作品，排在最前面的都是引辭。《天寶遺事諸宮調》有三個引辭，即《天寶遺事》、《天寶遺事引》和《遺事引》。這三套曲在寫法上都具備引辭的特點。首先，它們都以作者或歌者的身份介紹故事的梗概，明顯都是這部諸宮調的開篇。其次，三套曲中都有爲招攬聽衆而作的自我誇贊之辭，這也符合所有説唱文學的特點。然而，這三個引辭並不都是《天寶遺事諸宮調》原有的引辭。其中有一個正引辭，卽諸宮調作者原創的引辭。兩個是斷送引辭，所謂斷送引辭，並非出自諸宮調作者之手，是他人的捧場之作。按《西廂記諸宮調》的體例，正引辭當在斷送引辭之前。三套之中，究竟哪一套是正引辭呢？可以用排除法進行甄别。

趙景深先生據《天寶遺事引》的『據先生俊，多評論，書讀萬卷，筆掃千軍』，指出這一套非王伯成作，因爲他稱諸宮調的作者爲『先生』〔七〕。馮沅君先生也在這套曲後加注：『此疑爲他人題王作之辭。仍是引辭。』此論甚確，卽這個引辭不是正引辭。

同樣，《遺事引》也透露了該曲的作者不是王伯成。其結尾是：『俺將這美聲名傳萬古，巧才能播四方，歎行中自此編絕唱，教普天下知音盡心賞。』不說自己編絕唱而贊『行中』編絕唱，還表示要盡力播揚作者的『美聲名』和『巧才能』，亦能看出是別人的捧場之作。所以，這一套也是斷送引辭。

而《天寶遺事》套，先簡要地敘述天寶年間的遺事，接著是：『將繁華夢一場，都挽在筆尖上，編成遺事潤文房，仗知音深贊賞。』明顯是介紹《天寶遺事諸宮調》的成因，並希望得到知音的欣賞，完全是《天寶遺事諸宮調》作者的口氣。這樣看來，《天寶遺事諸宮調》的正引辭是《天寶遺事》套，應該排在全書的最前面。

兩個斷送引辭，内容基本相同。只是《天寶遺事引》在故事梗概上寫得相對簡略；《遺事引》寫得最爲詳細。筆者認爲：比較簡略的《天寶遺事引》，應該排在前面；《遺事引》則應該排在後面。因爲，如果作品已經『斷送』了一個比較詳細的引辭，再『斷送』一個内容重複卻又簡略的引辭，毫無必要。

《天寶遺事諸宮調》的正文是從哪裏開始的呢？鄭輯本、趙輯本都把《明皇寵楊妃》套下接《楊妃出浴》、《楊妃澡浴》套作爲正文開端，楊輯本則把《媾歡楊妃》下接《楊妃澡浴》套作爲開端。馮先生沒有給她輯佚的曲子排序，但在《楊妃出浴》套後注：『「春寒賜浴華清池，溫泉水滑洗凝脂。侍兒扶起嬌無力，始是新承恩澤時。」華清賜浴的故事自此爲人所豔稱。本套與《楊妃澡浴》套正是寫的這段故事。』這段話雖然沒有明確地說她以此套曲爲《天寶遺事諸宮調》的開端，而她從《雍熙樂府》、《北詞廣正譜》、《九宮大成譜》中所録的曲子，只有這一套的校文中注明了版本，它處都省略了。說明她是以《楊妃出浴》套作爲開端的。這顯然都受白居易《長恨歌》的影響。

但是，《天寶遺事諸宮調》並非從『賜浴華清池』寫起。細讀《十美人賞月》套，就會看出，這一套實際上寫明皇選美：『眼看這十五團圓照滿天，待把箇堪憐親自選。』楊妃正是這個時候被選中的。『選』自然是在『寵』之前。可見《十美人賞月》套應在《明皇寵楊妃》和《媾歡楊妃》套前。然而，《十美人賞月》套也還不是正文的開端。從這套曲中的『預先爭遊廣寒，沒來由拋禁苑。恰來恁早些兒與朕疾相見，怎肯去月宮裏覓神仙』看，明皇選美又是在遊月宮之後。選美的時候，楊玉環姍姍來遲，明皇一直『急煎煎意懸懸』地等待她。又說明在選美之前明皇其實已經有了目標，選美只不過是走過場。馮先生在此套曲後注：『就【油葫蘆】與【天下樂】二曲曲文看，這一套似在明皇自月宮歸後。大約明皇在月宮有所眷戀，不得如願，歸而求之嬪妃中。』筆者贊同馮先生的這一判斷，即明皇先在月宮有所眷戀，歸後舉行了一個選美盛會。據此，整個《天寶遺事諸宮調》正文的開端是遊月宮諸曲。

遊月宮部分共九套曲。鄭、趙、楊輯本都把這九套曲零散穿插於不同的地方，有的作爲《十美人賞月》的陪襯，有的作爲《長生殿慶七夕》時明皇對往事的回憶，還有的放在了楊妃死後。這都不符合作品的實際。從遊月宮各曲所展示的內容，以及《十美人賞月》套的提示看，這九套曲子是一個整體，描述了明皇遊月宮與嫦娥相戀的故事。白樸的《梧桐雨》『楔子』中寫道：『去年八月中秋，夢遊月宫，見嫦娥之貌，人間少有。昨壽邸楊妃，絶類嫦娥，已命爲女道士，既而取入宫中，策爲貴妃。』受一本四折的限制，《梧桐雨》中沒有對遊月宫的故事展開描寫。但白樸另有《唐明皇遊月宫》雜劇，專寫這個故事。儘管此劇已佚，既然能寫成一部雜劇，也説明這是一個獨立完整的故事。

遊月宫諸曲中，《明皇遊月宫》『冰輪光展』是其開端。它寫一個中秋之夜，宫中宴賞。明皇向天師葉靖問起廣寒仙子，並傳密旨讓葉靖帶他遊月宫。葉靖將拄杖擲起，化爲『虹橋千丈碧空懸』。二人緣橋飛升。接著是《明皇望長安》套，寫明皇與葉靖飛上高空後看到地面上的壯麗景象。再下面是《遊月宫》套，寫正當二人往上飛升時，見一座『似仙闕，若帝居』的宫苑『截斷青霄路』，至近才看清上面的『龍樓共雉宇』。他們想登上這座宫殿，卻爲威風凜凜的天神所阻。趙先生認爲這是遊月宫的尾套。然而，如果明皇與葉靖已遊過月宫，就不會不認得月宫，而要説『似仙闕，若帝居』了；也不應有『截斷青霄路』的感覺。據《異人録》記載：『開元六年，上皇與申天師中秋夜同遊月中。見一大宫府，牓曰：「廣寒清虚之府」。兵衛守門不得入，天師引上皇躍超烟霧中。下視玉城，仙人、道士乘雲駕鶴，往來其間。素娥十餘人，舞笑於廣庭大樹下……』《遊月宫》套當是據此改寫的。這一套應在他們接近月宫之後，登上月宫之前。

寫明皇登上月宫的是《祿山夢楊妃》套（這一套的題目與内容嚴重不符）：『駕著五雲軒，飛上月宫來，别是重境界』。下面有四套曲子寫明皇在月宫裏的情形。由【瑶臺月】『香風乍起』的

『香風乍起，曲譜才調，舞袖初齊』看，這一套寫月宮裏的歌舞剛剛開始，當是明皇來到月宮後的第一套曲。這時，明皇已看中了一位仙女：『最可戲除是天仙，天仙內偏他可戲。』《明皇喜月宮》套，寫明皇『一曲霓裳才觀罷，執迷性不想還家，爲天上一時間忘了天下。』《明皇哀告葉靖》套，寫明皇與月中嫦娥兩相情深，想要入贅月宮，百般哀求葉靖成全他。《明皇遊月宮》『玉驄光中』套，寫無論明皇怎樣哀求，葉靖總是催他趕快回宮。明皇只得與仙子作別，並和她約定：『到來歲中秋顯素色……我試等待，看月明千里故人來。』而《十美人賞月》套寫的，恰恰是『來歲』的中秋節，相貌絕類嫦娥的楊玉環，也正是這時候被選中的。故事情節正好前後呼應。

遊月宮的結尾是【快活年】『爲貪眼低情』套。從曲首『爲貪眼底情，引起身邊禍：因尋月裏仙，頓開門上鎖。起陣狂風，迸道寒光，見箇惡魔』看，這套曲寫明皇因私遊月宮招致了禍患。聯想起《明皇望長安》套裏寫的『若不爲私遊這番，怎上的連雲棧』，又說明後來的播遷西蜀之難是因遊月宮引起的。大約像《封神演義》裏寫商紂王因褻瀆女媧像得禍一樣：唐明皇去月宮裏與嫦娥相戀，爲玉帝所知，派天將將他逐出月宮，並遣惡魔降世，亂其江山。《太平廣記》等佚史傳說中寫明皇遊月宮是『夢遊』，而此處的遊月宮諸曲寫的也很像是夢境。我國古代文學作品慣用的寫法，是寫夢遊或托夢之類的情節時，最後總是由一個嚇人的東西把人驚醒。唐明皇月宮遇仙的美夢，大約就是被這個『惡魔』嚇醒的。

元曲家張可久有一首《觀天寶遺事》小令：『荔枝香舞態婆娑，天子無愁，樂事如何。塵滿金鑾，風生鐵騎，雨暗銅駝。蜀道難□知坎坷，月宮寒不戀恆娥。注馬平坡，錦襪羞看，翠輦重過。』〔八〕據此可知，上面對明皇月宮內戀嫦娥並由此得禍的推斷，是大致不差的。明·蔣主孝《題唐明皇遊月宮圖》：『嫦娥不是人間客，月殿應非世上宮。當日君臣俱涉夢，漁陽特地起西風。』〔九〕又點明明皇遊月宮是夢遊。

第一卷幾套曲的排列順序是：

一、天寶遺事
二、天寶遺事引
三、遺事引
四、明皇遊月宮『冰輪光展』
五、明皇望長安
六、遊月宮
七、祿山夢楊妃（誤）
八、【瑤臺月】『香風乍起』
九、明皇喜月宮
一〇、明皇哀告葉靖
一一、明皇遊月宮『玉鱧光中』

一二、【快活年】『爲貪眼底情』

第二卷

遊月宫後，便開始實寫唐明皇與楊玉環的愛情生活。前面已説過，《十美人賞月》套寫明皇選楊妃，但這並非他們的初次見面。寫初次見面的是【雙鳳翹】『奏説春嬌』套：『奏説春嬌，爲頭兒引見根苗。』寫楊玉環『猛現天顔，便顯妖嬈，宫嬪也失色，朝臣也驚訝，東君也懊惱。』馮先生在這一套曲後注：『此曲蓋楊妃初進見時，殆《長恨歌》所言「回頭一笑百媚生，六宫粉黛無顔色」也。』

這就產生了一個問題：從【雙鳳翹】『奏説春嬌』的【幺篇】看，楊妃初次進見是在早春二月，而《十美人賞月》則是在中秋節。爲什麼風流重色的明皇要等這麼久才選她入侍呢？原來，【雙鳳翹】『奏説春嬌』套所寫的，是楊玉環以兒媳的身份進見明皇。《資治通鑑》寫楊玉環本是壽王李瑁的王妃，因貌美被明皇看中，先令其出家爲女道士，居大内太真院，道號太真，後被明皇納入宫中，册爲貴妃。《天寶遺事諸宫調》採用了這一記載。《祿山偷楊妃》套寫道：『玄宗無道，把兒婦强奪要。』點明楊妃原本是明皇兒婦。《力士泣楊妃》中又寫：『到黄泉見壽王迎禮，第一句説甚的？是子是皇妃情理？』更爲明確地挑明楊妃本是壽王妃。可見，《天寶遺事諸宫調》寫了楊玉環由壽王妃改爲明皇貴妃的經過。可惜有關這一情節的曲文全部散佚。只於【雙鳳翹】『奏説春嬌』的【幺篇】中『吾皇爲要花開早』，透露出了明皇爲盡快奪到兒媳而費盡心機。故此，第二卷的首曲是【雙鳳翹】『奏説春嬌』套。

再下面纔是《十美人賞月》套。這一套中，楊玉環的身份已經變爲『大唐家歌舞太真』，與壽王再無關涉。從描寫看，選美的場面不可謂不大，明皇把所有的嬪妃都召集起來了。環境氛圍也不可謂不繁華歡暢。只是因爲楊玉環要顯示一下身份，故意俄延了一會，就使得明皇『急煎煎』，『意懸懸』，疑慮百端。楊玉環剛一露面即刻被選中。那些本來滿懷期望的嬪妃，也只能『各向深宫輦路邊，列雙雙白鷺紅鴛』，夾道歡送明皇與楊妃退場。這場純粹走形式的選美，顯然是爲遮人耳目。證明了筆者前面所推斷的這部諸宫調有明皇父佔子妻的關目。

入選以後，纔是楊玉環初次受寵。若據《長恨歌》寫的『春寒賜浴華清池，溫泉水滑洗凝脂。侍兒扶起嬌無力，始是新承恩澤時』，楊妃入宫後，先『賜浴』，後『承恩』。然而諸宫調中卻不是如此。因爲：（一）《十美人賞月》套的末尾就已經寫到明皇與楊妃『同游上苑，共臨寢殿。』也就是説，剛一選上馬上就臨幸了。（二）再從《玄宗捫乳》套中的『透香囊蘭麝模糊，汗溶溶宜在華清浴』看，『宜在』恰恰説明了此時的楊妃尚未『賜浴華清池』。（三）《楊妃澡浴》套中的『雲雨又偏恩澤又重，洗出天真玉容』，説明賜浴時，楊妃已承恩多時了。（四）《遺事引》提示的故事梗概也是『殢真妃日夜昭陽恣色荒』在前，『繡領華清宫殿，龍回翠輦，浴出蘭湯』在後。

寫明皇初次臨幸楊妃的曲子有三套：《明皇寵楊妃》、《玄宗捫乳》、《媾歡楊妃》。這三套曲子接《十美人賞月》套。從《明皇寵楊妃》的『掩雙襟款脱宫鞋，褪淩波襪，壓香羅窄，翠幕高懸，錦帳齊開』看，這一套曲居三套之首，是『媾歡』的準備階段。再從《玄宗捫乳》的『包藏盡夜月春風，醞釀出朝雲暮雨』看，明皇是先『捫乳』後『媾歡』的。故這一套應在《媾歡楊妃》套前，《媾歡楊妃》在後。

據《遺事引》套介紹的故事梗概，『承恩』之後就是『賜浴』。從《十美人賞月》套『在前受了些不遭遇焚香宮人怨，往常教他都間阻，今夜總團圓』看，明皇選美是在皇宮大內進行的，他讓所有的嬪妃都參加了這次活動。而賜浴則是在華清池。華清池在離長安三十里之外的驪山上所建的華清宮內。據歷史記載，華清宮的規模不小於皇宮。有許多宮殿，明皇歌舞作樂的梨園也在那裏，明皇與楊玉環大部分時間都生活在華清宮內。筆者認爲，《楊妃上馬嬌》是寫楊妃騎馬從大內到華清宮，故此套應該在寵楊妃的三套之後，楊妃澡浴之前。

接下來纔是『賜浴華清池』。按照事情的自然進程，自然是《楊妃澡浴》套在前，《楊妃出浴》套在後。而從《楊妃翠荷葉》套的『出浴多時，鸞鏡慵窺視』，及『高盤鳳髻銷鴉翅，綠雲堆裏，初月參差』看，這一套是寫楊妃出浴之後的梳粧。所以當在《楊妃出浴》套後。

再往後是《遺事引》套所寫的『半酣綠酒海棠嬌，一笑紅塵荔枝香。宜醉宜醒，堪笑堪嗔，稱梳稱粧』。『一笑紅塵荔枝香』的曲文已經散佚，只剩『半酣綠酒海棠嬌』和『稱梳稱粧』了。寫楊妃醉酒的曲子有兩套：《楊妃病酒》和《太真閉酒》。這是文學作品第一次寫楊妃醉酒。它不是後來戲劇小說寫的楊妃因情場失意的醉酒，而是日常生活中的醉酒。它向人們表明，楊妃喜歡飲酒而且常常致醉，爲後來安祿山乘她大醉强暴她埋下了伏筆。從《楊妃病酒》套的『手支頤枕並珊瑚，衣襜體衾擁鮫綃』看，此時楊妃尚未起牀；而從《太真閉酒》套的『小小弓鞋蹙鳳凰，一步一箇妖嬈樣』看，這時楊妃剛起牀。所以《楊妃病酒》在《太真閉酒》套前。

《楊妃梳粧》套寫楊妃在綠窗前精心梳粧，一般都把它排在《楊妃澡浴》之後。但從這一套的『前殿上君王，快報與，半霎兒功夫』，及【尾聲】『沈香亭上歌金縷，花萼樓前擊翠梧。按舞霓裳羽衣曲，有嬪妃綵女，有鳳簫羯鼓，教那會受用君王看不足』看，此處的楊妃梳粧並不是浴後的梳粧，而是明皇正等待和她一起去參加沈香亭歌舞宴會前的梳粧。

沈香亭歌舞宴會，由《楊妃捧硯》、《明皇擊梧桐》、【出隊子】『金盤光輳』、《楊妃藏鈎會》四套曲組成。

飲宴之始，出現了一個插曲，卽李白醉題《清平調詞》。據《李太白集分類補注·别集序》記載：『開元中，禁中初種木芍藥，卽今牡丹也。得四本：紅、紫、淺紅、通白者，上因移植於興慶池東沈香亭前。會花方繁開，上乘照夜白，太真妃以步輦從。詔選梨園弟子中尤者，得樂一十六色。李龜年以歌擅一時之名，手捧檀板押眾樂前，將欲歌之。上曰：「賞名花對妃子，焉用舊樂辭焉！」遽命龜年持金花牋宣賜翰林供奉李白，立進《清平調詞》三章。白欣然承詔旨，由若宿酲未解，因援筆賦之。』從《楊妃捧硯》套的『著他那翰林院宫錦香成陣，助的那醉筆新詩思不羣』看，這一套就是寫這件事的。但上文的記載中，李白題《清平調詞》時，楊妃並沒有爲他捧硯。捧硯的傳說，見於姚燧的小令《詠李白》：『貴妃親擎硯，力士與脱靴，御調羹就餐不謝。醉模糊將嚇蠻書便寫，寫著甚楊柳岸曉風殘月。』〔一〇〕李白寫的是《嚇蠻書》而不是《清平調詞》。看來諸宮調的作者把這兩個傳說撮合到了一起，寫成了《楊妃捧硯》套。

李白旣進《清平調詞》，接下來就是歌《清平調詞》。《李太白集分類補注·别集序》的記載是：『龜年以歌辭進上，命梨園子弟略約調撫絲竹，遂促龜年以歌之。太真妃持頗梨七寶杯，酌西涼州蒲萄酒，笑領歌辭，意甚厚。上因調玉笛以倚曲，每曲徧將换則遲其聲以媚之。太真妃飲罷，斂繡巾重拜上。』《明皇擊梧桐》套寫的正是楊妃與樂工的歌舞，以及明皇擊梧桐節制音律。所以這一套緊接《楊妃捧硯》套。從《楊妃藏鈎會》的『銀燭熒煌不夜天，列兩行見世神仙』，及『時停管弦，作戲同歡帝王前』看，這場歌舞持續到夜晚，宴會上的歌舞暫時停止，人們開始做一種叫作『藏鈎』的遊戲。藏鈎又名『藏鬮』，因漢武帝鈎弋夫人拳握玉鈎的典故得名。據《邯鄲淳藝經》載：玩這種遊戲時，由一方將一物藏入掌内，另一方猜誰是持物之人。

《明皇擊梧桐》與《楊妃藏鈎會》之間還有一支曲子，卽【出隊子】『金盤光輳』曲。大概因爲曲中有『雞頭』二字，趙景深先生把此曲附於《楊妃出浴》套後。然『新撥雞頭數顆秋』一句，就説明此處雞頭是實寫而非比喻。雞頭是芡實的别名，曲中稱它爲『傳情表意鈎』，説明這是楊妃專爲藏鈎遊戲準備的『鈎』。所以，此曲應在《明皇擊梧桐》後、《楊妃藏鈎會》前。

所有佚曲中，最令筆者感到躊躇的就是《楊妃》套。馮沅君先生在這套曲子後面注：『此套所敘主要的是楊妃的醉態。由首句「明皇且休催花柳」一語看來，這一套應列在《太和正音譜》卷上、頁四十七所載【黄鐘宫】【雙鳳翹】【幺篇】「吾皇爲要花開早」曲之後。又因它所寫者是醉態，或應在《太真閉酒》、【翠裙腰】「香閨捧出風流況」套，及《楊妃病酒》【抛球樂】「雲雨新攙」套之前。』《楊妃》套的『明皇且休催花柳』，確實和【雙鳳翹】『奏説春嬌』的【幺篇】，都寫明皇創作【春光好】的典故。但是，【雙鳳翹】『奏説春嬌』是寫楊玉環以兒媳的身份拜見明皇，與《楊妃》套所寫的『雲雨懶收，歡娱未休』完全不相符。明皇再風流，也不可能與剛見面的兒媳頻繁地『雲雨』。而《楊妃病酒》套開頭『雲雨新攙，那更宿酒禁虐』，説明這次醉酒是在明皇剛寵幸她之後，距中秋節選美的時間不致太久。而《楊妃》所寫的時間是『出世間未夏至春歸，宫内已緑肥紅瘦』，是來年的春末夏初，時間上對不起來。思考再三，筆者認爲把這套曲放第二卷的結尾最合適。從内容上看，這套曲子有承上啓下的作用。曲子的開篇寫作者對明皇寵楊妃的品評：『明皇且休催花柳，東舞衣特差時候』，明説明皇對歌舞應有所節制，實説明皇對楊妃寵溺太過。緊接著寫，倘若明皇對楊妃有所怠慢，楊妃會作何選擇：『倘遲他後，若存謹意，降人貽福厚；但舉別心，折人陽壽；若思胡種，向蒙寵愛，始信私情不論妍醜，夜連明枕鴛衾繡。』用『倘』、『若』，説明此時事情尚未發生。後來情節的發展説明楊妃選擇的是『折人陽壽』的做法。而此套的【幺篇】又拉回到那次宴會，重在描寫楊妃的狂飲及大醉，爲安祿山乘機奸污她埋下伏筆。再有，沈香亭宴會是牡丹花盛開的時候舉行的，與《楊妃》套的『未夏至春歸』也相吻合。

第二卷十七套曲子的排序是：

一三、【雙鳳翹】『奏說春嬌』

一四、十美人賞月(誤)

一五、明皇寵楊妃

一六、玄宗捫乳

一七、媾歡楊妃

一八、楊妃上馬嬌

一九、楊妃澡浴

二〇、楊妃出浴

二一、楊妃翠荷葉

二二、楊妃病酒

二三、太真閉酒

二四、楊妃梳粧

二五、楊妃捧硯

二六、明皇擊梧桐

二七、【出隊子】『金盤光轃』

二八、楊妃藏鈎會
二九、楊妃

第三卷

按《遺事引》的提示，『笑攜玉筯擊梧桐，巧稱雕盤舞霓裳』之後，便是『不提防禍隱蕭牆』了：安祿山與楊妃産生了私情，並由此釀成『安史之亂』。這一部分的第一套曲《祿山偷楊妃》，是緊接著上面那個宴會寫的。當『後庭深夜』，『彩雲收歛興將闌，明月轉，歌聲漸渺』時，安祿山『又不曾通芳信，又不曾許密約，潛身緊匿著蠢形骸，盜偷入鳳巢』。也寫了楊妃酒醒後從最初的想要『呼陛下』、『喚丫環』，到『佯道君王行應依』的過程。

按鄭、趙、楊輯本的排列，《祿山偷楊妃》套後是《祿山戲楊妃》套，似乎是楊妃與安祿山剛一往來便被捉獲。其實，這中間還當有許多曲文。其中有楊妃央及高力士做自己和安祿山的撮合山，這見於《力士泣楊妃》套：『若不是將令行疾，險些箇把撮合山連累。沒來由也去臨逼：恰對元戎，休道其中情弊；子道高力士明知，更做巧舌頭怎生支對！』也有安、楊爲掩人耳目認義爲子母，這一情節見於《祿山泣楊妃》套：『六宮中卽漸裏有人知，只恐怕敗露帝王疑，敢故然取笑爲兒戲……恰便似親子母不相離。』《力士泣楊妃》套也寫道：『猛生怕涉疑，詐爲兒廝瞞昧。雖不懷胎十月得分離，卻有乳哺二年意。』另外《祿山憶楊妃》『舞腰寬褪』套和《祿山泣楊妃》套，又都提到『洗兒會』，看來這也是其中的一個關目。而且從佚曲中所寫的祿山對楊妃的種種回憶看，他們之間的尋歡作樂更甚過楊妃與明皇。但這些曲子多已亡佚，只剩下《楊妃繡鞋》和《楊妃剪足》兩套。

《楊妃剪足》套乍一看會以爲是寫楊妃洗浴之後的修足，所以鄭、趙、楊輯本都把它放在《楊妃出浴》套後。但從『脱鳳頭宫様鞋，褪錦靿吳綾襪』，及『恰金盆蘭麝湯濯罷』看，這與澡浴是兩回事。因爲剛出浴之後是不會重又脱鞋脱襪，要金盆洗腳的。所以，它不應在《楊妃出浴》套後。而從《楊妃繡鞋》套的『鳴寶釧自裁自鉸，墜金翹親點親描，回眸百媚明窗靠，重補穩當，減襯輕薄』看，這一套寫楊妃靠著明窗精心地做鞋。也不應像楊輯本那樣把繡鞋看成楊妃遺物，把這套曲放在《哭香囊》套前。筆者把這兩套曲子放在『偷楊妃』與『戲楊妃』之間，一是因爲兩套曲都重在描寫楊妃盪漾的春情。二是其他曲子提起安祿山，不是稱他爲『野鹿』、『乳鹿』，就是『胡種』；唯有這兩套稱其爲『祿山兒』。故此這兩套當在安、楊認義爲兒母後，被人捉獲之前。至於這兩套曲子孰前孰後，較難斷定。據《楊妃繡鞋》中的『鳳頭偏稱絳裙綃』看，楊妃做的是鳳頭鞋。而《楊妃剪足》套開頭就是『脱鳳頭宫様鞋』，姑且把《楊妃繡鞋》放在《楊妃剪足》套前。

後面纔是《祿山戲楊妃》套。此套曲的題目有誤，實際上是寫安、楊私通被捉獲：『驀然有人發怒，連珠兒叫道十句餘：「則教恁壓子嗣義爲兒母，誰教恁背君王做妻夫？」』從口氣上看，捉獲他們的當是個很有身份的人。白樸的《梧桐雨》雜劇中，看出安、楊關系『破綻』的是楊國忠。這裏也應該是楊國忠。因爲《貶安祿山漁陽》套中説『宰臣明謗，弟兄陰講，生送在漁陽。』而與別的

『辛臣』比較，這位『弟兄』更能隨便地出入宫苑。所以，儘管朝臣們對安、楊的關系表示懷疑，不滿；真正捉奸的只能是楊國忠。『陰講』則是説楊國忠背地裏告誡楊妃，讓她與安祿山斷絶往來。

下面便是《遺事引》中所寫的：『如穿人口，國醜事難遮擋，將祿山別遷爲薊州長。』《漁陽十題》套寫安祿山別楊妃赴漁陽，一路上所見的花、草、鳥、蟲無一不觸發他的離情別緒，使他倍感傷懷。楊妃也因安的遠別，『仰著面嚎啕放聲哭』。這是安、楊分手的第一套曲。《貶安祿山漁陽》套寫安祿山剛到漁陽後的情形：『則爲我爛醉佳人錦瑟傍，則爲我金殿宿鴛鴦，則爲我殢殺風流睡海棠，辛臣明謗，弟兄陰講，生送在漁陽。』故此套曲緊接《漁陽十題》套。

按照《遺事引》的提示，『私語向七夕間，天邊織女牛郎』，在『笑攜玉筯擊梧桐，巧稱雕盤按霓裳』的前面。然而，戲劇、小説描寫故事大都喜歡迂回穿插。作品寫安祿山與楊妃分手後的情況，不會只寫安祿山一個方面，同時也會寫到楊妃。筆者覺得，《長生殿慶七夕》套應該放在安祿山到漁陽後。一方面這樣寫避免了情節的單調；另一方面，也表現李、楊愛情的樂極悲來。從後來數曲中安祿山對楊妃的抱怨看，楊妃對安祿山的感情並不像安祿山對她那樣深摯。她與安祿山的私情只是因爲她年輕任性，是一時的尋歡作樂。經兄長提醒，她認識到事情的嚴重性，不僅主動要求將安祿山調離，此後也完全和他斷絶了關系。《長生殿慶七夕》套表現了洗心革面後的楊妃對明皇再無二志，在七夕之夜，以金釵鈿盒爲信物，對著牛郎織女星盟誓，願生生世世爲夫妻。

而楊妃的這種態度，又使得安祿山更加失落：『您那裏雲作垜，纍成堆，每日家眼迷奚，全不想洗兒會。』李、楊的愛情達到極致後，安祿山造反了。這一判斷，在《梧桐雨》雜劇中得到了印證。《梧桐雨》把『慶七夕』放到安祿山到漁陽之後，造反之前。《天寶遺事諸宮調》佚曲，寫安祿山在漁陽思念楊妃有三套：《貶安祿山漁陽》、【瑶臺月】『形容盡改』、《祿山憶楊妃》『舞腰寬褪』。因爲後面的兩套内容上連得很緊湊，不宜拆開，所以把《長生殿慶七夕》放在《貶安祿山漁陽》之後，【瑶臺月】『形容盡改』之前。

接下來作者又將筆鋒轉到漁陽。繼續寫安祿山對楊妃的思念。【瑶臺月】『形容盡改』套，纔是真正的《祿山夢楊妃》。可能因爲曲中有『記不得自殘害』一句，趙輯本把它放在《祿山泣楊妃》套的後面，也就是楊妃死後。但從第一首曲中的『關山恨，烟水稀，魚鳥盡，信音乖。邊寨，憂愁的行陣，淒涼的今痎』看，此時安祿山尚在漁陽。而從《祿山泣楊妃》套的『至長安京兆府，從薊州漁陽縣。一掇氣走喏來近遠，竭竭地趕場憂，剛剛地落聲喘』看，楊妃死時安祿山已打到了長安。所以它不可能在楊妃死後。至於『自殘害』一句，不是説安祿山殘害楊妃，而是安祿山認爲是楊妃殘害他。從《力士泣楊妃》套高力士抱怨楊妃：『誰教你喜喜懽懽，正美裏自拆散鸞凰隊，特然遣趕，漁陽鎮守，防護夷狄』看，是楊妃主動要求將安祿山貶至漁陽。這從《祿山憶楊妃》『舞腰寬褪』套的『想今日别離，少半是君王多半是你』也可以看出來。楊妃一方面以安祿山爲情侣，一方面又遣趕他到漁陽，使他備受相思之苦，所以安祿山認爲這是楊妃與他自相殘害。馮先生在這套曲後注：『這一套曲寫的安祿山的夢境，夢中見貴妃，在守漁陽時，當在【踏陣馬】、【勝葫蘆】（《雍熙樂府》卷四，頁八十），題爲《貶安祿山漁陽》二套後。』甚確。

《祿山憶楊妃》『舞腰寬褪』套寫安祿山因思念楊妃成疾。從最後一句『據恁無心成佳配，白甚驅馳，把似一就休來夢兒裏』看，此時安祿山已經夢到過楊妃了，所以當在【瑤臺月】『形容盡改』之後。接下去是《祿山謀反》套，寫安祿山終因不能忍受與楊妃分離之苦，決定發兵長安，奪楊妃。《祿山叛》套則寫安祿山發兵長安被付諸行動。

第三卷的排序是：

三〇、祿山偷楊妃
三一、楊妃繡鞋
三二、楊妃剪足
三三、祿山戲楊妃
三四、漁陽十題（誤）
三五、貶安祿山漁陽
三六、長生殿慶七夕
三七、【瑤臺月】『形容盡改』
三八、祿山憶楊妃『舞腰寬褪』

三九、祿山謀反

四〇、祿山叛

第四卷

按《遺事引》介紹的故事梗概，下面就到了故事的高潮——馬嵬坡踐楊妃部分。這部分由十三套曲組成。

第一套曲是【耍三臺】『殢風流的明皇駕』，寫安祿山攻破潼關，哥舒翰一氣之下『中風亡化』。長安再無屏障，纔有了陳玄禮保護明皇一行播遷西蜀。再下面是《楊妃上馬嵬坡》，寫楊妃於播遷途中艱於跋涉，抱怨將士無能，累及她這個『拈甲紅裙』受苦。

從【傾杯序】『蜀道中間』套與《明皇哀告陳玄禮》套開頭的描寫看，這兩套都像是『馬嵬坡之變』的開端。【傾杯序】『蜀道中間』套的開頭是：『蜀道中間，馬嵬側近，討根討苗絕地。帥首獨專，眾心皆悅，軍政特聽，將令頻催。』而《明皇哀告陳玄禮》的開端則是：『六軍不進，屯滿馬嵬坡下，干戈遍野欺鑾駕，那裏問武士金瓜？』都寫嘩變將士的陣勢。然仔細比較就會發現，【傾杯序】『蜀道中間』尾曲中寫『楊國忠如今若斬訖，更有箇親人不伶俐』，說明此時楊國忠還沒有被殺。明皇以『脣亡則齒寒，龍鬬魚傷，兔死狐悲』的道理勸告陳玄禮，是爲楊國忠求情，因爲陳玄禮與楊國忠都是明皇的親信。而《明皇哀告陳玄禮》套，先寫楊國忠被殺：『將國舅重刑加，喊一聲地裂天摧塌，壞了他，慘磕磕屍首臥黃沙。』接著寫明皇哀求陳玄禮：『元戎，你做取當今駕，把妃子肯饒麼呵？』這纔是爲楊妃求情。自然，【傾杯序】『蜀道中間』套在前，《明皇哀告陳玄禮》套在後。《明皇哀告陳玄禮》套，寫明皇求陳玄禮放過楊妃，遭拒絶。明皇無奈，準備把楊妃勒死，免得活生生地被千軍萬馬踏。《楊妃乞罪》套則寫：『一壁廂屍猶熱，血未乾，休將那取次相看』，『把不定膽戰心寒，怕的是白練套頭拴。』説明此時楊國忠剛死，明皇打算勒死楊妃。故《楊妃乞罪》套當緊接《明皇哀告陳玄禮》套。它寫楊妃在明皇面前與陳玄禮質證：『既教臣妾受摧殘，必定阿環有破綻，向陳將軍乞罪犯！』陳玄禮給楊妃定的罪是：『九族遭誅爲一人反，許多軍撞過潼關，説道，爲首的是恁兒安禄山。』這一罪狀足以使明皇也心驚膽戰，因爲楊妃義子亦即明皇義子，楊妃因安禄山受株連，他明皇豈能無罪？故此在《明皇告代楊妃死》中，他問陳玄禮：『其間事節，莫不也干連著鑾駕？』甚至賭氣説：『莫待要踐了娘娘，則勒死吾當呵罷。』《明皇告代楊妃死》當在《楊妃乞罪》套後。

鄭、趙、楊三種輯本都把《明皇哀詔》套放在楊妃死後，這不符合作品的實際。從《哭楊妃》套的『半行兒褒貶盡陳玄禮，寫詔不由皇帝，强向那馬嵬坡下踐了楊妃』看，楊妃最後是由明皇寫詔賜死的。陳玄禮爲了挽回明皇的聲譽，讓他假裝怒氣衝衝地樣子，頒發詔書，除掉『禍根芽』。誠如《楊妃勒殺》套所寫：『傳宣處，佯與箇怒容加：「將帥本無嚴號令，君王敕賜重刑罰，因你是禍根芽！」』『哀詔』即處死楊妃的詔令。故此，在這一套中，明皇下令將楊妃處死，並爲她選擇儘量減輕痛苦的死法：『特向那雄赳赳征徒戰夫，選幾箇氣昂昂惡黨兇徒。莫遷延，休猶豫，疾忙教速歸冥路。左右來少不的今朝一命殂，早與他娘娘箇快取。』還懇求陳玄禮待楊妃死後將她薄葬。馮先生在《明皇哀詔》後注：『此曲所敘乃明皇哀告陳玄禮失敗後，不得已而賜楊妃死。其次序應在【大石調】【六國朝】「那裏問衣粧帶緊」套前。』所見極是。

《明皇哀詔》套後當是《楊妃訴恨》套。從兵變一開始，楊妃一直把明皇看成護身符。如今明皇竟然親自頒發處死她的詔令，她感到徹底孤立，徹底絕望：『四下裏一齊並我獨自死。』『一壁廂是怒楊妃的軍政司，一壁廂是送楊妃的節度使，一壁廂是棄楊妃的唐皇帝，一壁廂是怨楊妃的高力士。』她恨陳玄禮狠毒，恨安祿山無恩義，更恨明皇的薄情：『早忘了長生殿夜參差，悄悄無人私語時。枕邊誓約中甚使？鈿盒金釵，放著證明師。』這顯然是針對明皇下處死她的『哀詔』而發的。馮先生在《楊妃訴恨》套後注：『此套所敘殆楊妃死後，因高力士未祭，因向之訴恨。其次序顯然應在《祭楊妃》【商調】【集賢賓】「人咸道太真妃禁宮中養出禍胎」之後。』並認爲『《長生殿》後半多虛無詭誕之辭，讀此段，當知洪氏非作俑者。』她認爲是楊妃的鬼魂訴恨。這不符合作品的實際。『訴恨』是在楊妃臨刑之前，而非死後。此套曲的最後一句：『若施行了已後，卻休教死骨頭上揣與我箇罪名兒。』施行，即處死。如果此套在她死後，就不會有『若施行了已後』之說。從《楊妃勒死》套的『怨氣的娘娘身亡化』看，訴恨也在她死前。《祭楊妃》套題目有誤，它實際上是寫馬踐楊妃後陳玄禮率眾人離開馬嵬坡，沒有涉及祭的問題。

再往下就是處死楊妃。排在前面的自然是《楊妃勒死》套。若據《楊妃勒死》套的『怨氣的娘娘身亡化，更教千軍萬馬踏。倒免了臨時惡驚怕』看，似乎楊妃先被勒死，又被馬踐，最後再葬埋。鄭、趙、楊輯本也都是這樣排列的。仔細推究《埋楊妃》套和《踐楊妃》套的內容，就會發現是先埋後踐。首先，《埋楊妃》套細緻地描寫了楊妃被埋前的狀貌：『肌膚變，氣血擁，淚行亂落珍珠迸。腮霞雙擁胭脂重，舌尖半吐丁香送。溜刀刀一對鳳眸藏，曲彎彎兩葉蛾眉縱。』倘若被萬馬踩踏後，絕不會是這個樣子。其次，《埋楊妃》的尾聲與《踐楊妃》的首曲銜接得很緊。《埋楊妃》的最後一句寫道：『把一箇醉恆娥拖入地穴中。』而《踐楊妃》的首句則接著寫：『玉溝空闊，玉人偃臥，沒撚指早填合。』『填合』之後，從第二曲才開始寫『馬踐』。據此《埋楊妃》套當在《踐楊妃》套前。

再往下，是《陳玄禮駭赦》套。據《資治通鑑》卷二一八記載，楊妃被處死後，陳玄禮馬上向明皇請罪，明皇赦之。所以各種輯本都把它放在馬嵬之變的末尾。是有道理的。《祭楊妃》套的題目有誤，整套曲沒出現祭奠的描寫。實際上是寫馬嵬坡之變結束後，陳玄禮率眾保護明皇離開馬嵬坡。

第四卷套曲的排列是：

四一、【耍三臺】『殢風流的明皇駕』

四二、楊妃上馬嵬坡

四三、【傾杯序】『蜀道中間』

四四、明皇哀告陳玄禮
四五、楊妃乞罪
四六、明皇告代楊妃死
四七、明皇哀詔
四八、楊妃訴恨
四九、楊妃勸死
五〇、埋楊妃
五一、踐楊妃
五二、陳玄禮駭赦
五三、祭楊妃（誤）

第五卷

下面是馬嵬坡之變以後的事，主要寫楊妃死後明皇等人對她的哭和憶，共有九套曲。

寫哭楊妃，有明皇的哭，高力士的哭，還有安祿山的哭。自然是先有明皇與高力士的哭，日後安祿山聽到楊妃死訊後纔哭。從明皇《哭楊妃》套中的『寡人勸力士，省可裏哭叫起。不爭你信口開合，放聲悲啼，倘或間走將來，道楊妃和咱同例，你和我也無葬身之地』，可以看出，明皇哭楊妃時，力士已經在那裏哭了。所以《力士泣楊妃》套當在《哭楊妃》套前。接下來纔是明皇的《哭楊妃》。再往後就是馬嵬坡之變後，寫明皇一行繼續向西蜀跋涉的《玄宗幸蜀》套。這三套曲寫的大約就是《長恨歌》中的『蜀江水碧蜀山青，聖主朝朝暮暮情』了。

《祿山泣楊妃》和《祿山憶楊妃》『被一紙皇宣』套，是寫楊妃的死訊傳到安祿山處，安祿山的哭和憶。從《祿山泣楊妃》套中的『夜來猶自說活人，今日早做鬼，鬼』看，此時安祿山剛聽到楊妃的死訊。所以這一套當在《祿山憶楊妃》『被一紙皇宣』套前。這兩套主要寫安祿山得知自己起兵累及楊妃慘死之後痛悔絕望的心情。

接著是寫收復長安和明皇還宮，也就是《天寶遺事》套所說的：『妖氛掃蕩，皇基再昌。海晏河清回天仗。』可惜描寫這些情節的曲子一套也不存了。只有寫明皇還宮後的《哭香囊》、《憶楊妃》、《明皇夢楊妃》三套尚存。據《楊太真外傳》記載：『妃之初瘞，以紫褥裹之。及移葬，肌膚已消釋矣。胷前猶有錦香囊在焉，中宮葬畢，以獻，上皇置之懷袖。又令畫工寫妃形於別殿，朝夕視之而歔欷焉。』

《哭香囊》套寫明皇剛看到楊妃的香囊，睹物思人而傷心痛哭。《憶楊妃》套，從頭至尾都是明皇對楊妃的泣訴口氣。再從曲中的『卿呵，你問今日如何，更愁似夜來箇』看，這種哭泣又是每日必有的。是《楊太真外傳》所說的『寫妃形於別殿，朝夕視之而歔欷焉』。所以《憶楊妃》套當在《哭香囊》套後。再從這一套中的『翠鸞無路到南柯』和『卿呵，也合夢兒看將節來探覷著我』看，它又應在明皇夢到楊妃之前。馮先生在《憶楊妃》套後注：『就【煞尾】曲文來看，此套所寫即

《長生殿》中「悠悠生死別經年，魂魄不曾來入夢」一段，故次序在夢楊妃之前。』甚是。《憶楊妃》套和《明皇夢楊妃》套，在時間上相距很近。因爲《憶楊妃》套寫了『怯暮雨渾同人嫋娜，梧桐葉墮，蕩西風特似命輕薄』。而《明皇夢楊妃》也發生在『玉階前疏雨響梧桐』的秋夜。很可能是憶楊妃的當夜，明皇就夢見了楊妃。

所有的輯本都把《明皇夢楊妃》套放在最後，是很有道理的。因爲在寫法上，這一套不同於諸宮調正文的諸曲，它以歌者品評的口氣，概述了楊妃從專寵到死的經過和明皇夢到楊妃的情形。很像是作者對這個故事的總結。看來和《梧桐雨》雜劇一樣，《天寶遺事諸宮調》也是以『疏雨響梧桐』的秋夜，明皇夢見楊妃作爲整個故事的結尾。上述各套的排列應是：

五四、力士泣楊妃
五五、哭楊妃
五六、玄宗幸蜀
五七、祿山泣楊妃
五八、祿山憶楊妃『被一紙皇宣』
五九、哭香囊
六〇、憶楊妃
六一、明皇夢楊妃

三、《天寶遺事諸宮調》賓白的撰寫

佚曲排序後，接下來撰寫賓白。明・徐渭《南詞敘錄》寫道：『賓白：唱爲主，白爲賓，故曰賓。白，言其明白易曉也。』〔一一〕清・李漁《閒情偶寄》也說過：『曲之有白，就文字論之，則猶經文之於傳注。就物理論之，則如棟樑之於榱桷。就人身論之，則如肢體之於血脈……故知賓白一道，當與曲文等視。』〔一二〕這就闡明了在戲劇和諸宮調中賓白的地位與作用。首先，既然曲、白一體，則賓白不僅要在內容上與曲文絲絲入扣，在風格上也應與曲文和諧。其次，賓白比曲文更加通俗易懂，對曲文起輔助描述和《傳》、《注》的作用。遵照賓白的創作原則，筆者補寫賓白，完全以《天寶遺事諸宮調》佚曲所描寫的內容爲依據。一、佚曲中提供了線索，單靠這類線索無法撰寫者，輔以有關歷史傳說進行撰寫。佚曲中沒有提及的，不節外生枝。二、用以輔助說明情節的歷史資料，需與諸宮調佚曲所描述的內容一致。不一致者，以諸宮調的描述爲准。三、《天寶遺事諸宮調》的佚曲，有敘述體，有代言體。敘述體所敘情節，爲作品本有之情節，無疑可作爲撰寫賓白的依據。代言體所述，爲當事人個人的感受，不一定符合作品原有的情節。如：作品實寫了安、楊的私情，也寫了安祿山造反因楊妃而起。但以明皇口氣寫成的《憶楊妃》套卻說這是捕風捉影，無事生非：『一尺水，二尺波』，『想溫泉直恁是非多』，『好不分個清濁』。故對代言體所提供的情節線索，仔細斟酌其是否符合作品的原意，從而決定其是否可以作爲撰寫賓白的依據。四、語言做到通俗易懂。爲了與這部諸宮調的曲文和諧，盡量寫得有文采，有抒情性。爲六十一套佚曲所作的賓白略而不論，下面具體闡明根據佚曲中所提供的簡單情節線索而補作賓白的依據。

第一卷賓白撰寫的難點，在於正文的開端。李漁說過：『開場數語，謂之家門，雖云爲字不多，然非結構已定，胷有成竹者，不能措手。』〔一三〕《天寶遺事諸宮調》的家門，要交待故事發生的背景。也要讓男主角唐明皇亮相，並對其有個總體品評。還要寫出故事發生的原因。不是對整部作品的情節胷有成竹，自是無法措手。對於明皇其人的總體評價，筆者是通過下列曲子把握的。《祭楊妃》套有：『想創業興兵日，幾曾著至尊無奈。』顯然，他是對唐王朝的江山社稷有功的君王。引辭《天寶遺事》中寫道：『中華大唐，四海衣冠，萬里梯航，太平有象。』說明他曾經把國家治理得繁榮昌盛。《力士泣楊妃》套，寫明皇一行離開馬嵬坡時，『子聽馬過處哭聲悲。』哭聲因何而起？將士們對楊氏兄妹恨之入骨，絕不會因爲他們被殺而哭。高力士哭楊妃時，明皇不忘提醒他：『寡人勸力士：省可裏哭叫起。不爭你信口開合，放聲悲啼，倘或間走將來，道楊妃和咱同例，你和我也無葬身之地！』他們再傷心，也只能偷偷摸摸地哭。『哭聲悲』說的也不是他們。據《資治通鑑》卷二百十八記載，明皇於馬嵬坡臨行之際，當地百姓難捨其君，夾道跪拜，涕泣挽留。明皇也『涕下沾巾』。這又說明，即使在『安史之亂』爆發後，他也還是受萬民擁戴的君王。於是，筆者在故事的開端寫明皇的身世時，寫了他除韋氏、太平公主，穩定唐王朝江山社稷的功勞。

也寫了他即位之初，勵精圖治，任用賢臣，創『開元盛世』的業績。這還只是『安史之亂』爆發的背景。『安史之亂』爆發的原因則是明皇厭倦政事，追求聲色。如《祭楊妃》套所寫：『雖是掌扇齊開，都是半凋殘杏臉桃腮，少不的侶峨嵋下閤道。』他嫌後宫嬪妃不夠美，要上天入地尋求美人。於是有了遊月宫的故事。而按照《天寶遺事諸宮調》的思路，『安史之亂』正是上天對明皇遊月宫戀嫦娥的懲罰。

第二卷寫明皇寵楊妃的曲子，出現了較大的殘缺，這就是明皇父佔子妻的情節。歷史上明皇佔有兒媳，絶非易事。其過程繁瑣，時間漫長。據記載，開元二十二年，應武惠妃的要求，明皇將楊玉環册爲壽王妃。開元二十五年，武惠妃死，後宫無當明皇意者。開元二十八年，楊玉環出家爲女道士。天寶四年，明皇方將楊玉環册爲貴妃。而《天寶遺事諸宮調》中，卻將其過程大大簡化，時間大大縮短。明皇嫌嬪妃『都是半凋殘杏臉桃腮』而到月宫尋找美人，當在武惠妃死後。登上月宫便與嫦娥相戀。在『月宫入贅』不可得的情況下，與嫦娥約定：『到來歲中秋顯素色……我試等待，看月明千里故人來。』這就將期限鎖定爲一年。【雙鳳翹】『奏説春嬌』套，寫了次年的初春他們在人間的第一次見面。『如還不暗約，猛見天顔，便顯妖嬈，宫嬪也失色，朝臣也驚訝，東君也懊惱。』是説楊玉環以自己的美貌提醒明皇，她是月中嫦娥化身到下界赴約。此時楊玉環還是壽王妃。到中秋節前，她就完成了由壽王妃向『大唐家歌舞太真』的轉變。而中秋之夜，明皇就將她册爲貴妃，實現了上個中秋節二人在月宫的約定。筆者撰寫這段賓白，只是在楊玉環以出家的方式由壽王妃成爲貴妃這一點上根據歷史記載。事件本身主要靠遊月宮的故事及《十美人賞月》套寫成。

還有一點需要說明的是：按歷史記載，楊玉環早在武惠妃在日就成了壽王妃。筆者在【雙鳳翹】『奏說春嬌』套寫明皇與楊玉環的見面，卻寫成了新娶的兒媳拜見公公。這又是筆者按照作品的特點推測的。《天寶遺事諸宮調》在情節上一個重要的特點，就是將宮廷生活市井化。安祿山闖進楊妃的臥室强暴她，楊國忠半夜三更大喊大叫地捉奸之類的事，只能發生在市井之中，絕不可能發生於宮廷。而按照民俗，兒媳與公公的初次見面通常是新婚媳婦拜見公公。筆者這樣寫，相信與作品原來的情節相符。

第三卷寫『安史之亂』，自然也要讓罪魁禍首安祿山亮相。除了與楊妃的戀情外，諸宮調中的安祿山與歷史記載中的安祿山的情況高度相符。故筆者在介紹安祿山的身世時，主要依據歷史記載寫成。只是寫他因戰敗進京領罪時，增加了李林甫庇護他的情節。這是因爲《天寶遺事諸宮調》的三個引辭中，有兩個提到引發『安史之亂』的罪責主要在李林甫的身上：『想唐朝觸禍機，敗國事皆因偃月堂。張九齡村野爲農，李林甫朝廷拜相。』這種看法在作品中是怎樣展現的，已無考。據歷史記載，安祿山進京領罪時張九齡堅決主張將他處死。既然引辭中把李林甫與張九齡對舉，在張九齡堅決主張處死安祿山時，讓李林甫與他唱反調，保下安祿山是合乎情理的。儘管具體場景出於虛構，但與《資治通鑒》所記載的李林甫向明皇獻啓用寒門胡人之策是相符的。

安祿山與楊妃的私情，純屬虛構。撰寫賓白，只能從佚曲中尋找線索。安祿山趁楊妃醉酒强暴她，曲子本身把這一情節描述得很具體。而他們的私情如何得以延續，這裏面又有大量的曲文亡佚。好在《祿山戲楊妃》套提供了一個線索：楊妃以『壓子嗣』爲由，認祿山爲義子。《力士泣楊妃》套，又把整個過程寫得非常詳細。筆者推測，『壓子嗣』的主意，是在楊妃『死央及』的情況下，由高力士想出來的。首先是因爲在這套曲中，高力士自認是安、楊的『撮合山』。既爲撮合山，必定爲促成此事出謀劃策。其次，這樣的主意也只有老謀深算的高力士能想得出來。嬪妃與外界男子交往，本來絕對不被允許。然楊妃由壽王妃成爲貴妃，畢竟根底不正。倘再無子，將來無法在宮中立身。這或許也是年事已高又深寵楊妃的明皇的一樁心事。讓安祿山壓子嗣，很容易得到明皇的準許。再有，如果楊妃自己能想出如此堂堂正正的理由，她完全可以直接向明皇提出，也就無需對高力士『死央及』了。筆者主要根據《力士泣楊妃》套，撰寫了補充這一情節的賓白。

第四卷寫馬踐楊妃，是全書的高潮，也是存曲最多的部分。從六軍不發，到楊妃被馬踏，整個過程展現得完整、詳盡。給筆者的印象是，這裏面沒有遺漏曲子。但有幾段賓白的撰寫，需加以說明。

關於潼關之戰的描寫。【耍三臺】『殢風流的明皇駕』中這樣寫道：『恰早哥舒翰，不合用狂言謗他。便似親引領著侵疆入界，便似自攛斷敗國亡家。』把潼關失守的罪責全歸到了哥舒翰的身上。歷史事實是，按照當時的形勢，潼關只能固守，不能出擊。深諳戰事的宿將哥舒翰採用了固守的戰略。楊國忠疑心這是哥舒翰與安祿山互相勾結對付他，極力慫恿明皇强令哥舒翰出擊，纔導致了潼關的失守。筆者是按照歷史記載撰寫賓白的。這是因爲，【耍三臺】『殢風流的明皇駕』的【幺篇】，是以明皇的口氣寫成的，是明皇個人的看法。明皇晚年昏庸，又一直袒護楊氏兄妹。他把潼關失守的罪責歸之於哥舒翰，不足爲奇。但這不符合《天寶遺事諸宮調》原有的情節。從後面的描寫看，如果不是楊國忠在這件事上鑄成大錯，也就不至於引起將士們如此强烈的憤恨，要在馬嵬坡一擁而上將他殺死。

這一卷中還有一個情節頗令人費解。據史書記載，壽王瑁並沒有死於幸蜀途中，《力士泣楊妃》卻寫道：『到黄泉見壽王迎禮，第一句說甚的？是子是皇妃情理？卻也受煞你將軍氣。』似乎壽王死在了楊妃之前。明皇《哭楊妃》套也寫道：『早是我亡家敗國，更那堪害子傷妻。』也說到了此事。楊玉環前爲壽王妃，後爲明皇貴妃，死後若與壽王相見，自會尷尬。但那是明皇與楊妃自己造成的。高力士說形成尷尬局面是『受煞你將軍氣』，怪到了陳玄禮的頭上。這只能解釋爲，是陳玄禮使得二人客死他鄉，導致他們泉下相見。至於諸宮調因何不顧史實，讓壽王死於幸蜀途中，有兩種可能。據《新唐書》卷五十一記載，壽王瑁生而孱弱，明皇與武惠妃擔心其難以長成，自幼將他寄養於寧王處。諸宮調的作者寫他經受不起跋涉之苦，死於途中，是爲了彰顯『禍根芽』楊妃的禍害之深。壽王瑁畢竟是她的前夫；安祿山叛亂，播遷西蜀又畢竟因她而起。她不僅累及明皇、安祿山，也累及壽王瑁。另一可能是，壽王瑁是深愛楊妃的。在馬嵬坡見楊妃死的如此淒慘，痛心而亡。因馬嵬坡踐楊妃的情節寫得一環緊扣一環，很難穿插別的情節，姑且把壽王之死放到了馬嵬坡之變前。

前文已經提到過，第四卷中還潛伏著一段恩怨情仇，就是楊國忠追隨李林甫構陷太子李亨，與太子結怨之事。安祿山與明皇都認爲陳玄禮殺楊氏兄妹，是爲了趨附太子，爲太子除掉仇人。儘管後來的事實證明，陳玄禮自始至終都忠於明皇，沒有趨附太子。然馬嵬坡之變時，太子恰在幸蜀的軍中。類似於逼宫的大事，陳玄禮不會不稟告太子，也不會不得到太子的默許。故筆者撰寫陳玄禮於馬嵬坡發動兵變的賓白時，根據歷史記載，補充了楊國忠與太子結怨的經過，也寫了馬嵬坡之變是經太子默許的。

第五卷中，需要説明的是關於安祿山和陳玄禮結局的賓白。王伯成在這部諸宫調中對安祿山結局的描寫頗具匠心。據《新唐書·安祿山傳》記載，安祿山自有其寵妃段氏，並因爲寵愛段氏所生的兒子安慶恩引起其合法繼承人安慶緒的不滿。登上帝位後，他縱酒，奢聲色，愈加肥胖。患眼疾致失明，又得疽疾，痛苦不堪，脾氣暴戾，爲安慶緒夥同侍從所殺。諸宫調則把楊妃與明皇、安祿山寫成了三角戀情，而且這還是相當重要的關目，於是就處理成安祿山死於情。但是，臭名昭著的安祿山因失明和脾氣暴戾被其子夥同侍從所殺之事幾乎盡人皆知，不易改變，於是就來了個移花接木：認可他死的方式，改變他死的原因。僅佚曲中，就有八套寫他失去楊妃後的哭號。楊妃死後，他更是『淚珠兒搵血，流遍秦川』。這種無休止的哭，很容易讓人聯想到他日後的雙目失明。楊妃死前，他儘管痛苦，對於日後與楊妃團聚還抱有希望。楊妃慘死，他悔恨交加，陷入極度的痛苦絕望之中：『百年恨絕，三生夢斷，半路身虧。數層欲合，一聲鼎沸，六道輪迴。』這樣的心境，導致脾氣乖戾也是自然而然的事。這樣一來，安祿山死的方式沒有改變，死的原因卻改變了。筆者撰寫賓白，根據歷史記載寫了他的被殺，根據佚曲的描寫寫了他死於情。從遊月宮故事的暗示看，安祿山應該是那個把明皇逐出月宮的凶神惡煞的化身。上天派他到下界懲罰動了凡心的嫦娥，懲罰到月宮偷情的明皇。資料所限，筆者沒有把這一推斷寫進賓白。

《天寶遺事諸宮調》的佚曲中，對陳玄禮的描寫不多。似乎馬嵬坡之變後，他就銷聲匿跡了。只有明皇思念楊妃的時候，還不忘抱怨他：『他俺行隨機應變，他行乞命兒活。怎下的活支煞的眼前折挫。』(《憶楊妃》)『俺行』指明皇這邊，『他行』指已經即位爲肅宗的太子那邊。這種說法不合情理。陳玄禮殺楊國忠，畢竟爲肅宗除掉了心腹大患，也必定會得到肅宗的好感。他實在沒有必要在他那邊『乞命兒活』。據新、舊《唐書》記載：陳玄禮隨明皇返回長安後，被肅宗封爲蔡國公，『實封三百戶』。辭不就，依舊與高力士一起侍奉明皇。因迴護明皇，與高力士同遭肅宗親信太監陳輔國迫害，高力士被發配，他被罷免。諸宮調寫在明皇失勢的情況下，他還在侍奉明皇，説明作品沒有改編他的結局。只是因爲他害死楊妃，所以在明皇的眼裏，他做什麼都是錯的。有關陳玄禮的結局，筆者是按照歷史記載寫的，相信這也符合諸宮調作品的原有情節。

【注】

〔一〕嚴敦易《元劇斟疑》(下)《楊貴妃》節，中華書局一九六一年版，第五九〇至五九一頁。

〔二〕馮沅君《天寶遺事輯本題記》，見《古劇説彙》，商務印書館一九四七年版，第二三二至二五九頁。

〔三〕見《雍熙樂府》卷七，第八一至八三、二二至二四頁。
〔四〕見《雍熙樂府》卷七，第二二至二四頁。
〔五〕〔七〕見趙景深《天寶遺事諸宫調輯逸》，載《學術》第三期，一九四〇年四月。
〔六〕見《詞林摘豔》卷六。《雍熙樂府》卷二，第一二至一三頁。《九宫大成南北詞宫譜》卷三四，第四五至四八頁。又見於《納書楹曲譜》續集卷二，道光戊申本。
〔八〕見《全元散曲》，中華書局二〇一八年版，第一〇八五頁。
〔九〕明·曹學佺《石倉歷代詩選》卷四八八，四庫全書本。
〔一〇〕《全元散曲》，第二四〇頁。
〔一一〕《南詞敘録》，《中國古典戲曲論著集成》第三册，中國戲劇出版社一九五九年版，第二四六頁。
〔一二〕《閒情偶寄》，《中國古典戲曲論著集成》第七册，第五一頁。
〔一三〕同上，第六五頁。

（此文發表於《中國典籍與文化》二〇〇〇年第六期。修改後又發表於臺灣《中山人文學報》二〇〇〇年第十期。此次收録，又作了擴充和修改）

附錄二

《雙漸小卿諸宮調》考

《雙漸小卿諸宮調》是宋、金、元流傳廣，影響大的一部諸宮調作品。《水滸傳》五十一回寫白秀英演唱的『諸般品調』《豫章城雙漸趕蘇卿》就是這部作品〔一〕。《劉知遠諸宮調》、《西廂記諸宮調》也都提到這部作品。元·楊立齋的【哨遍】，石君寶的《諸宮調風月紫雲亭》雜劇，又都描寫了元代藝人演唱這部諸宮調的情形。將這部諸宮調改編成雜劇的有王實甫的《蘇小卿月夜販茶船》，紀君祥的《信安王斷復販茶船》，庾吉甫的《蘇小卿麗春園》，無名氏的《豫章城人月兩團圓》。摹擬這個故事的雜劇，僅現存的就有十餘種〔二〕。雜劇、散曲中提到雙漸、蘇卿故事的就更多了。據筆者不完全統計，雜劇除外，僅元代套曲、小令提到這個故事的至少在六十首以上。有的詠唱這個故事的部分情節，有的寫聽這個故事的感想，而更多的是拿這個故事作比喻：詠郎才女貌者以之作比，詠苦盡甘來者以之作比，詠感情真摯者以之作比，寫別離苦、相見歡也以之作比。實事求是地說，僅就元代這一個時期看，《雙漸小卿諸宮調》的影響，超過了《西廂記諸宮調》。到了明代，寫雙漸、蘇卿故事的傳奇尚有《三生記》、《茶船記》、《千里舟》三種〔三〕，但其影響甚爲一般。隨著這部諸宮調的失傳，雙漸、蘇卿的故事已罕爲人知。對元雜劇做過深入研究的嚴敦易先生指出：『在元曲中，不論是雜劇或散套，雙漸、蘇卿的戀愛故事，是

最普遍被描寫，被歌詠，被敷演的爛熟的題材。然而，雙漸、蘇卿故事整個的輪廓，我們現在卻很是模糊。』〔四〕

基於這部諸宮調在文學史上的影響，學界比較重視對它的研究。鄭振鐸、趙景深、馮沅君、王季思、譚正璧、周貽白、程毅中先生都發表過相關文章。筆者認真研讀過這些文章，也萌生了對這部諸宮調作進一步探討的興趣。

筆者在輯佚《天寶遺事諸宮調》的同時，也注意收輯《雙漸小卿諸宮調》的佚曲，但收效甚微。這主要是因爲，收輯《雙漸小卿諸宮調》佚曲比收輯《天寶遺事諸宮調》佚曲的難度更大。元、明、清曲選、曲譜對《雙漸小卿諸宮調》的收録，與對《天寶遺事諸宮調》的收録情況大不一樣。《雍熙樂府》外的曲選、曲譜，所收《天寶遺事諸宮調》佚曲，注明了『王伯成天寶遺事』或『天寶遺事』；而所有的曲選、曲譜中，沒有一套注明是《雙漸小卿諸宮調》的曲子。原作者張五牛的名下沒有任何曲子。改編者商正叔（作者、改編者後文還要論及）名下雖有幾套曲，但其中可以基本斷定爲《雙漸小卿諸宮調》佚曲的只有兩套。收輯《天寶遺事諸宮調》的佚曲，尚可根據有關歷史事件加以判斷。而元代寫名不見經傳的才子佳人、男歡女愛、離情別緒、苦盡甘來的曲子實在太多，內容也大同小異。只要曲中不出現雙漸、小卿的名字，也就無法判定它是不是《雙漸小卿諸宮調》的佚曲。馮沅君先生在《〈雙漸小卿諸宮調〉的作者與改者》一文中說：『雙漸與小卿的戀愛故事是宋元人愛寫，愛演、愛說、愛唱、愛聽、愛看的題材……《雙漸小卿諸宮調》在當時風行的情況更有遺跡可尋。』〔五〕此話非常貼切。翻開元人的曲集，雙漸、小卿的名字隨處可見，但是對於這部諸宮調，卻只有『遺跡可尋』。筆者查閱了大量的曲選、曲譜，也只是在元·楊朝英編纂的《朝野新聲太平樂府》，明嘉靖年間張祿編纂的《詞林摘豔》，李開先編纂的《詞謔》，郭勛編纂的《雍熙樂府》，明末清初李玉編纂的《北詞廣正譜》，清乾隆年間周祥鈺等編纂的《九宮大成南北詞宮譜》中發現了大體能判定爲《雙漸小卿諸宮調》的佚曲。斟酌再三，收錄十三套曲。另在張豫章等奉康熙之命編纂的《御選元詩》中收錄了署名蘇小卿作的《題金山寺》詩一首。

斷簡殘篇，實在無法整理成冊。然而，這次輯佚，對於研究《雙漸小卿諸宮調》大有裨益。筆者掌握的這些資料，把這部諸宮調的作者、作期、本事、故事情節，大體的藝術風格，及其在社會上流傳的情況，都能顯示得很清楚。本文的第一部分，考證該作的情節、本事、作者、作期等問題。第二部分，刊錄《雙漸小卿諸宮調》佚曲。爲了更具體詳細地了解這部諸宮調作品，筆者又選擇了部分雖然不是這部諸宮調的佚曲，卻有助於了解這部諸宮調作品的雜劇、散曲，也錄於後。行文中如果是引用後面所錄之曲，不再加注。引用未錄之曲則加注。

一、《雙漸小卿諸宮調》的情節本事及作者作期考

（一）《雙漸小卿諸宮調》中的人物與情節

說起《雙漸小卿諸宮調》，多數人都知道該作寫的是士子雙漸與藝伎蘇卿的愛情故事，然又知之不詳。想要知道完整詳細的情節，必須先探討幾個對故事的發展起著重要作用的人物形象，以及他們之間的關係。下面分析、探索一下蘇媽媽、黄肇、馮魁、三婆的形象，以及他們對故事情節的發展所起到的作用。

首先，關於蘇媽媽。

蘇媽媽不是《雙漸小卿諸宮調》中的主角，卻是個至關重要的人物。雙漸、蘇卿愛情生活之所以出現如此大的波折，主要是因她而起。她是蘇卿的『娘』，亦即鴇兒。妓女雖然都稱鴇兒爲娘，但這裏面又有區别：有的鴇兒是妓女的親生母親，有的是養母，就是把女孩子買來當作搖錢樹的。關漢卿《金線池》中同爲妓女的杜蕊娘，嫌蘇卿意志不堅定時是這樣説的：『休道是蘇媽媽，也不是醉驢驢，我是他親生女，又不是買來的奴。遮莫拷的我皮肉爛，煉的我骨髓枯，我怎肯跟將那販茶的馮魁去！』杜蕊娘是拿蘇卿作比的。既然説『是他親生女』，蘇媽媽應該是蘇卿的親生母親。這位蘇媽媽又是個什麼樣的人呢？後文附録的無名氏【中吕】【滿庭芳】寫一個妓女這樣抱

怨她的『娘』：『枉乖柳青，貪食餓鬼，劼鏝妖精，爲幾文口含錢做死的和人競，動不動捨命亡生。向鳴珂巷裏幽囚殺小卿，麗春園裏迭配了雙生，鶯花寨埋伏的硬，但開旗決贏，誰敢共俺娘爭？』這個妓女不一定是蘇卿，她所抱怨的鴇兒也不一定是蘇媽媽。但她既然把她的『娘』比作蘇媽媽，蘇媽媽與這個鴇兒肯定是同一類的人。看來蘇媽媽嗜財如命，竟然連死人的口含錢也不肯放過，富商與寒儒在她的心目中的排序也就可想而知了。她潑辣兇狠，還極有手段。有這樣的一位媽媽，蘇卿與雙漸的愛情所受的磨難可想而知。他們不敢公開約會，蘇卿明裏需和闊佬週旋，背地裏纔能與雙漸見面。後來兩人相愛的祕密被發現，雙漸『難禁受極紂勤兒』（商正叔《離情》），離開蘇卿進京應試，才有了二人的別離。雙漸離開蘇卿後，非常想念，『花箋悶寫相思字。托魚雁，寄傳示：　我志誠心一點無辭。』（同上）然而蘇卿的感覺卻是『辜恩一去成拋撇』（無名氏《蘇卿》），甚至懷疑雙漸『薄情鎮日迷歌酒，近新來頓阻鱗鴻，京師裏戀烟花』（【月照庭】『老盡秋容』）。顯然，她並沒有看到雙漸的書信。是蘇媽媽藏匿了雙漸的信，以斷絕他們的往來。又：從王實甫《販茶船》的殘折可以看出，蘇卿上茶船時就知道雙漸『占鰲頭』了。向她通報這一消息的，卻是雙漸寫給她的無情『休書』。王氏《趕蘇卿》套對此作了解釋：『把一封正家書，改做了詐休書。馮魁不覩是將我來娶，娶』。是誰將報喜的家書改成了休書？嚴敦易先生認爲是馮魁爲了騙蘇卿改的，這不符合作品的實際。因爲從『馮魁不覩是將我來娶，娶』來看，馮魁並不是造假者。這應該又是蘇媽媽的手筆：將蘇卿賣給馮魁，她可以賣三千茶引的好價錢。若讓蘇卿跟了雙漸，她則可能人財兩失。將家書改做休書，一則可以斷蘇卿之念；二則可以讓馮魁買得放心，馮魁也未必願意與一位科場狀元做對。蘇媽媽真的是做到了『但開旗決贏』。

其次，關於黄肇（也作黄詔、黄召、黄超）。

元·楊立齋《哨遍》中寫道：『又有個員外村，有個商賈沙，一弄兒黑漆筋紅油靶。一個向麗春園大碗裏空晀了酒，一個揚子江江船中就與茶。』可見，與雙漸爭奪蘇卿的，除了『商賈』馮魁外，另有一個『村』員外，他就是黄肇。【端正好】『本是對美甘甘錦堂歡』套寫雙漸進京應試，蘇卿送别時寫道：『莫不是黄司理緣薄分淺？多管是雙通叔時乖運蹇。』黄司理就是黄肇，宋代的司理是管刑獄的官。可知，最初與雙漸爭奪蘇卿的，還不是馮魁，而是黄肇。元曲中常把黄肇與馮魁相提並論。曾瑞的小令《嘲妓家》：『黄肇村，馮魁蠢，雖有通神鈔和銀。』〔六〕湯式的【正宫】【賽鴻秋】：『便有那馮魁黄肇，便有那千金買也難消。』〔七〕黄肇有錢，被元曲當作典故用的麗春園，是他蓋下的。這可以從無名氏的【雙調·沽美酒過快活年】中看出：『黄超廝𡃀纏，馮魁又倚著家緣，俺軟弱雙郎又無甚錢。蘇卿這裏頻頻的祝願，三件事告神天。只願的霹靂火燒了麗春園。天索告聖賢，聖賢。浪滾處沖翻了販茶船，休驚著雙知縣。』『沖翻了販茶船』自然是懲罰馮魁；『火燒了麗春園』就是懲罰黄肇了。關漢卿的【雙調】【碧玉簫】寫得更直接：『黄召風虔，蓋下麗春園。』至於他和蘇卿的關系，從王曄《雙漸小卿問答》小令中對黄肇的描寫可以看出。『于飛燕，並蒂蓮，有心也待成姻眷。喫不過雙生强𡃀，當不過馮魁闘諞，甘不過蘇氏胡㨪。且交割麗春園，免打入卑田院。』卑田院是收容乞丐的地方，『免打入卑田院』，說明當初爲了娶到小卿，黃肇是傾盡家產蓋起麗春園的。『有心也待成姻眷』，說明他還不是蘇卿的丈夫。後面的小令中稱他爲『麗春園黃肇姨夫』，更爲明確地點明他的身份，『姨夫』是行院中對嫖客的稱謂。但他與蘇卿又不是一般嫖客與妓女的關系。妓女本可以與不同的異性交往，但有他在，蘇卿不能再接待其他異性客人。這在後面的兩首小令中說得甚爲明白：『蘇氏掂俫，雙生捌滰，你剗地粧孤。怕不你身上知心可腹，爭知他根前似水如魚？』『風流雙漸慣輪鍘，濫浪蘇卿能跳塔。小機關背地裏商量下，把俺作皮燈籠看待咱。』蘇卿不愛他，但又不敢不應酬他，甚至要做出『知心可腹』的樣子。蘇卿與雙漸的交往，是瞞著他進行的。黃肇應該是包佔蘇卿的闊佬。他大約有些呆，《雙漸小卿問答》中說：『拜辭了呆黃肇』。蘭楚芳的小令《風情》中有『雙漸貧，馮魁富，這兩個爭風做姨夫，呆黃肇不把佳期誤。一個有萬引茶，一個是一塊酥，攬得來無是處。』〔八〕正因爲呆，蘇卿把他做『皮燈籠』看待：有了他的包佔，蘇卿免去了蘇媽媽的督責之苦，還可以背著他與雙漸似水如魚。後來，蘇卿與雙漸的幽會還是被他發現了，在麗春園掀起了醋海大波。無名氏【雙調】【新水令】這樣寫道：『閑爭奪鼎沸了麗春園，欠排場不敢久戀。時間相敬愛，端的怎團圓？白沒事教人笑惹人怨。』掀起醋海大波是黃肇，主將當是蘇媽媽。在這場角逐中，雙漸敗得很慘：『教人笑惹人怨』。也讓這對戀人意識到，這樣下去沒有出路。於是，蘇卿賫助雙漸進京求取功名。楊立齋的【哨遍】說黃肇『向麗春園大椀裏空昧了酒』，說明他沒有得到實質性的好處。蘇卿是歌妓，也只是在他的麗春園裏歌舞笑樂而已。掀起醋海大波以後，雙漸倒是被趕走了，蘇卿也決心『再不向秦樓列管弦』，離開麗春園，他落了個『緣薄分淺』。黄肇應該是戲曲中插科打諢的丑角。

再次，關於馮魁。

《雙漸小卿諸宫調》中，馮魁無疑是個反面形象。從元代的戲劇散曲看來，人們駡得最多的就是馮魁。但是，從現在所發現的資料看，他並沒有做多少喪天害理之事，只是不自量力地買下了士子所愛的妓女，故而冒犯了士子。關於馮魁的身世，馬致遠【集賢賓】中有個簡單的交待：『誰知是金斗郡蘇卿，嫁得個江洪茶員外。』趙景深先生認爲『江洪』爲馮魁的異稱。周貽白先生則認爲『江洪』爲地名，卽雲南普洱。王季思先生也認爲江洪爲地名，但卻不是雲南：『宋元茶市，以今九江、南昌等處爲最勝。』『江洪：則江州、洪州也。』〔九〕此言甚是。『江洪』與『金斗郡』對應，都是地名。金斗郡卽廬州（今安徽），是故事的發生地，蘇卿的家鄉。江、洪則爲馮魁的家鄉。江州爲西晉所設，治所爲豫章；洪州爲隋朝所設，治所亦爲豫章。正因爲豫章曾爲江、洪二州的治所，故馬致遠以江、洪借指豫章（今南昌）。也就是説，馮魁是豫章的茶商。這位茶商很有錢，不僅雙漸不是他的對手，就連司理官黄肇也敗在了他的手下。他看上了『金斗郡名娃』蘇卿，花三千茶引買下了她，帶回豫章的家鄉。路過金山寺時，『不通今古通商賈』的馮魁，也不免帶蘇卿瞻仰一番。然而以他的粗俗，既無觀賞勝境的興趣，對蘇卿也無陪伴遮護之意：『俗子先登旅岸，佳人尚立僧街。』（馬致遠【集賢賓】）這給蘇卿造成了機會，她在金山寺西壁上留詩給雙漸，雙漸發現後按照詩句的提示趕到豫章，偕蘇卿出逃。

最後，關於三婆。《雙漸小卿諸宮調》中，還寫了一個同情並幫助過蘇卿的人，此人就是三婆。只要仔細推敲無名氏《趕蘇卿》『一葉片帆輕，直趕到金山可怎生不見影』的曲意，就會知道，雙漸之趕蘇卿，並不如人們常說的，始於金山寺發現了蘇卿的題詩之後，而是先趕到金山寺，看見了蘇卿的題詩後又繼續追趕的。白樸的【小石調・惱殺人】寫道：『爲憶小卿，牽腸割肚，悽惶悄然無底末』，及『故人杳查，長江風送，聽胡笳嚦嚦聲聒』，此時雙漸尚未看到蘇卿金山寺的題詩，故而不知蘇卿的去向。但他已知道了馮魁强娶蘇卿事：『恨馮魁，趨恩奪愛，狗行狼心，全然不怕天折挫。』看起來是雙漸得官後，到廬州接小卿不遇，有人把蘇卿的遭遇告訴了他，他才駕舟急追的。這個傳遞消息的人是誰？【願成雙】『香共撚』套寫道：『若把我雙郎見時節，向三婆行訴不盡喉舌，則道是思量的小卿成病也。』『留戀恁三婆等時暫，則這幾行書和淚封緘，寫著道意不過肯來看探俺。』向雙漸傳遞消息的人就是三婆。而且，三婆傳遞消息，又是受了蘇卿的囑托。有人認爲三婆即蘇媽媽，這不可能。因爲上述那套曲是以蘇卿的口氣寫的，妓女不會稱鴇母爲『三婆』。而且，蘇媽媽也不是雙漸、蘇卿的同情者。讀過韓邦慶《海上花列傳》都知道，有身份的妓女，也有丫環婆子侍奉。三婆大約也是這一類人。她是個次要人物，卻也不可或缺。

了解《雙漸小卿諸宮調》的幾個人物形象，這部諸宮調的大體情節就基本清楚了，唯一有爭議的問題，就是這個故事的結局。

對雙漸、蘇卿故事的結局，有兩種説法，一是蘇卿爲金錢變心情願跟了馮魁。一是雙漸蘇卿終成眷屬。

持第一種看法者，主要源於王曄《雙漸小卿問答》與周文質的《詠小卿》。《雙漸小卿問答》極寫闊商的威勢：『黄金鑄就劈閑刀，茶引糊成剗怪鍬，廬山鳳髓三千號，陪酥油儘力攪。雙通叔你自才學，我揣與娘通行鈔。掂了咱傳世寶，看誰能夠鳳友鸞交！』該曲還寫蘇卿上茶船是自願的：『孔方兄只教得俺心窯變』，『拜辭了呆黄肇，上覆那雙解元，休怪咱不赴臨川。』《詠小卿》的作者周文質則認爲，在『青蚨壓碎那茶藥琴棋筆硯書』的情況下，像雙漸這樣之乎者也的書生，根本就不會有這種豔遇。『便休提書中有女顔如玉，偏那雙通叔不者也之乎？他也曾懸頭刺股將經史讀，他幾曾尋得個落雁沈魚？』這是一些文人根據自己的生活體驗，不信像蘇卿這樣的妓女能不爲金錢所動；不信貧寒的書生是富商的對手，所以圍繞著這個故事作了翻案文章。這些都不是故事原有的情節。

按作品的原意，蘇卿並没有變心。她上馮魁的茶船完全是被迫的。石君寶《諸宮調風月紫雲亭》雜劇，寫以唱諸宮調爲生的女藝人韓楚蘭演唱《雙漸小卿諸宮調》的情形，值得格外重視：『我唱道那雙漸臨川令，他便腦袋不嫌聽。提起那馮員外便望空裏助采聲。把個蘇媽媽便是上古賢人般敬。我正唱道不肯上販茶船的小卿，向那岸邊相刁蹬，俺這虔婆道，兀得不好拷末七代先靈。』〔一〇〕韓楚蘭與蘇卿有相似的經歷，她也是藝伎，也愛上了她媽媽所不能容的書生。此段唱詞通過母女二人對《雙漸小卿諸宮調》的反應，表明了截然不同的價值觀，也真實地顯示了《雙漸小卿諸宮調》的情節：在婚戀問題上，蘇卿與蘇媽媽一直對立，她是被强拉上販茶船的。

幾套有關『趕蘇卿』的佚曲，又詳細地描述了蘇卿上茶船以後的情形。《趕蘇卿》套寫了蘇卿嫁馮魁的無奈：『狠毒娘硬接了馮魁定，他到揣與我個惡罪名。真心兒守，實意兒等，恰便似竹林寺有影不見形。真心兒守，實意兒等，我可便和誰折證？』大都歌女王氏《寄情人》則寫了蘇卿上茶船的感受：『我上船時如上木驢，下艙時如下地府，靠桅桿似靠著將軍柱。一個隨風倒舵船牢獄，趁浪逐波乘陷車。伴著這醜人物，恰便是冤魂般相纏，日影般相逐。』也寫了她的悲哀無助：『下船來行到無人處，我比娥皇女哭舜添斑竹，比曹娥女泣江少一套孝服。』幾套曲都寫了蘇卿避過馮魁，在金山寺壁上題詩告知自己的去向，以便於雙漸追趕。所有這些都能説明，蘇卿沒有爲金錢所動，她愛的是雙漸。

雙漸趕蘇卿的結果是，二人在豫章會面，趁馮魁酒醉私逃：『碧天雲霽，翠波風定。銀蟾皎潔，猛然見多情薄倖。俺兩個附耳言，低頭語，攜手行。下水船如何見影。説與你個馮魁耐心兒聽，俺兩個喜孜孜俏語低聲，我教你藍橋下細尋思慢慢等。』（《趕蘇卿》套）上述情節，在關漢卿的小令中得到印證：【雙調】【大德歌】『綠楊隄，畫船兒，正撞著一帆風趕上水。馮魁喫的醺醺醉，怎想著金山寺壁上詩。醒來不見多姝麗，冷清清空載月明歸。』

《雙漸小卿諸宮調》是不是就以蘇卿隨雙漸逃離結尾？沒有這麼簡單。據天一閣版《録鬼簿》記載，寫雙漸小卿故事的雜劇有紀君祥的《信安王斷復販茶船》，而於王實甫的《蘇小卿夜月販茶船》後注其『題目正名』爲：『馮員外誤入神仙種，信安王斷復販茶船』。兩劇都寫到信安王斷案，這應該不是空穴來風。《雙漸小卿諸宮調》的最後結局應該是：馮魁發現蘇卿隨雙漸私逃，將二人告到信安王的府衙。信安王爲雙漸、蘇卿的真情所感動，將蘇卿判歸雙漸。這又可從關漢卿另一首小令中得到印證。【雙調】【碧玉簫】『黄召風虔，蓋下麗春園。員外心堅，使了販茶船。金山寺心事傳，豫章城人月圓。蘇氏賢，嫁了雙知縣。天！稱了他風流願。』

至此，《雙漸小卿諸宮調》的情節已經相当明晰了。

廬州藝伎蘇卿，豔名遠播，富有才情，仰慕者甚衆。解元雙漸，字通叔。風流儒雅，博學能文，與蘇卿一見鍾情，甚相愛悦。蘇卿之母蘇媽媽，愛財如命，又兇狠潑悍，嫌雙漸貧寒，一再阻隔他與蘇卿往來。司理官黄肇，亦愛蘇卿才貌，傾盡家產，蓋了座華美的麗春園，包佔了蘇卿。蘇卿拗不過蘇媽媽之意，明裏在麗春園與黄肇歌舞歡宴，暗裏與雙漸如魚似水。後來，雙漸、蘇卿的密約幽會被黄肇發現，在麗春園掀起了醋海風波，蘇媽媽偏向黄肇，折辱雙漸。這對戀人也意識到私相往來不是長久之計，蘇卿賫助雙漸進京求取功名，自己不顧媽媽的打駡，離開麗春園，在家爲雙漸守志。

雙漸進京後，對蘇卿百般思念，時常寄書信給蘇卿，道相思之苦，表志誠之心。誰知書信被蘇媽媽藏匿，蘇卿得不到雙漸信息，痛苦不已。雙漸應試中了狀元，授臨川縣令。寫信向蘇卿報喜。此信亦落入蘇媽媽之手，蘇媽媽看了，不喜反憂，生怕雙漸以勢逼娶蘇卿，自己人財兩失。恰值豫章茶商馮魁，持茶引來廬州榷場取茶。見蘇卿而豔之。蘇媽媽一來爲斷蘇卿之念，二來爲安馮魁之心，遂將雙漸所寄家書改爲休書，以三千茶引將蘇卿賣與馮魁。蘇卿不從，又無計脱身。臨行留下書信，托三婆轉致雙漸，隨後被逼上茶船，隨馮魁而去。路經金山寺，蘇卿已知茶船將駛向豫章。乘馮魁不備，含淚題詩於寺西廊之壁，道：『憶自當年拆鳳凰，至今消息兩茫茫。蓋棺不作橫金婦，入地當尋折桂郎。彭澤曉烟迷宿夢，瀟湘夜雨斷愁腸。新詩寫記金山寺，高挂雲帆上豫章。』雙漸去廬州接蘇卿不遇，三婆俱道馮魁强娶蘇卿事，並呈上蘇卿書信。雙漸聞知，駕舟急追。至金山寺，不知蘇卿去向。在寺僧的指引下，見到蘇卿所題詩。又趕至豫章，在江上撫琴爲號。蘇卿聞琴聲，知雙漸趕到，乘馮魁酒醉，逃離茶船，與雙漸同去臨川。馮魁酒醒後，不見蘇卿。訪知其隨雙漸而逃，一怒之下將二人告到信安王的府衙。孰料信安王爲雙漸、蘇卿的真情感動，將蘇卿判歸雙漸。雙漸、蘇卿喜結連理，馮魁人財兩失。

從上述雙漸、蘇卿故事的梗概看，它的確如《水滸傳》白秀英説的：『是一段風流蘊藉的格範』。

（二）《雙漸小卿諸宫調》本事考

《雙漸小卿諸宫調》是一部『時事劇』，是宋代藝人演唱當時社會上的人和事。作品中的雙漸，實有其人。

歷史上的雙漸是北宋人。王季思先生據曾鞏《元豐類稿》中《送雙漸至漢陽》詩，考證出雙漸是宋神宗時人〔一一〕。譚正璧先生從宋人筆記中得到關於雙漸的兩條資料：一條見於張耒《明道雜誌》，一條見於周必大《二老堂雜誌》。據譚先生考證：雙漸是無爲（今安徽）人，慶曆間進士，曾任無爲縣令、漢陽縣令、屯田員外郎，熙寧年間任吉州通判。並且推斷他的生年可能在天聖三年（一〇二五）前後〔一二〕。

筆者查閲地方志和《元豐類稿》，又得到幾條關於雙漸的資料。乾隆年間編纂的《無爲州志》卷十五《仕績》部載：

> 雙漸，博學能文，負奇氣，不拘細節。慶曆三年登楊寘榜進士。知本軍，政尚和易，有惠澤及民。尋判吉安府，官至職方郎中。

『慶曆三年』當爲『慶曆二年』之誤。同書卷十二《選舉》部『慶曆二年壬午楊寘榜』一欄裏有雙漸的名字。另外，《宋史》卷四四三楊寘的小傳中也説楊寘『慶曆二年舉進士京師』。

《重修安徽通志》卷一九四載：

> 雙漸，無爲人。慶曆中進士，博學能文，爲職方郎。知本軍，後知漢陽。爲政和易，所至見思，有古循吏風。

《元豐類稿》卷四十五載曾鞏爲雙漸母親寫的《雙君夫人邢氏墓誌銘》更有助於了解雙漸的

情況。

夫人邢氏，無爲軍巢人也，嫁爲贈大理寺丞姓雙氏諱華之妻，封萬年縣太君。子男三人，曰漸，爲尚書屯田員外郎、通判吉州軍州事。餘未名皆早夭。夫人年八十有六，嘉祐四年九月二十七日卒於宣州之官舍，六年十二月二十七日葬於無爲軍巢縣無爲鄉惲良里之原。方大理府君之在隱約，屯田始就書學，夫人能經理其家，使無内憂，以卒就其志。及屯田有列於朝，夫人食其禄養，就封大縣，實受成報，天之施與善人豈非信哉！夫人之在疾也，屯田之配長壽縣君陳氏共養營救，有過人之行。州上其事，天子聞而嘉之，勑州使致粟帛賜其家。於是人知夫人之善不獨能成其子，又能化其家也。

從這條材料看，雙漸是無爲巢（今安徽巢縣）人。父名華，母邢氏，妻陳氏。原先家境貧寒，賴其母經營其家，使他得以專心攻讀。他得到功名後，父母受到封贈。墓誌銘上説他母親嘉祐四年（一〇五九）八十六歲時卒，其母的生年當是開寶七年（九七四）。據此，譚正璧先生關於雙漸生於一〇二五年的推斷有些偏後。因爲照這樣算，他母親生他的時候已年過五十，而慶曆二年（一〇四二）中進士時他只有十七歲。筆者認爲，雙漸的生年當在一〇一〇前後，他的母親生他時三十五、六歲，他中進士時剛三十歲出頭。

現有的資料，都能説明雙漸是位清廉愛民的官員，『有古循吏風』。他生性平易，風趣，甚至有些滑稽。宋·曾慥所編《類説》卷五十五有這樣的記載：

雙漸爲孟州僉判，同僚或稱其縣長官『平似秤，明似鏡』。漸曰：『卻被押司走上廳，打破鏡，踏折秤。』

元·陶宗儀《說郛》卷四十三記載：

士人有雙漸者，性滑稽。嘗爲縣令，因入村治事，夏暑憩一僧寺中。方入門，主僧半酣矣，因前曰：『長官可同飲三盃否？』漸怒其容易，叱去。而此僧猶不已，曰：『偶有少佳酒，同飲三盃如何？』漸發怒，令拽出去，俄以屬吏。漸亦就憩，至晚，吏呈案，漸乃判云：『談何容易，邀下官同飲三盃？禮尚往來，請上座獨喫八棒。』竟笞遣之。

僧人半酣，貿然提出與長官『同飲三杯』。雙漸發怒，竟然給予『獨喫八棒』的薄懲，判詞又寫得風趣有致。可以想見，這種清廉而又平易風趣的長官比那些道貌岸然的官吏更受民衆的擁戴。

把上述情況與《雙漸小卿諸宮調》所描述的故事對照，基本上可肯定，歷史上的雙漸就是《雙漸小卿諸宮調》中雙漸的原型。

首先，歷史上的雙漸和故事中的雙漸是同一時代的人。【端正好】『本是對美甘甘錦堂歡』套中稱故事中的黃肇爲『黃司理』。據宋·王栐《燕翼貽謀録》十七《録事參軍》條記載，司理是宋太祖開寶六年（九七三）以後開始設置的官職，而這個雙漸，正是開寶六年以後的人。這，還是一個比較大的範圍。

《雙漸小卿諸宮調》中還有個值得重視的線索，更能證明作品描述的社會背景與歷史上的雙漸的生活時代吻合：馮魁以三千茶引買下蘇卿。這見於下列諸曲：《蘇卿題恨》：『暗送了茶引三千，把一個麗春園生扭做相思海。』王實甫《販茶船》雜劇殘折：『倚仗你馮魁茶引三千廣，強把蘇卿熱似粘。』關漢卿《救風塵》雜劇第一折：『哎，你個雙郎子弟，安排下金冠霞帔。一個夫人來到手兒裏了，卻則爲三千張茶引嫁了馮魁。』按一般的理解，茶引就是茶商的營業執照。蘇媽媽何以會用小卿去換茶引呢？看了《宋史》及《文獻通考》等書對宋代有關茶葉貿易的記載，問題得到了解答。

宋建立後，繼承了唐末、五代對鹽、茶的官專賣制度，也就是『榷鹽法』、『榷茶法』。『榷茶法』是通過六個『務』，十三個『山場』來進行的。十三個『山場』都在淮南地區，廬州是設山場的地區之一。六個『務』則在大江北岸交通要會之地。另外京師還有一個『榷貨務』，是全國茶鹽貿易的總機構。當時規定：『凡民茶折稅外，匿不送官及私販鬻者沒入之，計其值論罪。』而『商賈貿易，入錢若金帛京師榷貨務，以射六務、十三場茶。給券隨所射與之。』〔一三〕就是說，園戶必須把所有的茶賣給官方，否則便治罪。茶商販茶，先要到京師『榷貨務』交納茶價，自己指定在六務十三場中要哪一處的茶。『榷貨務』收錢後給商人以『券』，卽茶引，茶商再持茶引到指定的『場』或『務』取茶。可見，這時的茶引相當於『茶葉提貨單』，它的價值等於茶價加茶稅。

這種茶引可以直接買賣，『乾、興以來，西北兵費不足，募商人入中芻粟如雍熙法給券，以茶償之……而入中者非盡行商，多其土人。既不知茶利厚薄，且急於售錢。得券則轉鬻於茶商或京師交引鋪，獲利無幾；　茶商及交引鋪或以券取茶，或收蓄貿易，以射厚利。』〔一四〕由於茶引可以直接換錢，因此，當時它具有接近於貨幣的作用。『乾、興』，指宋太祖的乾德和宋太宗的太平興國年間。也就是說，從北宋建國之初，茶引就可以當貨幣使用。在相當長的一個時期，茶葉貿易上雖有『新法』、『舊法』之爭，『三說』、『四說』之別，而茶引所具有的這種『提貨單』的性質則一直沒變。

後來，在園戶和茶商共同反對下，榷茶法瓦解了。嘉祐四年（一〇五九），北宋統治者被迫採用『通商法』。具體辦法是：『園戶之種茶者，官收租錢；　茶商之販茶者，官收征算。』〔一五〕『征算』卽茶稅，也卽引錢。茶商只要交了茶稅，就發給茶引，再持茶引就園戶買茶。這時的茶引，纔是商人的『營業執照』。其後，茶葉貿易基本上都採用『通商法』。崇寧元年，蔡京曾恢復『榷茶法』，僅三年就破產了。紹興十二年，高宗又想榷茶，但還沒有興起就『以失陷引錢，復令通商』〔一六〕。從此，榷茶法在茶葉貿易的歷史上消失了。

由上述情況看，茶引具有接近於貨幣的作用，在宋建國之初到嘉祐四年（一〇五九）之前。《雙漸小卿諸宮調》中，馮魁用茶引買蘇卿是在雙漸科舉得第之際，而歷史上雙漸中進士的慶曆二年，正好比嘉祐四年早了十七年。當時，正是茶引可以充當貨幣的時候。

歷史上的雙漸與故事中的雙漸又生活在同一個地方。歷史上的雙漸是無爲人，無爲在宋代屬廬州府，而雙漸、蘇卿故事又恰恰發生在廬州，也卽『金斗郡』。這有下列諸曲爲證。楊立齋【哨遍】中稱蘇卿爲『金斗名娃』。馬致遠【商調・集賢賓】中說她是『金斗郡蘇卿』。無名氏【醉花陰】《離恨》中說是『廬州小卿』。此外，明梅禹金《青泥蓮花記》卷七中也說：『蘇小卿，廬州娼也。』只有《永樂大典》卷二四〇五『蘇』字韻內的一條關於『蘇小卿』的材料中，說故事發生在揚州，但又說雙漸與蘇卿最初是在廬州相識相愛。看來，故事發生在歷史人物雙漸的家鄉，是沒有什麼問題的。

歷史上雙漸本人的情況，與諸宮調中寫的雙漸也大體相符。如：歷史上的雙漸原是個博學能文的窮書生，而諸宮調中也這樣寫他。歷史上的雙漸中進士後，當了縣令。諸宮調中的雙漸也是如此。更值得注意的是，歷史上的雙漸不是封建社會裏那種道貌岸然的正人君子，而是一個『負奇氣不拘細節』、『性滑稽』的人。趕蘇卿這樣的事，完全可能發生在他這樣的人身上。所不同的只是：歷史上雙漸中進士，作品中雙漸中狀元；歷史上雙漸除無爲縣令，作品中雙漸除臨川縣令。文學作品不會照搬史料，些微不同並不能影響我們的判斷。

至於歷史上的雙漸是否真的與一位叫蘇卿的藝伎有過風流韻事，不見記載。曾鞏爲雙漸母親作的墓誌銘中，寫到雙漸有一位賢惠的，受到『天子』嘉獎的妻子陳氏，這自然是事實。但這不影響他娶蘇卿。有兩種可能，一是蘇卿原姓陳，『蘇』是她淪爲娼後改用的姓。二是蘇卿爲雙漸側室，這種可能性更大。妓女從良，尤其是雙漸當了縣令後娶她，一般不會是正室。還有一種可能，『趕蘇卿』是附著在歷史人物雙漸身上的故事。就如關漢卿的《謝天香》，是附著在北宋著名詞人柳永身上的愛情故事一樣。柳永雖然忘情於花柳，且和名妓謝玉英感情深厚，卻没有如雜劇中所寫的先中狀元，後娶謝天香那樣榮耀的際遇。『趕蘇卿』的故事也可能是作家虚構的。即便如此，也應有類似的事件作爲基礎。可惜這方面的資料至今没有發現。

（三）《雙漸小卿諸宮調》的作者與重編者

最早把雙漸、蘇卿故事寫進文學作品的，是張五牛的《雙漸小卿諸宮調》。楊立齋爲楊玉娥唱《雙漸小卿諸宮調》所作的【哨遍】中有：『張五牛創製似選石中玉，商正叔重編如添錦上花。』説明張五牛爲原創者，商正叔爲重編者。嚴敦易先生因爲張五牛首創賺詞，認爲：『張五牛作唱《賺》，而商正叔則將其改編爲諸宮調。』〔一七〕此説不能成立。首先，《西廂記諸宮調》的斷送引辭中有：『比前賢樂府不中聽，在諸宮調裏卻著數……也不是崔韜逢雌虎，也不是鄭子遇妖狐……也不是雙漸豫章城，也不是柳毅傳書。』所舉的都是諸宮調作品，不會夾雜一個賺詞。董解元是金章宗時人。據筆者考證，商正叔重編《雙漸小卿諸宮調》在金亡以後（見後文）。《西廂記諸宮調》中提到的，只能是張五牛作的《雙漸小卿諸宮調》。其次，一部作品，只有根據原有的文學樣式進行修改，纔稱爲『重編』。如果改用别的文學樣式描寫，就自成一體了。比如説，王實甫的《西廂記》雜劇，是據董解元《西廂記諸宮調》改編的。但不能説《西廂記》雜劇是『董解元作，王實甫改』。張五牛首創《雙漸小卿諸宮調》，是無疑義的。

張五牛的生卒年不清楚，《雙漸小卿諸宮調》的作期就難以確定。王灼在《碧雞漫志》中記載：『熙豐、元祐間……澤州有孔三傳者，首創諸宫調古傳，士大夫皆能頌之。』可知，諸宫調這種文體在北宋神宗、哲宗時期已經産生了。《雙漸小卿諸宫調》亦當作於北宋時期。理由如下：《劉知遠諸宫調》寫劉知遠告别三娘去太原從軍時寫道：『錢塘小卿，雙生兩個，祖送郵亭驛。』〔一八〕據筆者考證，《劉知遠諸宫調》作於金正隆元年（一一五六）至大定二十二年（一一八二）之間（參看本書《附録三》），相當於宋高宗、孝宗時期。《劉知遠諸宫調》中把劉知遠、李三娘分别與雙漸、蘇卿作比，説明南宋前期《雙漸小卿諸宫調》已經在社會上廣爲流傳。其次，諸宫調是民間説唱文學，爲了使作品通俗易懂，多用它所産生的那個時代的名物風俗去敷衍故事。《雙漸小卿諸宫調》寫了馮魁用茶引買蘇卿事，它即使不寫於社會上實行榷茶法的時候，也當寫於人們對榷茶法還很熟悉的時候。上文説過：宋代兩次實行榷茶法都在北宋。一是從宋代建國之初到嘉祐四年之前，另一次是崇寧元年到崇寧三年。諸宫調不可能寫於嘉祐四年以前。因爲當時歷史上的雙漸還在世。雙漸再不拘小節，也不會聽任藝人真名實姓地到處演唱他的風流韻事。其次，《夢粱録》『妓樂』條與《都城紀盛》『瓦舍衆伎』條都記載，張五牛是紹興年間創賺詞的人。即便他嘉祐四年創這部諸宫調，至紹興元年也相隔七十二年。一個人的藝術生涯一般不會這麼長。故此，筆者認爲《雙漸小卿諸宫調》應寫於崇寧年間第二次實行榷茶制的時候。此時，距歷史人物雙漸的生年已近百年。如果張五牛寫這部諸宫調時二十多歲，到紹興年間年六十多歲，這個年齡是可以創賺詞的。反之，即便是南宋的建炎元年，距第一次榷茶制結束已有六十八年，距第二次榷茶制也有二十三年，民間的說唱文學一般不會寫人們已經淡忘的名物制度。

綜上所述，原創的《雙漸小卿諸宮調》，是張五牛作於北宋末年的作品。

再來看看《雙漸小卿諸宮調》的重編者商正叔。商正叔，名衜，字正叔。曹州（今山東曹縣一帶）人。元好問《遺山集》卷三十九有《曹南商氏千秋錄》，記載了他顯赫的家族史。他的長兄商衡（平叔）爲金代的達官，於正大九年（一二三二）死於國事，死時四十六歲，商衡的生年則爲金大定二十七年（一一八七）。而元好問《曹南商氏千秋錄》作於癸丑年，即蒙古蒙哥汗三年（一二五三），文中說『正叔年甫六十』，也就是說，這一年商正叔剛滿六十，他當生於明昌五年（一一九四）。這個生年，與其兄長的生年差的有點大。但元好問與商家是通家之好。商衡死後，元好問爲其作墓志銘（見《遺山集》卷二十一）。元好問與商正叔也是朋友，曾作《商正叔隴山行役圖》詩二首。《曹南商氏千秋錄》也是應商正叔的請求，爲商衡所寫的《千秋錄》而作的後記。既然是這種關係，元好問不會不知道商正叔的准確年齡，商正叔生於明昌五年是可靠的。而據丁文方等主編的《山東歷史人物辭典》的記載，商正叔的卒年爲蒙古中統元年（一二六〇）〔一九〕。

《曹南商氏千秋錄》中說商正叔『安閒樂易』，『滑稽豪俠』。《青樓集》於『張怡雲』條載：『張怡雲，能詩詞，善談笑，藝絕流輩，名重京師。趙松雪、商正叔、高房山，皆爲寫《怡雲圖》以贈。』〔二〇〕說明商正叔是喜歡與伎藝爲伍的人。爲了便於藝人們演唱，他重編《雙漸小卿諸宮調》，也就不足爲奇了。

商正叔重編《雙漸小卿諸宮調》的具體時間，難以確定。然據上述資料推斷，他修改這部諸宮調應在一二三四年金國滅亡之後。因爲自金大安三年（一二一一）二月起，蒙古族就開始了對金國的猛烈進攻，這一年商正叔只有十七歲。生活在名門望族，又有爲國捐軀的長兄，他此時當不會留戀青樓，寫俚曲。而烽火連天，長兄殉國的戰爭年代，商正叔再安閒樂易，也沒有心情去改編諸宮調。金亡之後。作爲金國的遺民，有亡國之痛，無仕進之心，他纔會以留戀青樓，吟詩作曲打發時日。元好問作《曹南商氏千秋録》，距金國滅亡已近二十年，文中說商正叔『安閒樂易』，也應該是指金亡以後商正叔的生活態度。《青樓集》所記載的商正叔與趙孟頫給同一藝伎張怡雲作畫，也能證實筆者的這一判斷。趙孟頫生於一二五四年，小商正叔六十歲。商正叔給張怡雲作畫時，作爲名伶，張的年齡不會太小。晚六十年的趙孟頫給張作畫，她也不會太老。倘若張怡雲是商正叔年輕時結識的藝伎，到了趙孟頫成年時她已年過半百，恐怕也就很難引起趙孟頫爲她作畫的興趣。這也說明商正叔留戀青樓是晚年的事。這樣看來。商正叔改編《雙漸小卿諸宮調》的上限爲一二三四年，下限爲一二六〇年。

據筆者掌握的資料，把諸宮調改編爲雜劇的大有人在；重編諸宮調作品的只有商正叔一個。商正叔爲什麼要重編張五牛的諸宮調作品？元・楊立齋【哨遍】給出了答案：『啼玉靨，咽冰弦，五牛身後更無傳。詞人老筆佳人口，再換春風到眼前。』不是認爲原作不好，而是因爲原作『無傳』，他要讓這部諸宮調繼續在社會上流傳。

在社會上還有人喜歡唱，喜歡聽的情况下，爲什麼張五牛的原作會無傳？馮沅君先生在《〈雙漸小卿諸宮調〉的作者與改者》中的一段話，令筆者大受啓發：『諸宮調是種以樂器伴説唱來演述一樁故事的伎藝。同「説話人」必有話本一樣，這方面的伎藝人也有他們的底本。』〔二二〕這令筆者聯想到宋代的説話藝術。同是供下層民衆娱樂需求的説唱表演，宋代與金、元的情况有很大不同。宋代的作者多爲文化素養不高的藝人；而金、元的書會才人，則是因爲各種原因不能仕進的士子。宋代藝人的表演，靠的是口才和臨場發揮。藝人説書，可以讓聽衆如癡如醉；但流傳下來的説書藝人的底本卻幾不成文。宋代諸宮調的情况應該也是這樣。馮先生據『五牛』『這個不雅馴的名字』，斷定他是『瓦舍伎藝人。』他的演唱功夫很到家，使得《雙漸小卿諸宮調》家喻戶曉；但文學功底不會很深厚，不一定能寫出文采斐然的底本。張五牛演唱諸宮調，靠口才與發揮。其他藝人也會有口才，對當時流行的曲調也會爛熟於心，演唱這部諸宮調也靠臨場發揮。故此，筆者收集到的有關《雙漸小卿諸宮調》的曲子，情節相同，甚至有的細節也相似，但曲文相差很大。如寫蘇卿在茶船上思念雙漸，又怕馮魁看破。大都歌女王氏的《寄情人》是：『則怕他瞧破俺真情緒，推眼疾偷掩痛淚，佯呵欠帶幾聲長吁。』王和卿的曲子是『推眼痛悄悄淚偷淹，佯咳嗽袖兒裹作念，則被你思量煞小卿也雙漸。』同是寫雙漸駕舟趕蘇卿，曲調、措辭也大不一樣（見後文所附曲）。對曲中人的名字，藝人們也只記該字的讀音，並不知道是什麼字。故此，流傳下來的一些曲子中，同一人名有多種寫法，如：黄肇、黄詔、黄召、黄超。而當時的聽衆，只熱衷於聽故事，誰也不會留心底本。他們不僅接受了不同的唱法，自己唱這個故事也信口發揮。

商正叔重編這部諸宮調，距張五牛原創已有一百多年。藝人的更替，曲調的變化，使得張五牛的原創作品已無法流傳。商正叔之所以要改編，就是爲了方便藝人們演唱。然而，商正叔改編《雙漸小卿諸宮調》的成就，應該是被張五牛的原創所掩。儘管他的這個底本方便了一部分藝人的演唱，卻未能改變元人對於這部諸宮調自編、自唱的習慣。曲選、曲譜記錄這部諸宮調的曲子，也是異彩紛呈，莫衷一是。正因爲這樣，我們今天收集這部諸宮調佚曲纔會這麼困難。

商正叔改編《雙漸小卿諸宮調》，還因爲它在當時社會上的熱度很高，很多藝人願意唱，聽眾願意聽。之所以如此，固然由於作品自身的藝術魅力，也由於宋、金、元特殊的社會背景所致。雙漸、蘇卿的愛情故事，不只是一般才子佳人的悲歡離合，還在於它涉及社會上商人勢力與士子勢力的爭衡，這在宋代是一個新的課題。封建社會各階層的排序，歷來是『士農工商』，商人向來不是士子的對手。唐傳奇中寫的士人與妓女相戀的故事裏，從沒有商人敢插手其中。到了宋代，隨著商業的繁榮，金錢對社會生活的影響越來越大，商人的地位提高了。在社會生活的某些領域裏，商人開始和士子爭衡。雙漸、蘇卿故事的出現，就是宋代這種社會狀況的反映。金、元，隨著科舉取士制度一度被廢止，士子的地位，由『四民之首』滑落到『九儒十丐』，僅强於乞丐。精神上的自我尊貴與貧賤的社會地位，在他們身上形成了奇特的矛盾。在實際生活中，他們再也沒有力量與那些有錢的商人抗衡。而爲了謀生，這些人大量擁進俗文學創作的行列。在文藝領域內，他們卻佔有空前的優勢。他們終於發現了這部爲士人張目的諸宮調作品，無論如何，故事是以士人的最後勝利而告終的。精神也就亢奮起來，愛聽，愛唱，也愛據此大做文章。多數人要以此維護士人的尊嚴。如關漢卿在《金線池》中通過同樣是妓女的杜蕊娘之口説：『鄭六遇妖狐，崔韜逢雌虎，那大曲内盡是寒儒。想知今曉古人家女，都待與秀才每爲夫婦。』『遮莫拷的我皮肉爛，煉的我骨髓枯，我怎肯跟將那販茶的馮魁去！』何等硬氣，何等自負！而據廣大市民的審美意識：商人再有錢，也抵不上才貌雙全的狀元，他們也爲雙漸戰勝了可惡醜陋的茶商歡欣鼓舞，也愛聽愛唱。商正叔爲這部作品提供底本，正是爲了適應這種社會需求。

就作品本身來説，《雙漸蘇卿諸宮調》打破了『私定終身後花園，落難公子中狀元』的套路，寫得曲盡人情，新鮮生動，又富有時代色彩。雖然它的作期早，藝術魅力卻超過了《劉知遠諸宮調》。

【注】

〔一〕馮沅君《水滸中白秀英所演奏的是諸宮調》，《古劇説彙》，商務印書館一九四七年版，第一五四頁。

〔二〕〔三〕均見於程毅中《〈雙漸趕蘇卿〉的遺響——讀書劄記》，《光明日報》一九六二年三月十一日《文學遺産》第四〇五期。

〔四〕嚴敦易《元劇斟疑》下《販茶船》，中華書局一九六一年版，第六六七頁。

〔五〕〔一一〕《馮沅君古典文學論文集》，山東人民出版社一九八〇年版，第一五六頁。

〔六〕《全元散曲》上，中華書局二〇一八年版，第五三八頁。

〔七〕〔八〕《全元散曲》下，第一七六三頁。第一八四六頁。
〔九〕參看嚴敦易《元劇斟疑》下《販茶船》中的轉述。
〔一〇〕見隋樹森編《元曲選外編》第二册，中華書局一九五九年版，第三四六頁。
〔一一〕王季思《雙漸蘇卿事補述》，《申・俗文學》第四十三期。
〔一二〕譚正璧《雙漸資料》，《光明日報》一九五八年一月二十六日《文學遺產》第一九三期。
〔一三〕《宋史》卷一八三『榷茶』，中華書局一九七六年版，第四四七八頁。
〔一四〕《宋史》卷一八三，第四四八三頁。
〔一五〕《文獻通考》卷一八《征榷考》五，中華書局一九八五年版，第一七五頁。
〔一六〕以上均見於《宋史》卷一八四。
〔一七〕嚴敦易《元劇斟疑》，第六六八頁。
〔一八〕『錢塘小卿』：《劉知遠諸宮調》的作者把廬州小卿與錢塘的蘇小小混淆。『小卿』與『雙生』並舉，則只能是《雙漸小卿諸宮調》中的人和事。
〔一九〕見丁文方等主編的《山東歷史人物辭典》，山東人民出版社一九九〇年版，第二九〇頁。
〔二〇〕《青樓集》，《中國古典戲曲論著集成》二，中國戲劇出版社一九六〇年版，第一七頁。

二、《雙漸小卿諸宮調》輯佚

（一）《雙漸小卿諸宮調》佚曲

楊立齋

張五牛、商正叔編《雙漸小卿》，趙真卿善歌。立齋見楊玉娥唱其曲，因作【鷓鴣天】及【哨遍】以詠之。

【鷓鴣天】烟柳風花錦作園，霜芽露葉玉裝船。誰知皓齒纖腰會，只在輕衫短帽邊。啼玉靨，咽冰弦，五牛身後更無傳。詞人老筆佳人口，再换春風到眼前。

【哨遍】世事摶沙嚼蠟，等閑榮辱休驚訝，日月不饒咱。曉窗前拂淨菱花，試覷咱，雖是閑愁無種，閑悶無芽，子敢銜種出星星髮。知進退，宜休罷，便今日蘇秦六國，明日早賈誼長沙。不如買牛學種洛陽田，抱甕自澆邵平瓜。向甚雲棧揮鞭，滄海撑舟，斗牛泛槎。

【幺】好向名利場中一納頭，剩告取些鬆寬暇。且莫住山凹，清閑中不見個生涯。問甚末，南鄰富貴，北里奢華，只有此身無價。幸遇明時德化，除徭役拯濟貧乏，救得這困魚腮鶩急列地脱了香鈎，蓋因那餓虎血模糊地污了烟檛，方表聖德無加。

【耍孩兒】對江山滿目真堪畫，休把這媚景良辰作塌。清風明月不拈錢，聞末老只合歡恰。問甚往來燕子春秋社，説怎末辛苦蜂兒早晚衙。休呆發，便得征西車馬，爭如杜曲桑麻？

【幺】莫將愁字兒眉尖上挂，得一笑處，笑一時半霎。百錢長向杖頭挑，沒拘束到處行踏。飢時節選著那六局全食店裏添些個氣，渴時節揀那百尺高樓上嚥數盞兒巴。更那椀清茶罷，聽俺幾回兒把戲也不村呵。

【七煞】據小的每噉大廝八。著幾條坐木做陳蕃榻。謝尊官肯把荒場降，勞貴脚還將賤地來踏。棚上下，對文星欒宿，唱唱吵吵。

【六】前漢又陳，後漢又乏，古《尚書》團掿損殷、周、夏。《五代史》止是談些更變，《三國志》無過説些戰伐，也不稀咤。終少些團香弄玉，惹草粘花。

【五】這個才子文藝高，那個佳人聰俊雅，可知道共把青鸞跨。一個是紗巾蕉扇睜睜道，一個是翠靨金毛俏鼻凹。無人坐，一個是玉堂學士，一個是金斗名娃。

【四】又有個員外村，有個商賈沙，一弄兒黑漆筋紅油靶。一個向麗春園大椀裏空脙了酒，一個揚子江江船中就與茶。精神兒大，著敲棍也門背後合伏地巴背，中毒拳也教鐺裏仰臥地尋叉。

【三】而今汝陽齋掩綠苔，豫章城噪晚鴉。金山寺草長滿題詩塔。唯有長天倒影隨流水，孤鶩高飛送落霞。成瀟灑，但見雲間汀樹，不聞江上琵琶。

【二】靜悄悄的誰念他，冷清清的誰問他。尚有人見鞍思馬，張五牛創製似選石中玉，商正叔重編如添錦上花。碎把那珠璣撒，四頭兒熱鬧，枝節兒熟滑。

【二】俺學唱咱，學說咱。咱誰敢和前輩爭高下！趙真真先佔了頭名榜，楊玉娥權充個第二家，替佛傳法。鑼敲月面，板撒紅牙。

【尾】須不教一句兒訛，半字兒差。唱一本多愁多緒多情話。教您聽一遍風流浪子煞。（萬曆活字本《朝野新聲太平樂府》卷九）

按：馮沅君先生認爲：這套曲是楊立齋爲他所寵愛的歌者楊玉娥作的《雙漸小卿諸宮調》引辭，亦卽『斷送引辭』（《馮沅君古典文學論文集》第一五六至一六四頁，山東人民出版社一九八〇年版）。故應算是這部諸宮調的一部分。

無名氏

【雙調】【新水令】閑爭奪鼎沸了麗春園，欠排場不敢久戀。時間相敬愛，端的怎團圓？白沒事教人笑惹人怨。（《北詞廣正譜》【雙調】，第二頁）

按：《九宮大成譜》卷五五亦收此曲。從風格上看，它不像獨立的套曲和小令，筆者認爲它是《雙漸小卿諸宮調》某套曲中的一支。整套曲當寫雙漸小卿在麗春園約會被黃肇發現，掀起醋海風波，雙漸受到黃肇、老鴇折辱，蘇卿賣發雙漸進京應試，纔有了後面的送別。

商正叔

【商調】【玉抱肚】渭城客舍，微雨過陌塵輕浥。絲絲嫩柳搖金，情裊爲誰牽惹？海棠影裏啼子規，落花香亂迷蝴蝶。物華表，景色淒，芳菲歇，正值暮春時節。雲歸楚岫，鸞孤鳳隻，釵分鑑破，瓶墜簪折。

【幺篇】好風光又逢花謝，美姻緣又遭離缺。似無情一派長波，聲聲漸替人嗚咽。這一聲『保重』言未絕，珠淚痛流雙頰。怨滿懷，恨萬疊，愁千結。兩情牽惹，玉纖捧杯，星眸擎淚，羞蛾蹙損，檀口諮嗟。（《北詞廣正譜》商調，第一五頁）

【瑶臺月】只有今宵無明夜，都因自家緣分拙。更做到走馬兒恩情，甚前時聚會，昨宵飲宴，今朝祖送，來日離別。（《北詞廣正譜》般涉調，第一二頁）

【隨調煞】陽關曲莫謳徹，酒休斟，寧耐些，只恐怕歌罷酒闌人散也。（《北詞廣正譜》商調，第二〇頁）

按：此套曲寫的是雙漸進京應試，蘇卿爲之送別。古人送別儀式鄭重，如此曲所寫『前時聚會。昨宵飲宴，今朝祖送，來日離別』，此爲離別的前夜。

送別　無名氏

【正宮】【端正好】本是對美甘甘錦堂歡，生扭做悲切切陽關怨。恰離了鶯花寨，早來到野水平川。急煎煎千里途程踐，景瀟瀟宜寫在幃屏面。

【滚繡球】動羈懷淅零零暮雨晴，惱人腸日遲遲春晝暄。感離情嬌滴滴弄喉舌啼鶯語燕，舞飄飄亂紛紛柳絮飛綿。嘆浮世草萋萋際碧天，緑茸茸柳吐烟，響潺潺碧澄澄皺玻璃楚江如練。斷送了行人的是行色淒然。醉醺醺昨宵歡會知多少，冷清清今日淒涼有萬千。空著我無語無言。

【倘秀才】莫不是黄司理緣薄分淺？多管是雙通叔時乖運蹇。我可也再不向秦樓列管弦。彩鸞回鏡舞，青鳥罷啣箋，兀良他去的不遠。

【叨叨令】不思量心上由作念，越思量越恁的添勞倦。意遲遲欲把他留戀，再幾時能夠成鶯燕？他原來去了也麼歌，他原來去了也麼歌，可著我香肌鬆了黄金釧。

【脱布衫】不行動則管裏熬煎，休停待莫得俄延。側著耳聽沈了半晌，唬得我膽寒心戰。

【醉太平】元來是昏鴉噪暮天，孤雁落沙邊。猛聽的隔江人唤渡頭船，啼紅的是杜鵑。撲簌簌淚濕殘粧面，將風流秀士難留戀。生扢扎折下並頭蓮，則爲俺多情的業冤。

【尾】三盃别酒肝腸斷，一曲陽關離恨天。我懶載車兒倦向前，他怕上雕鞍懶贈鞭。彼各無言語淚漣，各辦心堅石也穿，兩處相思情意牽，遥望見車兒漸漸去的遠。（《詞林摘豔》第八册，第九一至九三頁，中華再造善本）

按：此套曲當接前套曲，寫雙漸、蘇卿的正式離别。《雍熙樂府》題作《趕蘇卿》。

離情　商正叔

【南吕】【一枝花】拈花惹草心，招攬風流事，都不似今日這個嬌姿。伶變知音，雅有林泉志。

合歡連理枝，兩意相投，美滿夫妻相似。（《北詞廣正譜》南呂宮，第一頁）

【前調】甘不過輕狂子弟，難禁受極紂勤兒，撞聲打怕無淹潤，倚强壓弱，滴溜著官司。轟盆打甌，走踢飛拳，查核相萬般街市。待勉强過從枉費神思。是他慣追陪濟楚高人，見不得村沙謊廝，欽不定冷笑孜孜。可人舉止，爲他十分喫盡不肯隨時。變（便）除此外沒瑕疵。聚少離多信有之，古今如此。（《北詞廣正譜》南呂宮，第三至四頁）

【幺篇】纔擗掠的花箋脱灑，恰填還的酒債伶俐，近新來又惹腸醃題月搊。著他模樣，俏的憔悴。有韋娘般風度，謝女般才能，渾似雪濤般聰慧，過如蘇小般行爲。選甚麼時樣宫粧，豈止道鉛華首飾，何消得疊珠疊翠？淡粧更宜，二十年已，端的不曾見兀的般個真行院，雖是個女流輩，然住在花街共柳陌，小可的誰及？（《北詞廣正譜》南呂宮，第四頁）

【賺煞】好姻緣眼見得無終始，一載恩情似彈指。別離恨草次，感恨無言漫搔耳。後會何時？唱道痛淚連灑，花箋悶寫相思字。托魚雁寄傳示：我志誠心一點無辭，無辭憚去伊身上死。（《北詞廣正譜》南呂宮，第一八頁）

按：此套曲的【幺篇】與前後曲不同韻，然《北詞廣正譜》在此曲前注云：接【前調】『甘不過輕狂子弟』，且四曲内容相連貫，均寫雙漸對小卿的思念。録此存疑。

蘇卿　無名氏

【黄鐘】【願成雙】香共撚，誓共說，美姻緣永不離別。爲功名兩字赴長安，阻隔烟水雲山萬疊。

【幺】幸恩一去成抛撇，他無情俺倒心呆。悔當時恨不鎖雕鞍，折倒的人香肌褪雪。

【出隊子】柔腸千結，算今番愁又別。長吁短嘆不寧貼。淚眼愁眉怎打疊！若見伊家親自說。

【幺】玉簪折，怎得鸞膠接？見無由，成間別。你不來人道你心邪，我先死天教我業徹。欲寄平安怎生寫！

【尾】若把我雙郎見時節，向三婆行訴不盡喉舌：則道是思量的小卿成病也。

【願成雙】鴛鴦對，鸞鳳鳴，恰尋著美滿前程。團香惜玉好恩情，忽變做充飢畫餅。

【幺】擊玎的分破菱花鏡，撲鼕的井墜銀瓶。指山賣磨愛錢精，送得我離鄉背井。

【出隊子】佳人薄倖，沒福消雙縣令。老娘無賴，放過書生。秀士多魔，遇著柳青。妾守著馮魁，似頦下癭。

【幺】到如今剗地無形影，教奴家愁越增。半江秋影月偏明，滿腹愁煩心自哽。一雁哀鳴水雲冷。

【尾】不是你雙生多傒倖，休埋怨這不得已的蘇卿，先向豫章城下等。

【願成雙】如病弱，似醉酣，鬢鬅鬆髻嚲金簪。錦衣寬褪瘦嵒嵒。殘粉淚香消玉減。

【幺】恨東君不管人情淡，綻芳叢奪錦爭攙。舊遊園圃見停驂，思往事離愁越感。

【出隊子】慵臨鸞鑑，瘦容顏心自慘。鄰姬問我似癡憨，欲語無言心自慘。似恁般熬煎可慣耽！

【么】看時節夢兒裏將人賺，閃得奴恨不甘。山盟海誓我心貪，負德辜恩他意敢。悔恨當初我自攬。

【尾】留戀恁三婆等時暫，則這幾行書和淚封緘。寫著道意不過肯來相探俺。（《雍熙樂府》卷一，第六一至六二頁）

按：此曲寫雙漸走後，蘇卿得不到雙漸音信，思念成疾。鴇兒狠毒改雙漸家書爲休書，將蘇卿賣與豫章茶商馮魁。蘇卿情難斷，臨行寫下書信，托三婆交付雙漸。

蘇卿題恨 作者不詳

【正宮】【端正好】不覩事拆鸞凰，軟兀剌分鶯燕，茶船上暗接了絲鞭，浪花中一葉扁舟遠，望不見芙蓉面。

【滚繡球】想呵想俺那無主意的人，恨呵恨他那有勢力的錢。被幾文潑銅錢將柳青來買轉，莫不我只有份寡宿孤眠？這其間過金山古寺前，到潯陽江岸邊，把九江水品茶嚐遍，他幾曾慣掃雪烹煎！他安排著楦肚腸鳳髓酬歌興，我準備著調琴瑟鸞膠續斷弦。再相逢甚日何年？

【倘秀才】書寫下情詞數聯，更敘著寒温半篇，揀一張整整齊齊碧玉箋，將心事付嬋娟。百般地無一個順便。

【滚繡球】往常時玉樓前巢翡翠，繡衾棲交頸鴛，也曾遂少年心願。翠紅鄉非我十全，他則會風月情花柳筵，幾曾經這般水面？暗送了茶引三千，把一個麗春園生扭作相思海，金斗郡翻爲離恨天，就裏難言。

【倘秀才】再不見嬌滴滴人如玉仙，星曆曆花攢翠鈿。再不見桃花扇影偏。我往常尊席上小樓前，將吹彈敷演。

【呆骨朵】梨花零落深沉院，冷清清閑耍鞦韆。誰想他信杳音乖，閃的我緣薄分淺。被這倒城計虔婆騙，誰與這無勢利的人方便。他管甚麼有情惜有情，問甚麼解元不解元。

【尾聲】新愁不共芭蕉展，舊恨難將柳線穿。曾記臨行甚所言，恩愛翻成生死冤。赤緊的冤家緊廝纏。有一日宴罷瓊林作狀元，除得臨川做知縣，恁時節蘇氏方知姓名顯。（《雍熙樂府》卷二，第五六至五七頁）

按：此套曲《雍熙樂府》，不提撰人，語言風格樸實貼切，當是《雙漸小卿諸宮調》佚曲。

寄情人　大都歌女王氏散套

【中呂】【粉蝶兒】江景蕭疏，更那堪楚天秋暮，占西風柳敗荷枯。立夕陽，空凝佇，江鄉古渡，水接天隅，眼瀰漫晚山烟樹。

【醉春風】寂寞日偏長，別離人最苦。把一封正家書改做了詐休書。馮魁不覷是將我來娶，娶，知他是身跳龍門，首登虎榜，想這故人何處？

【朱履曲】往常時冬裏臥芙蓉裀褥，夏裏鋪藤簟紗𢅥。但出入換套兒好衣服。不戀醜馮魁茶員外，無字碑鈔姨父，我則想俏雙生爲伴侶。

【迎仙客】見一座古寺宇，蓋造得忒非俗。見一個僧人念經掐數珠。待道是小闍梨，卻原來是老院主。俺是個檀越門徒，問長老何方去？

【石榴花】看了那可人風景壁間圖，粧點費功夫。比及江天暮雪見寒儒，盼平沙趁宿，落雁無書，空隨得遠浦帆歸去。漁村落照舟方住，烟寺晚鐘悽然度，洞庭秋月照人孤。

【鬬鵪鶉】愁多似山市晴嵐，泣多似瀟湘夜雨。少一個心上才郎，多一個腳頭丈夫。每日價茶不茶，飯不飯，百無是處，教我那裏告訴！最高的離恨天堂，最低的相思地獄。

【普天樂】腹中愁，詩中句，問甚麼失題、落韻、跨驢、騎驢。想著那得意時，著情處，筆尖題到傷心處，不由人短嘆長吁。囑咐你僧人記取，蘇卿留語，知他雙漸何如！

【上小樓】怕不待剖開肺腹，都向詩中吩付。我這裏行想行思，行寫行讀，雨淚如珠。都是些道不出，寫不出憂愁思慮，子不罷聲啼哭。

【幺篇】他爭知我嫁人，我爭知他應過舉，番做了魚沈、雁杳，瓶墜、簪折，信斷、音疏。咫尺地，半載餘，一字無，雙郎何處？我則索隨他販茶船去。

【十二月】無福效鶯儔燕侶，有分受枕剩衾餘。想起那相思苦，空教人好夢全無。空負了清歌妙舞，受了些寂寞消疏。

【堯民歌】閃的人鳳凰臺上月兒孤，趁帆風勢下東吳。我這裏安排舉棹泛江湖。到不如沈醉羅幃倩人扶。躊躇，天邊雁影遥，枉把佳期誤。

【耍孩兒】這廝不通今古通商賈，是販賣俺愁人的客旅。守著他愁悶怎消除！真乃是馬牛而襟裾！斗筲之器成何用？糞土之牆不可朽。想俺愛錢娘，喬爲做，不分些好弱，不辨賢愚。

【三煞】娘呵，你好下的，好下的；忒狠毒，忒狠毒！全沒些子母情腸肚。則好交三千場失火遭天震，一萬處疔瘡生背疽。怎不交我心中怒。你在錢堆上受用，撇我在水面上遭徒。

【二煞】我上船時如上木驢，下艙時如下地府。靠桅桿似靠著將軍柱，一個隨風倒舵船牢獄。趁浪逐波乘陷車。伴著這醜人物，恰便是冤魂般相纏，日影般相逐。

【一煞】他正是馮魁酒正濃，蘇卿愁起初。下船來行到無人處，我比娥皇女哭舜添斑竹，比曹娥女泣江少一套孝服。則怕他瞧破俺情緒，推眼疾偷掩痛淚，佯呵欠帶幾聲長吁。

【尾聲】則我這淚珠兒何日乾？愁眉甚日舒。將普天下煩惱都收聚，也似不得蘇卿半日苦。

（《詞林摘豔》第三册，第七至一一頁，中華再造善本。校以《詞謔》，《中國古典戲曲論著集成》第三册，第五一二至五一三頁）

按：此套曲寫蘇卿被鴇兒賣與馮魁，並隨馮魁的販茶船南下。路過金山寺時在寺壁題詩事。署大都歌女王氏作。王氏爲歌女，所歌的又是雙漸小卿故事，有現成的諸宫調作品在，王氏也就無需另起爐灶，自己創作。故此，筆者認爲此曲是王氏所歌《雙漸小卿諸宫調》，而非其原創。蘇卿與雙漸團聚前，並不知改家書事。此曲中有『把一封正家書改做了詐休書』句。筆者推測，王氏只歌此曲，而非全作，爲情節的完整周密，對原作作了修改。

題金山寺　蘇小卿

憶自當年拆鳳凰，至今消息兩茫茫。蓋棺不作横金婦，入地當尋折桂郎。彭澤曉烟迷宿夢，瀟湘夜雨斷愁腸。新詩寫記金山寺，高挂雲帆上豫章。（《御選元詩》卷六〇，《文淵閣四庫全書》，上海古籍出版社一九八七年影印本）

按：此詩最早見於明·梅鼎祚《青泥蓮花記》卷七《蘇小卿》中，張豫章等奉康熙之命編纂的《御選元詩》中收録了此詩。這首詩當爲《雙漸小卿諸宮調》中寫的小卿在金山寺所題詩。《御選元詩》『姓名爵里二·諸家姓名爵里·閨秀』中有『蘇小卿』，把蘇小卿當作元代詩人，大誤。

無名氏

【正宮】【月照庭】老足秋容，落日殘蟬暮霞，歸來雁落平沙。水迢迢，烟淡淡，露濕蒹葭。飄紅葉，噪晚鴉。

【幺】古岸蒼蒼，寂寞漁村數家。茶船上那個嬌娃，擁鴛衾，倚珊枕，情緒如麻。愁難盡，悶轉加。

【六幺序】記當時枕前話，各指望永同歡洽。事到如今兩離別，褪羅裳憔悴因他。休，休，自家緣分淺，上心來淚搵濕羅帕。想薄情鎮日迷歌酒，近新來頓阻鱗鴻，京師裏戀烟花。

【幺】哭啼啼自咒罵，知他是憶念人麻？驀聞船上撫琴聲，遣蘇卿無語嗟呀。分明認得雙解元，出蘭舟繡鞋忙屣。乍相逢欲訴別離話，惡恨酒醒馮魁，驚夢杳無涯。

【鴛鴦兒煞】覺來時痛恨半霎，夢魂兒依舊在篷窗下。故人不見，滿江月明浸蘆花。（《樂府新編陽春白雪·後集》三，元刊本）

按：此套曲寫蘇卿在茶船愁悶交加。忽聞撫琴之聲，原來是雙漸趕到，忙出蘭舟，欲與雙漸話離別之苦。不料被馮魁驚醒，原來是南柯一夢。

秋懷　無名氏

【黃鐘】【醉花陰】窗外芭蕉戰秋雨，又添上新愁幾許。珊枕剩繡衾餘，落雁沈魚，眼底知何處？酒醒後，細躊躇，一寸柔腸千萬縷。

【喜遷鶯】恁好把離人愁助，恁好把離人愁助，鬧西風翠竹蒼梧。蕭疏，粉牆外霜砧轆轤。一片秋聲廝斷續，不知人心上苦。教我也捱不過追魂鐵馬，更和那索命銅壺。

【出隊子】記著這柳邊朱戶，乍相逢春正初。看一簾花霧暗香浮，端則愛，端則愛滿地涼蟾素練鋪，又則聽四座笙歌紅袖舞。

【幺】想多情丰度，論褒彈事事無。他有那西施妖豔不傾吳，小小風流不姓蘇，巫女精神未遇楚。

【刮地風】嗳呀，看了他閉月羞花天付與，又何須傅粉塗朱？整羅衫款把寒溫敘，禮法誰如？偶能夠一番遭遇，便拚下百年歡聚。生死情，山海誓，永無憂慮，似鸞鳳緊趁逐。畢罷了寄簡傳書。

【四門子】等閑間長就連理樹，等閑間長就連理樹。這言辭豈是虛！自別來幾見垂楊綠？悄然地音信疏。瘦影兒單，好夢兒孤。憶分攜恁時風景殊。樹影兒沈，日色兒晡，擺列下淒涼隊伍。

【古水仙子】我我我自嘆吁，我我我自嘆吁。罷罷罷，姻緣簿仍將姓字書。是是是，斷雲將楚岫遮攔，敢敢敢，桃花把天台截住。來來來，生分開比目魚。呀呀呀，兩三朝鬼病揶揄。是是是，教吹簫月明無伴侶。他他他，把六朝金粉收拾去。單單單，單留下了寫恨幾行書。

【尾聲】曾指歸期在春暮，卻又早霜冷菰蒲，把燈花影兒中夜卜。（《九宮大成南北詞宮譜》卷七四，第二二至二五頁）

按：此套曲與《雙漸小卿諸宮調》的情節相合，寫雙漸歸來，不見小卿，『單留下了寫恨幾行書』。回憶與小卿相識相愛，倍感痛苦。然曲中又有：『他有那西施妖豔不傾吳，小小風流不姓蘇，巫女精神未遇楚』。筆者認爲，這當是作者把蘇卿和西施、蘇小小、巫山神女相比時出現了紕漏。錄此存疑。

趕蘇卿　無名氏

【黃鐘】【醉花陰】短棹輕帆下江水，情默默心忙意急，生拆散燕鶯期。水遠山遙，何處尋蹤跡？金山寺覷的真實，求一個救苦難靈籤問信息。

【喜遷鶯】金山景致，碧樓臺霧鎖雲迷。堪宜，遠山疊翠，我則見古怪巔峯類九嶷。侵北極，看山光映綠水，疏剌剌水遶山圍。

【出隊子】有萬年松檜梢搖似鳳尾，玲瓏寶塔碧琉璃，照耀雕闌白玉石，綵畫山門金字碑。

【刮地風】兩廊下閑行觀仔細，猛然見壁上留題，俏蘇卿寫下《金山記》。寫得來翰墨淋漓。一字字有些情意，一行行訴著別離。滿懷愁，一天恨，說他憔悴。雙生見了自知端的，似醉如癡，閣不住兩行離情淚。他敢一聲聲自嘆息。

【四門子】問僧人仔細言端的，『他臨行時說甚的？』『詩未寫，淚先垂。俏蘇卿再三傳示你。他著你上緊行，莫要遲，他則在臨川縣裏。』

【古水仙子】『他他他又叮囑說就裏，是是是都是俺娘親使的見識：暗暗地接了他茶紅，敢敢敢情受了他財禮。他他他巧機關不用媒，我我我每日家哭啼啼。愛錢娘百般喬作爲，三千茶引買轉了娘親意。罷罷罷因此上嫁了馮魁。』

【尾聲】『囑咐雙生莫要遲，路途賒休避驅馳。我只在臨川縣豫章城等待著你。』（《雍熙樂府》卷一，第一三至一四頁）

按：所搜曲子中，此套曲最像張五牛所作《雙漸小卿諸宮調》佚曲。語言樸實無華，淺顯易懂。且用的是敘述體，寫了雙漸在金山寺的行動、想法，也寫了他與僧人的對話。把豫章說成是臨川的轄區，也是爲『除臨川令』的雙漸張目。

趕蘇卿　作者不詳

【黄鐘】【醉花陰】雪浪銀濤大江迥，舉目玻璃萬頃。天際水雲平，浩浩澄澄，越感的人孤另。一葉片帆輕，直趕到金山可怎生不見影？

【喜遷鶯】見樓臺掩映，接雲霄金碧重重。那能，上方幽徑，我則見那寶殿玲瓏紫氣生，真勝景，驀聞的幽香縹緲，則不見可意的娉婷。

【出隊子】心中傒倖，意癡癡愁轉增。猛然見梵王宫得悟的老禪僧。何處也金斗郡無心的蘇小卿？哪裏也臨川縣多情的雙縣令？

【刮地風】叉手躬身將禮數迎，請禪僧細說叮嚀。他道有一個女裙釵，寺裏閑踢蹬。他生的裊婷婷，不住的雨淚盈盈。愁切切有如癡掙，悶懨懨即漸成病。拈霜毫回廊下壁上標名。我可便猛抬頭，恰定睛，正是俺可意的多情。

【四門子】『狠毒娘硬接了馮魁定，他到揣與我個惡罪名。真心兒守，實意兒等，恰便似竹林寺有影不見形。真心兒守，實意兒等，我可便和誰折證？』

【古水仙子】覷絕罷雨淚傾，恰便似九江水如何洗得清。當初指雁爲羹，充飢畫餠，道無情卻有情。我我我暗暗的仔細論評，俏蘇卿捽碎粉面箏，村馮魁硬對上菱花鏡。蘇媽媽無前程。

【者剌古】占天邊月共星，同坐同行。對神前把誓盟，言死言生。香焚寶鼎，酒斟在玉觥。越感的人孤另，分開燕鶯。

【神仗兒】喚艄公，忙答應，休得意掙。幾曾道半點兒消停，直趕到豫章城。

【節節高】碧天雲霽，翠波風定。銀蟾皎潔，猛然見多情薄倖。俺兩個附耳言，低頭語，攜手行。下水船如何見影。

【尾聲】說與你個馮魁耐心兒聽，俺兩個喜孜孜俏語低聲，我教你藍橋下細尋思慢慢等。（《雍熙樂府》卷一，第六至七頁）

按：此套曲寫雙漸趕蘇卿至金山寺，在寺僧的指引下見到蘇卿所題詩，按詩中所囑直趕到豫章城，與蘇卿相見。此曲的内容跨度太大，雙漸與蘇卿相見的場面，寫得過於簡略。大約演唱者只唱《趕蘇卿》而非全套。爲了情節完整將後面的故事一筆帶過。此曲《盛世新聲》、内府本《詞林摘豔》、《雍熙樂府》均不注撰人，原刊徽藩本《詞林摘豔》注宋方壺作，《北宫詞紀》注董君瑞作。可知諸家對其作者並不清楚。

無名氏

【雙角隻】【對玉環】歌舞嬋娟，風流勝玉仙。拆散姻緣，柳青忒愛錢。佳人驀上船，書生緣分淺。幾句新詩，金山古寺邊。一曲琵琶，長江秋月圓。（《九宫大成南北詞宫譜》卷六六，第一八頁）

按：此曲似整部《雙漸小卿諸宫調》尾聲。

（二）描寫雙漸蘇卿故事的其他戲劇散曲

販茶船殘折　王實甫

【中呂】【粉蝶兒】這些時浪靜風恬，再不去喚官身題名兒差佔，直睡到上紗窗紅日淹淹。從今後，管家私，學針指，罷了花濃酒釅。一會暗掐春纖，我這裏數歸期故人作念。

【醉春風】舊約信難憑，新愁眉帶臉。落紅滿地不鉤簾，把朱扉掩，掩。怕對菱花，照人憔悴，不似我舊時嬌豔。

【迎仙客】靈雀兒噪綠槐，喜蛛兒挂在垂簷，不由我腮斗上喜孜孜堆著笑臉。這書寫時節帶著些愁眉，封時節秋淚粘。拆開封皮仔細觀瞻，我與你一字字從頭兒念。

【石榴花】原來這負心的真個不中粘，想當初啜賺我話兒甜，則好去破窯中捱風雪，受虀鹽。那時節謙廉君子謙謙，疾發的赴科場，纔把鰲頭佔。風塵行不待粘，如今這七香車，五花誥無憑驗，到做了脫擔兩頭尖。

【鬭鵪鶉】則有份淚眼愁眉，無福受金花翠鈿。我這裏按不住長吁，搵不乾淚點，誰承望你半路裏將人來死拋閃。恩情似水底鹽，到罵我路柳牆花，顧不的桃腮杏臉。

【上小樓】也是我前世裏沒緣，也是我今世裏少欠。疾發的他應舉求官，獨步青霄，折桂扳蟾。受了些老母嚴，女伴每呫，何曾心厭。兀的不虧負了小卿，雙漸！

【幺】有一日見了他，我和他便有甚臉？若見俺那負德辜恩，短命喬才，敢喫我會摑打揪撏。見放著海神廟，有報應爺爺靈驗，看你這負心賊恁般短見。

【十二月】這廝把鶯花來熱粘，俺娘把財禮錢忙拈。你道是先憂後喜，我看你有苦無甜。請學士先生吊賺，快疾忙歸去，陶潛。

【堯民歌】使了些精銀夯鈔買人嫌，把這廝剔了髓，挑了筋，剮了肉，不傷廉。我從針頭線角不曾拈，我子會傅粉施朱對粧奩，心嚴錢財信口添，著這廝喫我會荒劍。

【耍孩兒】俺伴的是風流俊俏潘安臉，怎覷那向日頭的獾兒嘴臉？喬趨蹌宜舞一張掀，怎和他送春情眼角眉間？我心裏不愛他心裏愛，正是家菜不甜野菜甜。覷不的喬鋪苦，看了他村村棒棒，怎和他等等潛潛。

【二煞】你休誇七步才，連敢道三個鹽，九江絕品三江瀲。倚仗你馮魁茶引三千廣，强把蘇卿熱似粘。眼見的泥中陷，赤緊的販茶客富，更和這愛鈔娘嚴。

【尾聲】往常時一迷裏嫌，到今日都是諂。汝陽齋眼見撅下坑塹，不提防腦背後將咱這一閃。

（《雍熙樂府》卷七第二八至二九頁，題《思怨》。此曲又見於《詞林摘豔》三，題元・王世甫《販茶船》。【鬬鵪鶉】又見於《北詞廣正譜》中呂宮第六頁，題王實甫《販茶船》）

白樸

【小石調】【惱殺人】又是紅輪西墜，殘霞照萬頃銀波。江上晚景寒烟，霧濛濛，風細細，阻隔離人蕭索，宋玉悲秋，愁悶江淹，夢筆寂寞。人間豈無成與破，想別離情緒，世界裏只有俺一個。

【伊州徧】爲憶小卿，牽腸割肚，悽惶悄然無底末。受盡平生苦，天涯海角，身心無個歸著。恨馮魁，趨恩奪愛，狗倖狼心，全然不怕天折挫。到如今剗地喫耽擱，禁不過，更那堪晚來暮雲深鎖。

【幺篇】故人杳杳，長江風送，聽胡笳歷歷聲韻聒。一輪皓月朗，幾處鳴榔，時復唱和漁歌。轉無那，沙汀蓼岸，一點漁鐙相照，寂寞古渡停畫舸，雙生無語淚珠落，呼僕隸指撥水手，在意扶拖。

【尾聲】蘭舟定把蘆花過，櫓聲省可裏高聲和，恐驚散宿鴛鴦，兩分飛也似我。（《御定曲譜》卷一，《文淵閣四庫全書》，上海古籍出版社一九八七年影印本）

王和卿殘曲

【黃鐘】【文如錦】病懨懨，柔腸九曲閑愁占。精神絕盡，情緒不歡。茶飯減，悶愁添。寶釧鬆，羅裙掩。翠淡柳眉，紅消杏臉。愁在眼底，人在心上，恨在眉尖。對粧奩，新來瘦卻，舊時嬌豔。

【幺】空攧金蓮搓玉纖，販茶客船，做了搬愁旅店。誰人不道，何人不呫？娘意慳，恩情險，兩行痛淚，千點萬點。讀書人窘，販茶客富，愛錢娘嚴。不中粘。準了書箱，當了琴劍。

【願成雙】我待甘心守秀士捱虀鹽，忍寒受飢無厭。娘愛他三五文業錢，把女送入萬丈坑塹。

【幺】想才郎於俺話兒甜，意懸懸一心常欠。這廝影兒般不離左右，罪人也似鎮常拘鉗。

【挂金索】（缺）

【隨煞】推眼痛悄悄淚偷掩，佯咳嗽袖兒裏作念，則被你思量煞小卿也，雙漸。（《全元散曲》，中華書局二〇一八年版，第五八頁）

小卿　盧摯

【雙調】【蟾宮曲】暮雲遮野寺山城，渡口風來，一葉帆輕。宿雁驚飛，冷清清敗葦寒汀。吳江

闊澄波萬頃，楚天遙明月三更。金斗蘇卿，一首新詩，萬古離情。（同上，第一三四頁）

關漢卿

【雙調】【碧玉簫】黄召風虔，蓋下麗春園。員外心堅，使了販茶船。金山寺心事傳，豫章城人月圓。蘇氏賢，嫁了雙知縣，天！稱了他風流願。（同上，第一八四頁）

【雙調】【大德歌】綠楊隄，畫船兒，正撞著一帆風趕上水。馮魁喫的醺醺醉，怎想著金山寺壁上詩。醒來不見多姝麗，冷清清空載月明歸。（同上，第一八七頁）

長江風送客　馬致遠

【仙吕】【賞花時】馮客蘇卿先配成，愁煞風流雙縣令，撲簌簌淚如傾。凄凉愁損，相伴著短檠燈。

【幺】仇恨厭厭魂夢驚，兩處相思一樣情，風送片帆輕。天涯隱隱，船去似馭雲行。

【賺煞】碧波清，江天静，既解纜如何住程？滅燭掀簾風越緊，轉回頭又到山城。過沙汀，烟水澄澄。千里洪波良夜永，蛾眉月明。恰才風定，猛抬頭觀見豫章城。（同上，第二八六頁）

【商調】【集賢賓】金山寺可觀東大海，遊客鎮常齋。恰恨他來看玩，殿閣齊開。誰知是金斗郡蘇卿，嫁得個江洪茶員外。便是洛伽山觀自在，行行裏道娘狠毒害。眼流江上水，裙拂徑中苔。

【幺篇】玉容上帶著些寂寞色，隨喜罷無可安排。俗子先登旅岸，佳人尚立僧街。向椒紅壁上題詩，去伽藍廟裏述懷。更延俄又恐怕他左猜，那村漢多時孤待。酷吟得詩句穩，忙寫得字兒歪。

【隨調煞】出山門長老行啼哭著拜。僧歸藜杖懶，風送畫船開。留後語，寄多才，也做了長江販茶客。若到豫章城相見，抵多少月明千里故人來。（同上，第三一三至三一四頁）

詠小卿　周文質

【越調】【鬭鵪鶉】釋卷挑燈，攀今覽古，妒日嫌風，埋雲怨雨。因觀金斗遺文，故造綠窗新語。自忖度，有窨腹，好做的是也有鈔茶商，好行得差也能文士夫。

【紫花兒】蘇娘娘本貪也欲也，馮員外即與之求之，雙解元怎羨乎嗟乎？但常見酬歌買笑，誰再睹沽酒當壚？哎！青蚨，壓碎那茶藥琴棋筆硯書。今日小生做個盟甫，改正那村紂的馮魁，疏駁那俊雅的通叔。

【小桃紅】當時去底遇嬌姝，嫩蕊曾吩咐。便合和根儘掘去，自情疏，直教他連愁嫁作商人婦。剗的進功名仕途，直趕到風波深處，雙漸你可甚君子斷其初？

【金蕉葉】微雨洗舟楓秀谷，薄霧鎖白苹斷滸。零露濕蒼苔淺渚，明月冷黃蘆遠浦。

【調笑令】那其間美女，摟著村夫，怎做得賢愚不並居？便休提書中有女顔如玉，偏那雙通叔不者也之乎？他也曾懸頭刺股將經史讀，他幾曾尋得個落雁沈魚？

【禿廝兒】雙漸正瑤琴自撫，馮魁正紅袖雙扶。雙漸正彈成滿江腸斷曲，馮魁正倒金壺飲芳醑。

【聖藥王】雙漸正眉不疏，馮魁正興未足。雙漸正悶隨江水恨吞吳，馮魁正樂有餘。雙漸正愁怎除，馮魁正寫成今世不休書。雙漸正嫌殺影兒孤。

【尾】尋思兩個閑人物，判風月才人記取：將俊名兒雙漸行且權除，把俏字兒馮魁行暫時與。

（同上，第六三一至六三二頁）

題小卿雙漸　吳弘道

【中呂】【上小樓】蘇卿告覆，金山題句，行哭行啼，行想行思，行寫行讀。自應舉，赴帝都，雙郎何處？又隨將販茶人去。（同上，第八一五頁）

雙漸小卿問答　王曄

黃肇退狀

【雙調】【慶東原】于飛燕，並蒂蓮，有心也待成姻眷。喫不過雙生强嚌，當不過馮魁闘諞，甘不過蘇氏胡搧。且交割麗春園，免打入卑田院。

問蘇卿

【折桂令】俏排場慣戰曾經。自古惺惺，愛惜惺惺。燕友鶯朋，花蔭柳影，海誓山盟，那一個堅心志誠？那一個薄倖雜情？則問蘇卿，是愛馮魁，是愛雙生？

答

平生恨落風塵。虛度年華，減盡精神。月枕雲窗，錦衾繡褥，柳戶花門。一個將百十引江茶問肯，一個將數十聯詩句求親。心事紛紜，待嫁了茶商，怕誤了詩人。

再問

【殿前歡】小蘇卿，言詞道得不實誠。江茶詩句相兼併，那件著情？休胡蘆提二面嚦。相傒倖。端的接誰紅定？休教勘問，便索招承。

答

滿懷冤，被馮魁掩撲了麗春園，江茶萬引誰情願！聽妾明言，多情小解元，休埋怨，俺違不過親娘面。一時間不是，誤走上茶船。

駁

【水仙子】明明的退佃麗春園，暗暗地開除了雙解元。慘可可說下神仙願，卻原來都是諞。再誰聽甜句兒留連。同他行坐，和他過遣，怎做的誤走上茶船？

招

書生俊俏卻無錢，茶客村𠩄倒有緣。孔方兄教得俺心窰變，胡蘆提過遣。如今是走上茶船，拜辭了呆黄肇，上覆那雙解元，休怪咱不赴臨川。

問馮魁

【折桂令】馮魁㗖你自尋思：這樣嬌姿，㑹了琴瑟，不用紅娘，則留紅定，便繫紅絲。量你呵有甚風流浪子，怎消得多情俊俏婇兒？供吐實詞，説了緣由，辨個妍媸。

答

【水仙子】黄金鑄就劈閑刀，茶引糊成剗怪鍬，廬山鳳髓三千號，陪酥油儘力攪。雙通叔你自才學，我揣與娘通行鈔。掂了咱傳世寶，看誰能夠鳳友鸞交！

問雙漸

【折桂令】小蘇卿窰變了心腸，改抹了姻緣。倒换排場，强拆鴛鴦，輕分鶯燕，失配鸞凰。實丕丕兜籠富商，虚飄飄蹬脱了才郎。你試思量，不害相思，也受淒涼。

答

【水仙子】陽臺雲雨暫教晴，金斗風波且慢行。小蘇卿是接了馮魁定，俏書生便噤聲，没來由閑戰閑爭。非干是咱薄倖，既然是他淺情，我著甚乾害心疼！

問黄肇

【折桂令】麗春園黄肇姨夫，人道你聰明，我道你胡突。蘇氏掂俫，雙生搠湥，你剗地粧孤。怕不你身上知心可腹，爭知他根前似水如魚？休强支吾，這様恩情，便好開除。

答

【水仙子】風流雙漸慣輪鍘，瀾浪蘇卿能跳塔。小機關背地裏商量下，把俺做皮燈籠看待咱。從來道水性難拿，從他赸過，由他演撒，終只是個路柳牆花。

問蘇媽媽

【折桂令】蘇婆婆常只是熬煎，臨逼得孩兒，一謎地胡搧。使會虚脾，著些甜唾，引起頑涎。用力的從教氣喘，著昏的一任頭旋。只爲貪錢，將個嬋娟，賣上茶船。

答

【水仙子】有錢問甚紙糊鍬，没鈔由他古錠刀。是誰俊俏誰村拗，俺老人家不性索。馮員外將響鈔遞著，雙生咷休乾鬧，黄肇嗏且莫焦，價高的俺便成交。

議擬

雙生好去覓前程，黄肇休來戀寡情。馮魁統鏝剛婚聘，老虔婆指證的明。小蘇卿既已招承，風月所成文案，鶯花寨擬罪名，麗春園依例施行。（同上，第一二二八至一二三四頁）

無名氏

【南呂】【罵玉郎過感皇恩採茶歌】金山寺裏詩爲證，言心事，訴離情。分明喚省臨川令，空懊惱，謾哽咽，心無定。天地澄清，月華懸鏡。喚艄公，疾解纜，莫消停，泠泠的露冷，淅淅的風生，齊搖棹，伊啞嗚，暢淒清。聽江聲，浪初平，一帆風送蓼花汀。沒興的雙郎爲蘇卿，畫船兒直趕到豫章城。（同上，第一九二四頁）

無名氏

【中呂】【滿庭芳】（節選）紅消杏臉，歡娛漸少，愁悶重添。聊雲耍雨恩情儉，斷當著拘鈐，成不成虛叫人指點，是不是先巴鏝傷廉，一做一個十分釅。他愛的便沾，我愛的俺娘嫌。

無情妳妳，同心剪碎，連理截開，虛恩情分等兒秤盤著賣。喬商量的那頓搶白，做嘴臉是追魂的變態，冷鼻凹是板障的招牌，不揀誰難教賽。若是孔方兄到來，便禁住俺娘乖。

牙恰母親，吹回楚雨，喝退湘雲，把麗春園扭作了迷魂陣，教別人進退無門。心惡叉偏毒最狠，性搊搜少喜多嗔。百般的都難親近。除是鄧通錢幾文，便醫治了俺娘哏。

殘紅萬點，春歸愁在，錢苦情甜，契丹家撋綽了窮雙漸，兩下裏心緒懨懨。氣結就嶺雲冉冉，淚揮成暮雨纖纖，多半折裙腰掩，淹淹漸漸病染，都只爲俺娘嚴……

勝如繼母，只貪財物，豈辨賢愚？白沾熱囋强韜虜，偏嫌那者也之乎。將回文錦生摶做抹布，把義娼行白改作休書。普天下傷人的物，最狠的是饞狼餓虎，也不似俺娘毒……

枉乖柳青，貪食餓鬼，劫鏝妖精，爲幾文口含錢做死的和人競，動不動捨命亡生。向鳴珂巷裏幽囚殺小卿，麗春園裏迭配了雙生，鶯花寨埋伏的硬，但開旗決贏，誰敢共俺娘爭？（同上，第一九三一至一九三四頁）

無名氏

【雙調】【沽美酒過快活年】黄超廝嚂纏，馮魁又倚著家緣，俺軟弱雙郎又無甚錢。蘇卿這裏頻頻的祝願，三件事告神天。只願的霹靂火燒了麗春園；天索告聖賢，聖賢，浪滚處沖翻了販茶船；休驚著雙知縣。稱了平生願，深謝天。

馮魁又酒未醒，喚梅香點上銀燈，俺軟弱雙郎何處等？喚艄公解開纜繩，早行過豫章城。只聽得江水潺潺月兒明，聽恰纔敲二更，三更。手按著銀箏盼多情。更闌人初靜，趕不上臨川令。蘇小卿。（同上，第二〇三二頁）

（筆者所撰《雙漸蘇卿故事及其本事》，曾刊於《南開學報》一九八四年第二期。此次收録作了很大的擴充與修改）

附錄三

《劉知遠諸宮調》作期考

一九〇七至一九〇八年，俄國科兹洛夫探險隊發掘張掖黑水古城，發現了《劉知遠諸宮調》刻本，一九五〇年這個刻本纔回到我國。雖然是個殘本，卻是我國文學史上的幸事。

《劉知遠諸宮調》的作者，已經無法考定。關於這部作品的作期，目前有兩種不同的看法：有的學者認爲它是金代的作品，這主要是從刻本的特點鑒定的。鄭振鐸先生認定該作是金代刻本的式樣（見影印本《劉知遠諸宮調·跋》）。又因爲是在黑水城（當時屬西夏）發掘的，認爲它『或竟是金版流入西夏的罷。』〔一〕劉國鈞先生進一步指出：『北京圖書館藏《劉知遠諸宮調》殘卷就是金代平水坊刻書的一種。』〔二〕也有的學者從作品所描寫的名物制度，斷定《劉知遠諸宮調》是宋代的作品。比較有代表性的是龍建國先生於《文學遺産》二〇〇三年第三期發表的文章《〈劉知遠諸宮調〉應是北宋後期的作品》。筆者查閱了大量的歷史文獻，認爲，即便是從作品所反映的名物制度來看，《劉知遠諸宮調》只能產生於金代，而非北宋。

諸宮調是一種民間的說唱文學，比較注重適應下層民衆的生活習俗與接受能力。即使寫歷史題材，也不依傍史書，而多用當時社會所存在的事物去敷演故事情節。因此，對於考察《劉知遠諸宮調》的作期來說，它所反映的文化背景確實是一個重要的綫索。然而，如果一部作品同時反映了前、後兩個時代的文化背景，只能認定它是後一個時代的作品。出於歷史的承襲和生活習慣的延續，後來的文學作品可以描述前一個時代所出現的事物；而前一個時代的作品卻無法預見它以後所產生的事物。

筆者認爲，龍先生所指認的《劉知遠諸宮調》中描寫的北宋制度名物，是宋、金共有之物，甚或是歷代共有之物；而非北宋特有之物。比如，第一則【仙呂調】【勝葫蘆】：『不納王堯（徭）並二稅』。『二稅』被龍先生認爲是北宋對賦稅的習稱。其實，自唐德宗廢除租庸舊賦，改用夏、秋兩季徵稅法，歷代都沿用了這種『兩稅制』。而按照漢語言文字的特點，兩次徵稅或交兩種稅，既可稱『兩稅』，亦可稱『二稅』。《金史·食貨志》還記載了另一種『二稅』：『初，遼人佞佛尤甚，多以良民賜諸寺，分其稅一半輸官，一半輸寺，故謂之二稅戶。』金世宗大定二年曾詔免『二稅戶』爲民。繆鉞先生專門對金代的『二稅戶』進行過考證，指出『二稅戶是一種雙重的地租剝削』，而非個別人向寺廟僧人交稅[三]。說明『二稅』並非北宋時期的特有用語。又如，第二則【黃鐘宮】【尾】：『莫想青涼傘兒打，休指望坐騎著鞍馬，你不是凍殺須餓殺。』龍先生認爲青涼傘是北宋年間只有親王和近臣纔可以用的青傘，自然也說明這部諸宮調產生於北宋。這裏對青涼傘的解釋十分牽强。筆者認爲，青涼傘卽清涼傘，泛指官員出行時儀仗用的傘蓋，是歷來都有的。上面所引的兩句是劉知遠的妻兄咒罵劉知遠的話，意思是說『窮鬼』劉知遠永遠也不會發跡，做不了官；而不是斷定他做官不能做到哪個級別。『青涼傘兒』和下句的『坐騎著鞍馬』一樣，只象徵做官與富貴，不指做官的級別。還有，第十二則【大石調】【紅羅襖】：『有一個急腳，言有機密臨衙。』『急腳』也被龍先生說成是宋代稱呼快速傳遞文書的差役。沈括《夢溪筆談》記載：『驛傳舊有三等，曰步遞，馬遞，急腳遞。急腳遞最遽，日行四百里，唯軍興則用之。熙寧中又有金字牌急腳遞，如古之羽檄也。』『舊有三等』，應該是歷來就有三等，只是宋熙寧年間又增加了『金字牌急腳遞』。而《劉知遠諸宮調》中並沒說『金字牌急腳遞』。快速傳遞文書的機構，歷代都有，戰國時期稱『急傳』，宋代稱『急遞』或『急腳遞』，元代稱『急遞鋪』。這些機構中的差役是否都稱『急腳』？回答是肯定的。唐·韓偓《己巳年正月十二日，自沙縣抵邵武軍，將謀撫信之行，到纔一夕，爲閩相急腳相召卻請赴沙縣，郊外泊船，偶成一篇》詩，題目中就有『急腳』一詞。《五代史·錢鏐傳》：『謹遣急腳，間道奉絹表陳乞奏謝以聞。』《山西通志》卷二三〇載：『元·薛公世南爲山西僉憲時，言一皮匠，忽晝見二急腳召渠。』明·李東陽《得文敬雙塔寺和章詔之不至四疊韻奉答》詩：『問君朝回胡不歸，西馳急腳走若飛。云承部檄籍戎伍，歲給纊帛頒冬衣。』看來，急腳這個稱謂歷來通用，並非宋代特有。故此，上述名物，都不能證明《劉知遠諸宮調》作於北宋。

龍先生還列舉了《劉知遠諸宮調》中所用的一些下級軍官的名稱，如十將、都頭、團練、節級等，認爲『宋代以後很少見此官名』。很少見，並不等於沒有。《金史》卷四十四記載：

金興，用兵如神，戰勝攻取，無敵當世。曾未十年，遂定大業……及其得志中國，自顧其宗族國人尚少，乃割土地，崇位號以假漢人，使爲之効力而守之……樞府簽軍募軍兼采漢制。

同卷又載：

至天會二年，平州既平，宗望恐風俗揉雜，民情弗便，乃罷是制（筆者按：指猛安謀克制），諸部降人但置長吏，以下從漢官之號。

這些記載說明，金初爲了淡化民族矛盾，軍隊中不僅保留了宋代的某些制度，也保留了宋代的一些官名。因此，這一時期的諸宮調描寫宋代軍隊的制度、職名是不足爲奇的。值得注意的是，《劉知遠諸宮調》寫了許多只有金初才有，而宋代所無的制度、名物，說明它只能產生於金初。

首先，後漢高祖劉知遠是個行伍出身的皇帝。諸宮調寫它即位前的戎馬生涯時，用的是金代的軍職名。如第二則【高平調·賀新郎】，寫劉知遠要『太原府文面做射糧』。『射糧』一詞，見於《金史》卷四十四：

諸路所募射糧軍，五年一籍，三十以下十七以上强壯者，皆刺其（面），所以兼充雜役者也。

顯然，射糧是金代從民間招募的五年一籍的勤雜兵的名稱，這種兵發給糧食，但須在面上刺印記。和上文『文面做射糧』的話相符。再如，第十二則【仙呂調·整花冠】：『自言是經略在衙本破。』『本破』一詞在《金史》中也多次出現。如《金史》卷四十二載：

凡內外官自親王以下，傔從各有名數差等，而朱衣直省不與。其賤者，一曰引接（亦曰引從），內官從四品以上設之。二曰捧攏官，內外正五品以上設之。三曰本破，內外正四品以下設之。

這說明，本破是金代四品官員的差役。

射糧與本破，都不見於《宋史》。

其次，《劉知遠諸宮調》中所寫的官印的特點，不僅進一步證實這部作品作於金代，還能幫助確定其作期的上限。第十一則【般涉調】【麻婆子】中，說劉知遠的官印是，『二十五兩造，莫看成做小可』。看來，其官印以重量表明官階的高低。這樣的官印在唐、宋都沒有，《宋史》卷一五四中有關官印的記載即可證明：

> 印制：兩漢以後，人臣有金印、銀印、銅印。唐制，諸司皆用銅印。宋因之，諸王及中書門下印方二寸一分，樞密宣徽三司尚書省諸司印方二寸，惟尚書省印不塗金，餘皆塗金。節度使印方一寸九分，塗金。餘印並方一寸八分，惟觀察使塗金。

可見，從漢至宋，都以官印的資質、大小、塗金不塗金表明官階的高低。以重量表明官階高低的官印始於何時？《金史》卷五十八有記載：

> 百官之印：天會六年始詔給諸司，其前所帶印記，無問有無新給，悉上送官，敢匿者，國有常憲。至正隆元年，以內外官印新舊名及階品大小不一，有用遼、宋舊印及契丹字者，遂定制，命禮部更鑄焉。三師、三公、親王、尚書令並金印，方一寸，重八十兩，駝紐。一字王印方

一寸七分半，金鍍銀，重四十兩，鍍金二字。諸郡王印方一寸六分半，金鍍銀，重三十五兩，鍍金三字。國公無印。一品印方一寸六分半，金鍍銀，重三十五兩，鍍金三字。二品印方一寸六分，金鍍銅，重二十六兩。東宮、三師、宰執與郡王同三品印，方一寸五分半，銅，重二十四兩……

這一記載表明，以重量表明官階高低的印始於金正隆元年（一一五七）。由此，《劉知遠諸宮調》作期的上限應爲一一五七年。

誠然，《劉知遠諸宮調》中所寫的官印重二十五兩，這個數字與史書的記載不相符。但是，可以想見，民間藝人對於官印的了解不一定會那樣準確。而且，文學作品不同於史書，也可能是作者覺得二十五兩這個數字便於記憶纔這樣寫的。所以，這對據此斷定作品作期的上限並無乖礙。

《劉知遠諸宮調》中所寫的官名，則爲確定其作期的下限提供了重要的線索。第十則、十二則中多次說劉知遠是『九州爲經略』、『九州安撫』、『并州大元帥』。并州在今太原一帶，宋、金均屬河東路。經略安撫使是宋代的官職名，金代是否也沿用了這個職名呢？回答是肯定的。據《金史》卷五十五載：

金自景祖始建官屬，統諸部以專征伐，嶷然自爲一國。其官長，皆稱曰勃極烈……至熙宗頒新官制及換官格，除拜內外官，始定勳封食邑入銜。而後其制定，然大率循遼、宋之舊。

也就是說，最初金人的官職只有他們本民族的簡單稱號，到了金熙宗時始建官制。即使是新的官制，也大都沿襲遼、宋舊制。而《劉知遠諸宮調》是漢人的作品，其聽衆自然也多爲漢人。如果當時社會上同時有遼與宋的職名，作者創作時只能是循宋之舊，而不會循遼之舊。《金史》卷八十一有關於鄭建充官職的記載更值得注意。

鄭建充，字仲實……仕宋，累官知延安府事。天會七年來降，仍知延安府……天眷復取陝西，仍以爲經略安撫使，知慶陽。

天眷恰恰是金熙宗的年號，說明金代頒佈新官制後，仍有經略安撫使的職名。

既然知道了『經略安撫使』也是金代的官名，『九州』二字就特別值得注意。因爲，唐代的河東道治十九州，五代改爲十四州。宋代的河東路也是十四州。如果能查明河東路是否設過九州，並確定其設九州的大體時間，對於確定《劉知遠諸宮調》的作期必定大有裨益。

金初太原一帶確實設過九州，那是金人把河東路分爲河東南路和河東北路之後，河東北路有九州，南路有六州。《金史》卷二十六有記載：

河東北路：宋河東路，天會六年析河東爲南、北路，各置兵馬都總管。府一，刺郡九。

《山西通志》卷一《歷代疆域圖》也有類似的記載：

金制，十九路治府之外，凡閑散府九……凡刺使郡七十三。西京路凡八，武州、寧邊、東勝三州在今境，河東北路刺郡凡九，南路凡六。

這就説明金初的河東北路設有九州。《金史》卷二十六又記載：『太原府，上武勇軍。宋太原郡。河東軍節度，國初依舊爲次府，復名并州太原郡，河江總管府。』《山西通志》卷三載：『太原府，金初改軍曰武勇，復名并州太原郡。』可知河東北路的治所爲太原，與《劉知遠諸宮調》所寫的『九州經略』、『并州大元帥』，以及『太原府文面做射糧』，完全吻合。

河東北路設九州最早的時間是金天會六年（一一二八），這個時間比筆者前面確定《劉知遠諸宮調》作期的上限還要早，可略而不論。設九州最晚的時間卻值得注意。

據《金史》卷二十六記載，金代的行政區域後來有過一次比較大的變動。金代原設七十三刺使州，大定二十二年又把十六個軍升爲州。河東北路的九州，在原來的七十三刺使州之數。十六軍升爲州時，河東北路另有六個軍升爲州，此後的河東北路就不止九州之數了〔四〕。也就是說，河東北路設九州的最晚時間是大定二十二年（一一八二），這當是《劉知遠諸宮調》作期的下限。

龍先生認爲《劉知遠諸宮調》爲北宋後期作品，還舉出了其在用樂方面的理由：《劉知遠諸宮調》用了商角調和歇指調，而《西廂記諸宮調》未用。歇指調見於宋教坊十八調內，在『元時已並入雙調』（《燕樂考原》卷三）。元代纔並入雙調的歇指調，宋與金的作品都可以用，也都可以不用。這一比較對於確定《劉知遠諸宮調》的作期沒有意義。

商角調亦稱『林鐘角』，在北宋初爲教坊司所廢棄。既然北宋初就被廢棄，金代的諸宮調固然不能用，北宋後期的諸宮調同樣也不能用。其實，林鐘角雖然在北宋初爲教坊司所廢棄，但並未在社會上絕跡。直至元代也還有人在用，《太和正音譜》和《北詞廣正譜》均有記載。吳梅《南北詞簡譜）卷四【黄鶯兒】下注：『按商角黄鶯兒一套，以余所見止有四套：庾吉甫二套，一爲「懷古懷古」，一爲《賦滕王閣》。睢景臣二套，一爲「無語無語」，一爲「秋色秋色」也。』可見此調在金、元儘管成爲僻調，但並非絶對不用。

又：金代的樂曲相當複雜。查閲《金史·樂志》後發現，金代的音樂不完全因襲宋樂，也參照遼樂。《金史》卷三十九記載：『鼓吹樂，馬上樂也。天子鼓吹、横吹各有前、後部；部又各分二節。金初用遼故物，其後雜用宋儀。』這種現象並不奇怪，因爲無論是從地域上看，還是從朝代更替上看，金與遼的關系不亞於和宋的關系。

遼雖爲契丹人所建，但其大樂來源於隋、唐俗樂，與宋教坊同屬於一個系統。這在《遼史》卷五十四中有記載：

大樂

自漢以來，因秦、楚之聲置樂府，至隋高祖詔求知音者，鄭譯得西域蘇祇婆七旦之聲，求合七音八十四調之説，由是雅俗之樂，皆此聲矣。用之朝廷，别於雅樂者，謂之大樂。晉高祖使馮道、劉昫冊應天太后、太宗皇帝，其聲器、工官與法駕，同歸於遼。

對照《宋史》和《遼史》的『樂志』可知，對於隋、唐俗樂二十八調，宋教坊採用了其中的十八調，廢棄了十調；而遼大樂卻把這二十八調全部保留下來了。《遼史》卷五十四記載，遼大樂的四旦二十八調是：

婆陀力旦：　正宮、高宮、中呂宮、道調宮、南呂宮、仙呂宮、黃鐘宮。

雞識旦：　越調、大食調、高大食調、雙調、小食調、歇指調、林鐘商調。

沙識旦：　大食角、高大食角、雙角、小食角、歇指角、林鐘角、越角。

般涉旦：　中呂調、正平調、高平調、仙呂調、黃鐘調、般涉調、高般涉調。

可見，商角調（林鐘角）在宋已不用，在遼樂中卻依然存在。金代的樂曲名不傳，既然在音樂演奏方面『金初用遼故物，其後雜用宋儀』，作於金初的諸宮調中用遼大樂中的宮調，也就不足爲奇了。

龍先生斷定《劉知遠諸宮調》作於北宋後期，還有一個理由，就是《西廂記諸宮調》中用了『纏令』、『纏達』，也用了『賺』；而《劉知遠諸宮調》現存的曲調中用了『纏令』、『纏達』，而沒有用『賺』。『纏令』和『纏達』是『賺詞』的先驅，北宋時就產生了；而南宋紹興年間（一一三一—一一六二）張五牛纔創『賺詞』。所以，《劉知遠諸宮調》產生於張五牛創賺詞前。這種看法也不客觀。馮沅君先生指出，在用樂方面，『凡是《董》有《劉》無的還不必十分注意，因爲《劉知遠》是個殘本。』〔五〕或許《劉知遠諸宮調》散佚的部分也用了『賺詞』。即使其散佚部分也沒有用『賺』，也沒有什麼可奇怪的，因爲一部說唱文學作品不一定非得把當時所有的曲調全部用上。何況『賺詞』唱起來很難。據《都城紀勝·瓦舍眾伎》記載：『凡「賺」最難，以其兼慢曲、曲破、大曲、小唱、耍令、番曲、叫聲諸家腔譜也。』《夢粱錄》卷二〇有類似的記載。金初產生於北方的民間曲藝，沒有運用南宋武林一帶流行的『賺詞』，完全可以理解。

同理，《西廂記諸宮調》用了小石調和黄鐘調，《劉知遠諸宮調》現存的曲子沒有用。小石調和黄鐘調不僅見於宋教坊十八調，也見於唐俗樂二十八調〔六〕。不能因爲《劉知遠諸宮調》沒有用小石調和黄鐘調，斷定它作於唐、宋以前。

綜上所述，《劉知遠諸宮調》的作期當在金正隆元年（一一五六）到大定二十二年（一一八二）之間。

【注】

〔一〕鄭振鐸《中國俗文學史》下，中國文聯出版社二〇〇九年版，第二三五頁。

〔二〕劉國鈞《中國書史簡編》第四章，書目文獻出版社一九八二年版，第七〇頁。

〔三〕繆鉞《中國封建社會中地租的雙重剝削——遼金的二税戶》，《工商導報》，一九五一年八月二十六日《字林》第十六期。

〔四〕參看《金史》卷二十六及清光緒年間的《山西通志》卷一《歷代疆域圖》二十四。

〔五〕馮沅君《古劇說彙》，商務印書館一九四七年版，第二三四頁。

〔六〕《新唐書》卷二十二載『二十八調』中，『小石調』爲『小食調』，『黄鐘調』爲『黄鐘羽』。

（本文原載於《中國典籍與文化》二〇〇四年第二期，此次收錄作了修改）

後記

把《天寶遺事諸宮調》散佚的曲子整理成一部情節完整的諸宮調讀本，是二十世紀八十年代我研究生剛畢業時，導師袁世碩先生爲我確定的課題。當時我完成了佚曲的收集、辨僞、排序，撰寫成《天寶遺事諸宮調的輯佚辨僞與排序》一文。此文先生看過兩次，充分肯定了我所做的努力，也提出了修改意見。經反復修改，在中華書局編輯出版的《中國典籍與文化》與臺灣《中山人文學報》上發表。後來因工作忙碌，這一課題没能繼續做下去。但對於有關資料的收集及有些問題的思考，並没有完全中斷。自二〇一八年始，在原有研究的基礎上，我又通過深入研究思考，自撰賓白，將各佚曲連綴在一起，從而形成爲一部有説有唱的諸宮調讀本，並對曲文進行了校注。袁先生年逾九十高齡，不辭辛勞，多次翻閲書稿，對書稿的修改給予全方位指導，連書名《天寶遺事諸宮調輯録校注》都是先生確定的。書稿中附録的另外兩篇有關諸宮調的文章，也曾經過先生審閲兩遍。這本書稿是在先生悉心指導下完成的，非常感激先生的教誨之恩。

本書的編輯人民文學出版社古典部葛雲波編審，不僅爲本書的出版創造了條件，也對書稿嚴加審核，並提出了很好的修改意見。將殘存的佚曲整理成讀本，並使之兼有學術研究與閲讀賞析的雙重價值，是古籍整理工作中很特殊的一種形式。沒有相應的範本可供參考。本書的體例，是我一點一點地摸索出來的，不少地方考慮得欠周全。葛編審多次提出了很好的修改意見，彌補了許多的不足。對葛編審的支持和幫助深表謝忱。

二十世紀四十年代，前輩學者發掘出《天寶遺事諸宫調》這部傑作，從各類曲選曲譜中輯佚了曲子。如今，這部諸宫調已經引起學界關注。據筆者所知，已有兩家出版社先後出版了佚曲，並有幾篇研討文章發表。希望本書的出版，能够引起學界對《天寶遺事諸宫調》乃至整个諸宫調文體更多的關注，從而進行更爲廣泛深入的研究。

武潤婷

二〇二三年三月於濟南